KIM
FIELDING

ÉNERGIE POTENTIELLE

KIM
FIELDING

ÉNERGIE
POTENTIELLE

DSP PUBLICATIONS

Publié par
DSP PPUBLICATIONS

5032 Capital Circle SW, Suite 2, PMB# 279, Tallahassee, FL 32305-7886 USA
www.dsppublications.com

Énergie potentielle
Copyright de l'édition française © 2022 Dreamspinner Press.
Titre original : Potential Energy
© 2022 Kim Fielding.
Première édition : avril 2022
Traduit de l'anglais par Black Jax.

Illustration de la couverture :
© 2022 L.C. Chase.
http://www.lcchase.com
Conception graphique :
© 2022 L.C. Chase.
http://www.lcchase.com

Édition e-book en français : 978-1-64108-486-4
Édition imprimée en français : 978-1-64108-487-1
Première édition française : octobre 2022
v 1.0

Édité aux États-Unis d'Amérique.

REMERCIEMENTS

UN GRAND merci à Thea Nishimori pour ses conseils si pertinents pendant la construction de cette histoire ; à Karen Witzke pour son soutien et son aide inestimable ; et à Scott Coatsworth pour m'avoir écoutée et réconfortée au quotidien. Il y a très longtemps que je pensais à l'histoire de Haz et je suis ravie de pouvoir enfin la partager avec mes lecteurs. Merci à Elizabeth et à Gin de m'avoir donné l'opportunité de le faire.

LEXIQUE

Certains termes du roman sont inventés par l'auteur, en voici une liste non exhaustive.

DIVERS :
Biotab : implant faisant office de carte de crédit, de document d'identité, de téléphone, de récepteur, etc.

Borvantine : minerai qui, une fois traité, produit le borvantium.

Borvantium : métal à la fois léger et résistant qui protège les coques des vaisseaux spatiaux.

Comlang : langage commun, permet aux espèces de communiquer entre elles.

ESPÈCES :
Craqir : être doté de pieds palmés ; huit yeux ; un bec, mais pas de langue ; communique via le traducteur intégré à son biotab.

Libhazors : espèce se spécialisant dans la réparation de vaisseaux.

Reptyl : humanoïde ; peau épaisse gris-vert ; toupet de plumes ; tête plate ; pointes sur l'échine dorsale ; yeux dorés aux pupilles rectangulaires.

Yex'oi : humanoïde de grande taille ; peau turquoise ; cinq oreilles ; cinq yeux argentés aux pupilles fines et verticales ; crête sur le cou.

FAUNE :
Bhemu : sorte de bison, viande préférée des Reptyls.

Qhek : sorte de gros pécari, aspect répugnant.

Rheet : gros moustique buveur de sang.

Thruqrax : sorte de rhinocéros, agressif et brutal.

Zeneni : punaise minuscule, mais teigneuse (vit sur Kepler).

JURONS :
Gratulálok

Jebiga
Szot (variantes : szottard, szotain)

NOURRITURE :

Lorta : tubercules au goût de pomme de terre, mais avec une meilleure valeur nutritionnelle.

PLANÈTES :

La galaxie est répartie en secteurs d'Alpha à Omega, selon l'alphabet grec.

Ankara : planète principale aux quatorze lunes, détruite dans une catastrophe galactique, entourée depuis d'une énorme couche de poussière et de débris.

Ankara-12 : douzième lune d'Ankara ; repaire de hors-la-loi.

Arinniti : repaire de hors-la-loi ; vie essentiellement souterraine suite aux pluies acides.

Cérès : planète du système Sol, secteur Delta ; colonisée par les Nouveaux Adamites, secte très pratiquante et anti-technologie.

Chov X8, planète indépendante du système Kappa, religion axée sur le Grand Divin et son canal humain, la Machine de la Théocratie Obéissante, Omphalos et Corpus de Piété.

Citrapra : petite planète sèche et aride avec les seules mines de borvantine de la galaxie.

Kepler : petite planète pauvre essentiellement constituée de marécages, seule richesse exploitable : le barbeau ou cresson épineux.

Newton : riche planète marchande et destination touristique.

Occone-3 : planète qui avait de la borvantine, mais le filon est épuisé depuis deux siècles.

Terre : siège de la Coalition, le gouvernement majoritaire de la galaxie.

VAISSEAUX SPATIAUX :

Par ordre de taille :
Youyou
Cotre
Boutre
Caravelle
Brick
Xebec
Frégate
Galion

I

MÊME EN civil, elle n'était pas à sa place dans ce rade, c'était évident. Elle était trop propre, avec des yeux trop vifs et une posture trop altière. Elle vibrait d'intensité et de détermination. Elle traversa le bar comme si elle en était la propriétaire, mais ce n'était pas le cas, sinon, l'endroit serait bien rangé et bien éclairé, et les clients bien plus nombreux et plus classe.

Haz n'aurait pas cru qu'elle viendrait, mais il n'était pas vraiment surpris de la voir. Peut-être s'y attendait-il depuis un bout de temps, plus ou moins inconsciemment. La vraie question était de savoir si elle comptait l'arrêter ou juste lui exploser la tête d'un coup de pistolet laser.

En arrivant à sa table, tout au fond de la salle, elle tira une chaise, s'y installa et le fixa, l'expression fermée. Elle avait vieilli depuis leur dernière rencontre, décida-t-il, en notant de nouvelles rides autour de la bouche fine. Les cheveux devenus gris acier étaient courts, comme le règlement l'exigeait.

Haz vida son verre d'une longue gorgée et fit signe au barman de lui en apporter un autre. Ensuite, il reporta son attention sur sa compagne de table.

— À quoi dois-je l'honneur de votre présence, colonel Kasabian ?

— J'ai été promue, répondit-elle. Je suis général de brigade.

Elle avait gardé la même voix, sèche et atone, comme si l'oxygène lui était rationné.

— *Gratulálok !* s'écria Haz.

Il leva son verre vide en un toast moqueur. Le barman revint d'un pas glissant, ses larges pieds palmés faisant vibrer le carrelage. Il donna à Haz son verre et tourna vers le général Kasabian un regard expectatif. Du moins, Haz le pensait, parce qu'avec un craqir, c'était difficile à dire, surtout quand les huit yeux de la créature ne regardaient pas tous dans la même direction. Les craqirs ne parlaient pas le comlang – le langage commun –, car ils étaient dotés d'un bec et privés de langue. Ce craqir particulier prenait rarement la peine d'utiliser le traducteur intégré à son biotab.

— Je suppose que vous n'avez pas de vrai gin, demanda Kasabian, la bouche pincée.

1

Le craqir se contenta de secouer la tête. Haz, quant à lui, élabora la réponse :

— Leur version synthé a tout du décapant pour peinture. Je vous conseille plutôt leur vodka yinex, coupée avec de l'eau. Le goût est tout aussi dégueulasse, mais ça ronge moins la muqueuse de l'estomac.

Elle jeta un regard entendu au verre posé devant lui – du pur whisky synthétique – et renvoya le craqir d'un signe de tête. Elle attendit qu'il retourne dernière son bar pour enchaîner :

— Major Taylor…

— Non, non, coupa Haz, vous savez comme moi que j'ai été dégradé. Dans les registres de la Marine, je ne suis que simple sergent. Et pour être franc, je ne tiens pas à ce titre. Je suis redevenu un civil, ce qui me convient parfaitement.

Elle plissa les yeux.

— D'accord. Dans ce cas, capitaine Taylor…

— Non, non, répéta Haz. Un capitaine est censé avoir un vaisseau, ce n'est pas mon cas. Je suis Taylor ou ce bon vieux Taylor, comme vous le sentez. Vous pouvez aussi m'appeler Haz. Vous l'avez déjà fait une ou deux fois, si je ne m'abuse.

Il remua et redressa sa foutue jambe, sa malédiction ! Son geste ne suffit pas à atténuer la douleur, aussi Haz vida-t-il un bon tiers de son whisky synthétique. Comme analgésique, ce n'était pas très efficace, mais quand Haz était soûl, il ne pensait plus à ses maux.

— Je croyais que vous aviez un vaisseau ! protesta Kasabian.

Il ne demanda pas de qui elle tenait ses renseignements. Il savait qu'elle avait bâti un réseau d'indics et de taupes dispersés dans toute la galaxie, ce qui avait probablement contribué à sa récente promotion.

— Vos informations sont obsolètes, Général, railla Haz. Mon vaisseau a été sacrément déglingué au cours de mon dernier raid et je n'ai pas les fonds nécessaires pour le réparer. Alors, il est en cale sèche sur les docks, à moitié bouffé par la rouille. Si ça se trouve, les pillards l'ont déjà dépecé pour en revendre les morceaux.

Il ne put retenir un soupir. *Molly la Danseuse* avait été solide et fiable, elle aurait mérité un meilleur sort.

Le craqir revint et déposa deux verres sur la table. Haz hocha la tête avec approbation. La principale raison qui le poussait à fréquenter ce rade, c'était que les boissons arrivaient vite.

2

Haz sirota son whisky et regarda Kasabian goûter au sien, impressionné qu'elle parvienne à déglutir sans grimacer.

— Comment gagnez-vous votre vie si vous n'avez plus de vaisseau ? demanda Kasabian.

Haz répondit d'un rictus et d'un haussement d'épaules. Puis il essaya encore de trouver une meilleure position pour sa jambe.

Elle l'observa pendant les quelques minutes qu'il mit à vider son verre. Qu'allait-elle faire ? se demanda Haz. Expliquer la raison de sa venue ou s'en aller sans insister ? À moins qu'elle décide de l'arrêter ou même de lui tirer dessus, ce qui mettrait fin à leurs problèmes respectifs.

Kasabian tapait son ongle sur la table métallique, ce qui rendit un son creux. Haz se souvint qu'elle aimait la musique. Quand il était sous ses ordres, elle planifiait les batailles avec en sourdine d'anciennes chansons terriennes datant d'au moins un siècle. Ça s'appelait du « heavy métal », bien que Haz n'ait jamais compris pourquoi. Peut-être pensait-elle à ces airs tout en tapotant.

Au moins, elle n'avait pas dégainé et ne semblait pas encline à le faire. Si elle avait eu l'intention de le tuer, elle l'aurait déjà fait, elle n'était pas du genre à tergiverser. Mais si elle ne voulait pas sa tête, que lui voulait-elle ?

— J'ai un contrat à vous proposer, dit-elle enfin.

Eh bien, voilà qui répondait à la question.

Haz haussa les sourcils.

— Un contrat ? Pas une cellule de prison ?

— Je suis prête à fermer les yeux sur vos anciennes… infractions si vous acceptez la mission.

— Je n'ai pas de vaiss…

Elle ne le laissa pas aller au bout de sa phrase.

— Vous gagnerez de quoi en louer un.

Il croisa les bras.

— Il n'en est pas question.

Jamais il ne se fierait à un vaisseau inconnu. D'ailleurs, qui serait assez fou pour lui confier du matériel de valeur ?

— Dans ce cas, faites réparer le vôtre !

Cette proposition était si tentante que Haz sentit son cœur rater quelques battements. Perdre *Molly* lui avait été aussi douloureux qu'une amputation. Pire, même. Il aurait volontiers sacrifié sa mauvaise jambe pour garder son vaisseau.

3

Devinant sans doute le chemin que prenaient ses pensées, Kasabian désigna les membres inférieurs de Haz.

— Pourquoi ne pas avoir consulté un médecin ?

Il secoua la tête.

— Je l'ai fait, croyez-moi, et ces salauds m'ont charcuté sans vergogne. Je ne veux plus les approcher !

— Alors, faites-la remplacer, déclara-t-elle.

Comme si on trouvait ça en rayons, à côté des boissons fraîches.

— Je n'en ai pas les moyens, grinça Haz, sans cacher son amertume. Et ces *szottards* de la Marine refuseront de me faire crédit.

Kasabian eut un sec hochement de tête.

— En plus des réparations de votre vaisseau, déclara-t-elle avec autorité, ce contrat vous rapportera assez pour couvrir vos frais médicaux. Il vous en restera même pour les dépenses courantes, par exemple, engager un équipage.

Elle s'adossa dans son siège, apparemment satisfaite de son offre.

Haz lui jeta un regard suspicieux.

— Depuis quand la Marine paie-t-elle si bien ses intervenants ? Expliquez-moi la vraie nature de ce contrat, je sens le coup tordu. Vous avez à votre disposition une flotte entière et le personnel nécessaire, je le sais très bien. Alors, pourquoi moi ?

Il connaissait déjà la réponse : soit le travail était trop dangereux, soit il était de nature si douteuse que la Marine préférait ne pas y mêler ses officiers. Mais il voulait entendre Kasabian le reconnaître à haute et intelligible voix.

— C'est une mission sensible, répondit-elle. Et il vous faudra traverser le secteur Kappa.

Haz ricana. Ainsi, c'était les deux à la fois : dangereux et douteux.

— Je vois. Vos agents seraient-ils de délicates fleurettes incapables d'affronter ce genre de périls ?

Elle le toisa avec mépris.

— Ne proférez pas d'inepties, Taylor. Vous savez comme moi que les délicats ne tiennent pas longtemps dans la Marine. C'était déjà le cas quand vous étiez parmi nous, ça l'est toujours.

Elle afficha un sourire pincé et enchaîna :

— Cela ne nous empêche pas d'apprécier vos talents.

Il émit un autre grognement sceptique. Il devrait refuser purement et simplement, il le savait, mais *Molly* lui manquait terriblement. Et il détestait

4

rester cloué au sol comme un *szottard* de champignon moisi! En plus, il y avait le problème de sa jambe. Haz aurait vendu son âme – en supposant qu'il en ait une – pour une nuit de sommeil décent. Il dormait mal, il ne cessait de se réveiller, parce que s'il bougeait dans son lit, ses changements de position provoquaient des douleurs lancinantes. Par ailleurs, il était curieux de nature et il s'interrogeait *vraiment* sur la nature d'un contrat qui poussait Kasabian à venir le chercher.

— Que diable voulez-vous que j'aille chercher à Kappa? demanda-t-il. Les foutues planètes de ce système sont peuplées de pirates trop têtus ou trop idiots pour accepter de rejoindre la Coalition.

— Votre mission sera de délivrer un colis sur l'une des planètes les plus éloignées du système Kappa, répondit Kasabian.

Haz ricana.

— Un colis, *moi*? Je ne suis pas facteur, Général!

— Alors, disons une livraison.

— Je ne fais pas de fret!

Haz détestait l'idée d'alourdir son vaisseau et d'être tenu à un délai de livraison. Tant qu'à faire, il préférait continuer à moisir à Kepler.

— Il ne s'agit pas de fret, insista Kasabian. Si je vous ai parlé d'un colis, c'est qu'il n'y a qu'un seul élément, un artefact religieux d'une immense importance pour le peuple de Chov X8. L'artefact avait disparu, nous avons réussi à le récupérer, maintenant, il faudrait le renvoyer sur sa planète d'origine.

En entendant le mot «religieux», Haz eut des crampes d'estomac. Il aurait aimé avoir bu davantage. Cachant sa grimace, il s'exprima d'une voix maîtrisée:

— Et la Coalition renvoie cet artefact par bonté d'âme?

Kasabian grinça des dents.

— Non, Chov X8 a pour nous une valeur stratégique. Et je n'en dirai pas plus, cela ne vous regarde pas. Mais enfin, Taylor, pourquoi ces tergiversations? Je vous rappelle que nous sommes prêts à vous payer généreusement pour rendre l'artefact intact à ses légitimes propriétaires.

Il haussa un sourcil.

— *Intact*? J'ai cru sentir une insistance sur ce mot, Général.

Elle sourit en montrant ses dents comme un prédateur.

— Ceux qui l'ont dérobé risquent de faire une autre tentative, Taylor. Ce sera à vous de les en empêcher.

— Vraiment? Si votre colis est tellement précieux, pourquoi ne pas l'envoyer à Chov sous la protection d'une escouade de canonnières? La Marine n'en manque pas.

— La Coalition ne tient pas à ébruiter son… implication dans cette affaire.

Haz soupira. Il détestait la politique. À ses yeux, ce n'était que magouilles, faux semblants et mensonges. Il n'avait jamais caché son opinion, et sa franchise sans concession était souvent qualifiée de brutale. Haz ne le prenait pas comme une insulte. En vérité, il se contrefichait de l'intérêt que la Coalition portait à cette petite planète lointaine et des raisons qui poussaient Kasabian à retourner le «colis» en toute discrétion.

Il tapota le biotab incrusté dans son poignet gauche et paya ses consommations. Tant qu'à faire, il régla aussi le verre de Kasabian. Ruiné comme il l'était, cela ne changerait pas grand-chose. Il se leva en faisant un effort pour ne pas grimacer.

— Non, dit-il.

— Pardon?

— Je refuse votre contrat. Je refuse de m'impliquer dans une histoire de religion. Gardez votre argent et trouvez quelqu'un d'autre.

— Je ne comprends pas votre décision, admit Kasabian.

— J'en ai ras la casquette de la Coalition, cette raison me paraît plus que suffisante.

Alors qu'il s'apprêtait à s'éloigner, elle le retint d'une main dure verrouillée sur son poignet.

— Avec cet argent, Taylor, vous pourriez récupérer votre vaisseau et faire soigner votre jambe. Je connais le montant des crédits qu'il vous reste, ce n'est pas beaucoup. Je parierais ma solde que vous n'avez aucun plan B une fois que vous serez à sec. Vous seriez idiot de refuser mon offre.

Il dégagea son bras avec brusquerie.

— Je n'ai jamais prétendu être intelligent. Bonne chance, Sona. Bonne chance pour tout.

Bien entendu, il ne pouvait la distancer, mais il espéra qu'elle le laisserait s'en aller sans insister. Il n'eut pas cette chance. Elle le rattrapa alors qu'il arrivait à la porte. Cette fois, elle le saisit par l'avant-bras. Il trébucha et faillit perdre l'équilibre. Pour se stabiliser, il posa sa main libre sur une table inoccupée.

Sona Kasabian avait un tel charisme qu'on oubliait sa petite taille. En tout cas, Haz l'avait oubliée. La tête du général n'atteignait même pas son épaule. Quand elle et lui étaient de simples recrues, avant même de devenir officiers, ils avaient couché ensemble trois ou quatre fois ; étendue contre lui, si long, elle avait paru minuscule, bien que forte et solide.

Elle profita de leur position pour presser son biotab contre le sien, un léger tintement retentit.

— Je pars dans deux jours, Haz, déclara-t-elle. C'est le temps que tu as pour changer d'avis. Préviens-moi quand ce sera le cas.

Il secoua la tête et se dégagea une seconde fois.

— Non, répéta-t-il.

— Tu boites beaucoup, insista-t-elle. Pourquoi ne pas utiliser une canne ?

— Va te faire foutre, Sona.

Elle souriait en le regardant s'éloigner.

QUAND HAZ avait réfléchi à ses options en quittant la Marine, jamais il n'avait imaginé se trouver un jour coincé sur Kepler, petite planète essentiellement constituée de marécages dont les températures atteignaient souvent des hauteurs létales, ce qui la rendait en majeure partie inhabitable aux humains. Mais quand *Molly* avait été gravement endommagée durant leur dernière mission, il n'avait pas eu le choix. Il avait dû filer vers le point d'atterrissage le plus proche. En vérité, il s'en était tiré de justesse, un vrai coup de chance !

Kepler n'avait que deux villes, une à chaque pôle, les seuls endroits où les températures étaient supportables. Si Haz avait choisi le nord, c'était qu'il y faisait jour lors de son approche. La ville s'appelait Nord, un manque d'imagination qui symbolisait l'ensemble de la planète. Personne ne venait à Kepler par choix, c'était toujours la même histoire : «*en désespoir de cause*». La plupart des locaux travaillaient dans les grosses entreprises qui exploitaient les marécages nocifs pour y récolter les feuilles de barbeau – ou cresson épineux. Les rares citoyens aisés de la planète traitaient le barbeau et vendaient leurs productions aux marchands des mondes extérieurs en échange de matières premières dont les Képlériens avaient besoin pour survivre. Quand le montant des profits satisfaisait leur cupidité, les nantis filaient tous vers des contrées plus hospitalières. Une partie de la population des deux cités travaillait dans les magasins, les restaurants miteux ou les bars, une autre œuvrait sur les docks pour réparer les bâtiments ou les vaisseaux de passage. Les derniers fournissaient divers services spécifiques pour les résidents susceptibles de les payer. Les divertissements étaient rares.

Écrasée sous un ciel perpétuellement couvert, Kepler était une morne planète. Oui, tout le monde rêvait de la quitter !

Sauf Haz. Il y survivait péniblement depuis plus d'un an et il comptait y rester.

Le bar où Kasabian l'avait trouvé n'avait pas de nom. De plus, le distinguer des autres rades de Nord était plus ou moins impossible. Un ancien habitué, un Terrien lunatique qui s'intéressait à l'Antiquité de sa planète et aux combats de gladiateurs l'avait surnommé « la Fosse aux Désespérés ». Il riait en donnant ce nom, avant de réclamer un whisky synthé. Haz l'avait baisé une fois. Ensuite, d'un commun accord, les deux hommes avaient décidé de ne pas recommencer. Ils préféraient se concentrer sur leur pari implicite : lequel d'entre eux réussirait le premier à se tuer en buvant ? Le Terrien avait gagné. Ça faisait un bout de temps qu'Haz ne pensait plus à lui, mais pendant qu'il marchait péniblement pour rentrer chez lui, le Terrien lui revint en mémoire. Et Haz se demanda pourquoi.

Dans ce quartier, les rues n'étaient pas pavées. À certains endroits, une poussière émanait du sol, assez dense pour obstruer les poumons les plus solides ; à d'autres, la boue était si collante qu'elle vous arrachait les chaussures des pieds. Les nantis voyageaient en aéroglisseur, aussi s'intéressaient-ils peu à l'état des rues. Les pauvres, eux, marchaient et maugréaient. Haz faisait partie de ce dernier groupe, bien entendu, et par une nuit comme celle-ci, alors que la brume épaisse trempait ses cheveux et dégoulinait sur son visage et que la boue accentuait ses douleurs à la jambe, ses jurons étaient particulièrement vicieux.

Il s'arrêta et prit appui contre un bâtiment délabré, les dents serrées à l'idée du chemin qui lui restait encore à faire. Soudain, une ombre jaillit de l'obscurité et s'avança vers lui. Haz distinguait à peine le nouvel arrivant, mais à sa démarche à la fois furtive et décidée, il devina sans peine ses intentions.

— Je n'ai rien sur moi qui vaille la peine d'être volé !

Mentalement, Haz se frottait les mains, une bataille était exactement ce qu'il lui fallait ce soir pour calmer sa tension. Il ajouta d'un ton guilleret :

— Et si tu crois être tombé sur une proie facile sous prétexte que tu brandis un coutelas, laisse-moi te dire que tu vas être fortement déçu.

Son agresseur potentiel approchait toujours. Sans doute avait-il remarqué qu'Haz boitait bas, aussi ne croyait-il pas à ses allégations. Certains

8

désespérés de Nord tuaient pour quelques crédits qu'ils dépenseraient en narcos, la drogue locale dont les forçats du barbeau étaient tous plus ou moins accros. En fait, les patrons leur distribuaient cette drogue dans l'espoir de les garder dociles. C'était aussi un bon moyen de pression : si un salarié se rebellait ou paressait, il était viré et privé de drogue du jour au lendemain. En temps normal, Haz ressentait presque de l'empathie pour ces pauvres gars. Mais pas quand l'un d'eux tentait de le voler.

— Je te le dis, mon pote, insista-t-il. Tu vas le regretter.

— Donne-moi tes crédits.

La voix rauque avait un accent de Kepler. Le pauvre type était donc né sur cette planète de merde ? Pas étonnant qu'il ait besoin de narcos pour oublier ses malheurs.

— Je te l'ai dit, répéta Haz avec patience. Je suis quasiment fauché. Je ne peux pas…

Il ne put continuer, car l'homme avait bondi.

Avec un mur derrière lui, Haz n'avait pas une grande marge de manœuvre. De plus, sa mauvaise jambe risquait de le lâcher s'il la mettait à contribution. Il portait un couteau, mais il ne le sortit pas pour ne pas couper court trop vite au plaisir de ce petit interlude. Il resta collé au bâtiment et saisit son agresseur par le poignet. Quand le tranchant d'une lame lui entailla la main, Haz secoua la tête, attribuant cette erreur de jugement à la quantité d'alcool ingurgité ce soir et à l'obscurité ambiante. Loin de lâcher prise, il ressera au contraire son emprise et utilisa l'élan de son adversaire pour écarter le couteau de son ventre. La lame s'incrusta en profondeur dans une planche de bois pourri du mur derrière Haz. L'agresseur tenta de la récupérer. Haz en profita pour lui envoyer un coup de genou dans les couilles. Comme c'était sa mauvaise jambe, ce fut douloureux, putain, mais l'autre encaissa bien davantage. D'expérience, Haz avait appris à garder sa bonne jambe fermement plantée au sol quand il se battait.

L'homme poussa un long cri inarticulé. Il oublia son couteau et se plia en deux, donnant à Haz l'opportunité de lui décocher un solide coup de poing sur la tempe. Le Képlérien s'écroula comme une masse et l'impact de son corps heurtant la poussière renvoya des échos dans la rue déserte.

Haz pressa son pouce sur son biotab avant de se pencher sur l'homme inconscient. Il connecta son biotab à celui de son agresseur et lui transféra un petit virus vicieux qui bloquerait tous ses crédits pendant une bonne semaine, sinon plus. C'était illégal, bien entendu, mais pas plus qu'attaquer les passants avec un couteau. Haz récupéra l'arme plantée dans le mur, il l'essuya rapidement sur le poncho de l'homme à terre, puis le glissa dans sa poche.

— Ce fut un plaisir, déclara-t-il avant de reprendre son chemin en clopinant.

LE QUARTIER où Haz vivait était essentiellement constitué de petits immeubles à deux étages, les rez-de-chaussée abritaient des magasins ou de petits ateliers, les appartements d'habitation occupant le reste. Si la plupart des résidents ne se plaignaient pas du manque d'ascenseur, pour Haz, l'escalier restait une épreuve difficile, même dans ses meilleurs jours. Il avait donc cherché longtemps une installation qui lui convienne. Il avait fini par louer une petite chambre située derrière une boutique de réparation.

Il déverrouilla la porte avec son biotab et ne put s'empêcher de rire en imaginant la tête de son agresseur lorsque ce dernier constaterait ne pas pouvoir accéder à son logement. Une fois chez lui, Haz alluma et scruta sa chambre : un lit dur et étroit, une petite table et deux chaises, une étagère et un bureau. L'écran incrusté dans le mur avait une fissure diagonale, comme si quelqu'un y avait violemment jeté un projectile. Dans le coin, un évier et un miroir, et la porte d'accès à une salle d'eau si petite qu'Haz aurait pu utiliser les toilettes tout en se douchant.

L'étroitesse des lieux ne le dérangeait pas. Il avait l'habitude des vaisseaux spatiaux aux quartiers encore plus restreints. De plus, il n'était pas du genre à accumuler les possessions. Il aimait même entendre craquer les lames de parquet sous son pas inégal. Le problème, c'était la vermine, ces infâmes insectes que les locaux appelaient « les cafards de boue ». S'en débarrasser était impossible. Par chance, ils ne piquaient pas.

Haz ôta sa veste et l'accrocha à une patère, puis il frotta ses cheveux pour les débarrasser des gouttes de pluie. L'entaille sur sa main était douloureuse, ce qui lui compliqua la tâche pour enlever ses bottes. Szotain de jambe ! Contrarié, Haz jeta les bottes à travers la pièce.

Se redressant, il traversa la pièce en boitant et se pansa maladroitement au-dessus de l'évier. La plaie était longue, mais peu profonde, aussi se contenta-t-il, une fois rincée et désinfectée, de la refermer avec de la dermaglu. Putain, il détestait cette foutue mixture ! Non seulement elle créait des démangeaisons atroces, mais ce sous-produit générique était d'un ton bien plus pâle que sa peau hâlée, comme pour attirer délibérément l'attention sur sa blessure.

— Qu'est-ce que ça peut foutre, Taylor? railla-t-il à haute voix. Qui s'intéresse à toi, hein?

Mentalement, il répondit : *mon voleur, le craqir barman et Sona Kasabian*. Elle s'était quand même donné la peine de venir le chercher ce soir dans ce trou pourri pour lui proposer un contrat!

— Non, szotain! Je veux qu'on me foute la paix! Sona n'a qu'à retourner chez elle faire reluire la jolie petite étoile de son uniforme de général!

Lui continuerait à se bousiller le foie en sombrant peu à peu dans la vase de cette planète. Bientôt, il ne resterait de lui qu'un peu d'ADN au fond d'un marais képlérien.

Toujours debout devant son évier, Haz baissa les yeux sur ses paumes ouvertes. Il pensa à tout ce que ses mains avaient accompli, aux armes qu'elles avaient brandies, aux vaisseaux qu'elles avaient pilotés, aux amants qu'elles avaient caressés. Contrairement à son cerveau et sa jambe, ses mains ne l'avaient jamais trahi. Si Haz fermait les yeux, il sentait presque au creux de ses paumes la chaleur métallique des accoudoirs de son siège au poste de commande de *Molly la Danseuse*.

Szotain, que ça lui manquait!

Avec un soupir résigné, Haz referma ses mains et tapota son biotab.

— Kasabian, dit-il.

II

— Tu PUES, Molly, déclara Haz, c'est une véritable infection, mais au moins, tu es prête à affronter l'espace intersidéral. Foutons le camp d'ici !

Il tapota la cloison métallique de son vaisseau.

Il trouvait un peu déprimant, après avoir passé plus d'un an sur Kepler, que les seuls à remarquer son absence soient son propriétaire et son barman, le second bien avant le premier. Oh, il était possible que les réparateurs et les mécaniciens des docks gardent un bon souvenir de lui, vu qu'il leur avait versé une bonne partie des crédits que la Coalition avait déposés sur son compte. Mais en toute franchise, ses relations sur cette misérable planète restaient limitées, et Haz ne regrettait nullement de la quitter.

Dès le décollage, il sut que *Molly*, malgré les récentes réparations, n'était pas au meilleur de sa forme. Les commandes répondaient de façon léthargique et la structure grinçait dès que Haz tentait des manœuvres un peu osées. De plus, *Molly* emportait avec elle la puanteur du marais. Mais tant qu'elle emportait Haz loin de Kepler, il était satisfait.

Il resta un long moment en pilotage manuel pour le simple plaisir de retrouver d'anciennes sensations. Plus tard, quand il s'assit sur le pont, il prit conscience de sa jambe douloureuse, mais désormais, ce n'était plus aussi important. Tant qu'il volait, Haz était capable d'ignorer la douleur, sauf les rares fois où elle devenait intolérable. C'était comme si son corps cessait d'avoir une vie propre et fusionnait avec son vaisseau. Haz ressentait presque les photons des milliers de soleils lointains qui effleuraient sa carcasse métallique, contrastant avec le froid sidéral dans lequel il flottait ; il entendait le silence résonner à ses oreilles.

Finalement, il dut se consacrer à d'autres tâches, aussi programma-t-il son itinéraire en tirant profit de quelques anomalies spatiales, ces bizarreries bien pratiques du tissu galactique permettant à un vaisseau d'aller d'un point A à un point Z sans passer par toutes les étapes intermédiaires se trouvant entre ces deux extrémités.

— Je te laisse travailler seule, ma belle, déclara Haz.

— *Pilote automatique engagé.*

Cette voix chaleureuse aux tonalités maternelles arracha à Haz un sourire. Si *Molly* était une vraie femme, elle serait dodue et tendre, du genre à préparer des tartes maison et à aider ses petits-enfants dans leurs devoirs de calcul, ceci, bien évidemment, tout en surveillant de près le programmateur qui installait son écran afin de ne pas se faire arnaquer. Elle porterait des écharpes colorées, des vêtements amples et confortables, avec beaucoup de poches, et des bottes dont l'épaisse semelle claquerait sur le sol au rythme de ses pas. Elle raconterait d'extraordinaires histoires sur les trente-sept systèmes stellaires qu'elle avait arpentés durant sa folle jeunesse.

Haz secoua la tête. Sans doute passait-il trop de temps seul dans son vaisseau sans personne à qui parler.

D'un autre côté, il avait été privé de *Molly* pendant une très longue stan-année, aussi comptait-il bien rattraper le temps perdu.

Il revérifia les coordonnées pour s'assurer de ne pas s'être trompé, tapota son écran et se leva. Les mécaniciens de Kepler ne s'étaient pas donné la peine de nettoyer une fois les réparations terminées, et après des mois en cale sèche, tout était croupi et nauséabond. Avec huit stan-jours à perdre avant d'atteindre sa destination, Haz avait largement le temps d'offrir à la brave *Molly* une cure de beauté.

LES PLANÈTES Newton et Kepler étaient dans le même secteur, mais ce n'était vraiment pas facile à deviner quand on les comparait. Kepler avait des couleurs ternes et boueuses et une monotonie sans espoir d'amélioration alors que Newton était un éternel festival de luminosité et d'excitation mercantile.

À la réflexion, cependant, les deux endroits représentaient bien l'objectif premier de la Coalition : arracher par tous les moyens aux résidents les crédits qu'ils possédaient. Simplement, les Newtoniens les dépensaient de façon plus agréable que les Képlériens.

Haz ne comptait pas rester longtemps sur Newton. Il avait déjà visité la planète à quelques reprises alors qu'il était en fond, il s'y était amusé, sans plus. Il ne put, cependant, s'empêcher d'admirer l'élégant spatioport, dont les rutilants équipements étaient au top de la technologie. De toute évidence, les Newtoniens tenaient à faire bonne impression aux nouveaux arrivants. Haz se demanda si les autres biodômes de la planète – microsystèmes destinés aux espèces ayant des besoins différents –, étaient dotés d'installations aussi agréables.

En glissant le long du quai, Haz jeta un coup d'œil au vaisseau voisin, un modèle sportif flambant neuf, dont la coque, peinte de couleurs vives, avait des courbes presque sensuelles. Le nouveau jouet d'un riche parvenu !

Haz tapota le panneau de contrôle de *Molly*.

— Ne t'inquiète pas, ma belle. Je te préfère infiniment à ce coucou tape-à-l'œil et clinquant.

Haz prit le léger bourdonnement qui sortait des haut-parleurs comme une approbation de son vaisseau.

Dès qu'il débarqua, quatre Newtoniens avancèrent pour le saluer. À part leur sourire commercial, ils ne portaient pas grand-chose d'autre, car leur photosynthèse était basée sur leur fourrure.

— Bienvenue, capitaine Taylor ! Nous sommes ravis que vous veniez visiter notre belle planète. Laissez-moi vous détailler nos dernières attractions. L'Hôtel Macaroni, qui vient d'ouvrir, se spécialise dans les pâtes.

— Merci, répondit Haz, l'esprit ailleurs, je n'ai pas besoin… Attendez. Vous avez dit les pâtes ?

— Les nouilles, effectivement. Les humains les adorent. À l'hôtel, vous pourrez vous baigner…

— Non, merci. J'admire votre bagout, mais je suis ici pour affaires.

Le Newtonien ne fut aucunement désarçonné.

— Bien sûr, mais je vous rappelle que les meilleurs deals se signent dans une ambiance conviviale et nous pouvons vous la garantir.

La première attraction de Newton résidait dans ses jardins spectaculaires. Les habitants les avaient exploités pour attirer les touristes. Désormais, la planète avait des centaines d'hôtels à thème pour inciter les riches à dépenser. Certains proposaient une croisière dans un vaisseau étanche à travers les jardins assortie d'une visite guidée. Au biodôme central, au retour, les voyageurs retrouvaient restaurants, spas, boutiques de produits de luxe, discothèques, casinos et autres divertissements d'une variété infinie. On venait à Newton se détendre, fêter une occasion spéciale ou tenter des expériences inédites qui feraient l'envie des voisins, une fois de retour au bercail.

Le Newtonien examina Haz des pieds à la tête.

— Je vais vous donner l'adresse d'un excellent magasin de prêt-à-porter, déclara-t-il.

Haz fit la grimace

— Non, merci. Je veux juste que vous surveilliez mon vaisseau, d'accord ?

— Bien sûr.

Pour quitter le spatioport, Haz dut parcourir d'interminables couloirs bordés d'écrans publicitaires vantant… à peu près tout. De très séduisantes créatures lui détaillèrent ce qu'il pouvait acheter pour se faire plaisir : bijoux, parfums, cosmétiques – de quoi devenir irrésistible ! On lui proposa aussi des hôtels de luxe et des prostitués des deux sexes. En jetant un œil aux corps nus soigneusement huilés, Haz prit conscience qu'il était chaste depuis… un bail. Sa dernière partie de jambes en l'air avait été avec ce Terrien sur Kepler, des mois plus tôt. Peut-être s'arrêterait-il dans un bordel avant de repartir.

Une fois sorti du spatioport, Haz se trouva sur un large boulevard. Contrairement au quartier dans lequel il avait vécu à Nord, la chaussée était pavée et le ciel, à l'extérieur du dôme, était d'un bleu clair, pur et parfait. Des arbres et arbustes à fleurs provenant de diverses planètes bordaient la rue, l'air ambiant en était tout embaumé. Des créatures flottaient sur le boulevard aux commandes de magnifiques aéroglisseurs à toit ouvert. Les Newtoniens ne paraissaient pas user des pétaradants scooters de Kepler. Des promeneurs marchaient en couple ou en groupes, riant et discutant avec animation. Certains sirotaient des boissons colorées.

Haz se sentit minable dans ses vieux vêtements grisâtres, pantalon et tunique. En temps normal, il appréciait leur confort et leur côté pratique, en particulier grâce à leurs nombreuses poches pour y ranger ses affaires, mais ils n'étaient pas exactement à la pointe de la mode, Haz en était conscient. Il se démarquait d'autant plus qu'il était seul et qu'il avançait en boitant, un vieux sac en bandoulière accroché à l'épaule. Eh bien, szot, quoi ! Lui aussi avait le droit de se trouver là.

Il tapota son biotab et réclama un aérotaxi. Quand la voiture se présenta, il y monta à contrecœur. Il détestait ces foutus engins ! D'accord, ils étaient pratiques et confortables, mais Haz ne supportait pas de voler sans diriger son véhicule. Ici, tout était robotisé et programmé, le client indiquait l'adresse où il désirait se rendre et l'ordinateur faisait le reste, décidant de son propre accord le meilleur itinéraire à prendre et la vitesse nécessaire en fonction de la circulation.

— *Où dois-je vous emmener ?* demanda une voix électronique au débit légèrement haché.

— Je ne veux pas être *emmené*, grogna Haz. Je veux piloter moi-même.

— Je possède un équipement haut de gamme pour rendre votre voyage agréable, répondit le robot, *les jeux dernière génération, de la musique en tout genre. Je peux aussi vous recommander d'excellents magasins de prêt-à-porter, vous allez adorer ! Sinon, il y a l'hôtel Macaroni, une attraction qui plaît beaucoup.*

Haz commençait à regretter Kepler, c'était un bourbier insalubre, certes, mais au moins, ses habitants ne vous agressaient pas constamment pour vous vendre leurs cochonneries.

— Conduisez-moi au 16482 Tropicana.

— Bien sûr. Pas de problème.

Sans plus tergiverser, l'aérotaxi quitta le spatioport et survola de grands bâtiments rutilants dont les panneaux publicitaires flashaient de vives couleurs pour vanter ce qui se trouvait à vendre à l'intérieur. Chaque hôtel promettait la meilleure nuit possible, chaque restaurant affirmait que ses spécialités avaient remporté des prix culinaires courus. Des créatures somptueusement vêtues entraient et sortaient des boutiques avec des sacs gonflés de marchandises onéreuses, alcools et autres, comme si jeter leurs crédits par la fenêtre ne comptait pas pour elles. Peut-être était-ce le cas, pensa Haz. Comment le saurait-il, vu qu'il ne fréquentait pas ce genre de population ?

Pendant le vol, il admira le paysage qui défilait derrière les vitres, ceci d'autant plus aisément que l'aérotaxi dépassait à peine la vitesse d'un homme faisant du jogging. Cette lenteur était sans nul doute délibérée. Soit les touristes étaient rarement pressés d'arriver à destination, soit cette allure de limace leur donnait plus de temps pour être tentés par les propositions des écrans et dépenser plus encore au spectacle, au restaurant ou dans les magasins. Même Haz, qui ne portait aucun intérêt aux gadgets inutiles, n'était pas immunisé contre la beauté et le faste, et Newton était bien nanti en ces deux domaines.

Haz se demanda soudain quel aurait été son destin si, en quittant Cérès, sa planète natale, il avait choisi Newton comme destination. Sans doute aurait-il été ébloui, sans doute ne se serait-il pas enrôlé dans la Marine. Peut-être se serait-il installé sur cette planète bling-bling. Mais pour y faire quoi ? Les postes rémunérés n'étaient pas si nombreux pour les humains. Haz se voyait-il garçon de bordel ? Cette idée le fit rire.

Peu à peu, les bâtiments devinrent plus petits et les néons publicitaires plus discrets. L'aérotaxi traversa une passerelle en fer forgé et pénétra dans un quartier résidentiel, Haz le devina, destiné aux retraités modestes. Les maisons, d'une banalité affligeante, se ressemblaient tellement que Haz se demanda comment on pouvait les distinguer et reconnaître la sienne. Il ne comprenait pas du tout qu'on s'enracine de cette façon sur une petite portion de territoire : les gens n'étaient pas des plantes, que diable ! Et aussi somptueux que soient les divertissements, ne s'en lassait-on pas au bout d'un moment ?

L'aérotaxi s'arrêta devant une maison beigeasse ornée de crépi marron, avec, sur l'avant, un jardin de cactus. Sur la porte d'entrée, un panneau disait : « *Bienvenue dans notre château* ». Haz secoua la tête : ce ne pouvait pas être le bon endroit !

— J'ai dit 16482 Tropicana ! protesta-t-il.

— *Vous avez atteint votre destination,* répondit la voix robotisée avec autorité.

— Vous êtes sûr ? Y a-t-il un autre endroit avec la même adresse ?

— *Non, c'est le seul 16482 Tropicana qui existe sur Newton.*

Haz scruta le porche avec méfiance. La porte était encadrée de deux statues jumelles représentant des animaux terriens – des girafes, si ses souvenirs étaient bons. Il en avait vu la représentation sur un vieux livre, mais cela datait. Les statues étaient disproportionnées avec un cou bien trop long, ce qui leur donnait un air idiot.

Résigné, Haz récupéra son sac, il passa la bandoulière sur son épaule et descendit de l'aérotaxi. Il boitilla péniblement le long du trottoir jusqu'à la maison. Il leva le poing pour frapper quand la porte s'ouvrit sur une silhouette familière. Sauf que c'était la première fois qu'il voyait Jaya en leggings orange fluo et brassière jaune vif.

— Euh… salut, Jaya.

Une bouteille d'eau à la main, elle le toisa, les yeux plissés, comme si elle n'était pas sûre de le reconnaître. Ses boucles noires étaient relevées sur sa tête en une queue de cheval et sa peau brune brillait de transpiration.

— Vous interrompez ma séance de yoga !

— Vous pourriez être plus aimable en me retrouvant après plus d'un an.

— Je ne m'attendais pas à vous revoir, un point c'est tout. Comment avez-vous réussi à quitter Kepler, cette planète de merde ? Vous seriez-vous caché dans une cargaison de barbeau ?

— Non, je suis venu avec Molly.

— Hein ? Je suis étonnée que ce malheureux vaisseau accepte encore de vous adresser la parole.

Il tenta de l'amadouer de son plus beau sourire, tout en sachant qu'il n'y parviendrait pas.

— Njeri est là?

— Non, elle joue au golf.

Sous le coup de la surprise, Haz cligna des yeux.

— Au *quoi*?

— Au golf, c'est un ancien jeu terrien, il faut taper avec un bâton dans une toute petite balle pour la faire entrer dans un tout petit trou.

— Je sais, protesta Haz, vexé. Mais je n'aurais pas imaginé que Njeri...

Jaya l'interrompit d'un ricanement sardonique.

— Si vous voulez mon avis, c'est un jeu débile et la meilleure façon de perdre son temps, mais Njeri est accro. Deux fois par semaine, elle retrouve sur les greens ses «copines golfeuses».

Malgré sa main prise, Jaya parvint à dessiner des guillemets avec ses doigts pour souligner ses deux derniers mots.

Au cours des derniers mois, Haz avait très peu pensé à Jaya Hirsch et à Njeri del Rio, son ancien équipage. Sachant les deux femmes bien plus intelligentes que lui, bien plus avisées aussi, il s'était dit que, quel que soit l'endroit où elles avaient atterri en quittant Kepler, elles s'en sortiraient certainement. Mais s'il avait pris le temps d'imaginer leurs nouvelles vies, ce n'est certainement pas le golf qui lui serait venu à l'esprit, ni le yoga, ni les jardins de cactus.

— Qu'est-ce que vous fabriquez, Jaya?

— Je vous l'ai déjà dit : du yoga.

— Je veux dire...

Elle croisa les bras.

— Je sais ce que vous pensez, Haz Taylor. Njeri et moi sommes à la retraite, nous avons économisé nos crédits au fil des années, contrairement à un idiot de ma connaissance, nous avons aussi investi, ce qui nous permet de vivre dans le confort et la sécurité, sans que personne ne nous tire dessus.

— Oui, mais... vous êtes consignées au sol! s'emporta Haz.

Il tapa du pied sur le trottoir pour faire bonne mesure.

— Et alors? Nous avons une belle maison, des amis, des occupations.

Malgré le ton autoritaire de Jaya, Haz vit flamber une lueur dans ses yeux sombres. Sans doute n'appréciait-elle pas autant qu'elle le prétendait la vie qu'elle menait, devina-t-il. Ce qu'il comprenait tout à fait, d'ailleurs, aussi bien pour elle que pour Njeri. Jaya avait passé autant d'années que lui dans l'espace, Njeri plus encore. Comme lui, elles avaient la passion des étoiles dans le sang. Merde, quoi, Njeri était même née à bord d'un vaisseau spatial !

— J'ai un contrat, déclara Haz, je cherche un équipage.

Il n'ajouta rien. Le reste était sans importance.

Jaya ricana.

— Alors dépêchez-vous d'en trouver un. Ne restez pas sur Newton, allez plutôt sur Ankara-12, vous aurez l'embarras du choix.

— Le meilleur équipage que je connaisse est ici, à Newton.

Oui, c'était de la flagornerie, mais c'était aussi la vérité. Dans le passé, Haz avait confié à ces deux femmes ce qu'il avait de plus précieux au monde, son vaisseau et sa vie. Et jamais elles ne l'avaient laissé tomber.

La réciproque n'était pas vraie.

— Je vous en prie, Jaya, insista Haz. C'est important. J'ai besoin de vous. Molly aussi.

Jaya pinça la bouche, mais son expression s'adoucit un peu.

— Njeri et moi avons une soirée prévue. Nous passerons vous voir demain matin. Où séjournez-vous ?

Il aurait préféré qu'elle l'invite à dormir chez elle, mais il comprenait aussi qu'elle ne le fasse pas. Désarçonné par la question abrupte, il chercha une réponse et une seule adresse lui vint : ce putain d'hôtel Macaroni. Non, mieux valait encore la rue !

— Je comptais dormir à bord, déclara-t-il.

— Sûrement pas ! Sur Newton, c'est totalement interdit.

Les Newtoniens refusaient que les nouveaux arrivants dorment dans les vaisseaux amarrés au spatioport ? Rien d'étonnant, cette loi visait à remplir les hôtels. Et Haz n'avait même pas l'option de décoller et de revenir le lendemain matin, parce qu'une manœuvre de ce genre lui serait lourdement facturée.

— Euh…

Il devait tirer une mine désespérée, parce que Jaya eut pitié sur lui.

— Allez au Bon Repos, dit-elle. C'est un établissement familial avec un bon rapport qualité-prix, nous y mangeons souvent, le restaurant est délicieux et les petits déjeuners sont copieux.

— D'accord, merci. À demain, Jaya.

Haz tourna les talons et repartit en clopinant. Jaya le regarda s'éloigner de l'entrebâillement de sa porte. Une fois dans la rue, Haz appela un aérotaxi.

LE BON repos lui plut au premier regard. C'était un petit bâtiment situé à l'orée de la zone hôtelière, dans une rue relativement calme. Fidèle à son nom, l'hôtel veillait à relaxer ses clients : la musique d'ambiance était douce et apaisante, la décoration dans les tons pâles, bleu et gris. Le spa proposait de nombreux services que Haz ne comptait pas utiliser. La voix atone du droïde réceptionniste le fit bâiller. Sa chambre, au sixième étage, avait des rideaux occultants, des posters de ruisseaux alpestres et de prairies parsemées de fleurs, et un immense lit doté d'un monceau d'oreillers moelleux.

Haz avait eu l'intention de poser son sac et de redescendre chercher le bar le plus proche : il était en manque d'alcool ! Peut-être aussi trouverait-il un plan Q pour la soirée, sa longue période d'abstinence commençant à lui peser. Il oublia ses projets dès qu'il pénétra dans la salle de bain attenante à sa chambre. Il y avait une baignoire – *szot*, une vraie baignoire assez grande pour un homme de sa taille ! Il ne se souvenait même pas de la dernière fois où il avait pris un bain.

Il commanda son dîner au room-service avant de remplir la baignoire. Quand son repas arriva, Haz l'emporta dans la salle de bain. Laissant le plateau sur le rebord de la baignoire, il se déshabilla et s'immergea. L'eau était bouillante, presque à la limite du supportable.

Haz poussa un soupir extatique. C'était encore meilleur que baiser !

— Oh, szotain !

Le bain le débarrassait des derniers miasmes des marais de Kepler et la chaleur, en pénétrant son corps, apaisait ses muscles douloureux et ses articulations raidies. Même l'agonie de sa mauvaise jambe s'atténuait, devenant plus sourde, plus tolérable. Haz n'y jeta pas un coup d'œil. Même propre, sa blessure n'en restait pas moins hideuse.

Haz prit son temps pour manger. Quand il eut terminé, l'eau s'était refroidie, mais Haz ne pouvait accepter de quitter la baignoire. Alors, il remit de l'eau chaude, même si tout en lui se crispait à l'idée d'un tel gaspillage d'eau – une habitude intersidérale qui restait gravée dans son subconscient. Le plaisir inouï qu'il en retirait valait bien cette petite transgression.

Quand il quitta enfin son bain, sa peau était molle et fripée, son corps détendu comme jamais. Il s'effondra dans son lit immense, jeta au sol la plupart des oreillers et éteignit les lumières d'une commande vocale. L'obscurité était presque totale dans la pièce, seules des étoiles projetées scintillaient au plafond. Quand Haz y jeta un coup d'œil, il se retrouva vite à cartographier les systèmes qui lui étaient familiers et évoqua ses batailles dans tel secteur, ses contrebandes réussies dans tel autre. Il s'endormit enfin et rêva de l'odeur du foin fraîchement coupé.

JAYA AVAIT dit vrai : le petit déjeuner du Bon Repos était savoureux et copieux. C'était probablement le meilleur repas que Haz ait avalé depuis… son arrivée à Kepler. Il ne parlait pas, trop occupé à engouffrer le contenu de son assiette. Jaya et Njeri suivaient son exemple. Le droïde-serveur débarrassa enfin les assiettes vides et remplit une fois encore les tasses à café.

Haz étudia un moment le liquide noir parfumé avant de relever les yeux.

— C'est du vrai café ! Pas du synthé !

Il avait découvert le vrai café quand il était allé sur la Terre pour s'engager dans la Marine et très vite, il en était devenu accro.

Njeri hocha la tête avec un sourire.

— Oui, il est cultivé ici. Les Newtoniens préfèrent dépendre le moins possible des autres planètes, aussi produisent-ils tout ce qui leur est possible. C'est bien meilleur !

— Et plus rentable.

Elle le toisa sévèrement.

— C'est la qualité qui compte avant tout, Haz Taylor. Et que connaissez-vous en ce domaine, je vous le demande, hein ? Vous ne reconnaîtriez pas la qualité même si elle vous mordait le cul !

— Hé, ne dites pas ça, ça m'est arrivé un jour avec un gars que j'ai rencontré sur… euh, quelque part dans le quadrant thêta. C'était un prince, je vous assure, le summum de la qualité !

Njeri soupira.

— C'était sur Widzenia et il n'était pas prince, juste baronnet de petite noblesse.

Haz haussa les sourcils.

— Et alors ? Cela n'enlève rien à sa qualité intrinsèque. Il savait remarquablement utiliser sa langue pour…

Jaya leva la main.

— Assez ! Je ne veux rien savoir de ce noblaillon ! Racontez-nous plutôt pourquoi vous êtes venu à Newton, Taylor.

Haz pesa ses options. Il n'était pas en très bons termes avec Jaya et Njeri, rien d'étonnant après ce qu'il leur avait fait un an plus tôt, mais pour lui, elles étaient presque des amies, du moins ce qui s'en approchait le plus dans l'univers tout entier. Mieux encore, elles formaient le meilleur équipage qu'il ait connu. Jaya obtenait des miracles d'une machine réticente ou cassée, ou d'un logiciel, et elle était capable d'utiliser un canon à impulsions avec une précision terrifiante. Quant à Njeri, elle était presque aussi bon pilote que Haz avec de bien meilleures qualifications en navigation.

— J'ai déconné, reconnut Haz, j'ai déconné dans les grandes largeurs. C'est à cause de moi que Molly s'est fait tirer dessus sur Encelade et que nous avons tous failli y rester. Je vous demande pardon.

Il s'excusait rarement. À dire vrai, il ne s'y résignait que quand sa contrition était sincère. Et là, c'était le cas. Il regrettait *vraiment* d'avoir accepté de passer des stupéfiants en contrebande d'Enrora à Ankara-12. Il regrettait plus encore d'avoir menti à Jaya et Njeri quant à la véritable nature de leur cargaison. Ce n'était peut-être pas la pire erreur de son existence ni la plus désastreuse, mais elle se situait quand même dans le tiercé gagnant.

Njeri le regarda sombrement.

— À cause de vous, nous avons failli être bannies à vie d'Ankara-12. Vous, vous vous êtes ruiné pour payer les amendes, vous avez presque perdu Molly, et tout ça pour des narcos ? Êtes-vous inconscient des dégâts qu'ils causent à leurs utilisateurs ? Je me fiche de contourner la loi pour faire passer des contrefaçons de vêtements ou de bijoux, mais la drogue, non ! C'est trop meurtrier.

— Je sais.

Haz ne chercha pas à se justifier. En vérité, il n'avait pas tellement eu le choix. D'abord, c'était pour rembourser un service à un client – un client du genre à ne pas accepter un refus sans exercer de représailles. Ensuite, le salaire avait été mirobolant. Dès le départ, cependant, Haz savait que ce contrat dépassait les limites de sa moralité, pourtant, flexible, et s'il avait menti à son équipage, c'était justement parce qu'il était certain de sa réaction : un refus catégorique. À ses yeux, ce mensonge était aussi grave que les narcos embarqués. Il ne se donna même pas la peine de rappeler à Jaya et Njeri qu'au final, il avait détruit la cargaison. C'était là qu'ils avaient tous failli y rester.

Njeri n'en avait pas fini.

— Vous avez agi de façon inadmissible, vis-à-vis de nous d'une part, mais aussi vis-à-vis de Molly. Et regardez où cela vous a mené : vous êtes resté prisonnier de Kepler, ce misérable marais !

Jaya secoua la tête.

— Njer, il en est sorti, puisqu'il est à Newton et qu'il veut nous engager. Il nous prend pour des pommes ou quoi ? Comment peut-il espérer que nous lui fassions à nouveau confiance ? Personnellement, je préfère rentrer à la maison et planter d'autres cactus.

Haz s'essuya la bouche avec une serviette.

— Ce contrat sera très rémunérateur, indiqua-t-il. Vous avez déjà un bon pécule, d'accord, mais qui refuserait de doubler ses fonds ? Cette fois, il ne s'agit pas de contrebande, c'est un contrat tout à fait légal. J'ai été contacté au plus haut niveau.

Njeri se pencha à travers la table.

— Que voulez-vous dire par là ? demanda-t-elle.

— Eh bien, nous ferons affaire avec la Coalition. Kasabian est venue spécialement me chercher sur Kepler. Saviez-vous qu'elle est devenue général de brigade ?

L'expression de Jaya devint encore plus sceptique. De toute évidence, elle ne croyait pas un mot de ce qu'elle venait d'entendre.

— La Coalition vous propose un contrat, à *vous* ? Cette même Coalition qui s'acharne sur vous depuis des années ? Combien de fois avez-vous été arrêté par les agents gouvernementaux ? Combien d'amendes avez-vous dû payer pour rester libre ? Je vous rappelle que vous n'avez pas franchement quitté la Marine avec les honneurs !

Haz fronça les sourcils à ce rappel malvenu.

— Oublions le passé, déclara-t-il sèchement. Kasabian m'a demandé de livrer un précieux artefact sur Chov X8, il lui faut donc un pilote capable de traverser le secteur Kappa. En plus, pour des raisons… euh, politiques, elle préfère ne pas utiliser un vaisseau qui arbore le pavillon de la Coalition.

Njeri et Jaya échangèrent un regard que Haz ne sut déchiffrer.

Puis Njeri lui fit face.

— Quelle est la nature de cet artefact ?

— Aucune idée, déclara-t-il distraitement. Je sais juste qu'il a une valeur religieuse. À l'origine, il appartenait aux habitants de Chov X8, mais il a été volé, et la Coalition a réussi à le récupérer. Maintenant, Kasabian veut le renvoyer. Et elle est prête à payer généreusement.

— Combien vous a-t-elle proposé, exactement ? demanda Jaya, les sourcils levés.

En apprenant le chiffre proposé, même Jaya eut l'air impressionné. Quant à Njeri, elle sifflota longuement. Haz n'était pas certain d'avoir convaincu les deux femmes d'accepter sa proposition, pourtant, insister sur les avantages qu'il allait tirer de ce contrat lui parut inutile, sinon contre-productif. Après tout, Njeri et Jaya trouvaient peut-être qu'il méritait de pourrir éternellement sur Kepler.

Il joignit les mains et se pencha en avant.

— Écoutez, vous appréciez votre vie sur Newton, je le comprends très bien. Vous avez une jolie maison, d'après ce que j'en ai vu, et vous méritez de savourer un peu de paix et de détente. Mais soyez franches, vous êtes, comme moi, des accros à l'espace intersidéral. Même si sur terre, vous faites régulièrement de l'exercice et mangez assez pour étouffer un thruqrax, voler doit vous manquer, c'est évident. Quand les gens comme nous se privent trop longtemps de la chanson de l'espace, nous dépérissons à petit feu.

Sa flèche avait touché sa cible. Haz le sut en voyant la crispation des mains des deux femmes et la tension de leurs paupières. Il leur avait décrit ce qu'il avait ressenti sur Kepler, à chaque szotain d'heure passée dans ce bourbier. Leur situation était meilleure que la sienne, d'accord, mais le fond du problème restait le même.

— Allez faire un tour, Taylor, ordonna Jaya. Je dois m'entretenir en privé avec ma femme.

Haz tapota son biotab pour payer le petit déjeuner, puis il se leva avec un sourire.

— Dix minutes, cela vous suffira ?

— Non, quinze.

IL S'ABSENTA vingt minutes, le temps qu'il lui fallut pour parcourir la boutique de cadeaux de l'hôtel. Franchement, qui voudrait d'un peignoir au logo « le Bon Repos » ou d'une paire de chaussettes bleue en tissu éponge qui, d'après l'étiquette, massait les voûtes plantaires et octroyait à son porteur une meilleure santé ? Peuh ! Tous les massages de la galaxie ne pouvaient rien pour sa maudite jambe.

En revenant au restaurant, Haz sut qu'il avait réussi au premier regard qu'il posa sur le couple. Jaya paraissait furieuse, Njeri souriait.

24

Haz souriait aussi en reprenant son siège.

— Merci! s'exclama-t-il. Merci beaucoup! Nous allons…

— J'ai une condition, interrompit Jaya.

— Tout ce que vous voudrez.

Elle pointa le doigt vers lui.

— Ne nous mentez plus jamais. Je me fiche que ça vous plaise ou pas, Haz Taylor, je me fiche de vos problèmes d'ego, je veux la vérité, toute la vérité, rien que la vérité. Vous ne nous cacherez plus rien.

— Deal! s'écria-t-il. Je vous raconterai tellement tout que vous me supplierez de me taire.

Souriant toujours, il tendit la main. Njeri la serra la première, puis Jaya, un peu à contrecœur.

Maintenant, Haz avait un vaisseau et un équipage. Il ne lui restait plus qu'à mettre la main sur l'artefact pour pouvoir partir vers Kappa et accomplir sa mission si bien rémunérée.

L'avenir s'éclaircissait.

III

Haz pensait décoller le lendemain matin, mais ses projets reçurent un véto formel dès que son équipage pénétra dans son vaisseau. Njeri et Jaya refusèrent de bouger avant que *Molly* soit lavée de fond en comble.

— Je l'ai déjà nettoyée en venant ! protesta Haz.

Jaya le toisa et secoua la tête.

Njeri posa la main sur son épaule.

— Je connais d'excellents professionnels sur Newton. Molly sera bientôt rutilante.

À contrecœur, Haz déboursa des crédits qu'il aurait préféré garder, sans compter qu'il dut payer trois nuits supplémentaires au Bon Repos. Il envoya également un message à Kasabian pour la prévenir du retard, ce qu'elle apprécia peu. Elle savait pourtant qu'il était vital pour réussir une mission d'avoir un bon équipage et un vaisseau opérationnel.

Pour occuper son temps, Haz mangea et visita les attractions les moins coûteuses de Newton. Il s'octroya aussi d'autres bains. Et il but, beaucoup, soulagé que l'alcool vendu à Newton soit moins nocif que celui dont il avait fait son ordinaire sur Kepler. Le dernier soir, il se rendit dans l'un des bordels qui faisaient la célébrité de la ville. Il regarda danser les humains et les autres espèces. Tous étaient séduisants, magnifiques et talentueux dans leurs spécificités. Bien payés aussi, d'après ce que Haz en savait, et suprêmement doués pour satisfaire leurs clients et combler leurs désirs. Il y avait même un couple de Tirloviens, une espèce réputée pour ses prouesses au lit. Mais Haz ne ressentit rien, aussi retourna-t-il à son hôtel et à sa baignoire.

Dans la matinée, il quitta enfin le spatioport aux commandes de *Molly* pendant que Njeri se penchait sur les cartes de navigation et que Jaya maniait bruyamment son marteau et ses outils, ses jurons colorés exprimant clairement ce qu'elle pensait des mécaniciens de Kepler. C'était une ambiance familière, aussi confortable qu'un vieux fauteuil défoncé. Njeri fredonnait entre ses dents. Haz regardait les étoiles et souriait.

Quelques heures après, Njeri se rendit dans la cambuse, sans doute pour y chercher un encas. Quand elle revint, elle se laissa tomber à sa place habituelle.

— Le secteur Kappa ! soupira-t-elle.

— Oui, je sais.

— Les deux dernières fois où nous y sommes passés…

Il haussa les épaules.

— On s'en est sortis par miracle, je sais. Le danger est le piment de la vie.

— Je suis trop vieille pour avoir envie de piment, reconnut-elle. Il y a des avantages au confort et à la sécurité du prévisible !

Haz fit la grimace. Il détestait le prévisible. D'après son expérience, les résultats étaient toujours décevants. Pour exemple, quand il avait accepté à contrecœur cette cargaison de narcos, il était prévisible qu'il allait finir dans la merde jusqu'au cou. Et ça avait été le cas ! L'inattendu, au moins, laissait une chance d'obtenir un bonus.

— Traverser Kappa nous fait gagner un mois de navigation intersidérale, et dans le contexte, c'est important. Kasabian a bien insisté sur l'urgence qu'il y avait à rapporter leur gadget aux Choviens.

Njeri lui jeta un regard entendu.

— De plus, nous sèmerons un éventuel suiveur sur Kappa.

Elle avait raison. Le secteur était rempli de débris depuis qu'un cataclysme ancien avait détruit tout un ensemble de planètes. Pire encore, l'endroit était instable, et ses anomalies inexpliquées excitaient l'intérêt des scientifiques et contrariaient les pilotes les plus émoulus. C'était le refuge préféré des pirates et des hors-la-loi qui préféraient éviter l'attention des autorités. Certains se contentaient de vaquer à leurs occupations, d'autres guettaient les voyageurs imprudents.

En vérité, Haz adorait cet endroit !

Conscient du regard suspicieux de Njeri posé sur lui, il soupira.

— Tout ce que je sais, déclara-t-il, c'est que ce foutu artefact a déjà été volé une fois. Pourquoi ? Je n'en ai aucune idée, vous savez très bien que la politique ne m'intéresse pas, la religion encore moins. La Coalition a réussi à le récupérer, d'une façon ou d'une autre, mais Kasabian craint que le ou les voleurs n'aient pas renoncé et tentent quelque chose durant le trajet retour jusqu'à X8. Ce szotain de truc a peut-être une valeur marchande ! Nous, ce qui nous intéresse, c'est d'être payés, aussi allons-nous miser sur un rapatriement aussi rapide que possible. Et si nous faisons en sorte de rendre impossible une interception, c'est d'autant mieux !

— Donc Kappa, grogna-t-elle.

— Hé, c'est parce que nous sommes les meilleurs qu'ils nous ont embauchés plutôt qu'un coco sans expérience. Ils savent que nous sommes capables de passer.

Njeri sembla se rasséréner.

— D'accord. Ça me laisse une quinzaine de jours pour tracer la meilleure trajectoire possible, même si à travers Kappa, c'est difficile.

Elle plissa le nez et ajouta :

— J'espère que nous ne resterons pas longtemps sur Terre !

— Non, juste le temps de remplir nos stocks et de récupérer l'artefact.

Elle frissonna.

— Tant mieux ! Cette planète… me fout les jetons.

— Moi aussi. La dernière fois que j'y suis allé, c'était pour passer en cour martiale.

Les yeux verts de Njeri le toisèrent avec sérénité.

— Vous ne le méritiez pas, Haz. Je ne vous l'ai jamais dit, et Jaya n'abordera jamais le sujet, mais nous en avons discuté et nous sommes du même avis : ils auraient dû vous donner une médaille au lieu de vous faire passer en jugement.

Gêné, Haz se racla la gorge.

— Il y a eu des morts. Ça a même été une hécatombe !

Elle lui tapota le genou.

— Dans la Marine, il y a souvent des combats, il y a souvent des morts. Parfois, il n'y a pas de bonnes décisions, aussi le mieux qu'on puisse faire est de limiter les dégâts.

Elle se leva et ajouta :

— Je vais m'assurer que ma femme n'oublie pas de manger. À plus, Capitaine.

La TERRE avait plusieurs spatioports, la plupart étant des reliques des jours meilleurs. Celui de Budapest restait de loin le plus fréquenté. C'était logique, puisque la ville était la capitale du gouvernement de la Coalition. En fait, Budapest avait deux spatioports, un pour les civils et un pour l'armée. C'était dans celui-là que le général Kasabian avait convoqué Haz. En amenant *Molly* jusqu'à une place sur le dock, le contrôleur paraissait contrarié, mais Haz s'en fichait. Lui non plus n'était pas content. C'était son vaisseau, merde ! Il détestait en céder les commandes à un connard en uniforme de toute évidence nul en pilotage.

Njeri remarqua sa grimace.

— Ne faites pas cette tête ! Nous serons bientôt seuls dans l'espace et vous pourrez agir comme vous l'entendez.

— Merci, je sais.

L'atterrissage fut plus brusque que Haz l'aurait souhaité. Ensuite, il ouvrit la trappe avant et fut accueilli par une meute de soldats. Ce qui lui rappela son dernier passage sur cette planète. Cette fois, au moins, il n'était pas menotté, et sa jambe, bien que douloureuse, n'était pas à l'agonie d'une blessure récente. Charmant souvenir !

Au premier pas qu'il fit sur la passerelle, un sergent maigrelet à peine pubère avança pour le bloquer.

— Nous avons des ordres, capitaine Taylor, déclara-t-il, vous devez rester à bord de votre vaisseau.

Si, au départ, Haz ne tenait pas particulièrement à descendre sur Terre, il ne supportait pas l'idée de donner à ce petit crétin une quelconque autorité sur lui.

— Je me fous de tes ordres, gamin, je ne suis pas dans la Marine.

Il sauta un peu trop brusquement sur le quai… et cacha le fait que ça lui fit un mal de chien. Il atterrit si près du jeune sergent qu'il l'obligea à reculer.

— Dégage, ajouta Haz. J'ai à faire.

— Mes ordres…

Haz ricana et désigna l'arme que portait le jeune homme.

— … sont de me tirer dessus ?

— Non, mais…

— Alors dégage.

Il avança et constata sans surprise que le sergent n'ajoutait rien. Njeri descendit derrière lui. Une fois sur le quai, elle jeta un regard impassible aux militaires qui les cernaient.

Haz lui lança un coup d'œil.

— Et Jaya ? demanda-t-il.

— Elle reste à bord, Capitaine. Elle bricole.

— Bien sûr.

Haz arbora un sourire plein de dents, sachant très bien que le jeune sergent devait le juger… mentalement instable.

— Pas question de toucher à Molly sans mon accord, c'est bien compris ? D'ailleurs, je vous interdis formellement de monter à bord. Ou même de poser la main sur elle. Ou de lui bouffer son oxygène en respirant trop près d'elle. J'ai installé des capteurs de mouvements, mais ils déconnent ces derniers temps, ils ont tendance à exploser dès qu'on les titille. Il va falloir que je revoie leurs réglages, ne prenez aucun risque, les gars, ce serait salissant !

Il mentait, bien entendu, mais à voir les regards affolés que les soldats échangeaient, ils avaient gobé son baratin. Les militaires finirent par reculer, Haz et Njeri passèrent sans plus de difficultés.

Bien que Budapest soit la capitale de la Coalition, son spatioport était misérable comparé à celui de Newton. Aucun *bling-bling*, aucun glamour. Pour être franc, Haz ne s'en plaignait pas, il appréciait les odeurs fortes du métal chaud et de la poussière spatiale. Pendant que Njeri et lui parcouraient un long couloir souterrain, leurs bottes résonnant bruyamment sur le sol dur, Haz tapota son biotab et contacta Kasabian.

— Nous sommes bien arrivés, annonça-t-il. Merci pour le comité d'accueil, c'est agréable de se sentir aussi attendu. Je pars chercher du ravitaillement. Mon équipage et moi-même serons prêts à partir demain matin.

Après un court temps de silence, le général répondit :

— J'aurais pu vous faire livrer à bord ce que vous désirez.

— Non, non, je ne voudrais pas abuser de votre bonne volonté, général Kasabian. De plus, je me sens tout nostalgique à l'idée de retrouver la mère patrie. Qui s'étonnera que je tienne à une petite visite, hein ?

Njeri ricana et roula des yeux.

— Nous vous délivrerons l'artefact demain matin à six heures, déclara sèchement Kasabian. Soyez prêt.

— C'est dans ma nature.

— Et ne créez aucun problème pendant votre séjour à terre !

Il répondit d'un éclat de rire.

Le couloir continuait à tourner et à sinuer. Tout en marchant, Haz pensait à Budapest. Il avait vu d'anciennes photos. C'était jadis une belle et vieille ville, une reine détrônée toujours élégante malgré son déclin. Mais ça, c'était avant les tremblements de terre, avant les pandémies qui avaient décimé la population, avant les hivers et les étés aux températures si extrêmes que rares étaient les êtres capables de les supporter, du moins de leur plein gré. Presque toutes les villes de la Terre se trouvaient dans le même cas. Les survivants des cataclysmes avaient émigré en masse vers des planètes plus hospitalières. Comme beaucoup d'autres vieilles villes, Budapest était en ruine.

La Coalition s'était obstinée à garder sa capitale sur Terre sous prétexte que même si d'autres espèces avaient été intégrées au fil des siècles, les humains constituaient encore la majeure partie de leur population. D'après le gouvernement, lesdits humains tenaient à leurs racines, donc à cette planète. Si Budapest avait été choisie, c'était principalement parce que la ville était loin des mers et océans aux caprices imprévisibles. De nouveaux bâtiments avaient été construits, utilitaires, très laids. Beaucoup étaient souterrains. Plus personne ne se souciait des anciennes structures laissées à l'abandon. Au milieu des décombres amoncelés, quelques vestiges restaient reconnaissables : les ponts squelettiques et les murs de l'édifice du Parlement.

Arrivant enfin au bout de ce couloir interminable, Haz et Njeri se trouvèrent à l'air libre. Les décombres omniprésents cernaient le spatioport, situé dans une vaste plaine, à l'est de la ville. Contrairement à Newton, il n'y avait pas de boulevards bordés de fleurs, juste des rails métalliques bourdonnant de voitures. Budapest n'avait jamais investi dans les aérotaxis, peut-être en raison de leur coût. Haz convoqua donc un wagonnet de tram. Quand le véhicule arriva, sa porte s'ouvrit, permettant à Haz et Njeri d'entrer et de s'installer sur la banquette.

— Farkas & Zhao ! déclara Haz.

La voiture enregistra les instructions et démarra sans attendre. L'habitacle avait des relents de nourriture avariée et de sueur, mais au moins, le véhicule allait plus vite que les aérotaxis de Newton.

Haz essayait de ne pas regarder à l'extérieur.

— Dieu, que je déteste cet endroit ! grommela-t-il.

— Lequel ? Budapest ou la Terre ?

— Les deux.

— Bizarre. La plupart des humains adorent la Terre. Nous y avons tous nos racines, non ?

Il changea de position pour donner plus de place à sa jambe.

— Des *racines* ? Je ne suis pas un szotain d'arbre ! Je n'ai pas besoin de racines.

— Il y a combien de générations que votre famille a émigré ?

— Une seule.

Elle émit un hoquet surpris.

— C'est vrai ?

Haz soupira.

— Bien sûr que c'est vrai ! Pourquoi diable mentirais-je ? Mes très estimés parents étaient des Terriens purs et durs, ce qui me donne tout à fait le droit de détester cette foutue planète !

Le magasin Farkas & Zhao se situait à proximité du spatioport civil, dans un étrange quartier où chaque bâtisse était constituée de bois, d'acier et de plastique recyclé. Elles étaient aussi moches que les bâtiments gouvernementaux, mais au moins, chacune d'elles était différente. Farkas & Zhao, par exemple, était moitié blanchi à la chaux, moitié peint en magenta. Bien que les intempéries aient affadi les teintes originelles, elles restaient criardes à souhait.

En débarquant de la voiture, Njeri remarqua :

— Kasabian a raison : nous aurions pu commander et nous faire livrer.

— Oui, répondit Haz, mais ça aurait été moins marrant.

Il était impatient d'exaspérer le gérant et de draguer son héritier.

Dès qu'il entra dans le magasin, il fut assailli par des odeurs familières, le sucré des aliments concentrés, la poussière des tissus de coton destinés aux puristes qui détestaient les synthés, et l'agréable odeur de graisse émanant des containers où étaient emballées les pièces métalliques. Il y avait là de quoi monter une centaine de vaisseaux. Les clients étant rares, Haz put foncer droit au comptoir de la réception.

— Haz Taylor ! s'exclama Joe, le gérant.

Farkas et Zhao, les créateurs du magasin, étaient morts depuis plus d'un siècle. De plus, Joe n'était ni Terrien ni même humain. C'était un Yex'oi, une espèce humanoïde de grande taille. Il surplombait Haz de quarante ou cinquante centimètres, et il était plus musclé qu'un bodybuilder. Sa peau était turquoise, comme les eaux d'un océan tropical, et ses cinq yeux argentés avaient d'étranges pupilles fines et verticales. Il semblait content de revoir Haz, car la crête de son cou à pointes se leva en guise de salutation.

Haz appuya ses coudes sur le comptoir métallique.

— Salut, Joe.

— J'ai entendu dire que tu étais mort !

— Je ne crois pas, non. Dis, nous devons équiper mon vaisseau pour un voyage de quatre mois.

Il espérait que sa mission lui prendrait bien moins longtemps, mais dans l'espace, mieux valait ne courir aucun risque. Haz aurait l'air fin s'il se trouvait coincé aux confins de la galaxie sans rien à boulotter. De plus, *Molly* avait plein de places dans ses soutes. Soudain, Haz regretta de ne pas avoir demandé le volume de la relique qu'il devait rapporter à ses légitimes proprios.

— Ton vaisseau? Je te croyais reconverti dans les missions privées.

Joe était une mine de renseignements. Il entendait beaucoup. Peut-être était-ce dû à ses cinq oreilles?

— Tu as un équipage, Haz? demanda le Yex'oi. Combien sont-ils?

— Quatre.

Il mentait à peine, hein?

— D'accord. Je vais demander à Mary ou à Steve de te prêter main-forte. Attends-moi là.

Njeri arpentait les allées en cherchant des pièces pour *Molly*, Jaya lui avait donné une liste. Haz s'appuya sur le comptoir en essayant de prendre l'air décontracté, alors qu'il cherchait principalement à soulager sa jambe.

Deux minutes plus tard, Steve arriva en courant, il le salua en agitant la crête de son long cou et lui serra vigoureusement la main.

— Haz! Tu n'es pas mort!

Il ressemblait beaucoup à son père, en plus petit, ce qui le mettait à peu près de la taille de Haz. Un Yex'oi atteignait sa pleine croissance à l'âge d'un siècle environ.

— Je suis content de te voir, Steve.

— Mec, ça fait longtemps. Tu travailles seul à présent?

— Oui, j'ai un vaisseau.

Steve lui tapa sur l'épaule.

— Super! Je suis certain que tu es bien plus heureux comme ça que dans la Marine. Que puis-je faire pour toi?

Il inclina un peu la tête et une lueur d'or en fusion brilla dans ses yeux.

— Ça te dirait une visite de l'arrière-salle?

Cette «visite», Haz l'avait faite plus d'une fois à l'époque où il était chargé d'acheter les vaisseaux de la Coalition. Parfois, il y allait avec Mary, les jumeaux étant assez partageurs dans le domaine du sexe. Haz gardait de bons souvenirs de ces expériences. Même si les prénoms pouvaient prêter à confusion, les Yex'oi étaient tous du même sexe et se reproduisaient via l'autoclonage. Joe et sa famille ayant adopté avec enthousiasme le mode de vie terrien, ils se présentaient comme des êtres genrés. Et ils appréciaient le sexe récréatif. Les Yex'oi n'avaient pas tout à fait le même corps qu'un humain, mais comme ils étaient dotés d'appendices du même effet, baiser avec eux était à la fois intrigant et très agréable.

Pourtant, Haz secoua la tête.

— Non, merci, je suis un peu pressé. Ce sera pour une prochaine fois.

En vérité, il aurait pu trouver le temps, quitte à demander à Njeri de retourner sans lui au spatioport, mais il n'était pas d'humeur à batifoler.

Lui avait survécu à Kepler, pas sa libido.

Steve ne paraissait pas offensé.

— D'accord, dis-moi ce qu'il te faut.

Haz et Njeri mirent plus d'une heure à compléter leurs listes respectives. Haz se laissa même aller à des achats somptuaires comme du «vrai» alcool, qu'on ne trouvait que sur Terre, et des draps en coton pour lui et son équipage. Et il perdit une demi-heure à négocier avec Joe le prix de ses achats. Sans doute n'était-il pas trop rouillé en ce domaine, car il quitta le magasin avec la conviction de ne pas (trop) s'être fait empiler. Joe lui avait promis de livrer sa commande d'ici deux heures.

Du coup, Haz et Njeri avaient le temps de s'offrir une platée de nouilles dans un bistrot voisin. Jadis, ce restaurant était l'un des préférés de Haz. Cette fois-ci, pourtant, il fut plus circonspect en contemplant son assiette. Trois jours sur Newton et il avait déjà des goûts de luxe ? En tout cas, le menu roboratif était bien meilleur que tout ce qu'il avait consommé sur Kepler. Pendant le repas, Haz parla peu. Quant à Njeri, elle avait le regard vague et l'esprit probablement occupé par des cartes de navigation. Soudain, Haz réalisa qu'il était las, comme s'il venait de prendre vingt ans d'un coup. Sûrement la faute de cette szotain de planète Terre ! Elle gardait sur lui une fâcheuse attraction gravitationnelle alors même qu'il tentait de regagner tout ce qu'il avait perdu.

La main serrée sur son bol, Haz examina ce qui restait de sa soupe comme une diseuse de bonne aventure tentant de lire des feuilles de thé. Apparemment, son avenir s'organisait autour de bouts de salade et d'une nouille oubliée, mais était-ce un bon ou un mauvais présage ? Haz n'en savait rien.

— Njeri…

Il s'interrompit, parce qu'une ombre venait de tomber sur leur table.

— Taylor ! grogna l'homme qui venait d'arriver.

Haz ne le reconnut pas. C'était un employé de la Coalition, il portait un badge nominatif sur sa combinaison : Paulsen. Ce nom non plus ne disait rien à Haz. L'homme était à peu près de son âge, avec un visage rougeaud et empâté, et des cheveux coupés très courts pour tenter de cacher une alopécie précoce.

— Oui ?

— Qu'est-ce que tu fous ici, bordel ?

— La réponse à cette question me semble évidente : je déjeune.

Paulsen montra les dents.

— Comment oses-tu ramener ta tronche ici après ce que tu as fait ?

— J'ai fait beaucoup, mon pote, mais je ne vois pas du tout en quoi cela te regarde.

— Plus de cent soldats sont morts par ta faute, espèce d'enculeur de qhek ! Sale lâche !

Arrachée à ses pensées, Njeri sembla réaliser ce qui se passait. Avec un soupir exaspéré, elle repoussa son bol.

— Je vais attendre dehors.

— Je viens avec vous, déclara Haz, j'avais fini de toute façon.

Elle s'éloignait déjà quand il voulut se lever. Paulsen bondit et le poussa à deux mains en pleine poitrine. Vu que l'homme était énorme, l'impact fut important. Sans son problème à la jambe, Haz aurait résisté, mais quand il tenta de s'y appuyer, il retomba lourdement dans son siège avec un juron.

Les autres clients du restaurant semblaient apprécier l'intermède, en tout cas, ils surveillaient la scène avec intérêt. Aucun ne fit mine d'intervenir. Aucun ne cessa même de mastiquer.

Haz soupira et leva les yeux vers Paulsen.

— J'ai du travail. Toi aussi, je présume. Alors, va voir ailleurs si j'y suis, ce sera bien plus simple pour tout le monde.

— Il y avait des potes à moi dans ceux que tu as tués !

— Moi, je les connaissais tous, répondit Haz avec calme.

Et c'était la vérité. Tous étaient membres de son équipage et un bon officier s'intéresse à ses subordonnés. Haz connaissait tout de ses hommes, leurs origines, leurs compagnes ou compagnons, leurs goûts, leurs amis, leurs ennemis, leurs forces et leurs faiblesses. Il savait lesquels étaient courageux et ceux qu'il fallait garder à l'œil au cœur du combat.

— Putain de traître ! hurla Paulsen.

Il éructa bruyamment et cracha au visage de Haz. Le mollard visqueux coula sur sa joue. Haz l'essuya de sa serviette, puis se redressa, en surveillant cette fois sa mauvaise jambe. Il regarda Paulsen droit dans les yeux sans prononcer un mot.

Paulsen grogna comme un chien enragé.

— Tu aurais dû crever aussi !

C'était la vérité, ce que Haz s'apprêtait à confirmer. Il n'en eut pas le temps, car Paulsen lui balança un gnon. Le coup, trop impulsif, fut facile à éviter. Le second toucha Haz à l'épaule. Sans lui causer de réelle douleur, d'accord, mais Haz en avait assez. Pourquoi ce connard était-il venu le chercher pendant son repas en ressassant une histoire déjà ancienne ?

En principe, la Terre était une planète civilisée, aussi était-elle protégée par des boucliers dits « neutralisants » qui empêchaient les civils de s'entretuer. Ces boucliers rendaient inopérants les neuro-bloquants, les fléchettes toxiques, les pistolets laser et même les anciennes armes, sauf peut-être une matraque pour taper sur la tête de son agresseur. Mais rien ne bloquait un couteau, et Haz ne sortait jamais sans le sien. Ainsi, lorsque Paulsen tenta sur lui une prise de tête, Haz sortit sa lame de son étui caché et la planta dans le large dos charnu, juste sous l'omoplate. D'après lui, il n'avait pas touché d'artère, aussi la blessure ne serait-elle pas fatale, mais elle ralentirait son adversaire. Effectivement, Paulsen beugla comme un porc égorgé, il lâcha Haz et s'agita en vain pour arracher la lame. Profitant de sa panique, Haz tendit la jambe, il lui faucha les pieds tout en le poussant vigoureusement.

Criant toujours, Paulsen s'effondra face contre terre sur le sol sale.

Haz récupéra son couteau, ce qui arracha à sa victime un autre hurlement, et l'essuya sur une serviette avant de le ranger. Ensuite, il reprit son siège et attendit les flics. Heureusement que Paulsen n'avait pas sur lui son arme de service ou qu'il ait été trop bête pour s'en servir. Un couteau contre un blaster ? Haz n'aurait pas parié lourd sur ses chances. Les boucliers n'affectaient pas les armes militaires.

Lorsque la police militaire arriva, quelques minutes plus tard, la plupart des clients étaient retournés à leur repas, ignorant Paulsen qui geignait avec affliction dans une mare de sang. Les agents se montrèrent efficaces. Ils posèrent sur la plaie une bande de dermaglu, remirent Paulsen sur pieds et passèrent parmi la foule récolter les témoignages.

— Qui l'a poignardé ? demanda une policière, d'un ton détaché.

Haz leva la main.

— Moi.

— Vous n'étiez que tous les deux impliqués dans ce différend ?

— Oui, confirma Haz.

À contrecœur, Paulsen le confirma et les flics semblèrent s'en satisfaire. Ils firent sortir Haz et Paulsen dans la rue.

— Il a essayé de me tuer ! gémit Paulsen, une fois dehors.

Haz ricana.

— Si telle avait été mon intention, tu serais mort, connard.

Un des flics éclata de rire, s'attirant les regards noirs de ses collègues. Paulsen se tourna vers la femme qui l'avait interrogé au restaurant.

— Il m'a planté avec un couteau ! Et savez-vous le nom de ce fumier, c'est...

— Vous vous expliquerez devant le juge.

— Moi ? C'est lui qui...

— Je m'en fiche, coupa la policière. Ce n'est pas à moi de trancher entre vous deux. Le juge Tehrani est de service cet après-midi, c'est à elle de décider des sanctions à appliquer.

Haz la trouvait plutôt sympathique, aussi crut-il bon de préciser :

— La Marine ne m'apprécie pas beaucoup, vous savez.

Elle le découvrirait bien assez vite.

— Que voulez-vous dire ? demanda-t-elle, agacée.

— Vous savez ce qui s'est passé il y a dix ans avec l'*Étoile d'Omaha* ?

Il attendit qu'elle fronce les sourcils pour enchaîner :

— Eh bien, je commandais l'escouade.

Les trois autres flics poussèrent un halètement surpris. La jeune femme durcit le ton pour demander :

— Dans ce cas, que fichez-vous ici ?

— J'ai un contrat avec la Coalition. Si vous contactez le général de brigade Kasabian, elle vous le confirmera.

La policière s'écarta et passa un long moment à converser sur son biotab, assez loin pour que Haz ne perçoive rien de la conversation. Les autres agents encadraient Paulsen et dévisageaient Haz avec affolement. Il fut tenté de crier « *bouh !* » pour voir s'ils détaleraient.

Après réflexion, il préféra s'en abstenir.

Quand la responsable revint, elle affichait une mine déterminée.

— Nous allons vous mettre dans une voiture, capitaine Taylor. Vous êtes prié de retourner au spatioport, de monter à bord de votre vaisseau et de ne plus remettre les pieds sur Terre. Le général y tient beaucoup. Elle passera vous voir demain matin.

— Quelle enthousiasmante perspective ! railla Haz.

Le flic fronça les sourcils. Elle tendit le bras et désigna l'arrêt de tram le plus proche.

En voyant Haz tourner les talons, Paulsen s'écria :

— Hé ! Il m'a poignardé ! Il doit aller en prison !

— Taisez-vous ! l'admonesta la policière. Sinon, c'est vous qui dormirez ce soir en cellule.

Elle suivit Haz jusqu'à l'arrêt de tram et attendit de le voir monter dans une voiture. Il aurait aimé avoir un chapeau pour la saluer avec plus d'emphase. Comme il était tête nue, il se contenta d'agiter gaiement la main par la fenêtre tandis que son wagon glissait sur le rail et s'éloignait.

IV

LA COMMANDE de Farkas & Zhao fut livrée peu après leur retour à bord. Steve et ses acolytes portèrent tous les colis jusque dans la soute, laissant à Haz et à son équipage le soin d'ouvrir les paquets et de stocker les marchandises aux bons endroits. Haz ne put retenir un sourire en voyant les casiers se remplir de rations alimentaires et autres fournitures. Étrangement, leur quantité accentuait la réalité de sa mission. Jusqu'ici, il se demandait parfois s'il ne s'était pas perdu dans une ivresse hallucinatoire. Mais pas du tout, car ces boîtes, ces canettes, ces bouteilles et ces paquets lui confirmaient enfin qu'il ne délirait pas.

Jaya était tout aussi satisfaite des pièces mécaniques qu'elle venait de recevoir, aussi passa-t-elle le reste de la journée à réparer les « aberrations » commises par les mécaniciens de Kepler.

Njeri, sans même évoquer l'incident survenu à la fin du déjeuner, s'occupa en travaillant sur des écrans couverts de chiffres et de cartes.

Haz supervisa les employés du spatioport pendant qu'ils remplissaient d'eau les réservoirs de *Molly*. Le vaisseau avait un système complet de recyclage et des générateurs d'eau, mais Haz préférait, dès que cela lui était possible, se réapprovisionner complètement. Ensuite, il vérifia – deux fois – le bon fonctionnement de l'armement de *Molly*. Enfin rassuré, il se retira dans sa cabine pour aiguiser ses couteaux et boire.

Il passa une nuit tranquille qu'aucun rêve ne vint troubler.

À cinq heures, le lendemain, une fois son petit déjeuner pris, il vérifia le journal de bord afin de s'assurer d'avoir chargé sur *Molly* tout ce dont son équipage et lui auraient besoin. Ayant trente minutes devant lui, il descendit dans son gymnase et les consacra à une séance de cardio-training, concentrée sur sa poitrine et ses bras. Il préférait ne pas tenter sa chance avec ses jambes. Un des médecins qu'il avait consultés lui avait recommandé la natation et l'hydrothérapie, mais aucune de ces deux disciplines n'était possible à bord d'un vaisseau de la taille de *Molly*.

Une fois douché, Haz enfila une tenue propre, pantalon noir et courte tunique marron, aussi éloignée que possible d'un uniforme de la Marine. Il comptait afficher un look professionnel, szot !

Il était six heures pétantes quand Kasabian demanda l'autorisation de monter à bord. Elle suivait le rituel officiel, ce qui donna à Haz une bouffée d'adrénaline. Elle était général de brigade, d'accord, mais lui était le propriétaire de *Molly* et son capitaine.

Kasabian arriva, la mine sombre, flanquée de deux soldats.

— Je vous avais recommandé la discrétion !

— J'ai été provoqué pendant que je déjeunais, répondit Haz. Et comme je n'ai pas tué Paulsen alors que cela m'aurait été très facile, je trouve mon comportement des plus remarquables.

— Je regrette presque de vous avoir laissé la bride sur le cou, déclara-t-elle avec hauteur. Le trafic de drogue est passible de prison à vie. Vous le réalisez, j'espère ?

Haz ricana et secoua la tête.

— Vous ne m'auriez pas traqué jusqu'à Kepler pour me mettre en prison, Général. La Marine se contrefout des trafiquants tant qu'ils ne leur font pas la guerre. De toute façon, je n'étais que du menu fretin, et ma cargaison illicite s'est dispersée dans l'espace.

— C'est exact, rétorqua-t-elle avec un mauvais sourire. Vous ne valiez pas la peine que j'aille vous chercher sur Kepler, mais maintenant que vous êtes là, vous arrêter me serait facile.

— Écoutez, si vous m'avez fait venir de l'autre bout de la galaxie pour me passer un savon, vous perdez votre temps. Je ne suis pas du genre à battre ma coulpe ni à expier dans un but de rédemption. Maintenant, si vous désirez m'arrêter, allez-y. Bien entendu, mon équipage gardera *Molly*.

Il désigna Njeri et Jaya, qui se tenaient en silence derrière lui.

— Votre équipage était complice de votre trafic ! aboya Kasabian.

Haz croisa les bras.

— Non, absolument pas. Mon équipage ignorait la vraie nature de notre cargaison. Elles ont compris que quelque chose n'allait pas quand ces salauds se sont mis à nous tirer dessus.

Il fronça les sourcils. Ce n'était pas la première attaque qu'il avait subie, cela faisait partie des risques du métier, mais quand même, il était rare que l'ennemi soit aussi agressif ou si bien armé. Haz ne s'y attendait pas du tout et par sa faute, son équipage avait été pris par surprise.

— Vous êtes vraiment un emmerdeur, Taylor !

— Je sais. Maintenant, décidez-vous, allez-vous me remettre ce foutu artefact pour que je puisse partir sans plus attendre ?

Elle semblait indécise. Pendant qu'elle réfléchissait, Haz réalisa qu'il n'aurait su prédire sa décision finale. Il serra les poings. Peut-être pourrait-il causer des dégâts avant d'être tué. Parce que si Kasabian prenait la mauvaise décision, la mort serait pour Haz la seule option acceptable. Il n'était pas question qu'il retourne en prison. Il y avait déjà goûté, il ne se pensait pas capable de le supporter deux fois.

La posture de Kasabian se détendit enfin.

— Ne gâchez pas cette mission, Haz Taylor, grogna-t-elle. Une fois l'artefact délivré, je transférerai sur votre compte le reste des crédits promis, et vous ne remettrez plus jamais les pieds sur Terre. C'est bien compris ?

Haz sourit.

— Bien sûr !

— Et si vous recommencez à transporter des narcos…

— Non, coupa-t-il. Je ne commets jamais deux fois la même erreur.

À sa mine, elle ne le croyait pas. Tant pis pour elle, car Haz était sincère. Même s'il détestait le reconnaître, il avait une conscience, aussi laxiste soit-elle, et il savait que certaines frontières ne devaient pas être dépassées. S'il avait accepté ce foutu transport de narcos, c'était parce qu'il pensait ne pas avoir d'alternative. A posteriori, il admettait s'être trompé. Il avait eu le choix, il aurait pu refuser et jouer à cache-cache avec la mort. Au final, ça lui était arrivé, alors pourquoi ne pas avoir pris l'option éthique dès le départ ?

Kasabian le fixa un long moment d'un regard dur, puis elle pressa rageusement son biotab. Le petit groupe resta planté à se dévisager. Pas un mot ne fut prononcé, mais les regards mauvais échangés étaient plus qu'explicites. Haz se demanda comment réagirait son équipage si Kasabian lançait ses hommes sur lui. Jadis, il aurait parié que Jaya et Njeri prendraient sa défense, aujourd'hui, c'était moins sûr. Peut-être même se joindraient-elles au massacre. Et il le méritait, szot ! Comment un capitaine pouvait espérer la loyauté d'un équipage auquel il avait délibérément menti, ce qui les avait tous mis en péril de mort ?

Des bottes résonnèrent sur la rampe menant à l'écoutille. Peu après, quatre autres soldats en uniforme apparurent, escortant un personnage caché sous une cape grise dont le capuchon baissé dissimulait le visage. Haz ne put deviner ni l'espèce ni le sexe du nouveau venu, mais sa démarche trébuchante indiquait une personne âgée ou un infirme. Deux des soldats l'empoignèrent par les avant-bras pour le propulser en avant. Le groupe s'arrêta net à peine entré dans le vaisseau. La silhouette encapuchonnée oscillait légèrement, la tête baissée.

— Votre prêtre semble prêt à s'effondrer, déclara Haz. Qu'il nous remette l'artefact sans plus attendre.

Kasabian esquissa un mauvais sourire.

— Quel prêtre?

— Je ne suis pas très féru en étiquette religieuse, grogna Haz, j'ignore son titre officiel. Est-il originaire de Chov X8?

Sans se donner la peine de répondre, Kasabian donna un ordre gestuel à ses sous-fifres. L'un d'eux arracha le capuchon, exposant celui qui se cachait dessous. C'était un humain, les poignets menottés, vêtu d'un ample pantalon gris. Le torse mince, sans être squelettique, était plat, ce qui indiquait un mâle. Peut-être n'était-il pas humain, finalement? Certaines espèces avaient des organes différents.

De plus, la peau découverte était entièrement tatouée en noir, rouge et jaune, avec des dessins compliqués qui dissimulaient efficacement sa couleur et sa texture d'origine. Enfer, même les lèvres étaient tatouées! L'homme n'avait ni cheveu ni poil d'aucune sorte, pas même de sourcils. Les yeux étaient écarlates, barrés de petits tatouages en forme d'éclairs noirs, les pupilles énormes et noires. Haz se demanda si c'était une couleur naturelle ou si elles avaient aussi été encrées. L'homme n'eut aucune réaction au fait d'être démasqué, le regard aux paupières lourdes fixait le vide droit devant lui.

Haz sentit un malaise lui nouer les entrailles.

— Bordel, mais qu'est-ce que...

Kasabian afficha un sourire supérieur.

— Capitaine Taylor, voici l'artefact que vous êtes chargé de livrer sur Chov X8.

V

— NON, NON, et non, répéta Haz pour la centième fois au moins.

Kasabian avait renvoyé ses soldats, et le mystérieux artefact, manquant de soutien, avait vacillé un moment avant de s'effondrer face contre terre sur le pont. D'instinct, Haz avait esquissé le geste de l'aider, mais d'une main levée, Kasabian l'en avait empêché. Elle avança jusqu'à la mince silhouette écroulée et, du pied, la fit rouler sur le côté.

— Il va bien, déclara-t-elle sans empathie.

À ce moment-là, Haz avait refusé catégoriquement de participer à ce merdier. Kasabian s'était entêtée en disant que le contrat avait été signé. Jaya et Njeri, muettes, le visage figé, s'étaient assises pour assister au combat.

Un combat que Haz allait perdre, il le savait très bien.

— Je ne trafique pas les êtres vivants ! grogna-t-il. Et je croyais que la Coalition ne s'y risquait pas non plus. N'avons-nous pas mené assez de guerres pour libérer les planètes de l'esclavage ?

Pour ne pas affaiblir sa position, il omit délibérément le fait bien connu que, pour des raisons mercantiles, la Coalition fermait les yeux sur les conditions de vie déplorables des esclaves des mines de borvantine.

— Légalement, contra Kasabian, exaspérée, il s'agit d'un artefact religieux, pas d'une personne à part entière.

Haz pointa du doigt le corps immobile recroquevillé en position fœtale.

— Je me contrefous qu'il soit un Lachadérien m'tungmar ! tonna Haz. La loi a bon dos quand il s'agit de couvrir une saloperie ! D'ailleurs, vous savez aussi bien que moi que la Coalition change la loi quand ça l'arrange ! Pour moi, cet homme respire, donc il est vivant, et je n'en démordrai pas !

Kasabian secoua la tête avec impatience.

— Une boule d'argile n'a aucune valeur avant d'être façonnée en bol, puis cuite au four. Cet être est traité depuis des années par les Choviens, avec un soin exquis et une extrême attention aux détails, il est devenu un artefact religieux.

Haz étouffa un grondement de colère.

— Ah, vous en parlez bien comme d'un être, pas d'une chose !

— N'employez-vous pas le même ton pour évoquer votre vaisseau, capitaine Taylor?

— Ce n'est pas la même chose!

Elle haussa les épaules.

— Je n'ai pas de temps à perdre avec des questions de sémantique ou de philosophie. Je vais vous résumer la situation : les Choviens ont consacré beaucoup de temps et de ressources pour créer cet artefact. À leurs yeux, il a une immense valeur religieuse et politique. Actuellement, Chov traverse une crise susceptible de détruire toute la société. Cet artefact leur est nécessaire pour rétablir l'ordre. Il avait disparu, nous avons pu le récupérer, maintenant, il doit être rapporté le plus rapidement possible sur sa planète d'origine. La vie de centaines de milliers de Choviens en dépend.

Même si l'éthique n'était pas le point fort de Haz, son instinct lui hurlait que Kasabian mentait.

— Et s'il n'a pas envie de retourner là-bas?

Vu que l'homme était enchaîné, il était probable qu'il ne rentrait pas au bercail de son plein gré.

— Il faut parfois savoir sacrifier son égoïsme individuel pour le bien-être d'une communauté, répondit Kasabian avec pédanterie. Même vous devriez le comprendre, quand même!

Il tressaillit.

— Je ne vois pas…

Elle ne le laissa pas poursuivre.

— Ne compliquez pas une situation toute simple, Taylor. L'artefact appartient à Chov X8. Comment il sera traité une fois rentré chez lui ne nous regarde pas, mais s'il ne revient pas, toute la planète va sombrer dans le chaos, ce qui provoquera de toute évidence des milliers de morts.

Haz se retourna pour consulter son équipage. D'un geste, Njeri lui indiqua qu'elle n'avait pas d'avis sur la question. Quant à Jaya, elle affichait un air dégoûté.

Kasabian s'éclaircit la gorge pour attirer son attention.

— Vous n'aurez pas à interagir avec l'artefact, Taylor. Il vous suffit de le mettre dans la soute avec un seau hygiénique et de lui apporter à l'occasion de la nourriture et de l'eau. La traversée de Kappa étant délicate, je doute que ses voleurs risquent une autre tentative, vous devriez arriver à destination sans difficulté. Pensez aux crédits que vous allez toucher une fois votre mission accomplie!

— Vous tentez de m'acheter! jeta Haz avec amertume.

— De toute façon, vous n'avez pas d'autre choix, déclara Kasabian. Vous avez déjà dépensé une bonne partie des crédits que nous vous avons avancés. Si vous annulez cette mission, vous n'avez pas les moyens de nous rembourser, alors je ferai saisir votre vaisseau et tout ce que vous possédez. Quant à vous, Taylor, vous serez envoyé en prison pour tentative d'escroquerie envers la Coalition.

Il se hérissa en entendant ces mots.

— Quoi ? Je n'ai pas es…

— Mais qui vous croira si nous affirmons le contraire, persifla-t-elle. Rappelez-vous vos paroles : *la Coalition change la loi quand ça l'arrange !*

— Szot !

Exaspéré, Haz envoya un coup de pied dans une cloison métallique. Il avait utilisé sa mauvaise jambe et se fit un mal de chien, bien que la douleur ne parvienne pas à lui faire oublier son dilemme. Il ne voyait aucune issue à cette situation pourrie. Bien sûr, il pouvait s'entêter dans sa position, évoquer des principes que personne ne le croyait susceptible d'avoir, mais cela ne suffirait pas et il se retrouverait en prison ou mort, laissant la Coalition libre de trouver un autre pilote pour escorter l'artefact volé à destination.

— Ce que vous faites est lamentable ! siffla-t-il.

— Question moralité, je n'ai pas de leçon à recevoir d'un trafiquant doublé d'un mutin.

Considérant l'affaire réglée, elle tourna les talons et retourna vers l'écoutille, contournant la silhouette recroquevillée sur le sol. Avant de quitter *Molly*, cependant, elle s'arrêta et se retourna.

— Je vous recommande de l'enchaîner pour ne pas qu'il erre dans votre vaisseau.

Elle rejoignit ses soldats qui attendaient sur le quai et disparut peu après.

HAZ S'ACCROUPIT sur le pont, gémit de douleur, et demanda :

— Hé, ça va ?

Il n'obtint aucune réponse. Alors il secoua doucement par l'épaule l'homme recroquevillé. Malgré ses impressionnants tatouages, la peau avait un contact humain.

— Hé ! répéta Haz.

Toujours rien.

Tourné vers Jaya, Haz agita la main et désigna le corps inerte.

— Merde, il ne bouge pas. Jaya, pourriez-vous vérifier… ?

La mine toujours pincée, Jaya approcha son biotab et lut les données qu'elle en récolta.

— Il n'a pas de biotab. C'est un homo sapiens. Sa température est normale, son pouls est faible, sa tension artérielle aussi, mais il n'est pas en danger. À mon avis, il a été drogué.

— Ils se foutent vraiment du monde ! râla Haz.

Il se releva non sans peine et ajouta :

— Bon, il faut le déplacer et foutre le camp au plus vite.

— Vous plaisantez, j'espère ? Ne me dites pas que vous comptez l'enchaîner dans la soute à côté de nos provisions ?

— Non, bien sûr que non ! protesta Haz. Nous allons l'installer dans la cabine désaffectée à côté de la mienne.

À l'origine, *Molly la Danseuse* était destinée à transporter cinq personnes, elle avait donc trois cabines, celle du capitaine avec un grand lit et deux autres dotées de deux couchettes. Haz préférait un équipage réduit et Jaya et Njeri tenaient à dormir ensemble.

Jaya fronça les sourcils.

— Vous comptez le mettre dans mon espace de méditation ?

— Avez-vous une meilleure idée ?

— Non, admit-elle, après une pause de réflexion.

— Alors aidez-moi à l'emporter jusqu'à son lit.

À eux deux, ils remirent l'homme sur pieds. Il avait une demi-tête de moins que Haz et pesait nettement moins lourd, aussi même s'il ne marchait pas vraiment, ils parvinrent, moitié le traînant, moitié le portant, à lui faire gravir la passerelle et remonter le couloir. En chemin, ils passèrent devant la cambuse et la salle de détente, puis dépassèrent la cabine du couple et la réserve, ainsi que les portes menant au moteur de Molly et à la soute où étaient rangées les provisions. Au bout du couloir se trouvaient la cabine de Haz et la pièce que Jaya avait annexée pour méditer. Haz y pénétra sans trop savoir à quoi s'attendre. Une fois à l'intérieur, il constata que Jaya avait enlevé la couchette supérieure des deux lits superposés. Celui du bas était couvert d'oreillers et de couvertures moelleuses.

— Vous êtes sûre que vous venez là pour méditer ? railla Haz. À mon avis, vous faites surtout la sieste !

Il haleta en tentant de passer la porte de profil sans lâcher sa charge. Et Jaya soufflait elle aussi.

— Quelle importance ? jeta-t-elle, maussade. Vous venez d'attribuer cette cabine à notre invité surprise.

— Écoutez, jamais je n'ai imaginé une histoire pareille ! Quand Kasabian m'a parlé d'un artefact de valeur, j'ai pensé à des bijoux, peut-être même une affreuse statue.

— Elle s'est bien foutue de vous, hein ?

Haz ne put même pas la fusiller des yeux, trop occupé qu'il était à étendre l'homme sur le lit. Une fois le problème réglé, Haz étudia son nouveau passager : il n'avait plus que son pantalon et ses menottes. Les soldats avaient récupéré la cape qu'il portait en arrivant, et Kasabian n'avait pas pensé à leur laisser son nom, si même elle le connaissait. Tant pis, ces détails attendraient.

Haz examina la cabine, assez spartiate à dire vrai. Il n'y avait plus aucun meuble, à part la couchette. Les écrans avaient disparu, les éventuelles décorations aussi. Était-ce le fait de Jaya ? Dans la salle d'eau attenante, il y avait un lavabo, une douche et des toilettes. Au moins, le pauvre type ne serait pas condamné à un seau hygiénique.

Haz se pencha sur la forme prostrée qui venait de rouler une fois encore sur le côté.

— Nous parlerons plus tard, déclara-t-il.

Il ne s'attendait pas à recevoir de réponse. Il n'en reçut pas.

Il reporta son attention sur Jaya.

— Quittons cette planète maudite !

NJERI SE CHARGEA du décollage, elle quitta le spatioport et, une fois dans l'espace, régla *Molly* sur pilotage automatique. Au cours des heures qui suivirent, elle passa en revue avec Haz les plans de navigation qu'elle avait établis. Ils étaient parfaits, comme d'habitude. Ni Haz ni Njeri n'évoquèrent l'inconnu qui dormait dans la salle de méditation. Une fois ou deux, Njeri ouvrit la bouche, une étrange expression dans les yeux, mais devant le regard furibond de Haz, elle ne formula pas ce qu'elle pensait de cette cargaison inattendue.

Quand Haz fut satisfait de leurs vérifications, il posta sur le tableau d'affichage l'attribution des tours de gardes et autres corvées. Pour la préparation des repas, par exemple, chacun s'y collait à tour de rôle. Haz se félicita d'avoir vu large en commandant son ravitaillement. Puis il fronça les sourcils, contrarié. S'il avait été prévenu qu'il y aurait une bouche de plus à nourrir, il aurait acheté davantage ! D'un autre côté, si Kasabian lui avait parlé de son plan foireux, jamais Haz ne se serait présenté au rendez-vous qu'elle lui avait donné. Ou alors, il aurait quitté le spatioport sans attendre la livraison. Au diable les crédits déjà versés et dépensés ! Pour le mettre en prison, il aurait déjà fallu que le général le rattrape à travers l'immensité de l'espace.

Ah, mais elle n'avait rien dit, la garce, et Haz se retrouvait bel et bien piégé.

Une fois que tout fut en ordre, Haz se retira dans ses quartiers.

— Molly, ne me dérange que si nous sommes en danger de mort, déclara-t-il à haute voix.

— *À vos ordres, Capitaine,* répondit la voix électronique.

— Molly, il y a quelqu'un dans la cabine voisine. Surveille qu'il ne sort pas. D'ailleurs, retiens-le s'il le tente. Et préviens-moi s'il lui arrive quelque chose, euh… Je ne sais pas. S'il explose, par exemple.

— *Dois-je mettre un bouclier neutralisant autour de sa chambre, Capitaine ?*

Parfois, Haz ne savait pas si *Molly* faisait de l'humour ou si elle prenait ses paroles au pied de la lettre. Il soupira.

— Non, inutile d'aller jusque-là. Ça devrait aller.

— *À vos ordres, Capitaine.*

Haz attrapa une bouteille de vrai whisky, il arracha le sceau et versa une bonne dose dans un verre. Il décida de prendre une cuite. D'après lui, vu le contexte, c'était la meilleure solution.

À bord d'un vaisseau, le temps était une notion délicate. La plupart des capitaines avaient deux horloges, une qui donnait l'heure de leur domicile, l'autre sur l'heure officielle de la Coalition, accordée au méridien terrien de Greenwich. Ceux qui se déplaçaient souvent entre les deux mêmes planètes avaient une troisième horloge pour éviter les confusions et les calculs. Haz refusait formellement de suivre ces coutumes absurdes. Après avoir passé une bonne partie de sa vie à suivre des horaires qui n'étaient pas les siens, il avait décidé sur son vaisseau de régler son horloge à son gré. Jaya et Njeri avaient fini par s'y habituer.

Étant humain, Haz devait avoir un rythme biologique, aussi *Molly* gardait-elle ses cycles de vingt-quatre heures. Durant la « journée » à bord, le vaisseau était brillamment éclairé avec des rayons qui imitaient le soleil de Sol, durant la « nuit », tout s'éteignait, ou quasiment.

Quand sa cabine s'assombrit, Haz était totalement bourré, les étoiles qu'il voyait par son hublot ne signifiaient plus rien pour lui, et même la douleur de sa maudite jambe s'était atténuée. Il n'avait rien avalé depuis le petit déjeuner, mais c'était sans importance, il comptait rester à jeun. Le simple fait de rester debout sur son lit lui demandait toute l'énergie, la concentration et la coordination qu'il possédait encore.

— Szotain de Coalition ! marmonna-t-il, tout en détestant que sa voix ne se ressemble plus.

— *Qu'ils aillent tous se faire enculer chez les Grecs !* lança Molly avec enthousiasme.

Haz se souvint vaguement d'avoir ajouté, bien des mois auparavant, cette ancienne insulte terrienne au répertoire de son vaisseau. Ce soir-là, il était ivre mort, bien entendu, mais une fois dégrisé, il n'avait pas regretté son geste.

— Ce sont des voleurs sans foi ni loi, ils sont impitoyables et ils justifient leurs saloperies en brandissant leur joli petit drapeau ! Ils modifient les lois quand ça les arrange, ils achètent la justice et les tribunaux, et ils envoient pourrir en prison tous ceux qui s'avisent d'ouvrir un peu trop leur gueule. Ou alors, ils les zigouillent.

Haz agita sa bouteille à moitié vide, fasciné par la façon dont le liquide ambré clapotait contre la paroi de verre comme un minuscule océan. Ou une baignoire. Dieu, il aurait aimé pouvoir équiper *Molly* d'une baignoire. Une très profonde avec des bulles et face à une paroi donnant sur l'espace. Ainsi, il regarderait l'infini en s'immergeant dans l'eau.

Puis il se souvint qu'il avait d'autres plaintes à formuler.

— Tu sais ce que je déteste le plus, Molly chérie ?

— *La Coalition.*

— Oui, c'est vrai, mais parmi les pourris de la Coalition, les pires sont les bureaucrates et les politicards. Planqués dans leurs bureaux sur la Terre, ils prennent des décisions qui provoquent des carnages. Et tu sais pourquoi ? Pour gratter des crédits, pour grimper un échelon ou deux sur l'échelle hiérarchique intergalactique. Jamais un de ces connards ne se fait tirer dessus, pas plus qu'il ne voit les cadavres flotter dans l'espace après l'explosion d'un vaisseau. Ils ne sont pas non plus forcés à des actes qui les dégoûtent. Non, pas eux…

Haz s'interrompit le temps de finir son verre. À ce stade d'ébriété, il n'en sentait même plus le goût, ça aurait aussi bien pu être du synthé.

— L'immoralité qui les fait prospérer serait condamnable chez n'importe qui d'autre!

— *Bon, Taylor, c'est fini cet autoapitoiement? Ras-le-bol, quoi!*

Haz plissa les yeux. Il n'avait pas programmé cette réponse. Vu le ton et le vocabulaire, c'était sûrement l'œuvre de Jaya.

— Je suis baisé! lança-t-il à l'univers en général.

— *Allons voir les Grecs,* proposa Molly.

VI

À LA luminosité, Haz sut qu'il faisait jour, et ses crampes d'estomac lui annoncèrent qu'il était même bien tard. L'heure du petit déjeuner était dépassée, sinon celle du déjeuner. Son biotab lui avait épargné une gueule de bois, mais pas la sensation désagréable d'avoir dormi dans ses vêtements de la veille. Haz fit la grimace au goût d'égout qu'il avait dans la bouche.

Il s'assit et s'étira.

— Quelque chose à signaler, Molly ?

— Tous les systèmes sont normaux.

Cette bonne nouvelle rendit Haz presque guilleret jusqu'à ce qu'il se souvienne de ce qu'il y avait dans la pièce voisine. Szot ! En plus, le malheureux n'avait rien avalé depuis plus de vingt-quatre heures.

Haz se leva, il arracha ses vêtements sales et les fourra dans le tiroir à ions, d'ici quelques minutes, ils seraient parfaitement propres. En attendant, il prit une douche rapide, se rasa et se brossa les dents. En sortant de la salle de bain, il se sentait presque humain. Une fois habillé, il s'aventura dans le couloir.

Il s'arrêta un moment devant la porte de la cabine voisine, puis il secoua la tête et continua jusqu'à la cambuse. Il trouva la cafetière pleine de vrai café et s'en versa une énorme tasse. Il fit également chauffer un repas instantané avec des protéines roses, des boules de légumes verts et une masse gluante censée imiter le riz ou les pâtes. La nourriture n'avait aucun goût, mais au moins, elle combla le gouffre que Haz avait dans l'estomac. Il mangerait un plat plus décent au dîner.

Njeri était sur le pont, les yeux sur son écran. Elle ne lui accorda pas un regard quand il la rejoignit.

— Je commençais à croire que nous vous avions oublié sur la Terre, Capitaine.

Il frissonna à cette pensée.

— Où est Jaya ? Dans la salle des machines ?

— Bien entendu, comme d'habitude.

— Avez-vous… euh, vérifié comment allait notre passager ?

Cette fois, elle lui lança un rapide coup d'œil.

— Non, Capitaine, j'ai jugé que c'était de votre ressort.

Il marmonna entre ses dents, mais elle avait raison.

Il retourna jusqu'à la cabine voisine de la sienne et s'arrêta une fois encore devant la porte, comme s'il pouvait sentir ce qui se passait à l'intérieur. Ce ne fut pas le cas. Pire encore, il n'entendait rien, parce que toutes les parois du vaisseau étaient insonorisées. Il fit un gros effort pour se détendre et entrouvrit la porte avec prudence.

L'homme était assis sur le lit, blotti dans un coin, les genoux pliés et les bras, encore menottés, enroulés autour. Avec ces tatouages chargés, se faire une idée de ce à quoi il ressemblait restait difficile, mais le regard était redevenu lucide. Et terrifié.

Haz retrouva son souffle.

— Salut. Sais-tu où tu es et qui je suis ?

L'homme secoua la tête.

Génial !

— Tu es à bord de mon vaisseau, *Molly la Danseuse*, et je suis le capitaine Haz Taylor.

L'homme resta silencieux un long moment. Haz commençait à se demander s'il était muet quand il parla enfin, d'une voix ténue et éraillée qui semblait ne pas avoir servi depuis très longtemps.

— Êtes-vous de la Marine, Monsieur ?

— Non, mais ils m'ont chargé d'une mission te concernant. Je dois te ramener sur ta planète, Chov X8.

L'homme baissa un peu la tête.

— Oh.

— Quel est ton nom ?

— Je suis la Machine de la Théocratie Obéissante, Omphalos et Corpus de Piété, Canal vers le Grand Divin, récita l'inconnu d'un ton las et monocorde.

— D'accord, d'accord, super titres. Mais je te demandais ton vrai nom.

L'homme cligna des yeux.

— Je n'en ai pas.

— Hein ? Mais comment les gens t'appellent-ils quand ils s'adressent à toi ?

— La Machine de…

— Arrête, arrête, laisse tomber.

52

Haz envisageait d'aller chercher sa bouteille de whisky quand l'odeur de l'homme lui parvint et monta dans ses sinus, mélange de sueur, de crasse et de terreur. Une vraie puanteur !

Haz désigna la salle d'eau attenante.

— Pourquoi n'as-tu pas pris une douche ? demanda-t-il.

— Une… quoi ?

— Une douche, c'est pour se décrasser. Il y a là-dedans du savon et des serviettes. Et un tiroir à ions pour nettoyer ton pantalon. Tu as faim ?

Les yeux étranges s'écarquillèrent.

— Oh, oui ! S'il vous plaît, Monsieur.

— Pas de problème, je t'apporte un plateau. J'espère que tu manges la même chose que nous, parce que le menu à bord ne contient rien de chichiteux. Désolé, vieux, mais je n'étais pas au courant de ta venue, je n'ai rien stocké de spécial. Tu n'es pas végétalien, au moins ? Je déteste les boules de thruqrax !

Quand il ne reçut aucune réponse, il plissa les yeux.

— Je ne sais pas quels narcos ils t'ont injectés hier, mais…

Un cri ténu l'interrompit :

— Non ! Je vous en prie ! Je vais obéir ! Je vous en supplie, ne me forcez pas à…

— Hé, du calme, je ne compte pas te shooter ! D'ailleurs, je n'ai pas de drogues à bord. J'ai une trousse de premiers soins, un chariot médical et quelques analgésiques, c'est tout. Tu ne risques rien.

— Merci, Monsieur !

L'homme sourit. En regardant ses lèvres, Haz réalisa qu'il s'agissait d'un être assez jeune, il avait environ… disons entre vingt et quarante ans, difficile d'être plus précis.

— Maintenant, enchaîna Haz, va te laver !

L'homme quitta son lit, son mouvement faisant cliqueter la chaîne de ses poignets. Il y avait un peu de jeu, d'accord, mais il était évident que ces menottes allaient le handicaper dans les gestes de la vie quotidienne. Par exemple, comment pourrait-il enfiler une chemise ? Il en aurait certainement besoin, parce que la température à bord était assez fraîche.

Haz pointa le doigt sur la chaîne.

— Si je t'enlève ces saloperies, j'espère que tu ne vas pas nous causer d'ennuis ? Mon équipage et moi-même aurions facilement raison de toi, mais je n'aime pas les bagarres à bord.

— Je vous serais très reconnaissant de me libérer de mes chaînes, Monsieur. Et je vous obéirai en tout.

La soumission de cette réponse mit Haz très mal à l'aise. Pourtant, il dissimula sa réaction, hocha la tête et ajouta :

— Laisse-moi voir.

L'homme avança vers lui et leva les poignets. Les menottes étaient en borvantium, comme la coque de *Molly*, un métal d'une extrême dureté capable de résister aux pires dommages. L'an passé, même après avoir été foudroyée par des canons de Kamiya, *Molly* était parvenue à les ramener jusqu'à Kepler. Pour un vaisseau, ce métal était une bénédiction. Pour un humain, nettement moins. Haz eut beau regarder, il ne trouva aucune serrure ni ouverture dans les bracelets. De plus, les menottes devaient être en place depuis longtemps, car du tissu cicatriciel marquait les tatouages des poignets.

— Merde ! grogna Haz. Sais-tu comment je peux t'en débarrasser ?

L'homme secoua la tête.

— Non, Monsieur.

— Très bien, allons demander son avis à Jaya Hirsch, elle fait partie de mon équipage et c'est le meilleur ingénieur et le meilleur mécanicien de la galaxie.

Haz réalisa alors qu'il tenait les avant-bras de l'homme, chauds et peu musclés. Il les lâcha avec brusquerie et tourna les talons, en veillant à refermer la porte derrière lui.

Il se rendit dans la cambuse et fit chauffer un repas identique à celui qu'il avait mangé un peu plus tôt. Il prit également une tasse que son passager pourrait utiliser pour boire à son lavabo. Il ajouta au plateau un paquet de noix confites. Jaya en était friande, aussi Haz en avait-il fait ample provision chez Farkas & Zhao dans l'espoir de l'adoucir un peu à son égard. Elle se passerait d'un paquet, voilà tout.

Lorsque Haz revint dans la petite cabine, il trouva son passager planté au milieu de la pièce, ses mains enchaînées devant lui, la tête baissée. Il était nu. Quelque peu dérouté, Haz constata que toute la peau glabre était couverte de tatouages. Il grimaça en imaginant l'aiguille se planter dans les zones les plus sensibles d'un corps d'homme… la douleur avait dû être atroce ! Des gouttelettes d'eau brillaient comme des bijoux sur les tatouages, et l'homme sentait le savon à la menthe, ce qui était une amélioration notable.

— Je t'ai apporté de quoi te restaurer, annonça Haz.

La pièce étant dépourvue de mobilier, il posa son plateau sur la couchette.

L'homme y jeta un coup d'œil et se lécha les lèvres. Sa langue n'était pas tatouée. Étrangement, Haz en fut réconforté.

— Merci, Monsieur.

— Écoute, tu vas passer environ trois semaines à bord avant que nous arrivions à destination. Il n'y a pas d'écran dans cette pièce et je parie que tu vas vite te lasser de regarder par ton hublot. As-tu de quoi t'occuper sur ton biotab?

— Je n'ai pas de biotab, Monsieur.

Avec un temps de retard, Haz se souvint que Njeri le lui avait dit la veille. Néanmoins, il fut surpris. Tout le monde avait un biotab! Ils étaient implantés sur les enfants dès que ceux-ci avaient assez de maturité pour comprendre leur fonctionnement et donner un consentement légal. Un biotab était indispensable à la vie de tous les jours. Même les parents de Haz en avaient, malgré leur incompréhensible horreur pour la technologie.

D'un autre côté, peut-être que Haz ne devrait-il pas tant s'étonner : après tout, ce type n'avait même pas de nom!

— Si tu restes enfermé ici pendant trois semaines, ne vas-tu pas devenir enragé?

— Aurai-je le droit de manger, Monsieur?

— Hein? Oui, bien sûr. Je ne compte pas te laisser jeûner!

— Alors je resterai calme, Monsieur. J'ai l'habitude. Il m'est souvent arrivé de rester bien plus longtemps sans bouger.

Sans trop savoir ce que signifiait cette formulation, Haz soupira.

— Je préférerais te donner un nom, un chouette nom plus court que cette litanie de titres pompeux!

— Appelez-moi comme vous voulez, Monsieur.

C'était la première fois que Haz avait une responsabilité pareille. Et cela ne lui plaisait pas du tout.

— Molly ? Donne-moi un nom pour ce type!

Elle répondit immédiatement, comme si elle n'attendait que cela, comme si elle avait été programmée pour le faire.

— *Mot.*

— Motte? Comme un tas de terre?

— *Non, M-O-T. C'était un dieu ougaritique. Comme son nom signifiait Mort, il représentait les Enfers et la sécheresse.*

Parfois, Haz soupçonnait son vaisseau d'être plus intelligent que lui.

— Mot, ça te convient ? demanda-t-il à son passager.

Une larme coula de l'œil brillant et forma une traînée sur la joue colorée.

— Oui, merci, Monsieur.

Szot. Haz pointa du doigt la nourriture qu'il avait apportée.

— Le goût n'est pas terrible quand le plat est chaud, mais froid, c'est encore pire. Alors mange vite !

Mot agita la tête avec enthousiasme et s'assit sur la couchette, il déchira l'emballage et se mit à dévorer. Et Haz le regarda manger. Si Mot aurait préféré se sustenter sans être observé, il n'en montra rien, totalement concentré sur sa nourriture. Il termina son repas jusqu'à la dernière miette et lécha le jus qui restait sur le paquet. Quand il eut fini, il leva les yeux.

— Merci, Monsieur. C'était délicieux.

— Non, sûrement pas. Au mieux, c'est roboratif.

Ne sachant quoi ajouter, Haz quitta la cabine.

JAYA SORTIT de la salle des machines au moment du dîner, c'était Njeri qui l'avait préparé ce soir. Des trois, elle était de loin la meilleure cuisinière. Plus créative, Jaya était sujette aux catastrophes quand ses expériences tournaient mal. Quant à Haz, son répertoire comportait cinq plats à peu près corrects, mais d'une affligeante banalité. Il se refusait à tenter quelque chose de nouveau. Njeri, elle, avait du talent à revendre. Ce soir, elle leur servit des pâtes accompagnées de protéines animales, de légumes synthétiques reconstitués et d'une sauce mystère. C'était à la fois savoureux et nourrissant.

Pendant le repas, Jaya monopolisa la conversation avec le seul sujet qui la rendait loquace : tout ce qui n'allait pas chez *Molly*. À l'entendre, les mécaniciens de Kepler avaient saboté le travail, elle doutait fort qu'ils sachent différencier un tournevis d'un trou noir.

— Mais Molly m'a amené jusqu'à Newton, souligna Haz.

— Un pur hasard, affirma Jaya. Elle ne tiendra pas le coup si nous devons nous esquiver prestement ou qu'on nous tire dessus. Et je vous garantis que dans son état actuel, elle ne traversera pas Kappa en un seul morceau.

— Ce qui m'intéresse, c'est de savoir si vous aurez fini de la réparer quand nous arriverons à Kappa.

Jaya lui jeta un regard noir et pointa une cuillère dans sa direction.

— Seulement si je m'échine jour et nuit au travail !

Elle enchaîna avec une litanie interminable de tout ce qui lui restait à faire sans se soucier que Njeri et Haz roulaient des yeux. Haz attendit que Jaya reprenne son souffle, au milieu d'un récapitulatif détaillé des problèmes concernant les disques quantiques, pour demander :

— Auriez-vous quelques minutes à m'accorder après le dîner ?

Elle plissa les yeux et le toisa avec suspicion.

— Pourquoi ?

— Pour aider Mot, notre passager.

Njeri se resservit de nouilles.

— Notre *prisonnier*, vous voulez dire. S'il tenait à rentrer chez lui, la Coalition ne l'aurait pas drogué avant de le déposer à bord. En plus, il porte des menottes.

— Justement ! intervint Haz. C'est pour les lui enlever que j'ai besoin de Jaya. Je ne sais pas comment faire : elles sont en borvantium.

Jaya marmonna un juron entre ses dents. Quant à Njeri, elle soupira et secoua la tête.

— Avec ou sans menottes, il reste un prisonnier, Haz.

Il repoussa son assiette avec colère.

— Et que vouliez-vous que je fasse ? Vous avez vu comme moi ce qui s'est passé ! Kasabian m'a délibérément trompé sur la nature de cet artefact. Quand j'ai compris la vérité, il était trop tard, j'étais piégé, je ne pouvais plus faire machine arrière. D'ailleurs, le sort de Mot ne me regarde pas, ce n'est pas moi qui l'ai volé, merde ! S'il a des problèmes avec les siens, je n'y suis pour rien !

Son discours ne reçut aucune réponse. Njeri, la tête penchée sur son assiette, jouait avec sa nourriture. Au bout d'un moment, Jaya reprit ses complaintes sur les problèmes de pulsions. L'appétit coupé, Haz débarrassa son couvert, puis il prit un plateau et prépara le dîner de Mot : un bol de pâtes, un morceau de pain et une des oranges qu'il avait achetées chez Farkas & Zhao. Sans un mot de plus, il quitta la cambuse.

Il trouva Mot dans la même position que la première fois, assis sur sa couchette, les bras serrés autour de ses genoux pliés. Seule différence, il était propre et sans pantalon. Il parut s'inquiéter quand Haz entra, puis il remarqua le plateau. Alors seulement, il se redressa.

— Déjà un autre repas, Monsieur ?

— Tu n'en veux pas ?

— Oh, si ! Je vous en prie !

Haz aurait voulu que Mot cesse de dire « s'il vous plaît » ou « je vous en prie », mais il ne savait pas comment formuler sa requête sans avoir l'air complètement crétin. Agacé, il fronça les sourcils.

— Sur mon vaisseau, nous faisons trois repas par jour. Si tu tiens à sauter un repas, aucun problème, mais préviens-moi à l'avance, car je déteste le gaspillage. Et j'aimerais que tu te sustentes assez pour rester en forme. Si tu veux mon avis, les Choviens tiennent à t'avoir vivant.

— Pour l'instant, en tout cas.

Que signifiait cette réponse cryptique ? Encore une de ces conneries que Haz préférerait ne pas connaître. Il déposa le bol sur le lit.

Il était arrivé à la porte quand celle-ci s'ouvrit. Jaya entra, la mine sombre. Pour être franc, Haz l'avait rarement vue autrement. Peut-être souriait-elle uniquement quand il n'était pas là ? Mot, qui s'apprêtait à manger, oublia son repas en voyant Jaya approcher de lui. Il se recroquevilla et se pressa contre la paroi, les genoux serrés contre la poitrine.

Jaya jeta à Haz un regard féroce, comme s'il était responsable de cette terreur manifeste.

— Mot, intervint Haz, voici Jaya Hirsch. Je t'ai parlé d'elle. Elle va essayer de te débarrasser de tes menottes. Montre-lui tes poignets.

Au bout d'un moment, Mot se détendit, il se déplia, glissa sur la couchette et tendit les bras. Jaya se pencha pour regarder les menottes.

Haz put alors examiner de plus près le détail des tatouages de Mot. S'ils avaient une signification, elle lui échappa totalement. Il reconnut certaines formes, des arbres et des animaux, d'autres dessins étaient des conceptions abstraites complexes. Quant aux hiéroglyphes, c'étaient peut-être des mots dans un alphabet que Haz ne connaissait pas. En son for intérieur, il reconnut qu'il n'avait rien d'un érudit.

— Tes tatouages ont-ils une signification, Mot ? demanda-t-il.

Mot tourna la tête pour le regarder.

— Je ne sais pas, Monsieur.

— Comment ça, tu ne sais pas ? Ils sont sur ton corps !

— Ce corps appartient au Grand Divin. Les prêtres sont chargés de l'orner et de le rendre digne. Ils ne m'expliquent rien.

— Pourquoi ne pas leur poser la question ?

Mot secoua la tête.

— Je n'en ai pas le droit, Monsieur.

— Ça a pris combien de temps de faire tout ça ?

— Le premier tatouage date du jour de ma naissance. J'ignore lequel c'est.

Tatouer un bébé ? À cette idée, Haz sentit la bile lui remonter dans la gorge. Au nom de la religion, les gens se montraient parfois stupides, sinon dangereux, il le savait d'expérience, mais là, quand même cela dépassait les bornes.

— J'ai du travail, annonça-t-il. Je dois mettre à jour le journal de bord.

Ce n'était pas tout à fait vrai. De plus, il n'avait pas à se justifier s'il souhaitait quitter la cabine. Mot ne dit rien. Jaya, toujours penchée sur les poignets de Mot, se contenta de grogner.

Haz s'enfuit pour retrouver sa bouteille de whisky.

VII

LES PROBLÈMES commencèrent à six stan-jours de la Terre.

Jusque-là, le calme avait régné à bord du vaisseau où chacun gardait une orbite personnelle. Jaya travaillait sur *Molly*, Njeri passait l'essentiel de son temps sur le pont, à surveiller la console tout en établissant de nouveaux plans de navigation quand l'envie lui venait. Haz... eh bien, il buvait. Quant à Mot, d'après ce que Haz en savait, il ne faisait que manger, se laver et regarder par le hublot. Haz lui adressait à peine quelques mots par jour, et Mot le remerciait toujours pour les repas qu'il recevait.

Tout allait bien jusqu'au sixième jour. Haz était dans la cuisine, occupé à préparer pour le dîner un ragoût plus ou moins basé sur un plat de son enfance. À dire vrai, c'était l'un des rares bons souvenirs de Haz, même s'il n'en mangeait qu'à la fête des moissons. Du coup, depuis qu'il était adulte, il prenait un plaisir pervers à s'en gaver chaque fois que l'envie l'en prenait.

La voix de Njeri émana des haut-parleurs :

— *Capitaine ! Nous avons de la compagnie.*

Merde ! Haz se hâta de ranger sa cocotte dans un des tiroirs du frigo, puis il se précipita sur le pont. Un instant plus tard, Jaya les rejoignait également.

D'accord, les vaisseaux spatiaux se déplaçaient souvent suivant les mêmes itinéraires interstellaires. Ces «routes» n'étaient ni bornées ni pavées, bien sûr, il s'agissait juste du chemin le plus rapide ou le plus sûr pour passer d'un point à l'autre de la galaxie. De ce fait, les vaisseaux se croisaient parfois à proximité des planètes habitées.

Mais là, ils étaient très loin dans l'espace, et la route que suivait *Molly* était rarement empruntée. Le secteur Kappa avait mauvaise réputation, aussi la plupart des capitaines préféraient-ils l'éviter. À cet endroit, tomber sur un autre vaisseau était inhabituel, donc dangereux. Haz était un pilote expérimenté, habitué aux combats et aux embuscades. Il se méfiait des coïncidences suspectes.

— Pouvez-vous l'identifier ? demanda-t-il.

Les doigts de Njeri volèrent sur son écran.

— Non. Son code d'enregistrement est masqué.

Merde de merde! Voilà qui était encore plus inquiétant. Bon nombre de capitaines se camouflaient pour éloigner les curieux, surtout quand leur cargaison était illégale. Haz, en particulier, volait toujours incognito quand il faisait de la contrebande. Dévoiler son identité n'était obligatoire qu'en approchant d'un spatioport.

Dans le contexte actuel, et vu la nature de leur mission, le comportement du vaisseau inconnu était franchement suspicieux.

Haz se laissa tomber dans l'un des sièges de commandement.

— Que pouvez-vous me dire concernant ce vaisseau, Njeri?

— Pas grand-chose, Capitaine, répondit-elle. Je ne détecte pas sa planète d'origine ni même s'il s'agit d'un vaisseau privé ou militaire. En revanche…

Tout en parlant, elle continuait à pianoter. Soudain, elle fronça les sourcils comme si ce qu'elle voyait apparaître sur son écran l'étonnait.

— Quoi? insista Haz.

— C'est un vaisseau de classe xebec, Capitaine.

Haz et Jaya s'écrièrent à l'unisson :

— Szot!

Molly était un simple brick légèrement modifié. Les xebecs étaient de bien plus gros vaisseaux, avec un équipage de huit à dix personnes. Plus rapides que *Molly*, ils étaient, en revanche, moins maniables. En fait, les bricks étaient principalement utilisés pour le transport de marchandises, les xebecs, eux, appartenaient soit à de riches parvenus pour faire des croisières, soit à des pirates. Ces derniers s'entendaient parfois entre eux pour chasser en meute et profiter de leur vitesse supérieure afin de cerner leur proie. Mais le coin étant quasi désert, il ne devrait pas y avoir de pirates.

Haz se tourna vers Njeri.

— Ce xebec est-il seul? demanda-t-il.

— Oui. Il est juste derrière nous et gagne du terrain.

Haz jeta un regard dur à Jaya.

— Attachez votre ceinture.

Attendre, c'était ce qu'il y avait de pire. Haz devait faire un effort sur lui-même pour contrôler son envie frénétique de bouger, d'agir, de faire quelque chose, mais pour le moment, il lui fallait rester assis et voir venir. Le xebec était encore hors de portée et le code spatial de la Coalition interdisait d'entamer un combat à moins d'être certain qu'il s'agissait d'un agresseur. Haz trouvait cela stupide! Ce règlement mettait les victimes sur la défensive et leur donnait un désavantage injuste, mais il avait appris, à ses dépens, que discuter logique avec la Coalition ne servait à rien. Pour éviter les persécutions, les amendes et la prison, mieux valait tuer ses adversaires dans un cadre légal.

— Comment va Molly, Jaya? demanda Haz.

Il nota que sa voix était tendue.

— Ce n'est pas encore la pleine forme, mais elle est bien mieux qu'il y a six stan-jours, lorsque nous avons quitté la Terre.

— Je viens juste de la retrouver, grinça Haz. Je ne supporterais pas qu'elle soit à nouveau blessée.

Jaya lui jeta un regard noir.

— Merci de vous inquiéter pour Njeri et moi! cracha-t-elle. L'attention que vous portez à votre équipage est vraiment touchante, Capitaine!

Haz, qui la connaissait bien, sentit que la protestation manquait de venin. Pour une fois, Jaya n'était pas vraiment en colère, trop occupée qu'elle était à vérifier les systèmes d'armements et à préparer les canons à impulsions.

De son côté, Haz ne restait pas inactif. Il utilisait les capteurs de *Molly* pour se faire une meilleure idée de leur environnement. En vérité, il n'y avait pas grand-chose à évaluer. Outre le xebec en approche, ils étaient entourés de poussière spatiale. Les seules météorites que signalait *Molly* étaient à des stan-heures de distance, même à pleine vitesse. En clair, impossible de se cacher derrière. D'un autre côté, cela donnait à *Molly* une plus grande marge de manœuvre.

— J'ai un visuel, annonça Njeri. C'est bien un xebec. Aucune marque extérieure.

Donc, le vaisseau n'appartenait ni à la Coalition ni aux grosses sociétés de transport qui géraient les voyages d'agrément des touristes à travers la galaxie. Ce n'était pas non plus le joujou d'un parvenu, parce que ces gens-là aimaient le clinquant et peignaient volontiers leurs vaisseaux des couleurs et motifs les plus ostentatoires possibles.

En réfléchissant aux indices à sa disposition, Haz eut un sinistre pressentiment : son instinct lui criait que la situation n'allait pas tarder à dégénérer. Il sentit l'adrénaline se ruer dans ses veines, une chaleur familière tellement plus forte que l'alcool, tellement plus enivrante que n'importe quel narco. Sa vision se fit plus nette, plus focalisée, les couleurs devinrent plus vives et même la douleur dans sa jambe s'atténua, perdant de son importance.

Haz utilisa la console devant lui pour baisser la température douillette du poste. Il savait que pendant un combat, le froid aidait à se concentrer.

— Njeri, je prends les commandes.

— Oui, Capitaine.

Haz savait que, techniquement, l'électricité statique de son écran ne traversait pas ses doigts pour remonter dans son cerveau, pourtant, c'était la sensation qu'il avait. Parfois, il aurait aimé que *Molly* ait une vraie barre, une grande roue comme les anciens voiliers, ou même un volant comme les automobiles de la vieille Terre. Oui, le virtuel d'un écran tactile, c'était bien gentil, mais au combat, Haz préférait le contact physique.

— *Molly*, mets tous les systèmes auxiliaires en stand-by, déclara-t-il.

En clair, il tenait à couper ce qui n'était pas vital à bord afin de canaliser le maximum des ressources sur leur vitesse, leur mobilité et leur armement.

— *À vos ordres, Capitaine,* répondit *Molly.*

Haz parcourut rapidement ses écrans, sachant très bien que Jaya l'avait déjà fait, mais sachant aussi qu'une seconde vérification ne pouvait pas faire de mal, au contraire. Parfois, cette précaution lui avait sauvé la vie. Comme l'avait dit Jaya, *Molly* n'était pas encore au top de sa forme, mais c'était un vaisseau solide et fiable, et Haz s'en contenterait. D'ailleurs, il n'avait pas d'autre option.

— Xebec en approche, Capitaine.

— Essayez de les contacter.

Njeri s'exécuta, puis secoua la tête.

— Aucune réponse.

Peut-être les inconnus n'étaient-ils pas d'humeur à socialiser, mais Haz doutait fort que le motif de leur silence soit aussi anodin.

— Jaya, dès qu'ils seront à portée, tirez-leur dessus. Enfin, tirez à côté. Je ne veux pas que vous les touchiez.

— À vos ordres, Capitaine, grommela-t-elle.

Elle aurait préféré faire des trous dans la coque ennemie, mais elle connaissait bien la tactique préconisée par Haz. Si le xebec ne leur voulait aucun mal, son capitaine les insulterait avec indignation. En revanche, si c'était un pirate à la recherche d'une proie facile, le coup de semonce suffirait probablement à le décourager : *Molly* n'était pas sans défense ! Dernière option, le xebec s'apprêtait bel et bien à les attaquer et là, il faudrait aviser. Un juge pointilleux serait susceptible d'arguer que même tirer à côté violait le code spatial de la Coalition, mais Haz jugeait sa position défendable.

C'était comme tâter de l'eau bouillante du bout de l'orteil, une petite brûlure n'était pas mortelle.

Les canons à impulsions étaient délicats à manipuler, il fallait envoyer de l'énergie dans le réacteur quantique qui la transformerait en force. Contrairement aux canons des pirates terriens, plusieurs siècles auparavant, ceux de *Molly* n'envoyaient pas de munitions tangibles. En conséquence, les tirs ne produisaient à bord aucun effet sensoriel : ni bruits assourdissants, ni reculs susceptibles de se répercuter dans la coque, ni âcre odeur de poudre à canon ou de métal surchauffé. Néanmoins, Haz sut le moment exact où Jaya tira. Il le ressentit dans ses os, comme le claquement d'une articulation.

Il sentit aussi la riposte du xebec, qui tirait en plein sur *Molly*, pas à côté. Il n'y eut aucun dégât, vu la distance qui séparait encore les deux vaisseaux, mais la coque de *Molly* trembla quand même.

Pour consoler son vaisseau, Haz le tapota gentiment.

— C'est l'heure de danser, ma belle, dit-il. Je vais t'aider.

Suite à de nombreux combats menés en commun, son équipage savait quoi faire, aussi Haz n'eut-il pas à formuler ses instructions. Quels que soient leurs défauts individuels – Haz en possédait beaucoup, il en était conscient –, le trio formait une équipe magnifiquement soudée et efficace. Haz envoya *Molly* dans un rapide dérapage latéral, évitant de justesse le second tir du xebec. Pendant ce temps, Jaya préparait une riposte, une vraie cette fois, pas un coup de semonce. Quant à Njeri, son rôle était de surveiller les alentours, cherchant en particulier si d'autres vaisseaux ennemis ne se cachaient pas à proximité, prêts à fondre sur eux. Elle surveillait aussi les objets de l'espace qui pouvaient s'avérer une aide ou un obstacle, et les écrans de *Molly*.

Haz brusqua encore son vaisseau, zigzaguant pour éviter les tirs suivants. Il ne put retenir un sourire quand Jaya cria :

— Touché !

— L'ennemi traîne un peu à tribord, annonça Njeri. Jaya a dû anéantir un de leurs réacteurs.

C'était une bonne nouvelle, mais cela n'arrêterait pas la bataille. Dotés de trois réacteurs, les xebecs étaient conçus pour naviguer sur un seul, si besoin était.

Délibérément, Haz stabilisa sa trajectoire et laissa le xebec se rapprocher. De ce fait, quelques tirs ennemis touchèrent *Molly*, qui en hurla d'indignation.

— Je suis désolé, ma belle, s'excusa Haz, mais tiens le coup encore un peu, d'accord ?

Le coup suivant toucha la coque, le vaisseau trembla violemment.

Njeri fit la grimace :

— Nous avons perdu le stabilisateur vertical.

Haz secoua la tête. Ce n'était pas un problème tant qu'ils n'étaient pas soumis à une gravité planétaire.

Soudain, il força *Molly* à se cabrer. La manœuvre fut si brusque que Haz se trouva collé à son siège. En même temps, il fit pivoter son vaisseau pour faire face au xebec. Pris de court, l'ennemi en était encore à viser l'endroit où *Molly* avait disparu. Jaya les mitrailla avec tout son armement, les coups frappèrent le nez du xebec, son fuselage avant et les propulseurs qui dépassaient légèrement sous la coque. Le xebec fit une embardée sur tribord. Haz en profita pour présenter à Jaya un nouvel angle. Aussitôt, elle détruisit le reste des propulseurs et fit exploser l'arrière dans une impressionnante boule de feu.

Très satisfait, Haz s'écarta hors de portée.

— Appelez-les, Njeri.

Elle s'exécuta.

— Aucune réponse, Capitaine.

Il haussa les épaules.

— Bien, soit ils sont tous morts, soit leur vaisseau est désormais incapable de communiquer. Dans les deux cas, ils ne sont pas en état de nous poursuivre.

Il ne précisa pas l'évidence : même s'il restait des survivants à bord, ils n'en avaient pas pour longtemps, à moins d'être secourus très vite. Il faisait un froid létal dans l'espace ! Vu les dégâts causés par les canons de *Molly*, le xebec ne resterait pas longtemps alimenté en oxygène. Haz souhaita à ses agresseurs une mort rapide dans une explosion, c'était moins terrible qu'une lente asphyxie.

— Beau travail, Jaya. Jolis tirs !

Elle lui adressa un de ses rares sourires.

— Beau travail, Capitaine. Joli vol.

Haz se tourna vers Njeri et demanda :

— Nous avons des dégâts ?

Elle répondit, penchée sur les écrans :

— Rien de grave, quelques bosses sur la coque. En revanche, il faudra réparer le stabilisateur.

Jaya détacha sa ceinture et se redressa.

— J'y vais, annonça-t-elle, mais le rendre opérationnel me prendra quelques jours.

— Aucun problème, déclara Haz. Ce n'est pas une urgence, vu que nous ne sommes pas près d'approcher un champ de gravité. Reposez-vous, si vous voulez, prenez une pause de méditation.

Elle lui jeta un mauvais regard. Sans doute se souvenait-elle que Haz l'avait privée de sa cabine de méditation pour y installer leur invité surprise.

— Non ! aboya-t-elle. J'y vais.

Une fois seul avec Njeri, Haz se détacha à son tour.

— Merci de nous avoir prévenus à temps que nous avions de la visite, déclara-t-il.

— Hé, je ne tiens pas à mourir !

— Voulez-vous prendre une pause ?

— Non, mais je meurs de faim. N'étiez-vous pas censé nous nourrir ce soir ?

Haz se mit à rire.

— C'est presque prêt, je retourne à mes fourneaux. Je vous laisse la barre.

— Bien, Capitaine.

En revenant dans la cambuse, Haz y trouva un certain chaos. Avant de se ruer sur le pont, il n'avait pas pris le temps de tout mettre à l'abri, aussi la vaisselle était cassée et les couverts éparpillés. Par chance, le ragoût, lui, était intact, les bouteilles d'alcool aussi, donc le plus important était sauf. Il poivrait son plat quand il se souvint de son passager.

Merde ! Mot !

Haz se précipita dans le couloir. Pour justifier son oubli inconsidéré, il se dit ne pas avoir l'habitude d'avoir des passagers à bord, aussi avait-il essentiellement pensé à *Molly* et à son équipage. En cas de danger mortel, Haz oubliait son fret. Au mieux, croisait-il les doigts en espérant que les cabrioles de Molly ne provoquent pas trop de casse.

Quand il ouvrit la porte de la cabine voisine de la sienne, il trouva Mot recroquevillé en boule à même le sol, oreillers et couvertures avaient volé du lit et s'étaient éparpillés partout. Les seules couleurs de la pièce nue étaient les tatouages colorés du corps étendu.

— Tu es blessé ? s'écria Haz.

En entendant sa voix, Mot se déroula lentement et leva les yeux sur lui. Atterré, Haz vit qu'il avait un côté du visage enflé et éclaboussé de sang. Son torse nu en était également couvert.

Tout tremblant, Mot chuchota :

— Je… Que s'est-il passé ?

— Nous avons été attaqués, répondit Haz. Quelqu'un a cherché à nous tuer.

— Qui ?

— Je n'en sais rien.

Il entrevoyait plusieurs possibilités, mais ce n'était pas le meilleur moment pour y réfléchir.

Il avança et ajouta :

— Lève-toi, Mot, assieds-toi sur le lit et laisse-moi te regarder de plus près.

En se relevant, Mot trébucha, mais se rattrapa avant de tomber. Il se laissa lourdement tomber sur sa couchette. Machinalement, Haz voulut s'accroupir devant lui, mais quand il sentit sa jambe protester, il préféra s'asseoir à côté de Mot.

— Laisse-moi voir, répéta-t-il.

Il leva son biotab et fit un scan rapide, soulagé de ne trouver aucune blessure sérieuse. La tension et le pouls étaient un peu trop élevés, mais après ce que Mot venait de vivre, c'était compréhensible.

— Tu t'es cogné le visage en tombant, je présume ?

Mot tressaillit à ces paroles. Du bout des doigts, il effleura son nez et sa joue contusionnée.

— Oui, Monsieur. Contre le bord du lit.

— Ne bouge pas.

Haz se releva et passa dans la salle d'eau, il mouilla un gant de toilette à l'eau tiède, puis revint près de Mot et tamponna le sang qui maculait son visage. Bien qu'il s'efforce d'être doux, Mot grimaça. Tout à coup, Haz prit conscience que Mot était nu et quasiment collé à lui, peau contre peau. En y réfléchissant, Mot était nu depuis son deuxième jour à bord, quand Haz avait insisté pour lui faire mettre son pantalon sale dans le tiroir à ions. Jusqu'à maintenant, il n'y avait pas fait attention, d'abord, il était toujours bourré, ensuite, il ne voyait Mot qu'au moment des repas, et ce, très brièvement. Et puis, les tatouages complexes et colorés formaient une sorte de costume virtuel.

— Où est ton pantalon ? demanda Haz.

Surpris par cette question abrupte, Mot cligna des yeux.

— Je… Oh ! Je suis désolé, Monsieur, je ne savais pas que je devais… Je suis si rarement autorisé à porter des vêtements !

Il essaya de détourner la tête, mais il ne le put, car Haz le tenait par le menton tout en nettoyant le sang de son visage.

— Ils ne te laissent pas porter de vêtements ? grogna-t-il.

— Les ornements sont des cadeaux destinés au Grand Divin, récita Mot. Les obscurcir à ses yeux est un péché.

Haz ricana.

— Si ce Grand Divin est si puissant, je vois mal en quoi un simple tissu lui pose un tel problème, tu ne crois pas ?

Mot fronça les sourcils, l'air perdu.

— Je… Je ne sais pas, Monsieur.

Une fois la dernière trace de sang nettoyée, Haz se redressa.

— Écoute, Mot, tu fais ce que tu veux, il n'y a aucune obligation à bord. Si tu veux rester à poil, aucun problème, mais si tu as envie de mettre un pantalon, fais-le ! Qui le saura ? Nous n'atteindrons pas Chov avant deux semaines.

Incertain, mais docile, Mot hocha la tête.

— Oui, Monsieur.

Haz soupira. Il préférait gérer un fret de narcos qu'un passager, c'était bien plus simple, même si ces saloperies de drogues avaient de sales effets sur ceux qui en usaient.

— Je reviens dans cinq minutes, annonça-t-il, avec ton dîner et une poche de glace pour ton enflure.

Sans attendre de réponse, il jeta son gant ensanglanté dans le lavabo et sortit, laissant Mot seul.

— Vous avez réfléchi ? demanda Njeri, peu après, pendant le repas. À votre avis, qui nous poursuivait ?

Après deux bols de ragoût, elle hésitait à se resservir une troisième fois. Et Haz la comprenait tout à fait : les batailles creusaient l'appétit.

— Peut-être des pirates, répondit-il, mais j'en doute. D'abord, il est rare qu'ils attaquent avec un seul xebec. Ensuite, pourquoi diable s'aventureraient-ils dans le coin ? Cet itinéraire aurait dû être désert, les riches empruntent des routes plus aisées.

— Hmm.

Elle examina un moment son reflet dans sa cuillère, puis la pointa vers Haz en ajoutant :

— Ils sont peut-être tombés sur nous par hasard et ont décidé de profiter de l'opportunité. Ils nous ont pris pour une proie facile.

— Ils se sont trompés, déclara Haz.

Sur ces mots, il vida ce qui restait de whisky dans son verre. Il n'était pas encore ivre, mais une agréable chaleur commençait à l'envahir.

— S'ils n'étaient pas des pirates, alors qui étaient-ils ? insista Njeri.

— Je me suis fait pas mal d'ennemis au fil des ans, commença Haz.

— Sans blague ? persifla Jaya.

Sans tenir compte de cette interruption, Haz enchaîna :

— L'un d'eux a peut-être la rancune tenace.

Njeri le toisa d'un œil sceptique.

— Qui savait que vous emprunteriez cette route ?

Haz haussa les épaules.

— La Coalition, répondit-il. Et vu le nombre de gens qui y grenouillent, notre destination n'a rien d'un secret bien gardé. En plus, il y a tous les employés qui travaillent au spatioport de Budapest. Imaginez un peu qu'ils aient raconté les derniers potins à toutes leurs connaissances, ça commence à faire du monde !

Njeri leva deux doigts.

— D'accord, d'accord. Résumons-nous : première option, les pirates, seconde option, vos ennemis. D'autres idées ?

Haz fronça les sourcils.

— Kasabian m'avait prévenu que les kidnappeurs de Mot pouvaient faire une nouvelle tentative, déclara-t-il, bien que je voie mal ce qu'il peut apporter à quelqu'un qui ne soit pas un Chovien.

— J'ai fait des recherches, intervint Jaya. Vous devriez vous y mettre aussi de temps en temps, Capitaine, cela ne vous ferait pas de mal, vous savez. Figurez-vous que votre artefact est non seulement le pivot central de la religion chovienne, mais il a aussi un statut politique. En fait, pour les Choviens, politique et religion, c'est du pareil au même.

Haz émit un ricanement de dégoût.

— Si les gens tiennent à leurs dieux, grand bien leur fasse, ça n'est pas mon problème ! Mais pourquoi mêler déité et gouvernement, merde ? Je comprendrais mieux ce concept si le Grand Divin démontrait son pouvoir en répandant santé et bonheur sur son peuple !

Furieux, il planta sa fourchette dans un morceau de pomme de terre et se mit à le mâcher avec force.

Jaya le toisa de haut.

— À ce que j'en sais, vous ne dirigez pas Chov X8, Capitaine ! Et les Choviens sont d'un autre avis, point barre. Sans Mot, c'est le chaos.

— Ce qui permet aux opportunistes d'intervenir ! railla Haz.

Jaya hocha la tête.

— C'est exact. La planète était colonisée par les humains avant que la Coalition s'étende bien au-delà de la Terre. Chov X8 n'ayant aucune production de valeur, personne ne s'y intéressait au départ. Récemment, les bijoux choviens sont à la mode et cet engouement a radicalement changé la dynamique économique de la planète.

Haz serra les dents avec obstination. Il se contrefoutait de Chov X8 et il en voulait toujours à Kasabian de l'avoir manipulé, mais un contrat était un contrat. Il avait promis de livrer Mot, il le ferait. Pas question de laisser une bande de salauds lui faire rater sa mission.

Il prit alors conscience que leurs agresseurs ne s'étaient pas montrés particulièrement bienveillants envers Mot. En vérité, ils avaient tenté de faire exploser *Molly* et *tous* ses occupants. L'attaque aurait-elle été menée pour se débarrasser de l'artefact chovien ? Et si c'était le cas, pourquoi ?

— Je ne laisserai personne voler Mot ! tonna Haz.

Puis il se remit à vider son assiette.

VIII

La vie à bord était assez monotone – sauf quand un ennemi tentait de vous faire exploser. Haz ne pouvait consacrer tout son temps à boire, aussi avait-il des périodes d'oisiveté. Il proposa à Jaya de l'aider, mais elle l'envoya paître sans ménagement. Njeri, plus aimable, lui offrit de partager ses cours. Elle étudiait le tapachultec, une langue particulièrement difficile, et les mathématiques à six dimensions. Haz refusa poliment. Il n'avait jamais apprécié les études.

Il s'exerçait régulièrement dans le petit gymnase qu'il s'était installé dans la soute, mais cette distraction devenait vite répétitive. Et Mot occupait la salle de méditation. De toute façon, Haz n'avait jamais médité et il ne comptait pas s'y mettre. *Molly* avait une bibliothèque virtuelle qui contenait des divertissements couvrant de nombreux siècles et provenant de toutes les planètes habitées, soit plus de sept cents, mais Haz ne trouvait rien à son goût. Pas même le porno, quel qu'en soit le genre !

En plus de s'ennuyer, Haz se sentait oppressé, ce qui formait en lui un cocktail volatile. Sur terre, il aurait probablement évacué sa tension en se battant, mais à bord, il n'en avait pas l'option.

Dieu, il avait hâte d'arriver dans le secteur Kappa, ce qui était de la folie.

Prêt à tout pour casser sa routine, Haz arriva un jour dans l'ancienne salle de méditation avec deux repas. Il s'assit sur la couchette à côté de Mot pour manger en sa compagnie. Il avait remarqué que tous les jours, Mot modifiait l'aménagement de ses couvertures et de ses oreillers, sans doute parce qu'il n'avait pas d'autre distraction. Aujourd'hui, l'une des couvertures, couleur vert-de-gris, comme toutes celles se trouvant à bord, était pliée en forme de fleur. Depuis quelques stan-jours, Mot portait son vieux pantalon déchiré, mais pas la tunique que Haz avait laissée pour lui.

— Êtes-vous soldat, Monsieur ?

Mot s'était exprimé d'une toute petite voix, les épaules voûtées, comme s'il s'attendait à recevoir des coups.

— Non.

— Vous bougez comme un soldat.

Haz hésita, sans trop savoir comment prendre cette réflexion.

— Je l'ai été, étant plus jeune, admit-il au bout d'un moment. J'ai quitté l'armée depuis longtemps.

Mot récupéra les dernières gouttes de sauce au fond de son assiette avec son doigt, qu'il mit ensuite dans sa bouche. Le geste était innocent, presque puéril. Pourtant, Haz en eut la poitrine serrée. Et son malaise s'aggrava quand Mot lui adressa un sourire timide.

— De quelle planète venez-vous, Monsieur ? demanda-t-il.

— De Cérès. Pas l'astéroïde, bien sûr, la planète du système Sol. C'est une verrue dans la raie du cul du secteur Delta. Les Terriens qui l'ont colonisée n'ont pas été foutus de lui donner un nom original !

— Avez-vous une maison là-bas ?

Haz ne put retenir un grognement de mépris.

— Non. J'ai abandonné ce misérable caillou quand j'étais encore gamin.

— Avez-vous encore de la famille là-bas, Monsieur ?

— Je ne sais pas. Et je m'en fous.

Les rares fois où Haz pensait à ses parents, il se disait qu'ils étaient morts, oui, sûrement. Quand, par bigoterie et fanatisme, on refusait les traitements médicaux et vaccins inventés ou découverts après l'ancienne année terrestre 1CE, dépasser les soixante-dix ans était rare…

Mot posa son plateau vide sur le sol à ses pieds et baissa les yeux sur ses mains, crispées l'une contre l'autre.

— Oh. Moi, j'aurais bien aimé avoir une famille, je crois.

— Qu'est-il arrivé à la tienne ? demanda Haz.

— Je n'ai pas de famille, Monsieur, j'ai été créé pour rendre hommage au Grand Divin.

— *Créé*, comment ça ? Tu es né dans une éprouvette ?

La Coalition avait interdit le clonage des espèces, mais X8 ne faisait pas partie des planètes soumises ou colonisées. Peut-être les Choviens avaient-ils des coutumes différentes.

Mot secoua la tête.

— Non, le Grand Divin a envoyé un message aux prêtres pour leur annoncer de qui j'allais naître. L'élu et sa compagne ne se connaissaient pas, mais ils se sont exécutés et ont veillé à ma conception. Être ainsi choisi est toujours un grand honneur !

Haz s'étrangla derechef.

— Quoi ? Si je comprends bien, ton Dieu a pointé du doigt deux personnes au hasard et leur a ordonné de baiser pour avoir un môme ?

— Oui.

Haz se souvint alors que le premier tatouage avait été fait quand Mot était un nouveau-né.

— Alors, tes parents t'ont donné aux prêtres ?

— Ce n'étaient pas mes parents. Pas vraiment. Ils n'ont été que mes créateurs… comme les potiers qui façonnent un bol.

Cette étrange analogie rappela à Haz le verbiage de Kasabian. Putain, dire qu'il s'était plaint de sa famille ! Aussi horribles que ses parents aient été envers lui, ils ne l'avaient jamais traité comme de la vaisselle !

— Je ne comprends pas qu'on ose traiter un enfant de cette façon ! Tu es un être humain, merde !

— Non, corrigea Mot avec résignation, je suis la Machine de la Théocratie Obéissante, Omphalos et…

— Oui, oui, je sais, coupa Haz. Mais moi, quand je te regarde, je vois un homme, une vraie personne !

À plusieurs reprises, Mot ouvrit et ferma la bouche sans émettre un son, comme si les mots lui manquaient. Il finit par lever le bras et le tourna pour exposer ses tatouages.

— Ce corps est… une icône, chuchota-t-il. Il a été créé et décoré pour honorer le Grand Divin. Ma conscience, qui l'habite à titre temporaire, ne compte pas, c'est un simple outil, une commodité, un moyen de maintenir le Canal ouvert pendant sa préparation.

Quelle préparation ? Haz avait un très mauvais pressentiment.

— Et tu n'as pas ton mot à dire ? Tu subis, c'est tout ?

— Mon opinion ne compte pas, admit Mot.

Puis ses épaules s'affaissèrent, et il secoua la tête.

— Je suis désolé, ajouta-t-il, je m'explique certainement très mal, mais c'est la première fois que j'ai à le faire, voyez-vous.

L'appétit coupé, Haz posa son plateau. De toute façon, ce plat lyophilisé était insipide.

Son instinct lui criait de continuer à harceler Mot, afin de lui faire prendre conscience que ses prêtres lui mentaient depuis le jour de sa naissance. Sauf que… Son cerveau et son bon sens lui déconseillaient formellement d'intervenir : les croyances religieuses des Choviens n'étaient pas son problème, leur politique non plus, autant ne pas s'en mêler. Pousser Mot à se rebeller contre le carcan qui pesait sur lui ne ferait que rendre sa vie plus difficile à son retour. Après tout, Haz n'était-il pas payé pour raccompagner Mot chez lui ?

— Qui t'a enlevé ? demanda Haz. Qui t'a fait quitter ta planète ?

Sans doute surpris par le brusque changement de sujet, Mot cligna des yeux.

— Je l'ignore, Monsieur. C'étaient des étrangers.

— Raconte-moi ce qui s'est passé, insista Haz.

— C'est arrivé alors que les prêtres m'emmenaient au Huitième Temple.

— Pardon ?

Mot s'empressa de lui fournir des explications :

— Il y a quinze temples sur Chov, chacun d'eux érigé sur un site sacré. À chaque cycle lunaire, nous changeons de temple. Après le quinzième, nous retournons au premier.

— Combien de temps durent ces déplacements d'un temple à l'autre ?

— Cela dépend de la distance à parcourir, parfois, un jour, parfois, beaucoup plus. Nous marchons à pied, nous traversons des villages et les habitants sortent de chez eux pour regarder passer le cortège. Apercevoir la Machine est considéré de bon augure.

Génial ! Mot n'était pas seulement un artefact, il était aussi homme-sandwich et porte-bonheur.

— Alors tu marchais quand tu as été enlevé ? insista Haz.

— Oui, Monsieur. Nous étions loin des zones habitées quand un vaisseau est apparu tout à coup. Il ne ressemblait pas au vôtre, il était plus petit. Des hommes en sont sortis, ils ont abattu les prêtres, et je pensais mourir, moi aussi, mais ils m'ont attrapé, enchaîné et jeté dans leur vaisseau avant de décoller. C'était la première fois que je volais !

Les sourcils froncés, Haz tentait de donner un sens à ce récit.

— Ces hommes t'ont dit ce qu'ils voulaient faire de toi ?

— Non, ils ne m'ont pas parlé. Ils m'ont enfermé dans une boîte, un caisson, précisa-t-il avec un frisson d'horreur. J'y suis resté longtemps, vraiment très longtemps. Quand ils m'ont laissé sortir, j'étais sur un autre vaisseau, bien plus gros. Là, j'ai été enfermé dans une chambre. Elle était bien moins agréable que celle-ci.

Il agita la main pour désigner la petite cabine nue où il se trouvait.

Haz ne put retenir une grimace sardonique.

— *Agréable* ?

Ce n'était pas le qualificatif qu'il aurait choisi !

74

Mot acquiesça vigoureusement et tapota la couverture pliée avec un sourire.

— Oui, je suis très bien ici.

— D'accord. Et après ? insista Haz.

— Je ne sais pas trop, reconnut Mot. J'ai vu beaucoup de gens différents, je suis passé de vaisseau en vaisseau, et personne ne m'a jamais adressé la parole. Du moins, pas avant que je débarque sur une planète, qui n'était pas X8. Là, des soldats de la Marine m'ont annoncé que j'allais être raccompagné chez moi. Et ils m'ont amené à votre bord.

Haz secoua la tête. Cette histoire était pleine de trous. Pour commencer : qui étaient les ravisseurs de Mot ? Qui étaient les divers intermédiaires avant le débarquement sur Terre ? Ensuite, pourquoi Mot avait été ainsi trimballé d'un lieu à l'autre ? Enfin, comment Mot avait-il atterri dans le giron de la Marine ? Les inspecteurs de la Coalition l'auraient-ils découvert lors d'un contrôle de routine ou y avait-il eu un combat pour le récupérer ? La Coalition était-elle tombée sur lui par hasard ou le cherchait-elle pour avoir un moyen de pression sur les Choviens ? Et pourquoi les ravisseurs n'avaient-ils pas tué Mot sur place au lieu de l'emmener ? Envisageaient-ils de réclamer une rançon, par exemple ces coûteux bijoux dont Jaya avait parlé ? D'un autre côté, peut-être les Choviens n'étaient-ils pas les seuls à vouloir une Machine de la Théocratie Obéissante !

Haz se tourna vers Mot.

— Quand tu es arrivé à bord, tu étais drogué jusqu'aux branchies. Pourquoi ?

Mot baissa la tête.

— Parce qu'il m'est arrivé de… me débattre, avoua-t-il avec confusion. Mais je ne le ferai plus, Monsieur. Je vous le promets. Je vous obéirai en tout. Je vous en prie, ne me donnez plus de médicaments, je ne chercherai pas à me rebeller contre vous !

Haz eut un bref éclat de rire.

— Si nous nous battions, tu perdrais, donc je ne suis pas inquiet.

Bien que moins décharné qu'à son arrivée à bord, Mot était d'une minceur filiforme et bien plus petit que lui. De plus, contrairement à Haz, il n'avait pas été entraîné au combat.

— Est-ce qu'ils t'ont dopé tout le temps ?

— Non. Seulement quand je leur résistais.

Haz réfléchit quelques minutes à cet étrange problème, sans rien résoudre. Puis il se souvint que pour lui, rien n'avait changé. Même si Mot avait été volé par un troupeau de thruqrax, sa mission restait la même : rapporter l'artefact à Chov X8. Point final.

Il soupira et se releva brusquement avec l'intention de quitter la cabine. Pourtant, une fois à la porte, il se retourna pour regarder Mot.

— Nous serons à Kappa dans quelques stan-jours, déclara-t-il. Nous y resterons le moins longtemps possible, mais dans ce secteur, le vol sera probablement difficile. Après, il ne nous restera que deux stan-jours de voyage jusqu'à Chov. En attendant, aimerais-tu sortir de ta cabine ?

Les yeux de Mot s'écarquillèrent.

— Vous m'y autoriseriez, Monsieur ?

— Question distraction, Molly n'est pas Newton, mais nous avons des écrans, une cambuse où tu te prépareras ce que tu veux et quelques autres formes de divertissements. Bref, ce sera plus distrayant pour toi que de rester ici, ajouta-t-il en agitant la main. Promets-moi seulement de ne pas créer de problèmes à bord, ne touche à rien – en tout cas, pas aux réacteurs ou à l'équipement électronique, sinon, tu te retrouveras dans ces murs si vite que tu en auras le tournis.

Pourquoi avait-il fait cette offre à Mot ? se demanda-t-il. Il n'en savait rien. Ou si, peut-être. Il détestait être enfermé. À Budapest, après son arrestation, il avait passé des mois en cellule à rêver d'un morceau de ciel.

Mot se redressa et leva le menton.

— Je promets. J'aimerais sortir, Monsieur. S'il vous plaît.

— Szot, j'espère ne pas le regretter.

Et Haz fit signe à Mot de le suivre.

MOT APPRÉCIA beaucoup de découvrir *Molly,* et pour être franc, la visite dura bien plus longtemps que Haz l'aurait cru possible. Mot s'attardait à tout inspecter et, après en avoir demandé la permission, il caressait la moindre surface du bout des doigts. En le regardant faire, Haz se souvint de son premier vol intergalactique, bien des années auparavant : les plus simples des commandes de bord lui avaient semblé magiques ! En tout cas, le contraste avait été frappant avec ce qu'il connaissait depuis son enfance, une hutte de pierre au toit de chaume, un sol aride, les coups et la famine. Peut-être sur Chov X8, Mot avait-il aussi été élevé totalement isolé de la technologie.

Quand Haz et Mot entrèrent dans la salle des réacteurs, Jaya les fusilla tous les deux du même regard féroce.

— Ne touchez à rien! aboya-t-elle.

Pas fou, Haz se garda bien de souligner que *Molly* lui appartenait et qu'en principe, il était libre de faire tout ce qu'il voulait.

— Nous ne faisons que passer, Jaya, se contenta-t-il de dire.

Avec un grondement, elle se remit à inspecter une épaisse corde de fils électriques.

Peu après, sur le pont, ils croisèrent Njeri, occupée à régler un des écrans de navigation. Et son accueil ne fut guère plus chaleureux.

— Que fait-il ici? demanda-t-elle à Haz.

— Rien de particulier. J'ai pensé qu'il aimerait peut-être se dégourdir les jambes.

Elle secoua la tête.

— La situation était déjà compliquée, Hazarmaveth, déclara-t-elle. Vous ne faites que l'empirer.

Il répondit par un doigt d'honneur et conduisit Mot jusqu'à la salle de détente, où il s'affala dans un fauteuil club et fit signe à son passager de prendre celui d'à côté.

— C'est ici que nous avons nos plus grands écrans, déclara-t-il. Hum, tu n'as pas de biotab, il te faudra un système pour les allumer et naviguer parmi les programmes.

Mot hocha la tête d'un air absent.

— Comment vous a-t-elle appelé?

Haz mit un moment à se souvenir, puis il roula des yeux.

— Hazarmaveth. C'est mon nom complet.

Réalisant où cette discussion risquait d'aboutir, il se leva, repassa dans la coursive, se glissa dans la cambuse et y dénicha une bouteille de whisky. Il retourna dans la salle de détente et retomba dans son siège.

Pendant cette brève absence, Mot n'avait pas perdu le fil de la conversation.

— C'est un nom très long, déclara-t-il.

— Cela vient de l'ancienne Bible de la Terre : l'Ancien Testament. Tu connais?

— Oui. Les prêtres le disent sacrilège.

Haz gloussa.

— Eh bien, n'y crois pas, ça ne me gêne pas. Je n'y crois pas non plus, mais mes parents étaient des fanatiques. Ils faisaient partie des Nouveaux Adamites, cette secte terrienne persuadée que Dieu voulait qu'ils explorent la galaxie à la recherche d'un nouvel Eden.

Mot le fixait avec attention, la tête légèrement de côté, comme s'il le trouvait fascinant. Bien sûr, tout devait paraître fascinant après avoir passé une éternité enfermé dans un szotain de caisson ou dans des cales vides. Haz avait du mal à déchiffrer les expressions de Mot, ces foutus tatouages ne lui simplifiant pas la tâche.

— Ils ont réussi ? demanda Mot.

— Réussi quoi ?

— À satisfaire la demande de leur Dieu ?

Haz engloutit une longue gorgée de whisky à même le goulot.

— Comment diable veux-tu que je le sache ?

Voyant que Mot ouvrait la bouche pour une autre question, Haz leva sa main libre et enchaîna :

— Les Nouveaux Adamites prennent l'Ancien Testament de façon très littérale, même s'ils suivent une interprétation qui leur est propre. Par exemple, ils vivent de façon primitive, sans tenir compte des progrès accomplis par l'humanité et les espèces au cours des derniers millénaires.

Ce n'était pas toujours possible, bien entendu, mais ils essayaient. La totale autarcie leur étant impossible, les Nouveaux Adamites devaient parfois se fournir auprès des marchands étrangers. Des vaisseaux spatiaux se posaient à l'occasion sur leur planète pour écouler leurs cargaisons. Noé, Abraham, David et les autres n'avaient jamais parlé dans Le Livre d'accepter de la nourriture et des articles ménagers venant d'autres planètes, pas vrai ? Pourtant, les vaisseaux n'étaient pas refoulés. Autre entorse, les Nouveaux Adamites utilisaient des biotabs, probablement parce que dès la génération des parents de Haz, ils y étaient trop habitués pour s'en passer.

— Mes questions vous contrarient...

Pour prononcer ces mots, mi-assertion, mi-question, Mot s'était penché en avant sur son siège.

Haz but une autre lampée de whisky avant de répondre :

— Si je suis en colère, ce n'est pas contre toi, mais contre ces connards extrémistes. Ils refusent tout droit aux femmes, elles sont la propriété de leur père ou mari ; ils croient aux punitions corporelles, en particulier envers leurs enfants désobéissants. Et par-dessus tout, ils considèrent qu'un homme qui veut coucher avec un autre est une abomination qui mérite la mort !

Haz grogna de dégoût et pointa le doigt vers Mot avant d'ajouter :

— Sauf que j'ai lu Le Livre, moi aussi, et je n'ai rien trouvé dedans qui soit aussi violent !

— Mais vous aviez une famille ! soupira Mot.

Cette fois, Haz décrypta son expression : c'était de la mélancolie.

— J'avais une mère toujours enceinte de bébés qui mouraient très souvent à peine nés, elle était constamment épuisée. J'avais un père qui me frappait à coups de bâton et de sangle chaque fois que je contrevenais un tant soit peu à ses ordres. J'avais des frères et des sœurs qui, comme moi, trimaient de l'aube au crépuscule, six jours par semaine, pour essayer de faire pousser de quoi manger sur un sol désespérément aride. En plus, ils auraient prêté main-forte à mes parents pour me jeter au bûcher s'ils avaient su que je préférais les garçons aux filles. Ce n'était pas une famille, Mot, c'était l'enfer.

C'était un discours bien plus long et révélateur que Haz l'avait prévu. Pour faire passer l'amertume que ses paroles lui laissaient dans la bouche, il s'envoya une nouvelle rasade de whisky. Sur une impulsion, il offrit la bouteille à Mot, qui écarquilla les yeux et secoua la tête.

Et Haz, sans l'avoir voulu, continua à parler :

— Le seul service que mon père m'ait rendu, c'est de me prénommer Hazarmaveth, ce qui signifie « le tribunal de la mort ». Grâce à cela, j'ai pensé à un avenir possible très loin de la ferme que j'avais toujours connue. Mon rêve, c'était de voler, et la meilleure façon de le réaliser, c'était de devenir soldat. À seize ans, j'ai séduit un négociant qui s'était arrêté pour faire du commerce sur notre planète et il a accepté de m'embarquer sur son vaisseau. Ensuite, en passant d'un vaisseau à l'autre, d'un capitaine à l'autre, je suis arrivé sur la Terre et je me suis engagé dans la Marine. Ainsi, au lieu de m'échiner à cultiver le sable, j'ai joué à cache-cache avec la mort. La Coalition a deux objectifs : s'enrichir et conquérir la majeure partie de la galaxie. Je vais te dire un truc, Mot, elle se contrefout de l'accord des planètes qu'elle annexe !

Haz n'avait jamais raconté cette histoire à personne, du moins pas de façon aussi abrupte, sans tenter de se donner le beau rôle. Même Njeri et Jaya ne connaissaient que les grandes lignes de son enfance, rien de plus. Et voilà qu'il vidait son sac dans l'oreille attentive de la Machine de la Théocratie Obéissante. Peut-être tenait-il à informer Mot que l'univers qui existait en dehors de sa petite vie soigneusement contrôlée n'était pas tout rose et illuminé d'arcs-en-ciel, et que devenir une icône religieuse n'était pas le seul sort odieux que rencontrait un enfant innocent.

Haz désigna un écran.

— Que veux-tu regarder ?

— Puis-je… lire plutôt ? demanda Mot en hésitant. Si cela m'est permis, je préférerais.

— Les prêtres t'ont appris à lire ? s'étonna Haz.

Mot fit la grimace.

— Oui, afin que je puisse apprendre les prières et les réciter pendant les cérémonies.

Haz aboya un rire.

— Ah ! Moi, ça a été pareil, c'est aussi pour prier et réciter Le Livre que j'ai eu le droit d'apprendre à lire !

Il se leva, se dirigea vers le siège de Mot et lui montra comment activer l'écran intégré à sa tablette, plus petit et destiné aux textes. Contrairement à l'écran géant, un biotab n'était pas nécessaire pour le manipuler. Une minute après, Mot avait compris comment tapoter l'écran tactile et accéder à la bibliothèque de *Molly*. Quand Haz se redressa, Mot souriait d'une oreille à l'autre.

— Oh ! s'écria-t-il. Il y a tellement de choix ! Que vais-je choisir ?

— Ce que tu veux, je m'en fiche, répondit Haz, bourru.

Il fit basculer son siège en position allongée, utilisa son biotab pour diffuser de la musique dans ses oreilles et ferma les yeux.

IX

CE SOIR-LÀ, Mot dîna dans la cambuse avec eux. Personne ne l'avait spécifiquement invité, mais personne ne le lui avait interdit non plus, alors quand Jaya cria « le repas est prêt ! », Mot leva le menton et suivit les autres à table. Il s'assit avec raideur, le regard baissé. Il se détendit un peu en voyant que Jaya installait pour lui une assiette et des couverts.

Le plat expérimental concocté par Jaya fut un succès, les épices qu'elle avait répandues sur un steak de protéines synthées grillées étaient suffisamment bien dosées pour flatter le palais sans causer aux papilles des convives des dommages sérieux. En guise d'accompagnement, Jaya avait cuit des galettes et mixé une soupe de légumes verts et de haricots blancs. Pendant que tous attaquaient leur assiette, Njeri fit le point sur leur itinéraire.

— Nous arriverons à Kappa après-demain, vers midi. Cependant, j'ai légèrement modifié notre route suite aux dernières rumeurs galactiques : des pirates auraient été repérés dans un des cadrans. Nous allons les contourner.

— Il y a *toujours* des pirates à Kappa, souligna Haz. Ils sont partout !

— Oui, mais quand ils sont signalés, cela permet de les éviter. Une traversée doit être le plus calme possible, vous n'êtes pas d'accord, Capitaine ?

Haz eut un sourire de fauve. Il avait déjà combattu les pirates de très nombreuses fois et il avait toujours gagné. En vérité, les maraudeurs faisaient souvent l'erreur de sous-estimer *Molly*, la prenant pour un flegmatique petit cargo. Mais Haz avait installé sur son vaisseau adoré de puissants réacteurs et les meilleurs canons qu'il pouvait s'offrir, et Jaya avait transféré sa magie aux systèmes de contrôle.

En parlant de Jaya…

— Jaya, vous en êtes où avec la remise en forme de Molly ? demanda Haz.

Elle consulta Njeri du regard avant de répondre. Quand son épouse haussa les épaules, Jaya fronça les sourcils. Haz n'avait pas compris le sens de ce dialogue muet, mais étant un homme sensé, il ne réclama aucune explication. Jaya lui dirait seulement ce qu'elle voulait lui communiquer, rien de plus. Il le savait.

— Les dégâts de l'autre jour sont réparés, déclara-t-elle. En revanche, je n'ai pas encore fini de vérifier toutes les malfaçons commises par les clowns de Kepler.

— Sans blague? Ils étaient si mauvais que ça?

— Eh bien, répondit-elle, la vraie question est de savoir si vous tenez à survivre la prochaine fois qu'on nous canarde.

— Parce que vous vous attendez à une autre attaque? railla Haz. Je ne vois pas pourquoi quelqu'un m'en voudrait à ce point!

Il ne parvint pas à garder un visage impassible. Njeri gloussa, Jaya roula des yeux.

— Si personne n'essayait de vous tuer, déclara Njeri, là, je m'inquiéterais que l'univers ne tourne plus rond.

— C'est pas faux! jeta Haz en riant.

Pendant cet échange, Mot était resté silencieux, il se concentrait sur le repas qu'il engloutissait tout en suivant attentivement la conversation.

Il tressaillit soudain et se tourna vers Haz.

— Est-ce vrai, Monsieur? Vous êtes attaqué? *Souvent*?

Il s'étrangla sur le dernier mot.

— Souvent, n'exagérons pas, répondit Haz. Mais oui, cela arrive de temps en temps.

— Serait-ce parce que… vous avez été dans la Marine? insista Mot.

Jaya ricana.

— Non! Les gens le détestent, parce que ce fils de qhek indigne de confiance préfère l'illégalité et les gains mal acquis!

Mot recula comme s'il avait reçu une gifle.

— Je vous croyais amis, chuchota-t-il.

À son crédit, Jaya se tourna vers Haz pour obtenir sa permission de répondre. Haz ayant hoché la tête, elle posa sa fourchette.

— Non, petit, Haz Taylor n'a pas d'amis. D'ailleurs, il ne saurait pas quoi en faire. Njeri et moi sommes son équipage, rien de plus. Et si nous acceptons encore de travailler avec lui, malgré ses nombreux défauts, c'est parce qu'il est le meilleur pilote de toute la galaxie. Et aussi parce qu'il a conscience d'être une crapule. Sur ce point-là au moins, il est honnête… La plupart du temps.

Au regard noir qu'elle lui lança, Haz comprit qu'elle n'oublierait pas de sitôt ses mensonges concernant cette cargaison de narcos.

Mot se tourna vers Haz.

— Est-ce vrai, Monsieur?

Haz poussa un soupir.

— Arrête de m'appeler «monsieur», ça me stresse ! Et oui, c'est vrai. Contrairement à moi, Jaya ne ment pas.

Njeri avait l'air pensif.

— Moi, déclara-t-elle, je ne pense pas que Jaya ait tout à fait raison.

Elle se rapprocha de Mot, comme pour lui faire une confidence.

— Haz, ajouta-t-elle, est un homme honorable, à sa manière. Quand il fait une promesse, il la tient. Quand il pense devoir agir, il le fait, même si c'est contre la loi ou contre son intérêt. Oh, il a commis des erreurs, bien entendu, mais il a bon fond.

Haz béait de stupeur. Quand il en prit conscience, il fit l'effort de refermer la bouche. Il reçut un autre coup sur le crâne en entendant Jaya déclarer :

— Oui, je suis d'accord. La plupart du temps, on peut compter sur Haz Taylor. Mais quand même, c'est un bâtard menteur qui ne suit que sa propre loi.

— Avec moi, déclara Mot, il a été très gentil.

— Oh, je n'ai jamais dit qu'il était cruel ! rétorqua Jaya. Quand il se bat, il ne ménage pas ses coups et il se fout du fair-play, mail il s'en prend rarement à ceux qui ne lui ont rien fait.

Haz avait la sensation d'être étendu sur une table d'autopsie et disséqué. Aussi étrange que cela paraisse, le processus était moins douloureux que prévu. Que son équipage apprécie ses talents de pilote, il le savait déjà – en plus, c'était vrai, il était exceptionnel en ce domaine –, mais jamais il n'aurait imaginé que Jaya et Njeri lui trouvent des qualités humaines. Après tout, elles savaient toutes les deux ce qu'il avait fait dans la Marine… et après. Malgré ses erreurs passées, elles ne le méprisaient pas ? C'était surprenant.

Pendant que Haz cogitait, Mot le regardait avec ces yeux étranges qui semblaient traverser son crâne et lire son cerveau. Eh bien, grand bien lui fasse ! Il ne découvrirait pas grand-chose de passionnant dans la tête de Haz, à part un savoir encyclopédique sur le vol et le combat.

Brusquement, Haz se leva et se mit à débarrasser son couvert. Il marmonna qu'il avait à vérifier le calibrage des canons.

— Ensuite, déclara-t-il, j'irai me coucher. Njeri, vous prenez le premier quart jusqu'à quatre heures, ensuite, je vous relaierai.

— Je le savais déjà.

— Mons… euh, Haz, dois-je retourner dans ma chambre ?

— Tu fais ce que tu veux, Mot, enfin, à condition de ne pas déconner dans les secteurs qui te sont interdits.

Mot hocha la tête.

— Donc je ne suis pas obligé de dormir?

— Mais enfin! s'emporta Haz. Tu dors quand tu veux et où tu veux. Veille juste à ne pas traîner dans les pattes de ceux qui travaillent!

Abandonnant ce qu'il avait dans les mains sur le comptoir, Haz sortit à grands pas de la cambuse.

LES CANONS étaient parfaitement calibrés, bien entendu, ils n'avaient été qu'un prétexte pour quitter la table. Pourtant, Haz resta un long moment dans la salle des réacteurs, il caressait le métal lisse et murmurait des mots d'amour à *Molly*. Elle l'aimait, Haz le savait, même si parfois, à cause de lui, elle se faisait tirer dessus. Pour *Molly*, ce qui comptait, c'était que Haz danse avec elle et la garde dans la meilleure forme possible.

Quand Haz remonta enfin sur le pont principal, il n'y avait plus personne dans la salle de détente ou la cambuse – qui avait été débarrassée et rangée. Il retourna donc dans ses quartiers.

— Molly, déclara-t-il, remets-moi le documentaire que j'ai commencé l'autre jour.

L'un de ses écrans s'alluma sur une reconstitution historique des guerres yapriennes. Haz s'intéressait peu aux aspects politiques du combat, d'autant plus que les Yapriens avaient fini par détruire leur planète et s'autoanéantir un siècle plus tôt. Leurs différends, quelle qu'en ait été l'origine, n'étaient plus vraiment d'actualité. Ce qui passionnait Haz, en revanche, c'étaient les scènes de bataille. Un général yaprien particulièrement avisé avait accumulé les victoires grâce à ses stratégies brillantes et innovantes. Haz trouvait utile d'étudier de près son style. Il n'avait pas à craindre que sa planète natale explose pendant qu'il se perdait dans de superbes manœuvres. Il avait renié Cérès à seize ans.

Le documentaire n'était pas terminé quand Haz se déshabilla, il passa dans sa salle de bain pour ses ablutions et revint dans sa cabine se mettre au lit. Le sommeil venant, il se laissa emporter, prenant tout de même le temps de dire à haute voix :

— Molly chérie? Je m'endors, éteins la télé, s'il te plaît. Et réveille-moi quand ce sera mon tour de garde.

— *À vos ordres, Capitaine*, déclara Molly de sa voix officielle.

Plus doucement, elle ajouta :

— *Bonne nuit, Haz.*

Quelques minutes plus tard, Haz ne dormait toujours pas.

— Molly ? Crois-tu vraiment que je ne saurais pas quoi faire d'un ami ? Waouh ! Quelle déclaration stupide ! Et pathétique !

— *Je peux modifier ma programmation et simuler une amitié si vous désirez faire un test, Capitaine.*

— Non, non, laisse tomber. C'est sans importance. Bonne nuit.

Il s'endormit rapidement, comme d'habitude. Son vrai problème était de le rester. Éveillé, Haz faisait toujours attention à la façon dont il bougeait et positionnait sa mauvaise jambe, mais durant son sommeil, il ne contrôlait pas ses mouvements. S'il se retournait ou tentait de plier le genou, la douleur le réveillait en sursaut, le front moite. La masse de ses oreillers n'arrangeait rien. Il avait bien tenté de s'en débarrasser, mas il se réveillait tout de même, les dents serrées sur des hurlements ; à moitié paniqué, sans plus savoir où il était.

Au milieu de la nuit, alors qu'il essayait de se rendormir pour la troisième ou quatrième fois, la porte de sa cabine s'ouvrit et une ombre se glissa à l'intérieur. Haz attrapa le pistolet neuro-bloquant qu'il gardait sur la table à côté de sa couchette et le pointa vers la silhouette qui se découpait dans la lumière du couloir.

— Un pas de plus et je te grille.

La silhouette se figea.

— Monsieur ? Je veux dire… Haz ?

Haz poussa un juron et rangea son arme à sa place.

— Comment diable as-tu réussi à entrer chez moi ?

— J'ai demandé à Molly de m'ouvrir la porte.

Merde. Haz n'avait pas ordonné à *Molly* de bloquer sa porte, principalement parce qu'il n'avait pas pensé en avoir besoin. En cas d'urgence, si Jaya ou Njeri avaient à le contacter, elles l'appelaient via le système de communication.

Haz soupira, puis il s'assit, les couvertures serrées autour de lui.

— Qu'est-ce que tu veux ?

— Vous m'avez dit que je pouvais dormir où je voulais.

Haz tressaillit.

— Hein ? Mais ce n'était pas du tout… Je te signale que cette couchette est déjà occupée, merde, je suis dedans !

— J'ai remarqué.

Après une longue pause, Mot ajouta timidement :

— Je veux dormir avec vous.

Haz grinça des dents.

— Je ne suis pas un szotain d'ours en peluche, Mot !

— Je veux coucher avec vous. Baiser, quoi !

Là, Haz s'étouffa de stupeur et se mit à tousser comme un perdu. Il lui fallut un moment pour retrouver sa voix.

— Tu… *quoi* ?

— Vous m'avez dit que vous préfériez les hommes, vous avez donc des relations sexuelles avec eux. Je suis un homme. Enfin, je crois… mon corps est masculin. Je ne sais pas…

Sa voix se cassa, le silence retomba. La cabine était dans l'obscurité, mais Haz ne demanda pas à *Molly* d'allumer. Il doutait fort que la lumière rende cette conversation plus facile.

— D'accord, je baise avec des hommes, mais… hum, pas avec *tous* ceux que je rencontre.

Ça n'avait pas toujours été vrai. Après sa fuite de Cérès, Haz s'était un peu déchaîné sur le plan sexuel pour se libérer des interdits de ses parents et des prêtres de leur religion. Oui, il avait consacré une bonne décennie à coucher avec tous les mâles consentants qu'il rencontrait, avec quelques femmes aussi ou des aliens androgynes.

Mais il n'était plus un gamin.

— Ainsi, vous refusez de coucher avec moi ? s'enquit Mot. Est-ce à cause de ce que je suis ?

Haz se frotta la tête, elle était presque aussi douloureuse que sa jambe.

— Écoute, je ne me suis jamais posé la question.

Comment qualifier Mot, au juste ? Était-il une cargaison ? Non. Un prisonnier ? Non, pas vraiment.

— Pourquoi pas ?

— Nom de Dieu, Mot, je ne veux pas discuter d'éthique au milieu de la nuit ! En fait, je déteste presque autant l'éthique que la religion. J'en sais moins sur ces deux sujets qu'un craqir sur les chaussures à talons !

— Trouvez-vous mes tatouages trop affreux ? insista Mot.

— Non ! hurla Haz. Ça suffit, maintenant. Retourne dans ta cabine !

Loin d'obtempérer, Mot avança dans la cabine. Son visage à contre-jour restait indistinct.

— Je n'ai jamais eu de relations sexuelles, annonça-t-il.

Haz poussa un gémissement, ce qui n'empêcha pas Mot d'enchaîner :

— Une fois de retour sur X8, je n'aurai plus jamais cette… opportunité. C'est pourtant un acte tellement basique, tellement naturel. D'après ce que j'en ai lu, le sexe a une grande importance dans la vie des humains.

Haz commençait à regretter d'avoir laissé Mot libre de piocher à sa guise dans la bibliothèque de *Molly*. Peut-être aurait-il dû mieux surveiller ses lectures. Mais franchement, qui aurait pu penser qu'un artefact religieux ait de telles curiosités !

De plus, il n'était pas un szotain de censeur comme les prêtres de Cérès !

— Les humains ne sont pas la seule espèce qui baise !

— Oui, je sais, mais la Machine de la Théocratie Obéissante est un objet, et les objets ne baisent pas. Grâce à vous, je commence à devenir humain. J'aurais voulu franchir une étape de plus.

À sa profonde stupeur, Haz fut tenté de céder : l'argument était des plus valables, après tout. Et puis, Haz n'avait jamais baisé avec un puceau, du moins pas à sa connaissance. Et pendant des années, il s'était dit et répété que le sexe n'avait aucune importance émotionnelle, ce n'était qu'une activité physique, un moyen de se détendre, de faire baisser la pression.

Justement, c'était ce qui posait problème ce soir. Pour lui, ce serait banal, mais pas pour Mot. Et Haz trouvait ce déséquilibre gênant. Malgré sa longue liste de péchés et de délits, il avait quelques règles auxquelles il se conformait, par exemple, ses partenaires sexuels devaient connaître la règle du jeu. À bord, Haz était le capitaine, il avait tous les pouvoirs. Mot n'était pas en position de prendre une décision librement consentie.

— Pourquoi ne pas demander une initiation à Jaya et Njeri ? Elles apprécient une queue de temps à autre pour pimenter leurs ébats matrimoniaux.

— Je ne sais pas… Non, je suis comme vous, je pense.

— Absolument pas ! trancha Haz. Tu ne me ressembles en rien et tu devrais en remercier ton Grand Divin. Maintenant, va-t'en !

Mot resta planté en silence pendant ce qui sembla à Haz une éternité, puis il soupira.

— Bonne nuit, Haz.

Il tourna les talons et quitta la cabine, en refermant doucement la porte derrière lui. Haz se retrouva dans le noir.

Troublé par cette scène inattendue, il eut un mal fou à se rendormir.

MOLLY LE réveilla bien trop tôt, d'après lui. Il ouvrit les yeux en grognant, quitta péniblement son lit, s'habilla et sortit d'un pas trébuchant en direction de la cambuse. Il lui fallait du café, beaucoup de café !

En le voyant arriver sur le pont, Njeri s'esclaffa :

— Eh bien, vous en tirez une tête ! C'est la grande forme, ça se voit !

Haz se laissa tomber dans son siège et chercha – en vain – l'énergie de la fusiller des yeux. Puis il fit la grimace : son café avait un goût de chiotte. Pourquoi n'avait-il pas acheté du café de meilleure qualité chez Farkas & Zhao ? Ignorant le fait que Njeri l'examinait d'un air soucieux, Haz alluma son écran et jeta un rapide coup d'œil aux données qui s'affichaient. *Molly* avançait bien, et le quart de Njeri avait été calme. Haz prit note de demander à *Molly* de le réveiller s'il s'assoupissait.

— Allez vous coucher et rejoindre votre épouse, Njeri. Je suis certain qu'elle vous attend depuis des heures pour vous expliquer tout le mal qu'elle pense de moi.

— Peuh ! Haz Taylor, quand Jaya et moi sommes au lit, je vous garantis que nous avons mieux à faire que de parler de vous !

Njeri se leva et s'étira avec un gémissement. Mais elle s'attarda encore un moment.

— Votre artefact a passé un long moment avec moi, cette nuit.

— Il n'est pas mon…

Sans se soucier de sa protestation, Njeri continua :

— Il avait un millier de questions. Je dois avouer que je le comprends. Si j'avais passé ma vie enfermée dans des temples, je serais tout aussi impatiente de connaître de nouveaux plaisirs.

Merde ! Haz plissa les yeux en fixant Njeri. Mot lui avait-il communiqué son intention de séduire Haz ? « Séduire » n'était sans doute pas le bon terme, mais Haz avait l'esprit trop embrumé pour en trouver un autre.

— C'est sans importance, déclara-t-il. Mot sera bientôt de retour chez lui et tout ce qu'il aurait appris à bord ne lui servira plus à rien.

Njeri secoua la tête.

— Combien de temps êtes-vous resté en prison, Haz ?

— Dix-huit mois.

En fait, il avait passé les deux premiers mois de sa détention à l'hôpital, mais il était surveillé et incapable de se déplacer, donc pour lui, c'était du pareil au même.

— Et comment occupiez-vous votre temps en cellule ?

Haz grogna.

— Pour commencer, j'ai été longuement charcuté. Ensuite, j'ai ressassé mes griefs avant de conclure que je haïssais la Coalition en général et la Marine en particulier.

Il avait également consacré beaucoup de temps à tenter d'effacer de sa mémoire les hurlements d'agonie des soldats qu'il avait condamnés, mais cela, Njeri n'avait pas à le savoir. De plus, sans doute ne le croirait-elle pas.

Elle croisa les bras.

— Dix-huit mois, répéta-t-elle, cela fait environ treize mille heures. Même si vous avez passé la moitié de ce temps à dormir et à râler contre les injustices du monde, il vous restait sept mille cinq cents heures à tuer. Vous n'aviez pas accès aux écrans et votre biotab avait été bloqué au minimum. Alors comment avez-vous tenu le coup sans perdre l'esprit, si tant est que vous en possédiez un ?

Haz se souvint… Il n'avait pas planifié son avenir, car il ne s'attendait pas à en avoir un. Et il n'avait pas pensé à son passé, dont la majeure partie lui était odieuse. Il s'était donc concentré sur les plaisirs qu'il avait appréciés au fil des ans. Et quand cette distraction lui faisait défaut, il s'étendait sur sa couchette étroite, fermait les yeux et imaginait qu'il volait.

— J'ai rêvassé, marmonna-t-il. J'ai évoqué certaines expériences… agréables.

— Exactement ! C'est peut-être ce que Mot espère faire aussi, accumuler de bons souvenirs pour pouvoir s'en repaître quand il sera à nouveau enfermé. C'est un garçon intelligent !

Elle pencha la tête, hésita une minute, puis ajouta :

— Au fait, pourquoi avez-vous décidé de le laisser sortir de sa cabine ?

— Parce que j'en avais marre de lui porter ses repas !

— Vraiment ? Je me demande si…

Elle fut interrompue par la sirène de *Molly*, suivie d'une annonce succincte de sa voix calme et bien modulée.

— *Deux vaisseaux non identifiés sont derrière nous.*

X

HAZ NE leva même pas les yeux de sa console quand Jaya les rejoignit à la hâte sur le pont.

— Ils sont deux, l'informa-t-il.

Elle attachait déjà sa ceinture.

— Quel modèle ?

— Je ne sais pas encore. Donnez-moi une seconde.

Il scannait les données de ses écrans à toute vitesse, dans l'espoir d'apprendre quelque chose sur leurs poursuivants, mais la distance qui les séparait était trop grande.

— Njeri, déclara Haz, si nous mettons les propulseurs au maximum, serait-il possible…

— Pour atteindre Kappa, coupa-t-elle, il nous faut encore vingt-quatre heures, Capitaine. Et sur la distance, il n'y a strictement rien.

Haz le savait déjà, mais une confirmation ne pouvait pas faire de mal. Merde, si seulement il pouvait…

— Va-t-on encore nous tirer dessus ? demanda une petite voix.

Cette fois, Haz leva les yeux le temps de fusiller Mot d'un regard noir.

— Si tu veux rester ici, tonna-t-il, tu t'assois, tu t'attaches et tu la boucles !

Il fut presque surpris de voir que Mot obéissait.

Haz reconnaissait la tension qui régnait autour de lui, une sensation familière, car ce n'était pas la première fois, loin de là, qu'il se trouvait dans cette situation avec son équipage. Njeri et Jaya connaissaient leur rôle, ce qui évitait à Haz d'avoir à leur donner des ordres. En fait, le trio et *Molly* manœuvraient si harmonieusement ensemble qu'on aurait pu croire à un organisme unique.

Mais Mot était étranger à cette synthèse, et même s'il restait figé et silencieux, sa seule présence créait un déséquilibre. Haz envisagea de le renvoyer dans sa cabine, puis il se ravisa. Mot n'aurait rien pour s'attacher et Haz ne tenait pas à le retrouver, une fois encore, couvert de bleus et de meurtrissures. Surtout que le visage tatoué était encore enflé de la dernière bataille !

Après un silence tendu qui dura plusieurs minutes, Njeri annonça :

— Ce sont des xebecs, Capitaine.

— Ils ne sont que deux, c'est confirmé ?

— Oui, ils arrivent sur nous à pleine vitesse. Voulez-vous que j'essaie de les contacter, Capitaine ?

— Pourquoi pas ?

Tout en acceptant, Haz savait que cela ne servirait à rien. Effectivement, leurs poursuivants ne répondirent pas.

— Ont-ils des marquages extérieurs d'identification ?

— Négatif.

Haz s'y attendait.

— Molly chérie, réduis la vitesse au minimum et mets tous les systèmes auxiliaires en stand-by.

— *À vos ordres, Capitaine,* répondit la voix robotisée du vaisseau.

Haz sentit le changement d'allure tandis que Molly mettait la majeure partie de sa puissance vers les commandes et l'armement. La coque métallique paraissait pulser autour de lui, frémissante d'impatience de se lancer dans la bataille. Haz évoqua un hre'csro prêt à attaquer sa proie.

— Attends encore un peu, ma belle, marmonna-t-il. Ils sont presque à portée.

Il tapota l'écran comme s'il s'agissait de Molly.

— Leur envoie-t-on un coup de semonce ? demanda Jaya.

— Non, pas la peine.

Avec deux adversaires, ce ne serait pas prudent. En plus, les probabilités étaient fortes que ces vaisseaux viennent du même envoyeur que le précédent, donc leurs capitaines pouvaient très bien avoir étudié la vidéo de la bataille. Cette fois-ci, ils ne se feraient pas avoir aussi facilement.

Un rictus sauvage étira les lèvres de Haz.

— Dès qu'ils seront à portée, Jaya, flinguez celui que vous pourrez, descendez-le. Qu'ils crèvent tous !

En ce moment, Haz se contrefoutait des règles de la Coalition. Ces xebecs étaient des ennemis, point final. Pas question d'attendre poliment qu'ils tirent les premiers.

— À vos ordres, Capitaine.

À l'enthousiasme de sa voix, Jaya était d'accord avec lui.

Les xebecs arrivaient sur eux sans chercher à cacher leurs intentions meurtrières. Ils flottaient en images 3D sur la console de Haz, deux petits points rapides qui voulaient la peau de *Molly*. Dans ce cas, Haz ne comptait pas retenir ses canons. En plus, il était de mauvais poil, il était quatre heures du matin, et il n'avait même pas eu le temps de finir sa première tasse de café.

Quand il sentit que Jaya était en position de tirer, Haz stabilisa *Molly* pour permettre aux canons d'ajuster leur cible. À peine le coup parti, il fit basculer *Molly* dans une longue glissade latérale, sachant que cela surprendrait leurs poursuivants. S'ils avaient su que *Molly* était aussi maniable, sans doute auraient-ils déjà tiré.

— Joli tir, Jaya ! s'exclama Njeri. Ils sont salement touchés.

Haz préférait ne pas chanter victoire trop vite. Le premier xebec était out, d'accord, mais le second restait à leurs trousses avec un équipage très énervé contre eux. Effectivement, leur adversaire accéléra encore, ses canons mitraillant sans arrêt. Mais à un contre un, Haz était dans son élément, il se mit à zigzaguer et à plonger, tout en laissant l'autre vaisseau s'approcher assez pour être à portée de tir. Dès que Jaya pressa la détente, Haz s'esquiva une fois encore. *Molly* reçut quelques chocs, mais juste des éraflures qui ne créèrent aucun dommage structurel sérieux. Brave *Molly* ! C'était un solide petit vaisseau !

Haz dut reconnaître que l'autre pilote était bon, lui aussi, il semblait même anticiper ses manœuvres les plus audacieuses. Bien sûr, le xebec n'était pas aussi maniable que *Molly*, mais il était plus puissant, donc capable de la dépasser et de la distancer.

Haz se souvint alors d'un cours qu'il avait suivi à l'école d'officiers sur un ancien conflit terrestre : une partie des guerriers avait des rapières, les autres, des claymores. En force pure, la claymore gagnait à coup sûr. Une seule option alors, c'était de bouger, c'était de danser.

— Jaya, je vais tenter d'approcher le xebec par tribord. Cela devrait vous permettre de bousiller un de ses réacteurs.

— Bien reçu.

La manœuvre était risquée, et *Molly*, dès qu'elle approcha le vaisseau ennemi, reçut quelques solides explosions. Mais Haz la maintint en vol stable et, au moment où l'adversaire comprit enfin son intention, il était trop tard. Le xebec était trop lourd pour esquiver la bordée. De plus, Haz le frôla de si près qu'ils faillirent se télescoper.

Et Jaya marqua un tir au but.

— Bravo, Jaya. Voyons… Oh, merde !

— Merde ! cria aussi Njeri.

Un troisième vaisseau arrivait sur eux.

— Szotain ! s'écria Haz. Comment avons-nous pu ne pas le voir plus tôt ?

— C'est une frégate, Capitaine, marmonna Njeri d'une voix contrainte. Elle vient juste d'apparaître sur nos écrans.

Elle ajouta quelques mots inaudibles, une prière ou un blasphème.

Haz écarta *Molly* juste à temps pour éviter un tir du xebec. La situation s'aggravait : les frégates étaient plus grosses que les xebecs et beaucoup plus rapides. Plus lourdement armées aussi.

— Qui diable sont-ils ? s'interrogea Haz à haute voix.

Les frégates étaient onéreuses et nécessitaient un équipage important. Il était rare d'en trouver hors de la Marine, même si quelques compagnies les utilisaient pour le transport des passagers. Haz doutait fort que cette frégate particulière soit un trimbale-touristes.

La frégate tirait déjà sur *Molly* et, vu que sa portée de tir était bien plus longue, Jaya ne pouvait pas riposter.

— Jaya, déclara Haz, je vais rester entre les deux.

Il comptait s'approcher du xebec afin de dissuader la frégate de tirer sous peine de toucher son allié. Bien sûr, *Molly* serait à la merci du xebec.

— Flinguez-moi ce xebec, Jaya, ajouta Haz. Mettez-y le paquet !

— À vos ordres, Capitaine.

Même sans la regarder, Haz entendit un sourire féroce dans sa voix.

Sa stratégie était des plus risquées. Un capitaine sensé n'aurait pas délibérément placé son vaisseau entre deux adversaires qui le dépassaient en taille, mais quelle autre option avait-il ? Il ne pouvait espérer distancer le xebec et la frégate, et si la pauvre *Molly* dansait trop longtemps, elle finirait par épuiser son énergie. De plus, ces manœuvres brutales endommageaient ses joints et sa coque, ce qui, à terme, s'avérait dangereux.

La frégate et le xebec tirèrent ensemble, manquant *Molly* d'un cheveu. Tout en zigzaguant pour compliquer la tâche des canonniers, Haz se colla au xebec, son bouclier pour éviter les tirs de la frégate. Il savait qu'avec un comportement aussi imprévisible et des mouvements aussi erratiques, ni les équipages des vaisseaux ennemis ni leurs ordinateurs ne seraient capables d'anticiper ses décisions. En même temps, il devait être assez stable pour que Jaya puisse viser le xebec.

Il eut un rire sauvage en essuyant la sueur de son front. Échapper à la mort était enthousiasmant… jusqu'au moment où elle vous rattrapait, bien entendu. Ah, tant pis, ces dernières minutes avant de partir en fumée restaient exceptionnelles !

Un tir du xebec toucha *Molly* assez fort pour qu'un long frisson la parcoure tout entière et l'envoie tourbillonner. Bien que les commandes ne répondent plus, Haz resta calme, il étudia même l'étrange effet de la force centrifuge sur son estomac et sa tête.

— Waouh, ma belle, reprends-toi ! lança-t-il. Je suis là.

Avec plus de patience qu'il ne pensait posséder, il parvint à stabiliser *Molly* à temps pour éviter un autre coup.

— Jaya, allons-y.

— Bien reçu.

Dieu, qu'il aimait son équipage ! Ni Njeri ni Jaya ne paniquaient ou se plaignaient, chacune montrait une détermination égale à la sienne et prenait le même plaisir à compter sur ses compétences.

Il colla *Molly* au xebec. Du coup, quand Jaya tira, l'explosion désintégra la coque inférieure du xebec. *Molly* fut aspergée de débris qui résonnèrent sur sa coque avec des bruits sourds évoquant des détonations. Haz s'écarta rapidement.

Il prit une profonde inspiration. Eh bien, la bonne nouvelle, c'était qu'ils n'avaient plus qu'un seul adversaire et qu'apparemment, il n'y aurait pas d'autres invités surprises, la mauvaise, c'était qu'il restait en lice la frégate, le plus redoutable de leurs trois ennemis. Le xebec étant descendu, Molly n'avait plus de couverture, et la frégate se mettait déjà à les canarder.

D'accord, Haz ne pouvait ni la distancer ni la flinguer, il ne lui restait qu'une option : il allait devoir voler beaucoup mieux.

— Njeri, découvrez les points faibles de cette frégate et donnez-les à Jaya. Jaya, vous n'aurez que deux tirs pour l'abattre. Alors visez bien.

Si son équipage confirma ses ordres, Haz ne l'entendit pas, il était trop concentré sur son pilotage. C'était le moment qu'il préférait. Il n'avait jamais été amoureux, il ne s'était jamais senti proche d'un autre être humain, émotionnellement parlant, mais aux commandes de *Molly*, il était en symbiose avec elle. Elle savait ce qu'il voulait et lui savait ce qu'elle était capable d'accomplir, une union parfaite de volontés et de capacités. Les seuls obstacles étaient d'ordre physique entre le cerveau humain de Haz et la coque métallique du vaisseau. Du coup, Haz avait la sensation de se battre dans une pièce sombre avec les oreilles bouchées. Oh, il recevait des rapports de ses écrans et de Njeri, mais ils lui arrivaient avec un temps de retard et une interprétation extérieure.

Il les écoutait, néanmoins, aussi plongea-t-il vers la frégate en exécutant des virages erratiques. L'ennemi continuait à tirer, *Molly* ne cessait de frissonner sous les impacts, fussent-ils de simples effleurements, mais Haz continuait d'avancer.

— Capitaine, déclara Njeri, son point faible, c'est le ventre.

— D'accord.

Le problème, c'était que les canons laser de la frégate étaient tous placés là. Haz pensa alors à une formule de son père autrefois : *quand le diable mène, les besoins deviennent exigeants.*

Il fonça vers le ventre de la frégate.

Plus il se rapprochait, plus le vaisseau ennemi paraissait grand, comme une énorme bête de proie prête à les avaler. Mais Haz savait que la taille ne faisait pas tout, parce qu'un zeneni, un minuscule insecte, était parfois capable de tuer un humain.

Donc Haz devait devenir un zeneni.

L'ennemi étant à portée de tir, Jaya actionna ses canons. Elle n'espérait pas paralyser la frégate, elle cherchait juste à occuper son équipage. S'ils ne causaient pas de dégâts majeurs au gros vaisseau, ses tirs étaient susceptibles de le ralentir et de le détourner de son objectif.

Haz exécuta plusieurs tonneaux complets suivis d'une chandelle raide et d'une plongée tout aussi à pic, il arriva ainsi sous la frégate.

— C'est à vous, Jaya !

Bang !

L'explosion frappa Molly presque de plein fouet. Elle partit encore en vrille, cette fois vers l'avant, et l'électricité à bord se mit à clignoter. Haz sentit que les commandes répondaient mal.

— Njeri !

— J'y travaille, un nouvel accès… J'ai trouvé !

L'écran se ralluma, les commandes répondirent juste à temps, car Haz put éviter un autre tir de la frégate.

— Voulez-vous un rapport de dégâts, Capitaine ? demanda Njeri.

— Négatif.

Ce n'était pas une urgence, car ils devaient continuer le combat, vaille que vaille.

— Prête, Jaya ?

— Oui. Désolée pour ce dernier…

Haz l'interrompit :

— Cette fois, ne les ratez pas.

Haz risqua un coup d'œil très rapide à Mot, qui n'avait pas émis un son depuis le début des hostilités.

— Mot ? Si tu as l'option de sonner ton Grand Divin pour lui demander d'intervenir, le moment me paraît bien choisi.

Mot sourit, exposant des dents très blanches qui offraient un contraste frappant avec ses tatouages.

— Non ! J'ai plus confiance en vous trois !

Haz gloussait tout en accélérant.

La frégate tira plusieurs fois, et Haz sentit chaque impact jusque dans ses os, mais la bonne vieille *Molly* continua à danser, à tourbillonner, avec l'empressement joyeux d'un oiseau libéré de sa cage. Haz grimaça, la sueur lui coulait sur le front, piquant ses yeux, son cœur tambourinait et une puanteur de café brûlé lui montait au nez.

Sans en tenir compte, il laissa ses doigts voler sur les commandes, pressant *Molly* de continuer.

— Ça va marcher.

À qui parlait-il au juste ? À *Molly*, à lui-même, à Jaya ou à tous à la fois ? Il n'en savait rien, tout comme il ignorait si la foi était susceptible de faire bouger les montagnes. En revanche, il savait que le doute pendant la bataille était létal. Aussi se concentrait-il sur ses croyances avec un zèle qu'auraient admiré les Nouveaux Adamites les plus dévots.

Il plaça *Molly* devant la frégate, presque nez à nez.

L'ennemi chercha à pivoter, Haz le fit aussi, ce qui lui permit une fois encore de passer dessous. Cette fois, Jaya parvint à tirer avant la frégate. Sa bordée emporta tout, canons, réacteurs, tout ce qui était atteignable, vulnérable. Haz s'écarta sans attendre.

Une seconde plus tard, la frégate explosa.

Njeri déclara alors :

— Nos dégâts…

Haz l'interrompit :

— Si ce n'est pas un problème majeur, ça peut attendre. Nous devons vérifier s'il reste des survivants sur le premier xebec. Szotain, j'aimerais vraiment savoir qui sont ces gens et d'où ils viennent !

Il avait d'autres envies pressantes, comme prendre une douche chaude, manger un morceau, vider une bouteille de whisky aussi, histoire d'atténuer la douleur de sa jambe, mais ça devrait attendre.

Le combat les avait éloignés du vaisseau désemparé. Haz ramena *Molly* à une allure tranquille, elle aussi avait besoin de repos. Après, il écouta le rapport de Njeri concernant les dommages, rien n'était irrémédiable, puis se tourna vers Mot.

— Comment va ?

— J'ai cru que j'allais vomir, mais je ne l'ai pas fait.

96

Haz ne put retenir un rire.

— Bravo ! Pour un néophyte, c'est un exploit. Au fait, tu ne sens rien pour le moment à cause de l'adrénaline, mais attends-toi à des muscles endoloris et des ecchymoses là où les bretelles de ton harnais ont forcé.

— Est-ce… les batailles sont-elles toujours comme ça ?

Haz haussa les épaules.

— J'ai connu… Dieu, je ne sais pas, disons une centaine de batailles et la seule chose que je peux te dire, c'est qu'il n'y en a pas deux pareilles. Pourtant, oui, c'est toujours comme ça, aussi bizarre que ça paraisse. L'ennemi nous tire dessus, nous ripostons, il y a des morts. Jusqu'à présent, je m'en suis tiré, mon équipage aussi.

— Vous trois savez œuvrer ensemble ! déclara Mot. Quelle belle harmonie !

Haz ne put retenir un sourire.

— Nous *quatre*, corrigea-t-il. N'oublie pas *Molly*. Sinon, tu as raison, j'ai le meilleur équipage de la galaxie.

À ces mots, même Jaya hocha la tête avec approbation.

Peu après, ils atteignirent le xebec qui dérivait.

— Il leur reste assez d'énergie pour respirer, déclara Njeri. C'est à peu près tout.

— Essayez de les contacter. Peut-être seront-ils plus ouverts à la discussion.

Effectivement, une image s'afficha sur l'un des grands écrans de *Molly* : le pont du xebec. Son capitaine était une humaine d'une trentaine d'années, longue et maigre, avec une énorme ecchymose sur le front.

— Êtes-vous prêts à vous rendre ? aboya-t-elle.

Haz gloussa.

— Vous êtes comique, vous ! Je voulais juste savoir qui vous a engagés. Répondez et je vous épargnerai.

— Allez vous faire foutre !

Haz se pencha en avant.

— Merci, mais vous n'êtes pas du tout mon genre. Écoutez, je suis de très mauvais poil, je n'ai même pas eu le temps de boire mon café, alors ne me cherchez pas !

Derrière le capitaine, quatre membres d'équipage paraissaient mal en point. Ils faisaient aussi de gros efforts pour cacher leur terreur. Le combat, c'était déjà dur, mais un abordage alors qu'on était sans défense, perdu dans l'espace, c'était nettement pire. L'équipage savait quelle mort l'attendait.

— Capitaine… commença une recrue, manifestement inexpérimentée.

Elle se retourna, furieuse :

— Taisez-vous !

Puis elle reporta son attention sur Haz, le visage buté.

Haz soupira.

— Je ne vous réclame pas les secrets de l'univers, Capitaine. Vous avez cherché à nous tuer, je veux savoir pourquoi et connaître le nom de celui qui vous a commandité ces meurtres. Vous savez qui nous sommes, pourquoi refusez-vous de me donner vos noms ?

— Je sais surtout ce que vous êtes, cracha la femme. Une racaille !

Haz ricana.

— Tiens, c'est rare que j'obtienne ce titre avant d'avoir baisé ! Allez, Capitaine. Donnez-moi un nom. Si vous vous obstinez à vous taire, un de vos hommes se montrera peut-être plus sensé.

Elle leva les mains, imposant le silence aux hommes derrière elle. Après une longue pause, elle rétrécit les yeux.

— Si je vous réponds…

— Nous ne tirerons pas, confirma Haz. Nous continuerons notre route et vous, avec un peu de chance, vous pourrez envoyer un SOS et être secourus à temps.

— Vous ne tirerez pas, vraiment ? Pourquoi vous croirais-je ?

Il fit un gros effort pour se contrôler.

— Si vous me gonflez, je vous réduis en poussière, de ça au moins, vous pouvez être certaine. Vous êtes cuite, un point c'est tout. Parler est votre seule chance de vous en sortir. Ma patience arrive à son terme.

Il esquissa un rictus. Puis il remarqua quelque chose, et sa bouche s'assécha. Il ne sut comment il parvint à cacher sa détresse.

Après un long moment d'hésitation, la femme céda, ses épaules s'affaissèrent.

— D'accord. Notre commanditaire, c'est Etole Hildres.

Haz sifflota.

— Waouh, je suis impressionné !

Hildres était l'un des pirates les plus prospères de la galaxie, elle possédait des escadres entières de vaisseaux et plus d'un millier de membres d'équipage.

— Pourquoi veut-elle ma peau ? Je ne la connais même pas !

— C'est votre cargaison qui l'intéresse.

Mot poussa un gémissement de détresse. Haz l'ignora.

98

— Pourquoi? Que veut-elle en faire?

— Je ne sais pas.

— C'est elle qui avait volé l'artefact chovien la première fois?

— Oui, cracha le capitaine du xebec.

Haz scruta l'image avec attention, l'arrière-plan en particulier. Il espérait s'être trompé… mais non, c'était la vérité. Merde!

— J'espère que vous recevrez de l'aide avant d'avoir épuisé ce qui vous reste d'énergie. Vous êtes loin de tout!

Il se tourna vers Njeri et ajouta :

— Coupez la transmission.

L'écran s'éteignit, l'équipage ennemi disparut. Haz fit virer *Molly* et reprit sa route initiale.

— Etole Hildres! s'exclama Njeri. Si elle veut vraiment Mot, elle ne va pas nous lâcher, elle va nous envoyer d'autres vaisseaux…

— Ce n'est pas elle! jeta Haz.

Jaya avait détaché sa ceinture pour se rapprocher de Njeri.

— Quoi? s'étonna-t-elle.

— Le capitaine nous a menti, insista Haz. Elle ne travaille pas pour Hildres. Et je le regrette, parce que la vérité est bien pire. En fait, nous sommes dans une merde noire!

Il passa les doigts dans ses cheveux, il aurait voulu s'arracher la tête.

— Qui est après nous, alors? insista Jaya.

Haz soupira.

— La Coalition.

XI

Haz refusa de s'expliquer avant d'avoir pris une douche, bu trois cafés et avalé son petit déjeuner. Rien de tout cela n'améliora son humeur. Il se sentait à nouveau immergé dans la puanteur immonde des marécages de Kepler. En fait, il aurait préféré s'y trouver plutôt que dans le merdier actuel.

Laissant Haz s'agiter avec fureur, Njeri et Jaya firent l'inventaire des dégâts de *Molly*. Mot, quant à lui, resta assis dans la cambuse, immobile, tout raide, le visage figé sous ses épais tatouages. Au moins, il ne parlait pas, il ne posait pas de questions, ce que Haz apprécia. Il avait besoin d'évacuer sa tension intérieure avant de s'exprimer devant l'équipage.

Quand la procrastination ne put durer plus longtemps, Haz retourna sur le pont et se laissa tomber dans un siège. Mot l'avait suivi, il resta près de la porte, espérant sans doute que personne ne remarquerait l'artefact du Grand Divin.

— Qu'avez-vous vu à l'intérieur de ce xebec ? demanda Njeri d'un ton exigeant.

— Que j'étais foutu ! Que nous l'étions tous !

— Assez de mélodrames, Capitaine, racontez-nous, s'il vous plaît !

Haz étira sa jambe, il était en colère, il détestait sa douleur, sa blessure, le monde entier. Pourquoi n'avait-il pas demandé aux chirurgiens de lui couper la jambe une bonne fois pour toutes ? Il aurait été obligé de porter un pilon, et alors ? Ça n'avait pas empêché le capitaine Achab d'arpenter son baleinier, fût-ce en boitillant. Haz aurait pu faire la même chose, même si les baleines avaient toutes disparu depuis longtemps.

Haz croisa le regard impatient de Njeri.

— J'ai reconnu l'un des membres de ce vaisseau, déclara-t-il, celui qui avait une cicatrice sur la joue. Il s'appelle Alves, il est dans la Marine. J'ignore son rang actuel.

— Vous l'avez reconnu… répéta-t-elle. D'où ?

Haz lui jeta un regard hanté.

— Il était sur l'*Étoile d'Omaha*.

— Vous êtes sûr ? C'était il y a dix ans !

— Sûr et certain, déclara Haz. Je connaissais tous les membres d'équipage, du plus haut gradé au dernier mousse. À l'époque, Alves était un jeune lieutenant ingénieur, j'avais donc peu de contacts avec lui. Mais c'est lui, je l'ai reconnu.

Njeri hocha lentement la tête.

— D'accord, il était dans la Marine il y a dix ans, ça ne signifie pas que...

— Voyons! coupa Haz. Réfléchissez! Il n'a certainement pas démissionné pour devenir pirate ou mercenaire. C'était un fanatique, toute sa famille depuis six générations était dans la Marine! Un jour, je l'ai entendu se vanter d'un lointain ancêtre qui avait servi dans la guerre civile espagnole, cela se passait sur Terre, il y a sept siècles, szotain!

Il s'interrompit avec une grimace, sachant que Njeri ne s'intéressait pas du tout à l'Histoire.

— Mais c'est peut-être... commença Njeri.

— Non, il a raison.

C'était Jaya qui, à la surprise générale, interrompait sa femme.

— Quoi? s'étonna Njeri.

— Sur le moment, je n'ai pas tilté, enchaîna Jaya, mais ces schémas de tir qu'ils ont utilisés, c'est du pur enseignement de la Coalition, la formation de base de la Marine. En général, les soldats ne finissent pas pirates, les exceptions sont rares, ajouta-t-elle avec un coup d'œil éloquent en direction de Haz.

Heureux d'être soutenu, Haz sourit à Jaya sans relever sa pique.

— Et ça explique cette frégate, ajouta-t-il. Du coup, je suis certain que les quatre xebecs qui nous ont attaqués appartenaient aussi à la Marine. Effacer les numéros d'immatriculation, ce n'est pas sorcier!

Se détachant enfin de la porte, Mot reprit le siège qu'il avait occupé pendant la bataille. Il était torse nu, remarqua Haz. Lorsque *Molly* avait sonné l'alerte, Mot, arraché à son sommeil, avait quitté sa cabine sans prendre le temps de s'habiller, il ne portait donc qu'un pantalon souple. Depuis lors, il n'avait pas pris la peine d'enfiler une tunique, bien qu'il en ait eu largement le temps. Bien sûr, il avait l'habitude de ne porter que ses tatouages, aussi ne remarquait-il sans doute pas sa quasi-nudité.

Njeri se rongeait les ongles.

— Pourquoi la Coalition voudrait-elle vous tuer, Haz, alors que c'est elle qui vous a engagé? Et Mot, quel est son rôle là-dedans? Pourquoi le général Kasabian l'a-t-il escorté à bord pour réclamer ensuite sa tête?

Si elle voulait s'en débarrasser, il y avait quand même des moyens plus simples d'y parvenir !

Haz se tourna vers Mot.

— Qu'en dis-tu ? As-tu des réponses ? Sais-tu quelque chose ?

Mot répondit la tête basse, les yeux sur ses mains jointes.

— Non. Je suis… désolé. C'est à cause de moi que vous êtes en danger.

— *À cause de toi* ? répéta Haz. Aurais-tu agi délibérément ?

Mot tressaillit et releva la tête.

— Non ! Je vous assure, je n'y comprends rien !

— Alors, suis mon conseil : ne t'excuse pas quand tu n'y es pour rien. Merde, la plupart du temps, je ne m'excuse pas quand tout est de ma faute.

Jaya intervint :

— Arrêtez votre cinéma, Taylor. Que savons-nous avec certitude ? Ou du moins, corrigea-t-elle, avec une quasi-certitude ?

Haz appréciait Jaya pour des tas de bonnes raisons, en particulier pour son esprit pratique et cartésien. Il resta silencieux un moment, le temps d'ordonner ses pensées.

— Nous savons que Mot a été kidnappé, ce qui a plongé Chov X8 dans un climat d'instabilité politique. Nous savons que la Coalition a réussi à lui remettre la main dessus. Nous savons que Kasabian a beaucoup insisté pour me faire signer un contrat, j'étais censé ramener Mot chez lui. Et maintenant, nous savons que la Coalition essaie de m'empêcher de réussir ma mission, son but étant donc de plonger Chov X8 dans le chaos.

Cette présentation était utile, décida Haz, c'était comme tenter de reconstruire un puzzle. En disposant les pièces reconnues, on avait une meilleure idée de celles qui manquaient, leur forme et leur couleur.

Après un temps de réflexion, Haz enchaîna :

— Je vais maintenant tenter quelques hypothèses : la Coalition est à l'origine du kidnapping de Mot, même si elle a agi via des intermédiaires ou des mercenaires. Cela vous paraît-il plausible ?

Jaya et Njeri acquiescèrent.

Mot, lui, fronça les sourcils.

— Pourquoi ? demanda-t-il.

— Je ne sais pas encore, admit Haz. Une seule chose est sûre : s'ils veulent déstabiliser X8, ils ont certainement quelque chose à gagner. Si j'ai bien suivi, Mot, ta planète est indépendante, c'est ça ? Mais si c'est le chaos et que la Coalition intervient comme un sauveur, les nouveaux dirigeants se laisseront peut-être convaincre de rejoindre le troupeau. Ce qui ouvrirait à la Coalition un accès primordial à un nouveau secteur de la galaxie. Peut-être aussi n'est-ce qu'une question de gros sous : ils veulent mettre la main sur ces szotains de bijoux !

Haz évoqua alors des livres qu'il avait lus pendant ses cours.

— C'est une tactique assez ancienne qui a fait ses preuves, ajouta-t-il. Les gouvernements terriens en usaient constamment. Si ça t'intéresse, Mot, regarde les documentaires sur les écrans de Molly, sauf si nous sommes atomisés avant.

Mot secoua la tête, comme si la perspective d'une mort imminente ne l'inquiétait pas.

— Mais pourquoi ne pas m'avoir tué pendant que j'étais entre leurs mains ? insista-t-il. Ils auraient pu prétendre que l'assassin venait de l'extérieur.

— Et passer pour des incapables ? Non, il leur fallait un meilleur scénario ! Un, ils te retrouvent et te sauvent, ils sont des héros ; deux, ils essaient de te renvoyer à bon port, mais le pilote auquel ils t'ont confié est une crapule qui s'est mis toute la galaxie à dos. Les pirates ont attaqué, il y a eu combat et l'Omphalos a péri. Quel dommage !

Haz se frotta les mains et les agita comme pour dire : *hop, c'est emballé !*

— Le plan n'est pas si bête, ajouta-t-il. Ils renversent le pouvoir actuel qui régit les Choviens, ils convainquent la population qu'ils ont tout fait pour éviter ce bouleversement et, cerise sur le gâteau, ils règlent enfin son compte à un traître qu'ils ont depuis des années dans le collimateur.

Kasabian avait-elle tout organisé ? se demanda Haz. Ou n'avait-elle été que l'exécutante des politiciens ?

— Dans ce cas, rendez-moi, déclara Mot

— Pardon ?

— Rendez-moi à cette szotain de Coalition.

Haz préféra ignorer le blasphème – il était à peu près certain que Mot l'avait appris de lui !

— Tu es fou ? Ils vont te zigouiller !

— Peut-être, mais ils cesseront de vous tirer dessus.

Haz lui adressa un sourire sincère.

— C'est le truc le plus sympa que j'aie jamais entendu ! Mais non, Mot, te rendre ne suffirait pas à les calmer, ils veulent aussi ma peau et ils se débarrasseront de Jaya et de Njeri pour faire table rase.

Il se caressa le menton.

— En fait, ajouta-t-il, ils prétendront que c'est moi le coupable. Mmm, peut-être prétendront-ils que je suis revenu sur le contrat signé, que j'ai réclamé une prime plus importante, qu'ils ont refusé de payer, bien entendu, alors pris d'une crise de rage, je t'ai massacré ainsi que mon équipage. Vu ma réputation, tout le monde y croirait.

— Effectivement, confirma Jaya, ça passerait comme une décharge dans un canon à ions.

Tous quatre restèrent un moment assis en silence, plongés dans leurs pensées bien sombres. Que se serait-il passé, se demanda Haz, s'il avait refusé le contrat ? Oh, il n'en avait pas eu l'option, sachant très bien que cette mission était sa seule chance de retrouver *Molly*. Kasabian le savait sans doute. S'il avait refusé, elle l'aurait arrêté et ramené sur Terre pour le juger une fois encore, puis Mot aurait été assassiné et Haz accusé, d'une façon ou d'une autre. Et il aurait pourri en prison sans même savoir qu'il s'était fait piéger.

Non, refuser le contrat ne l'aurait pas aidé, et Mot non plus. C'était un point. En revanche, Jaya et Njeri seraient à Newton, occupées à jouer au golf, à cultiver des cactus et à faire du yoga.

— Njeri, changement de cap ! ordonna Haz. Nous allons à Newton.

— Pardon ? C'est une plaisanterie ? Quelle est cette idée farfelue ?

— Je vous rapatrie, Jaya et vous. Vous n'êtes pour rien dans cette histoire, autant que vous ne payiez pas pour ma crétinerie.

Njeri et Jaya échangèrent un long regard. Le silence était total, mais un dialogue eut cependant lieu entre les deux femmes, car Jaya déclara soudain :

— Non.

— Comment ça, non ? s'offusqua Haz.

— Nous refusons d'être larguées comme deux putes qui n'ont pas donné satisfaction ! Njeri et moi ne sommes pas des lâches. Nous avons signé pour cette mission, donc nous irons jusqu'au bout.

Haz ouvrit la bouche pour discuter, puis il la referma. Il était capable de piloter Molly tout seul, bien entendu, mais ses chances de rester en vie – ou que Mot reste en vie – étaient bien meilleures avec l'aide de son équipage. De plus, il reconnut l'entêtement qui brillait dans les yeux de Jaya. Il voyait le même dans un miroir.

— D'accord, céda-t-il.

— Alors, Capitaine, quel est le plan ? demanda Njeri.

— Baiser la Coalition. Nous allons faire ce que ces enculeurs de qheks redoutent le plus : ramener Mot chez lui.

Haz avait un plan. En atterrissant sur Chov X8, il prétendrait se croire toujours aux ordres de la Coalition, sans évoquer ses rencontres mouvementées avec des xebecs et une frégate. Privée d'otages, la Coalition les laisserait peut-être tranquilles.

Ça valait le coup d'essayer, en tout cas.

— Reprenez notre route initiale, Njeri.

— À vos ordres, Capitaine.

Haz se tourna vers Mot.

— Ils nous enverront sans doute d'autres vaisseaux, mais ne t'inquiète pas, ils ne nous arrivent pas à la cheville. Tu seras bientôt chez toi, Mot.

— Oui.

Mot hocha la tête, le visage figé.

PLUS TARD dans la journée, après avoir vérifié comment Jaya s'en sortait pour les réparations, Haz revint dans la salle de détente et prit place dans un des fauteuils club. Il avait très envie d'un whisky, pourtant, il ne se servit pas. Il lui semblait plus sage de rester sobre au cas où la Marine leur envoie d'autres vaisseaux. Haz grimaça, sa jambe était douloureuse et raide, des crampes atroces tordaient les muscles à l'arrière de sa cuisse et ses cicatrices le brûlaient.

Pour tenter de s'occuper l'esprit, il alluma un écran et fit semblant de regarder une comédie stupide. En vain, la douleur ne le lâchait pas.

Mot entra, une tasse dans une main.

— Auriez-vous envie de café, Haz ? Ou de thé ? Njeri m'a appris à en faire.

— Hé, tu n'es pas serveur, encore moins mon serviteur ! En fait, tu ne fais même pas partie de mon équipage.

— Je sais, dit Mot tristement. Mais j'aimerais me rendre utile.

— Tu parles ! Tu veux surtout me retenir ici pour m'interroger.

Inquisiteur exceptionnel, Mot avait le don de tout remettre en question. À ce titre, il aurait pu faire carrière dans les services de Renseignement de la Coalition. Oh, Haz comprenait cette insatiable curiosité. À la place de Mot, il aurait réagi de la même façon.

Mot esquissa un sourire à la fois timide et malicieux.

— D'accord, reconnut-il, vous avez raison, j'y ai pensé. M'autorisez-vous à vous poser des questions ?

Haz faillit s'emporter, mais l'idée lui vint que pour oublier sa jambe, parler avec Mot serait sans doute plus efficace que regarder un écran. De plus, répondre à des questions pertinentes serait certainement plus productif que rester assis à pleurnicher sur son sort.

— Que veux-tu savoir ?

Mot avança dans la pièce et s'assit sur le siège le plus proche. Il sirota une gorgée de sa tasse et se lécha les lèvres. Haz suivit des yeux son geste. Pourquoi, se demanda-t-il distraitement, Mot n'avait-il pas la langue tatouée ? Les prêtres comptaient-ils s'en charger plus tard ?

— Vous vous êtes qualifié de traître, déclara enfin Mot, vous disiez aussi que la Coalition tenait à se débarrasser de vous. Pourquoi ?

Ce n'était pas la question à laquelle Haz s'attendait. Il s'était dit que Mot serait plus axé sur son sort personnel, demandant, par exemple, pourquoi la Coalition s'était montrée si insensible à son égard, ou quelles étaient ses chances de survivre au reste du voyage. Haz ne tenait pas vraiment à réveiller les fantômes de son passé, mais merde ! Il était normal que Mot sache à qui il avait affaire.

— D'accord, je veux bien ce café, finalement.

Il le boirait en faisant semblant que ce soit du whisky. Mot se releva d'un bond et s'esquiva dans la cambuse. Il revint peu après et tendit à Haz une tasse fumante.

En l'acceptant, Haz demanda :

— Au fait, as-tu pensé à manger aujourd'hui ? Nous avons mieux que ces repas tout prêts que je t'ai servis.

— Vous les mangiez aussi, Haz.

Haz haussa les épaules.

— Par facilité, admit-il. Et puis, je m'y suis habitué dans la Marine. Nous n'avions droit qu'à ça une fois embarqués.

Dieu ! Il se souvenait encore du pied qu'il prenait, à peine sur la terre ferme, à se ruer au restaurant pour consommer de vrais repas avec de vraies saveurs !

Mot secoua la tête.

— Ce n'est pas urgent, répondit-il. Je mangerai plus tard.

Haz goûta son café et s'ébouillanta la langue, comme il le faisait toujours, ce qui ne l'empêcha nullement de finir sa tasse.

— D'accord, tu as demandé à connaître mon passé, tant pis pour toi! Laisse-moi te dire que c'est une histoire très ennuyeuse. C'est le problème quand on pose des questions, on n'obtient pas toujours une réponse agréable.

Mot s'enfonça dans son siège avec un sourire.

— Objection enregistrée.

— *Objection enregistrée*? répéta Haz. Serait-ce du sarcasme?

C'était la première fois qu'il entendait Mot s'y risquer ou même utiliser des termes aussi résolument... modernes.

Mot sourit de plus belle.

— Je parle beaucoup avec Molly, vous savez, elle veille à améliorer mon champ lexical. Elle m'a conseillé de m'exprimer plus comme un contrebandier, fût-il néophyte, que comme un artefact. D'après elle, avec un peu d'entraînement, je parlerai comme un membre de l'équipage.

Il paraissait si content que Haz ne se sentit pas le cœur de souligner, une fois de plus, que Mot *n'était pas* de l'équipage. Et puis, que signifiait cette étrange sensation que Haz ressentait dans la poitrine devant le plaisir évident de Mot? Peu de temps auparavant, un être amorphe, soumis, lourdement tatoué et drogué jusqu'aux ouïes avait été déposé à bord de *Molly*. En quelques stan-jours, Mot s'était épanoui comme une fleur de gamechi. Il découvrait sa personnalité, d'accord, mais à quoi lui servirait cette expérience une fois de retour sur X8?

Haz secoua la tête et décida de revenir à son autobiographie.

— Je me suis engagé sous la bannière de la Coalition en mentant sur mon âge. Auparavant, j'avais un peu volé, mais uniquement comme passager, et devenir pilote, c'était mon désir depuis toujours. J'en rêvais la nuit. Quand on n'a pas un radis, ce qui était mon cas, le meilleur moyen d'apprendre à voler, sinon le seul, c'est la Marine.

La motivation de son engagement lui paraissait un point important. Il avait connu des soldats qui s'enrôlaient par patriotisme, d'autres pour devenir des héros, d'autres parce qu'ils haïssaient un ennemi. Haz, lui, se fichait complètement de ces «nobles» concepts. Il voulait juste avoir un vaisseau galactique dans les mains.

— Et cela vous a-t-il plu d'être dans la Marine?

Haz ne put s'empêcher de rire.

— Non, pas vraiment. Je supporte assez mal les ordres. Je parie que tu ne t'en doutais pas.

— Pas du tout, mentit Mot.

Incapable de garder un visage impassible, il adressa à Haz un clin d'œil complice.

— Eh bien, c'est pourtant le cas, je détestais suivre des règles stupides et obéir à des abrutis ou à des incapables ; je détestais qu'ils aient tous les droits sous prétexte qu'ils étaient plus gradés ou mieux nés, qu'ils agissent par caprice, sans utilité ni raison. En revanche, j'aimais voler. Ah, oui ! J'adorais ça ! Et j'ai vite découvert que j'étais un sacré bon pilote. La Marine en était consciente aussi, du coup, elle a fermé les yeux sur mes défauts et m'a rapidement sorti du rang. J'ai été envoyé à l'école, je suis devenu officier.

Eh oui, Haz avait été si fier, même s'il cherchait à le cacher, quand son commandant avait épinglé sur son uniforme l'insigne de son nouveau grade : lieutenant. C'était un étonnant parcours pour un petit fermier inculte de Cérès, non ? Étant enfant, Haz n'avait appris qu'à creuser les rochers en espérant y faire pousser des légumes, et voilà que son obstination, sa débrouillardise et, avouons-le aussi, ses compétences l'avaient propulsé pilote de la Marine !

— Vous étiez un bon officier.

Ce n'était pas une question, mais une affirmation.

— Eh bien… J'avais de bons côtés. En particulier, je connaissais tous mes hommes. Oh, ils n'étaient pas mes copains, l'amitié, cela n'a jamais été mon truc, et puis, un officier n'est pas censé fraterniser avec ceux qui travaillent sous ses ordres. Non, mais je connaissais leurs points forts, leurs faiblesses, le type de formation dont ils avaient besoin, leur réaction face au danger, des choses comme ça. Cela me permettait de savoir à qui me fier au combat, à qui donner des responsabilités.

— C'est ainsi que vous avez reconnu cet homme aujourd'hui.

— Alves. Oui.

Haz sirota son café. Mot attendit, sans le presser, mais il escomptait manifestement la suite. Haz admirait cet entêtement. Avant son enlèvement, Mot n'avait jamais eu l'opportunité de prendre des décisions, aussi devait-il apprécier ce changement inattendu.

— Alves était avec moi à bord de l'Étoile d'Omaha, un beau galion de classe A qui… Dis-moi, que sais-tu des vaisseaux spatiaux ?

Mot secoua la tête.

— Rien.

— D'accord, ce n'est pas grave, j'étais comme toi, autrefois. Bref, les galions sont des vaisseaux énormes, bien plus gros que la frégate qui nous a attaqués ce matin. Et l'Étoile… était un des plus grands modèles de galions. Malgré son volume, elle restait belle et élégante, mais pas aussi magnifique que toi, Molly chérie.

Haz tapota tendrement la cloison métallique avant de poursuivre :

— Pour manœuvrer l'Étoile d'Omaha, il fallait un millier d'hommes, et nous aurions tous pu vivre à bord pendant des années, si nécessaire. La Coalition utilisait ce galion pour les *forces expéditionnaires*, comme ils disaient. En clair, nous partions au-delà des confins des territoires connus pour conquérir de nouvelles planètes. La plupart des membres d'équipage étaient des soldats entraînés à faire la guerre au sol.

En prononçant ces mots, Haz ne retint pas sa grimace.

— Vous aimiez être sur ce vaisseau ? demanda Mot.

— Oui, je suppose. En toute franchise, je préfère voler dans un vaisseau plus petit, plus maniable, mais contrôler un galion donne une sensation de puissance… enivrante. J'étais capitaine des voiles, le troisième maître à bord. J'étais aussi un petit crétin avec la tête enflée comme une pastèque !

Haz était respecté de la plus grande partie de l'équipage, mais il avait aussi des adversaires plus ou moins déclarés. Les « puristes » détestaient recevoir les ordres d'un parvenu qui méprisait trop ouvertement les règles traditionnelles et les structures de pouvoir. Et Alves faisait probablement partie de ce dernier groupe.

— Quel âge aviez-vous ?

Arraché à ses réminiscences, Haz cligna des yeux.

— Quoi ?

— Quel âge aviez-vous à cette époque-là ?

— Euh… trente ans passés. C'est plutôt jeune pour un tel rang.

— J'ai presque trente ans, déclara Mot, je n'ai rien atteint du tout, je n'ai jamais eu l'opportunité d'agir de façon autonome.

Haz s'était demandé quel âge avait Mot. Pour commencer, les tatouages épais ne facilitaient pas la tâche, ensuite, l'attitude de Mot, son enthousiasme puéril devant la nourriture ou la moindre découverte le faisait paraître plus jeune.

— Eh bien, à seize ans, je me suis enfui de Cérès, et quinze ans plus tard, j'avais parcouru un long chemin. Pour en revenir à l'Étoile d'Omaha, six mois après ma nomination à bord, je restais *le nouveau*. Notre capitaine, un homme de valeur, prit alors sa retraite et fut remplacé par un connard de grande envergure, un de ces sinistres cons arrogants et creux qui s'imaginent avoir la science infuse, n'écoutent personne et foncent sans réfléchir. L'ego de notre nouveau capitaine nous a vite plongés dans les emmerdes.

Ce jour hantait encore les cauchemars de Haz. Il entendait hurler les sirènes et les soldats terrifiés, il sentait la puanteur du métal brûlant, il voyait le chaos d'une catastrophe inéluctable. Par pure bêtise, le capitaine les avait conduits dans une embuscade où ils étaient en infériorité numérique et totalement dépassés. Il aurait fallu un miracle pour espérer sauver quelques vies.

Les yeux écarquillés, Mot se pencha en avant sur son siège.

— Que s'est-il passé ?

— Le capitaine a refusé d'écouter les vétérans qui l'entouraient, chacune de ses décisions ineptes n'a fait qu'aggraver une situation d'ores et déjà désespérée. En plus, il ne cessait de se contredire.

— Peut-être était-il trop paniqué pour réfléchir de façon cohérente.

Haz n'avait jamais compris comment un abruti, aussi borné qu'incompétent, avait obtenu un poste de commandement. La Coalition avait-elle gobé les histoires pleines de gloriole dont cette baudruche aimait à se vanter ?

— Oui, il a paniqué et la moitié de l'équipage l'a fait aussi. Et ceux qui gardaient la tête froide ne pouvaient être partout à la fois. Certains ont tenté de s'échapper dans les petites chaloupes de secours que nous utilisions à proximité d'une planète pour descendre à terre. J'ignore quel était leur plan, mais ils ont tous été descendus.

Pendant un long moment, Haz fixa le contenu de sa tasse. Lui n'avait pas paniqué, mais il était fou de rage et de frustration. N'importe quel néophyte avec deux grains de bon sens aurait pu éviter un piège pareil, il avait supplié le capitaine d'écouter, il avait hurlé, sans plus d'effet. Le szottard, livide de terreur, avait continué à cracher ses ordres absurdes.

— J'ai failli le tuer, reconnut Haz, sans lever les yeux. Un soldat tue souvent, après tout, alors pourquoi pas lui ? J'avais mon couteau dans la main.

— Vous aviez tué en service commandé, déclara Mot avec calme, cette fois-ci, ç'aurait été un meurtre. Vous ne l'avez donc pas fait.

Haz essaya de prétendre que « c'était pareil », mais il ne le put. Mot avait vu juste. Haz faisait effectivement une distinction… – morale ? – entre tuer pour se défendre pendant un combat et trancher la gorge d'un supérieur aussi prétentieux que nul. Même si Haz se voyait comme un rebelle et un hors-la-loi, il avait quelques règles de base auxquelles il se conformait.

— Le quartier-maître était aussi sur la passerelle, déclara Haz, une femme très compétente dans son domaine, qui était de garder le vaisseau en état et de veiller sur les armes et sur l'équipage, mais un médiocre pilote et un piètre stratège. Alors je lui ai demandé de l'aide pour fomenter une mutinerie. Nous avons maîtrisé le capitaine, nous l'avons enfermé dans la cale et j'ai pris le commandement de l'Étoile.

Mot hocha la tête comme s'il s'y était attendu.

— Et vous l'avez sauvé.

— Je... Hum, de justesse. Ça a été un vrai coup de bol, et j'ai usé de manœuvres qui violaient tous les codes de la Marine. L'Étoile était en si mauvais état que j'ai dû atterrir sur une planète voisine et attendre les secours. La Marine n'a même pas tenté de la réparer, la pauvre a été envoyée à la casse. Nous avions perdu plus de cent membres d'équipage, d'innombrables autres étaient blessés. À mon avis, c'est là qu'Alves a eu ses cicatrices. La Coalition était furieuse de ne pas avoir pu revendiquer le système stellaire que nous étions censés envahir.

— Et c'est pour cette raison que le capitaine de la frégate vous a traité de traître ?

Haz eut un rire sans humour.

— Mot, la mutinerie n'est pas très bien vue chez un soldat. La Marine n'a pas apprécié de voir sa réputation entachée par une telle catastrophe. Il leur fallait un bouc émissaire, c'est tombé sur moi, pas sur le capitaine qu'ils avaient nommé, aussi nullissime soit-il. Figure-toi que ce pantin s'en est sorti sans une égratignure ! Il s'est suicidé pendant l'enquête. Moi, la presse réclamait ma tête, je suis passé en cour martiale.

— Votre tête ? C'est une image ou bien...

Haz esquissa le geste de se trancher la gorge.

— Non, non, je risquais la peine capitale.

Haz se revit assis dans sa cellule de prison, souffrant atrocement de sa jambe récemment charcutée. Enragé d'être enfermé, la mort lui paraissait la meilleure solution : au moins, ce serait une porte de sortie rapide.

— Au procès, déclara-t-il, le quartier-maître et une partie de l'équipage ayant survécu grâce à moi ont pris ma défense, ils ont expliqué les raisons de mon action. Je n'ai pas été exécuté pour mutinerie, juste dégradé et chassé de la Marine comme un malpropre, sans retraite ni avantage. En plus, les juges se trouvaient cléments ! Ils attendaient des remerciements !

Mot désigna la jambe de Haz.

— C'est pendant cette bataille que vous avez été blessé ?

Haz se releva trop brusquement, et sa jambe protesta.

— Assez parlé ! s'écria Haz.

111

Il s'éloigna en boitillant.

— Haz... protesta Mot.

— Non ! tonna Haz. Il faut que je réfléchisse à un plan qui nous donnera de raisonnables chances de survie pour les dix prochains stan-jours. Lâche-moi la grappe !

Il sortit sans un regard en arrière.

XII

Haz n'eut pas d'inspiration ce jour-là. Son point fort, c'était de réagir, pas de planifier, et là, il se sentait piégé. Se battre à un contre quatre, ça ne le gênait pas, merde, le défi l'aurait même amusé, mais affronter toute la Marine de la Coalition ? Non. La bataille n'était plus seulement difficile, elle devenait impossible. Or, Haz refusait de sacrifier Mot et son équipage. Alors, comment les sauver ?

Il envisagea de fuir un certain temps. Il lui serait possible d'échapper à ses poursuivants dans le secteur Kappa, par exemple, mais la Coalition connaissant sa destination, Haz ne pouvait s'y cacher éternellement. Ses ennemis n'auraient qu'à l'attendre à proximité du système Chov et à le descendre dès qu'il se présenterait.

Ce soir-là, il arpenta ses quartiers, une image adaptée au tour que prenaient ses pensées : elles aussi tournaient en rond sans aller nulle part. Il devait y avoir une solution, se répétait Haz, encore et encore. Il refusait d'accepter qu'il n'y ait rien à tenter. Si seule sa vie avait été en jeu, il n'aurait pas été aussi agité, il aurait accepté son sort : mourir dans une explosion fracassante. Mais il avait entraîné Jaya et Njeri dans cette galère, il avait aussi accepté la responsabilité de Mot. Pas question de les laisser tomber !

— Molly, j'ai besoin d'encouragement, déclara-t-il en désespoir de cause. Dis-moi que tout n'est pas foutu.

— *Nos doutes sont des traîtres et nous privent de ce que nous pourrions souvent gagner de bon, parce que nous avons peur d'essayer.*

Sidéré, Haz s'arrêta net.

— Quoi ?

— *C'est une citation de William Shakespeare, un ancien auteur de la Terre né en…*

— Je sais qui est Shakespeare !

— *Hum…*

Molly paraissait offensée que son aide reçoive si peu d'appréciation.

— Continue ! jeta Haz.

— *Cette citation provient d'une pièce intitulée* Mesure pour Mesure *qui parle de justice morale, de pardon et de miséricorde.*

Haz eut un ricanement amer.

— Shakespeare a-t-il écrit une pièce qui expliquerait comment échapper à la Coalition le temps de mettre Mot et mon équipage en sécurité ? Parce qu'en ce moment, c'est tout ce qui m'intéresse, Moll.

Elle garda le silence un moment.

— *Non*, répondit-elle enfin, *ce n'est pas dans mon répertoire. Mais Isabella a réussi à sauver son frère de l'exécution.*

Haz se laissa tomber sur sa couchette et se couvrit les yeux d'une main.

— Vraiment ? Comment a-t-elle fait ?

— *D'abord, le juge avait promis d'être clément si elle acceptait de céder à ses avances. Elle a refusé.*

Haz éclata de rire.

— Quelle noblesse d'âme ! Pour sauver Mot et mon équipage, je coucherais avec tout un galion. Sauf que j'ai déjà baisé Kasabian, et je doute fort que ça ait amélioré ma situation.

Molly enchaîna :

— *Après, Isabella a rusé, le juge ne s'y attendait pas, alors il est tombé dans le piège et le frère a été sauvé.*

Oh, question ruse, Haz en connaissait un rayon, sinon, il n'aurait pas survécu sans protection légale une décennie entière dans la contrebande et autres activités. C'était aussi son esprit d'initiative et son manque de scrupules qui l'avaient aidé à gagner la plupart de ses combats. Il était imprévisible, et ses adversaires étaient souvent pris de court par ses manœuvres et/ou ses décisions.

Ces derniers temps, cependant, il avait la sensation que la roue s'inversait : c'était lui qui se faisait duper.

— Si je survis à cette histoire, je vais devoir rendre ma carte de contrebandier, déclara-t-il. Je suis devenu la honte de la profession !

— *Il n'existe aucune carte de contrebandier,* protesta Molly d'un ton pédant.

— Laisse tomber, ma belle, je plaisantais. Je voulais juste dire... Attends un peu.

Haz se figea tandis qu'une idée commençait à germer dans son cerveau jusque-là infertile, une idée aussi délicate et fragile que des germes de blé sortant du sol pierreux de Cérès.

— Je suis un contrebandier ! répéta Haz.

— *Sans carte*, rappela Molly. *Si cela vous pose un problème, Capitaine, je vous en ferai une et...*

114

— Non, Molly, oublie la carte. Je suis un contrebandier et quelle est la caractéristique principale d'un contrebandier ? Il fait passer une cargaison d'un point A à un point B alors même que les lois et/ou les autorités le lui interdisent. Ça tombe bien ! C'est exactement ce qu'il me faut accomplir aujourd'hui : je dois délivrer un artefact religieux sur X8.

Il sauta sur ses pieds et cria :

— Molly, convoque tout le monde sur le pont ! Maintenant !

NJERI DORMAIT à moitié, ses boucles, mal attachées en queue de cheval, menaçaient de tomber. En revanche, Jaya, qui était de garde cette nuit, avait les yeux vifs et alertes. Quant à Mot, il paraissait bien éveillé, même si Haz n'avait aucune idée de la façon dont il avait occupé son temps. Quelque peu impatient, Mot attendait les explications de Haz en tapant le sol de son pied nu.

— J'ai un plan, déclara Haz.

À sa grande surprise, son annonce ne fut pas accueillie par des réflexions sarcastiques. Même Jaya se contenta, d'un signe, de réclamer qu'il continue.

Haz s'exécuta :

— Si nous essayons de ramener Mot chez lui, la Coalition va nous sauter sur le râble comme un thruqrax sur un qhek.

— Nous pourrions aller ailleurs, proposa Mot à mi-voix. Il doit bien exister une planète tranquille où…

— Non, ils ne cesseront jamais de nous traquer. Oh, nous réussirions sans doute à leur échapper un certain temps, mais ils ont toutes les ressources de la galaxie à leur disposition. Ils nous retrouveraient.

Les sourcils froncés, Mot hocha légèrement la tête.

— Si j'étais plus riche, reprit Haz, j'achèterais un autre vaisseau. Désolé, Molly chérie, tu es trop reconnaissable. Quoi qu'il en soit, je n'ai pas cet argent, donc ce n'est pas une option non plus.

Njeri bâilla.

— J'espère qu'il y a une solution à notre dilemme, Capitaine, et que vous ne m'avez pas réveillée pour rien !

Le plan de Haz n'était encore qu'une ébauche pleine de trous, mais il ne comptait pas le mentionner de prime abord.

— Oui, il y a une solution, très nette et très facile à réaliser. Demain, comme prévu, nous arriverons dans le secteur Kappa. Dès que cela nous sera possible, nous filerons tout droit sur Ankara-12. Une fois là-bas, je trouverai un contrebandier fiable que j'engagerai pour escorter Mot chez lui. Pendant ce temps, j'attirerai la Coalition derrière moi et Molly. Jaya et Njeri, vous trouverez sans difficulté un autre vaisseau pour vous ramener sur Newton, en vous engageant peut-être auprès d'un capitaine qui vous paiera mieux que moi.

— Que va-t-il vous arriver, Haz ? s'enquit Mot.

Oh, oui, effectivement, Haz n'avait pas encore peaufiné cette partie de son plan. Il n'eut pas le temps d'ouvrir la bouche, Jaya répondit avant lui !

— Il sera réduit en poussière !

Haz montra les dents.

— Et alors ? Je ne manquerai à personne. La plupart de ceux qui m'ont connu diront même que je l'ai bien cherché ! Quoi qu'il en soit, l'important est que Mot rentre sain et sauf chez lui et que vous deux échappiez à ce merdier pour retrouver votre retraite et vos cactus. En prime, j'avoue que cela m'amuserait beaucoup que la Coalition prenne un râteau. En ce qui me concerne, cela suffit à valider cette option.

Personne ne répondit. Sans rien ajouter, Haz tourna les talons et retourna dans sa cabine en sifflotant. En chemin, il fit un détour par la cambuse et récupéra une bouteille de whisky.

SANS ÊTRE ivre, Haz se sentait agréablement relaxé par l'alcool ingurgité quand il entendit frapper à sa porte. Rien qu'au bruit timide, il devina l'identité de son visiteur nocturne.

— Va-t'en, Mot, cria-t-il.

Sa voix ne porterait pas à travers la porte insonorisée, Haz le savait très bien. On frappa encore, Haz soupira.

— Molly, dis-lui que je refuse de le baiser.

Après une brève pause, *Molly* transmit la réponse :

— Il dit ne pas être venu pour cela.

— Super, je suis ravi ! Dis-lui de s'en aller.

Une autre pause.

— Il refuse, déclara Molly. Il dit qu'il compte rester toute la nuit et qu'il frappera à votre porte tant que vous ne lui ouvrez pas.

Effectivement, Mot frappa encore, nettement plus fort cette fois.

— Dis-lui... Oh, szot ! C'est stupide.

Après une dernière hésitation, Haz céda.

— D'accord. Laisse-le entrer.

La porte s'ouvrit, et Mot entra, l'air très satisfait de lui-même. Il avait une tasse fumante à une main.

— Mot ! tonna Haz. Je suis loin d'être irrésistible. Si tu tiens tant à te faire dépuceler, attends que nous arrivions sur Ankara-12, tu y trouveras des êtres de toutes les espèces, je suis sûr que tu parviendras à réaliser tes fantasmes les plus torrides. Que penses-tu des tentacules ?

— Ce n'est pas pour le sexe que je suis venu.

— J'ai besoin de repos, prétendit Haz. Laisse-moi tranquille.

Mot pointa du doigt.

— Vous ne vous reposez pas, vous vous enivrez.

— Oui, justement. Pour espérer dormir, je dois être soûl. La plupart du temps…

— Mmm.

Ce grognement sarcastique, Haz le reconnut. Ainsi, outre *Molly*, Mot avait travaillé son mode d'expression avec Jaya ?

Mot posa la tasse qu'il avait apportée sur la petite étagère à côté de la couchette de Haz. La vapeur en était odorante et florale. Surpris, Haz plissa le nez.

Mot faisait le tour de la cabine, il regarda le bureau vide et les étagères incrustées dans les parois.

— Vous n'avez pas d'objets personnels.

Ce n'était pas une question.

— Si, répondit Haz, des vêtements. Ils sont dans mes tiroirs. J'ai aussi des couteaux et je suis très tenté de les sortir et d'en user.

Mot se retourna pour lui faire face, la tête penchée de côté.

— Vous devez avoir au moins quarante ans !

Haz leva sa bouteille dans un salut moqueur.

— Quarante-deux. Et alors ?

— Et alors, vous avez visité tant d'endroits, vous avez vu tant de choses, pourquoi rien dans cette cabine n'indique-t-il que Haz Taylor y vit ?

Où voulait-il en venir ? se demanda Haz. Comme il n'en avait pas la moindre idée, il se contenta de hausser les épaules.

— Quelle importance ?

— La Machine de la Théocratie Obéissante n'a droit à aucune possession personnelle, déclara Mot tristement, pas même des vêtements ou des couteaux. Et un artefact ne reste jamais assez longtemps au même endroit pour se sentir « chez lui ».

À ces mots, Haz ressentit une petite contraction sous les côtes, au niveau du cœur. Il n'avait jamais vu l'intérêt d'accumuler des objets, même quand il en avait les moyens. Pourtant, sauf pendant son séjour en prison, personne ne lui avait *interdit* d'acquérir ce qui lui plaisait. Ne rien vouloir posséder, c'était un choix, ne rien avoir, parce qu'on vous déniait le titre d'être humain, c'était tout à fait différent.

Déjà, Mot semblait être passé à autre chose : il regardait les jambes de Haz étendues sur le lit.

— Vous souffrez toujours de vos blessures, même après toutes ces années ?

— Szot ! C'est de l'obsession, on dirait ! D'accord, si tu tiens tellement à voir ma jambe, je vais te la montrer ! Tu as le cœur bien accroché, j'espère, parce qu'une horreur pareille n'est pas pour les mauviettes !

Haz se leva d'un bond, ce qui obligea Mot à reculer, et il ôta son pantalon. Faisant face à Mot, il souleva sa tunique et exposa sa jambe droite massacrée.

Mot réagit plutôt bien, il n'eut ni grimace ni moue de dégoût. En fait, il s'approcha un peu et se pencha pour inspecter les chéloïdes et les gouges profondes qui marquaient la jambe blessée, de la cuisse à la cheville.

— Superbe, non ? grinça Haz, les dents serrées.

Sans être particulièrement vaniteux, il détestait inspirer la répulsion ou la pitié. Mot tendit la main, puis la retira avant de toucher le tissu cicatriciel. Haz frissonna, sans trop savoir pourquoi.

— C'est arrivé sur l'Étoile d'Omaha ?

— Oui. Ce foutu galion était quasiment en miettes et l'atterrissage a été… disons *difficile*. Une partie de la cloison du pont s'est effondrée sur moi. J'ai eu de la chance, seule ma jambe a été écrasée, et je n'en avais pas besoin pour finir de poser ce qui restait du vaisseau.

Pris au piège, Haz était resté cloué sur place des heures durant, à écouter les cris et les gémissements des blessés, et les râles des mourants. Lui-même souffrait comme un damné, il espérait que la mort le délivre enfin de son agonie.

— Vous avez réussi à voler avec une blessure pareille ?

— Je n'ai pas *volé*, j'ai atterri en catastrophe. Et je n'avais pas d'autre choix, vu que j'étais le seul pilote aux commandes.

L'air pensif, Mot mordillait sa lèvre tatouée.

— Certains de mes tatouages ne m'ont pas fait trop mal, chuchota-t-il, mais d'autres ont été… *difficiles*.

118

Il avait utilisé le même euphémisme que Haz. Il déglutit péniblement et enchaîna :

— C'était atroce, et je devais ne pas bouger.

Tétanisé d'horreur, Haz imagina une aiguille se planter à plusieurs reprises dans son œil. Il frissonna.

— Comment ? Tu n'étais pas endormi ?

Mot secoua la tête.

— Les gens reçoivent sans doute une sédation, pas les machines. Mais parmi les prêtres, certains sont plus compatissants, l'un en particulier m'a appris des techniques pour gérer la douleur. Voulez-vous que je vous montre ?

La première réaction de Haz fut de refuser. Il avait déjà une technique éprouvée pour gérer la douleur : le whisky. Et cela marchait, merci beaucoup. Mais Mot était devant lui, un sourire timide aux lèvres. Il ne jugeait pas, il ne critiquait pas, il n'était que douceur et empathie. Alors merde, pourquoi pas ? Si Haz acceptait, peut-être Mot s'en irait-il ensuite en le laissant tranquille.

— D'accord.

Mot désigna la tasse qu'il avait apportée.

— Commencez par boire un peu de ce thé.

— Non ! Moi, je bois du café et de l'alcool. Pas de thé.

— Si, buvez, insista Mot, ce thé va vous aider à vous détendre. J'ai trouvé les ingrédients dans votre cuisine. Il manque de la racine fébrifuge et d'autres plantes destinées au goût, mais l'essentiel y est. Jaya m'a aidé à trouver de quoi remplacer les herbes que je connais.

Haz ramassa la tasse et renifla son contenu avec méfiance. Jaya aurait-elle profité de la naïveté de Mot pour empoisonner son capitaine ? se demanda-t-il. L'odeur du thé ne paraissait pas toxique, pourtant, elle rappelait même à Haz le printemps sur Cérès, quand la pluie tombait et que le sol aride se couvrait de fleurs orange, violettes et jaunes. Il prit une gorgée prudente. Oui, le breuvage avait un goût floral, pas génial, mais supportable.

— C'est censé faire quoi, ce truc ? maugréa Haz.

— Vous détendre, répéta Mot. Allez, buvez !

Il croisa les bras et tapa du pied impatiemment. Depuis quand était-il devenu si autoritaire ? Haz obéit tout en faisant la grimace. Une fois la tasse vidée, il ne se sentait pas du tout détendu, mais il n'était pas mort, c'était déjà ça.

119

— D'accord, dit-il. Et maintenant, c'est quoi ta technique ?

— Allongez-vous et tendez votre jambe blessée vers moi.

Haz se raidit.

— Mot, je…

Mot l'interrompit :

— Molly, s'il vous plaît, dites à votre capitaine obstiné de m'écouter.

Molly répondit immédiatement :

— *Haz, écoute-le.*

Haz en fut presque choqué.

— Tu as retourné mon vaisseau contre moi ?

— Non, bien sûr que non, protesta Mot, Molly veut votre bien, tout comme moi ! Voyons, Haz, soyez raisonnable, la journée de demain sera difficile, vous le savez, vous serez plus à même de vaincre vos ennemis si votre souffrance s'apaise un peu, vous ne croyez pas ?

Argumenter avec un szottard buté qui avait la logique de son côté était une tâche aussi épuisante qu'inutile, décida Haz. Avec un énorme soupir, il prit la position réclamée, la tête appuyée sur les mains.

À sa grande surprise, il découvrit alors que son plafond était gris terne. C'était nul, c'était même déprimant. Peut-être devrait-il rénover ses quartiers, les peindre en teintes plus gaies ? Ou mettre des tableaux… ? Merde, outre le plafond, les murs de la cabine étaient gris, le sol couleur béton, les draps, blancs, la couverture anthracite. Une fois les écrans éteints, les quartiers de Haz n'avaient aucune couleur.

Sauf en ce moment, bien sûr, grâce à Mot et à ses tatouages.

Haz sursauta quand les doigts fins se posèrent sur son tibia.

— Mot…

— Ce n'est pas sexuel. Le prêtre m'a appris cette méthode il y a longtemps. Maintenant, ne bougez pas.

C'était plus facile à dire qu'à faire, pensa Haz. Il n'avait pas l'habitude d'être aussi… passif. Les seules fois où Haz lâchait les rênes, c'était quand il dormait, sinon, il était tendu, aux aguets, attentif. C'était une des séquelles de son entraînement de soldat. Là, il dut se faire violence pour fermer les yeux et s'abandonner aux sensations qui montaient en lui. En fait, peut-être le thé agissait-il enfin.

Haz imagina la magie des fleurs se glisser dans son sang et calmer peu à peu ses nerfs et ses neurones survoltés. Les doigts chauds de Mot dessinaient des cercles lents sur sa peau, avec assez de pression pour éviter les chatouillis. Haz creusa sa mémoire : quand s'était-il déjà laissé toucher en dehors d'un contexte batailleur ou sexuel? Ah, oui, par ses chirurgiens, peut-être, mais ça datait d'un bail. Et puis, c'était un très mauvais souvenir, car ces zsottards s'étaient montrés particulièrement brutaux envers lui. C'étaient des chirurgiens de la Marine, après tout, des officiers, ils ne devaient pas apprécier les mutins. En vérité, Haz restait persuadé qu'ils avaient intentionnellement bâclé leur travail sur sa jambe.

— Vous avez aussi des cicatrices sur l'autre jambe, déclara Mot. Viennent-elles également de l'Étoile d'Omaha ?

— Je ne sais plus. C'est possible.

— *Possible* ? hoqueta Mot. Vous n'en savez rien ?

Haz entrouvrit une paupière.

— Quand j'étais enfant, je travaillais dur du matin au soir, je vivais dans une ferme, ensuite, j'ai été soldat, puis contrebandier. Des blessures, j'en avais de nouvelles tous les jours !

— Oh, dans ce cas, vos cicatrices racontent une histoire à leur façon, un peu comme mes tatouages.

— Peut-être, mais tes tatouages sont bien plus beaux !

Mot sursauta, ce qui créa un déséquilibre dans ses mouvements.

— Vous les trouvez beaux, c'est vrai ?

— Bien entendu ! Tu es une œuvre d'art.

Était-ce mieux qu'une machine ? Haz en doutait, parce que dans les deux cas, il s'agissait d'un objet. Mot n'avait jamais été consulté sur la forme de ses tatouages ni même sur le simple fait de se faire injecter de l'encre dans la peau. Pourtant, le résultat était rare et exceptionnel. Oui, c'était bien une œuvre d'art.

— Quand j'étais captif, chuchota Mot, certains de mes geôliers m'ont traité de monstre. En fait, même pas, jamais ils ne s'adressaient directement à moi, ils parlaient de moi comme si je n'existais pas.

Haz vit rouge.

— Enculeurs de qheks ! Mot. Ces gens-là n'ont pas hésité à enlever un innocent, à le traiter comme une merde, à tenter de l'assassiner. Alors si j'étais toi, je n'accorderais pas de valeur à leur avis. Je…

Il s'interrompit pour bâiller à s'en décrocher la mâchoire. Oh, comme il se sentait bien ! Ses membres étaient d'une lourdeur agréable et la tension qui lui raidissait les épaules s'était estompée. Même ses paupières étaient difficiles à soulever.

— Tu fredonnes, Mot ? demanda-t-il d'une voix endormie. Qu'est-ce que c'est ? Une prière ?

Mot gloussa.

— Non, c'est une chanson que j'ai entendue hier dans la salle de détente, je n'ai pas retenu toutes les paroles. Elle raconte les mésaventures d'une belle jeune fille. Vous n'aimez pas ?

— Si, si, répondit Haz, bâillant toujours. C'est sympa.

— Y avait-il de la bonne musique sur Cérès ?

Haz prit une minute pour réfléchir, son esprit était comme embrumé.

— Je me rappelle que les fermiers chantaient en travaillant, comme les galériens autrefois sur la Terre, des sortes de râles pour scander leurs efforts harassants. Il y avait aussi des psaumes que les Nouveaux Adamites entonnaient souvent. Mon père avait une belle voix. Parfois, il jouait de la lyre.

Haz n'y avait plus pensé depuis des années, mais là, il se revit assis avec ses frères et sœurs à même le sol en terre battue de la maison… leur mère restait debout derrière eux, son dernier-né dans les bras. Pendant un petit moment, la musique rendait supportable cette vie de misère, tous oubliaient la faim qui leur rongeait le ventre et les courbatures de leurs muscles surmenés.

Mot monta jusqu'au genou de Haz, une articulation horriblement déformée qui, même dans les meilleurs jours, craquait au moindre mouvement. Cet endroit était, en général, insensible. Sous les attouchements des paumes tatouées, cependant, Haz sentit des picotements sur la peau, comme après un engourdissement passager. Il se sentait tellement bien ! Ses muscles et ses tendons étaient relâchés. Le thé laissait sur ses lèvres un goût sucré.

— Le prêtre te massait-il de cette façon après chaque nouveau tatouage ? demanda Haz.

— Oui, au début, puis il m'a appris à le faire pour que je m'en charge moi-même. Je vous apprendrai, si vous voulez.

— Oh, non, je n'ai aucune patience pour apprendre. J'ai toujours été un élève déplorable.

Mot soupira.

— Je crois… Oui, il me semble que j'aurais aimé apprendre. Il y a tant de choses à découvrir, tant de questions à poser !

— Pourquoi ne pas demander à tes prêtres de…

— Non, coupa Mot, d'une voix très basse et pourtant dotée d'une certitude absolue. Je n'aurai pas le temps.

Quel dommage ! Mais Haz n'en était pas surpris, c'était la même chose dans tout l'univers… Chacun recevait des cartes à sa naissance, ensuite, il s'agissait d'en tirer le meilleur parti tout en apprenant à profiter des petits plaisirs, des petites libertés rencontrées en chemin. Et la fin était la même pour tous, personne n'y échappait : c'était la mort assurée. Alors autant se forger de jolis souvenirs quand l'opportunité se présentait : un toucher apaisant, une chanson fredonnée, le confort d'être dans son propre lit, à bord de son propre vaisseau.

Mot arrivait à la cuisse de Haz. À mi-voix, il lui demanda d'écarter davantage les jambes et ses doigts s'activèrent de plus belle, si près parfois de l'aine qu'ils touchaient presque les bourses. Haz ne s'en inquiéta pas, le geste n'était pas sensuel, juste relaxant.

— Entre sensuel et sexuel, murmura Haz, il y a une nuance, non ? Je ne me souviens jamais.

Mot ne répondit pas. Haz ne s'en étonna pas, car il n'était pas certain d'avoir parlé à haute voix.

Puis Mot se redressa et ajusta l'ourlet de la tunique sur la hanche de son patient. Les yeux fermés, Haz restait à l'écoute de son corps. La douleur était toujours là, mais assourdie, ce qui permettait de l'ignorer. Et son matelas... Dieu, avait-il toujours été aussi moelleux ? Et comment Mot avait-il fait pour éteindre les lumières ? Derrière ses paupières closes, Haz ne voyait plus rien.

— M'aurais-tu empoisonné ? demanda-t-il.

Ses mots lui coûtèrent un effort de volonté, car sa langue avait doublé de volume. Du moins, c'était ce qu'il lui sembla.

Mot eut un petit rire.

— Non, chuchota-t-il, ce n'est qu'un envoûtement.

Il tapota la hanche de Haz, puis remonta les couvertures jusqu'au menton. Si Haz en avait eu l'énergie, il aurait demandé à Mot de continuer ses massages, mais il ne parvenait plus à parler, il était bien trop languide.

Il imagina qu'il se balançait dans un hamac, bercé sur la mer infinie des étoiles.

Il n'entendit pas Mot quitter sa cabine.

XIII

Haz s'éveilla de bonne humeur, ce qui ne lui ressemblait pas. Peut-être était-ce parce que pour une fois, son sommeil n'avait pas été perturbé par sa jambe. Même le café lui parut presque bon.

Il arriva d'un pas guilleret sur le pont.

À sa vue, Jaya se renfrogna.

— Bonjour, la salua Haz avec un sourire.

— Je n'y crois pas! aboya-t-elle. Vous avez baisé ce pauvre gosse!

Haz s'assit et s'adossa dans son siège.

— Un, Mot a presque trente ans, il n'est plus un gosse. Deux, je n'ai jamais couché avec quelqu'un qui ne soit pas totalement libre de ses... choix, et vous le savez. Trois, je ne l'ai pas touché.

Elle se détendit un peu.

— Dans ce cas, d'où vous vient cette inhabituelle gaieté?

— J'ai très bien dormi! s'exclama Haz. J'ai même rêvé de ce gars que j'ai rencontré sur Pheeyama. Vous souvenez-vous de lui? Il pilotait un adorable petit boutre, l'Oribi, et il avait une peau très rose et des petites antennes vrillées...

Haz agita ses doigts sur sa tête pour illustrer ses paroles.

Elle le toisa, les sourcils froncés.

— Vous avez oublié son nom, mais vous vous souvenez de son vaisseau!

— L'Oribi était un très beau! se défendit Haz.

Les Pheeyamans étaient d'excellents constructeurs, et l'*Oribi* prouvait cette réputation méritée. Quand son capitaine l'avait emmené faire un tour, il lui avait laissé les commandes, et Haz s'était éclaté en tourbillonnant comme un acrobate autour du système solaire. En échange, euh... comment s'appelait-il? Bref, le Pheeyaman avait voulu inspecter les réacteurs de *Molly* et les deux mâles avaient passé un moment fort intéressant, bien que très physique, sur le sol métallique de la salle des machines. Les antennes chatouillaient pas mal.

— Nous entrerons dans le secteur Kappa dans moins de six heures, annonça Jaya.

— Oui, je sais.

— La Coalition cherchera sans doute à nous intercepter avant.

Haz sourit.

— Vous avez raison, c'est plus que probable. Et vous aurez l'occasion de nous éblouir une fois encore avec votre habileté au tir.

Elle grogna, mais moins fort que d'habitude. Et son roulement d'yeux ne fut qu'un réflexe.

EFFECTIVEMENT, DEUX heures plus tard, deux xebecs apparurent, mais le combat fut assez rapide. Jaya, qui les attendait, leur colla quelques coups sévères. Endommagés, mais encore capables de voler, les deux vaisseaux s'esquivèrent sans demander leur reste. Haz ne les en empêcha pas.

Mot était resté assis en silence pendant qu'il observait sa troisième bataille. Une fois le calme revenu, il déclara :

— Vous auriez pu détruire ces vaisseaux, Haz.

— En effet, oui.

— Pourquoi ne pas l'avoir fait ?

— Parce que cela n'aurait servi à rien. Ils n'étaient plus en état de nous canarder et les faire exploser n'empêcherait pas la Coalition de nous en envoyer d'autres.

Étonné par le silence de Mot, Haz lui jeta un regard. Mot semblait chercher à comprendre. Plongé dans ses pensées, il ne posa plus de questions.

Puis ils arrivèrent à Kappa, un secteur d'un danger extrême, aussi Haz dut-il se concentrer sur son pilotage. Et il adorait ça ! Njeri était avec lui sur le pont, elle recalculait constamment de nouveaux itinéraires pour éviter les débris et obstacles divers qui encombraient leur route. Deux fois, ils rencontrèrent d'autres vaisseaux, des hors-la-loi qui vaquaient à leurs occupations sans se soucier de *Molly*. En général, les contrebandiers ne cherchaient pas noise à leurs pairs, chacun tenant avant tout à livrer au plus vite sa cargaison et à encaisser ses honoraires.

Haz dîna sur le pont d'un simple sandwich et de lortas frits, des tubercules qui avaient vaguement un goût de pomme de terre et une meilleure valeur nutritionnelle. De plus, ils tenaient mieux en voyage. Jaya avait disparu, sans doute dormait-elle. Quant à Mot, il était dans la salle de détente et activait les écrans avec un contrôleur que Jaya avait bricolé à son intention. De temps à autre, Haz se demandait ce qu'il regardait.

Ils arrivèrent enfin dans une zone plus calme, toute proportion gardée, aussi Haz mit-il *Molly* en pilotage automatique à petite vitesse. Jaya allait le remplacer aux commandes, elle serait seule sur le pont, car Njeri avait besoin de sommeil. En principe, tout irait bien, ils avaient déjà utilisé cette formule.

Avant d'aller s'étendre, Haz passa par la salle de détente pour informer Mot.

— Nous arriverons à Ankara-12 demain midi.

— Très bien.

Il avait répondu sans détourner les yeux de son écran.

Plus tard, une fois couché, Haz éteignit les lumières et attendit. Il soupira quand il constata que Mot ne venait pas frapper à sa porte. Quel soulagement ! pensa-t-il. Après tout, il avait besoin de repos. L'intermède avec le thé et les massages, c'était bien sympa, mais il ne fallait pas en faire une habitude. Dès le lendemain, Mot serait sur un autre vaisseau, prêt à retourner chez lui, Njeri et Jaya chercheraient un nouvel engagement, plus sûr et mieux payé, et lui, Haz chercherait à attirer sur lui les vaisseaux de la Coalition et à garder le change le plus longtemps possible, afin que la disparition de Mot passe inaperçue.

Si, par hasard, il survivait, ce qui paraissait improbable, sans doute pourrait-il revenir à Ankara et attendre une proposition intéressante. Un bon contrebandier ne manquait jamais de travail, en principe. Il choisirait une destination qui l'enverrait aux confins de la galaxie, hors de portée de la Coalition. Ou alors, peut-être irait-il explorer les secteurs inconnus de la galaxie, histoire de voir ce qu'il y avait à voir jusqu'à l'épuisement de ses magasins d'alimentation.

Il demanda dans le noir :

— Molly, verrais-tu un inconvénient à être mon cercueil ?

— *Il serait plus utile que vous restiez en vie, Capitaine.*

— C'est aussi mon avis, admit Haz.

HAZ S'INTÉRESSANT peu à l'Histoire, il ignorait le passé d'Ankara-12. Il savait juste que la petite lune était un spatioport recherché. C'était d'abord dû à sa gravité et à son atmosphère, toutes deux similaires à celles de la Terre, les humains et les espèces pouvaient donc y vivre. D'autre part, Ankara était située dans une zone très à l'ouest de la galaxie – le « Far Ouest », comme certains l'appelaient –, ce qui la mettait quasiment hors de portée des autorités. Oh, l'anarchie ne régnait pas pour autant, la plupart de ses résidents y veillant, quitte à user d'une milice. Pour Haz, le principal atout d'Ankara-12 était que la Coalition n'y avait pas accès.

Il aimait voler vers la petite lune, c'était toujours un exercice amusant. À l'origine, Ankara, l'énorme planète principale, avait eu quatorze lunes. Une très ancienne catastrophe galactique en avait fait exploser deux. Depuis, toute forme de vie sur Ankara avait été anéantie, y compris celle ayant causé les explosions. La planète était entourée d'une énorme couche de poussière et de débris. Quand Haz frôla son orbite, il dut zigzaguer et piquer pour éviter les morceaux qui flottaient toujours. Il arriva enfin en vue de la lune 12. Trois spatioports s'offraient à lui. Où se poser ? se demanda-t-il.

Après un moment d'indécision, il se décida pour Paa, le plus grand spatioport, celui aussi qu'il connaissait le mieux.

Autre point en faveur d'Ankara-12, son sol était essentiellement plat, ce qui facilitait les atterrissages. En revanche, les installations étaient relativement simples, surtout par rapport à celles des spatioports plus importants, plus légitimes et mieux encadrés. Ankara-12 n'avait pas de service portuaire pour contacter un vaisseau arrivant et lui demander son immatriculation, ses crédits, et lui attribuer une place aux quais, non, il fallait naviguer à vue, repérer un espace vide et le revendiquer. Si un pilote estimait mal la surface disponible et endommageait le vaisseau voisin, eh bien, il fallait s'attendre à des problèmes. Au pire, la partie lésée exercerait des représailles et le sang coulerait, au mieux, elle réclamerait une compensation, en argent, ou en biens. En vérité, ces accidents étaient extrêmement rares, car un pilote incapable de gérer un atterrissage décent n'avait pas l'idée de visiter Ankara-12.

Haz posa *Molly* en douceur, puis il regarda autour de lui. Il esquissa un grand sourire en reconnaissant le vaisseau voisin. Le *Persévérance* était à quai ? Quel coup de chance !

Une fois les moteurs coupés, Haz vérifia que *Molly* avait tout ce qu'il lui fallait. Il se tourna ensuite vers Mot et lui tendit une paire de gants et une longue écharpe d'un vert mat. Il les avait acquis tous les deux sur Kepler, pour les mois où les zenenis suceurs de sang étaient particulièrement actifs.

— Mets ces gants, Mot, et couvre ton visage et ta tête avec cette écharpe. Bon, pour tes yeux, nous n'y pouvons rien faire, mais je veux que les gens te remarquent le moins possible.

— Pourquoi ne puis-je pas exposer mon visage ? s'étonna Mot.

— Parce que tes tatouages sont trop distinctifs. Je doute que la Coalition ait des agents ou des espions ici, mais les chasseurs de prime ne manquent pas sur Ankara-12. Et j'ignore s'il y a un prix sur ta tête.

— Vous est-il arrivé d'être chasseur de prime, Haz?

Haz comptait ignorer cette question. Ce fut Njeri qui intervint, la bouche pincée.

— Haz a presque tout transporté : des narcos, des biens volés ou piratés, toutes sortes de matières et substances illégales. Mais tu es sa première cargaison vivante, Mot. Je me souviens qu'une fois, il a refusé une fortune pour ne pas avoir à convoyer des esclaves Delthiens jusqu'à Citrapra. D'après ce que j'en sais, plus personne n'a jamais entendu parler de ces Delthiens, ils ont disparu.

Mot se tourna vers Haz et demanda :

— Que leur est-il arrivé?

Haz haussa les épaules. Il ignorait le sort de ces malheureux, mais au moins, n'avaient-ils pas été envoyés de force dans les mines citrapranes pour en extraire la borvantine jusqu'à leur dernier souffle.

Bien entendu, Mot avait d'autres questions.

— Pourquoi avez-vous refusé de les embarquer, Haz?

— Les passagers, c'est trop chiant! répliqua Haz avec rudesse. Ils sont bruyants, indisciplinés, bordéliques, il faut les nourrir et ils dégobillent à la première voltige. Non, même bien payé, ça n'en vaut pas la peine.

— Mais…

Haz avait atteint les limites de sa patience.

— Écoute, Mot, évoquer le bon vieux temps, c'est sûrement très sympa, mais nous n'avons pas l'éternité devant nous. Je ne veux pas qu'on nous repère et que la Coalition devine mon plan. Fais ce que je t'ai dit, dissimule ton visage et tes mains!

Haz lança l'écharpe et les gants à Mot.

HORS DU vaisseau, il faisait froid, comme toujours sur cette lune au ciel violacé. Les espèces à fourrure appréciaient ce climat polaire, les autres devaient s'emmitoufler. Haz lança une dernière tape à *Molly*, puis il ouvrit la marche sur le sol damé. Avant de quitter son bord, il avait déjà appelé un aérotaxi qui les attendait. Le quatuor monta sur les banquettes, soulagé de constater que le petit véhicule avait un toit et le chauffage à fond.

Mot, le nez collé à sa vitre, examinait les alentours.

— Quel endroit intéressant !

Les bâtiments, disposés au hasard, étaient de plain-pied pour la plupart, parfois dotés d'un étage, avec quelques exceptions de trois ou quatre niveaux. Tous étaient construits avec des matériaux locaux, briques, adobes ou pierres, mais les architectures variaient énormément. Les résidents venaient de tous les endroits de la galaxie et, quand ils s'installaient sur Ankara-12, ils construisaient maisons et boutiques où cela leur chantait et de la façon qui leur plaisait. Il n'y avait que deux règles à suivre : avoir les moyens de payer les travaux et ne pas (trop) se mettre à mal avec les voisins déjà installés. L'effet, pour les nouveaux arrivants, était déroutant, voire troublant. Haz comprit que ça risquait de poser problème.

— Ne t'éloigne pas, Mot, déclara-t-il. Tu te perdrais tout de suite. De plus, le coin n'est pas sûr.

Mot lui jeta un regard perplexe.

— Que voulez-vous dire ?

Haz exhiba ses dents dans un sourire sauvage.

— Les gentils sont rarement attirés par les repaires de hors-la-loi, tu sais. Ankara-12 est peuplée de voleurs, de contrebandiers et de pirates, sinon pire.

Mot ayant le visage emmitouflé, Haz eut du mal à juger sa réaction. En tout cas, il ne posa plus de questions.

Quelques minutes plus tard, la voiture s'arrêta.

— C'est parti, les enfants ! déclara Haz.

Le Rick Café avait été fondé par un Terrien. Il ne s'appelait pas Rick, d'ailleurs, il avait choisi ce nom en référence à d'anciens divertissements de la Terre antique, et l'établissement n'était pas un « café », en tout cas, il ne servait ni nourriture ni café. En revanche, il proposait un étonnant assortiment des substances les plus hallucinatoires de toute la galaxie. C'était le principal attrait du Rick Café, même si le bruit ambiant évoquait (vaguement) la musique et que les chambres de l'étage se louaient à l'heure pour les amants pressés. De plus, la salle ne manquait jamais de professionnels des deux sexes qui vendaient un plaisir temporaire.

Si le Rick Café n'était pas le seul bar de Paa, c'était le plus grand et le plus connu. L'immense salle aussi sombre qu'une caverne était encombrée de tables et de sièges dépareillés et usés, et de casiers bizarres. Le Rick était ouvert vingt-quatre stan-heures sur vingt-quatre et l'ambiance tamisée masquait le fait évident que le ménage n'était pas une priorité pour le gérant. Évidemment, l'odeur était assez forte ! De nombreux clients de toutes espèces s'entassaient ensemble, certains étant fort peu intéressés par l'hygiène personnelle. Le bourdonnement des conversations en toutes les langues était assourdissant.

À peine entré, Mot se figea, tout hésitant.

— Je ne suis jamais allé dans un bar, déclara-t-il.

— Szot! jura Haz entre ses dents. Ne te découvre pas, ferme ton clapet et reste à côté de moi.

Par solidarité, sans doute, Jaya et Njeri encadrèrent également Mot de chaque côté, la mine féroce. Et cette attitude combative n'était pas du flan! Jaya maniait aussi bien une lame qu'un canon à impulsions et Njeri savait se battre au corps-à-corps.

Les clients et le personnel de salle notèrent l'arrivée de Haz et son groupe, bien entendu, tous étaient du genre à prêter constamment attention à leur environnement direct. À en juger par leurs expressions, certains reconnurent Haz, mais malgré ce qui s'était passé à son dernier passage, personne ne se montra ouvertement hostile. Haz n'était pas revenu chez Rick depuis plus d'un an et, en principe, il n'avait pas laissé d'ennemi derrière lui. Il espérait continuer sur cette voie.

Passant le premier, il traversa la salle, ses yeux passant de table en table à la recherche d'un visage familier. Au début, il fut interpellé par les prostitué(e)s, mais après ses refus répétés, le reste de la meute, comprenant qu'il n'était pas venu pour baiser, le laissa tranquille.

Haz salua un groupe d'humains avec lequel il avait un jour travaillé pour transporter plusieurs cargaisons de sex-toys illicites vers une planète ultra-prude du secteur Beta. Il fit également signe à un contrebandier qu'il avait baisé deux ou trois fois.

Il était presque arrivé au fond de la salle quand il aperçut enfin celui qu'il cherchait.

— Comment va, Ixi?

L'être reptilien exhiba ses longs crocs jaunâtres.

— Haz Taylor! Je te croyais mort!

— Sans blague? As-tu au moins versé quelques larmes?

Ixi se mit à rire, un son étrange qui évoquait du métal passant dans les lames d'un broyeur. Et pendant cet accès d'humour, sa longue langue fourchue sortait et rentrait de sa bouche aux lèvres fines.

— J'aurais dû me douter que c'était une blague! Jamais les dieux de la mort ne voudront de toi, Haz, mon ami, tu es trop pénible! Asseyez-vous tous, prenez place!

Il agitait une main griffue en désignant les sièges vides autour de sa table. Haz, Mot et les deux femmes s'installèrent donc. Ixieccax était un Reptyl, il avait la taille d'un humain, mais son cou et son torse étaient notoirement plus larges. La peau était épaisse, d'un gris verdâtre, un toupet de plumes blanches se hérissait sur la tête plate.

Son regard effleura les nouveaux arrivants.

— Haz, tu n'es pas tout seul, pour une fois, remarqua Ixi.

Ixi n'était pas hostile, car les pointes de son échine nue étaient couchées et les yeux dorés aux pupilles rectangulaires reflétaient l'amusement.

Haz se chargea des présentations :

— Tu connais déjà mon équipage, Ixi : Jaya Hirsch et Njeri Del Río. Lui, c'est Mot.

Ixi s'attarda sur le visage emmitouflé, mais ne fit aucun commentaire. D'ailleurs, Mot n'était pas le seul client du bar à être vêtu étrangement.

Le Reptyl reporta ensuite son attention sur Haz.

— Si tu n'étais pas mort, pourquoi ce long silence ? demanda-t-il. Où étais-tu passé ?

— Coincé sur Kepler.

— Pouah ! La mort est préférable à ce bourbier trop… humide.

La planète natale d'Ixi était composée de vastes déserts. Les Reptyls détestaient l'eau.

Haz ricana.

— Je n'ai pas pleuré en quittant Kepler, ça, c'est sûr !

— Et te voilà de retour sur Ankara-12. As-tu toujours ton petit bijou ?

Les yeux d'Ixi brillaient de convoitise.

— Molly ? Oh, oui ! Et elle est en meilleure forme que jamais, grâce à Jaya.

En entendant son nom, Jaya hocha la tête.

Un serveur, svelte et très mignon, arriva devant leur table. Deux ailes vaporeuses flottaient sur son dos, du même violet pâle que ses yeux et ses cheveux.

— Que puis-je vous servir ? roucoula-t-il.

Haz et son équipage réclamèrent un whisky. Après un moment d'hésitation, Mot suivit leur exemple.

— Je paie cette tournée, Ixi, déclara Haz. Que veux-tu boire ?

Ixi hocha la tête et commanda une bouteille de sirop de schlee, un breuvage onéreux que les Reptyls adoraient, mais qui aurait été toxique pour un humain. En attendant d'être servis, Haz et le contrebandier échangèrent des banalités concernant des connaissances communes.

Une fois leurs boissons sur la table, le moment était venu de passer aux choses sérieuses, et tous deux le savaient.

— Est-ce que tu cherches un contrat ? demanda Ixi. Une dame de ma connaissance est prête à payer cher quelqu'un de sérieux pour emporter du bois tkall, mais la cale du *Persévérance* est bien plus petite que la tienne.

Dans d'autres circonstances, Haz aurait trouvé la proposition intéressante. En principe, le transport du tkall était légal, mais il était si lourdement taxé que bien des négociants évitaient les voies officielles.

Haz avala une grande gorgée de son whisky et se lança :

— Je ne suis pas à la recherche d'un contrat, Ixi, c'est même le contraire, je cherche un passeur.

— Vraiment ? Je n'aurais jamais cru qu'un pilote aussi brillant que toi s'abaisserait à devenir marchand !

Njeri émit un ricanement. Haz l'ignora et enchaîna :

— Il ne s'agit pas de commerce, c'est bien plus compliqué. Mot doit rentrer chez lui, sur une planète qui n'est pas soumise à la Coalition.

Ixi se rembrunit.

— Pas encore ! marmonna-t-il sombrement.

— Oui, justement, car nous avons récemment découvert que la Coalition s'oppose à son retour pour… eh bien, des raisons politiques, j'imagine. L'histoire est assez tordue, et je n'en connais pas tous les détails. D'ailleurs, je m'en fous. Le hic, c'est que je ne peux pas me charger moi-même de raccompagner Mot, la Marine est à mes trousses. Ils cherchent à me tuer, Ixi. Je préférerais qu'ils ne réussissent pas.

Ixi, les yeux étincelants, plongea sa longue langue dans sa bouteille et aspira une lampée de sirop rose. Il lécha ensuite ses lèvres fines.

— Dans ce cas, quel est ton plan, Haz ?

— Je voudrais faire monter Mot à ton bord et que tu le raccompagnes chez lui pendant que la Coalition me court derrière. Je ferais diversion, quoi !

— Ah. Je vois. Et combien me proposes-tu pour te dépanner ?

Haz essaya de ne pas tiquer, car c'était un des points faibles de son plan. Il sentait tous les yeux de la table braqués sur lui. Il était fauché, Jaya et Njeri le savaient parfaitement. Il vida la moitié de son whisky en espérant que l'alcool lui donne un meilleur pouvoir de persuasion.

— Si Mot rentre chez lui sain et sauf, ce sera un sacré revers pour la Coalition, une situation à la fois frustrante et embarrassante. Et ce sera grâce à toi, Ixi, je pensais que tu apprécierais.

Quand Mot bougea, comme pour poser une question, Haz se tourna vers lui.

— Ixi n'est pas un grand fan de notre cher gouvernement.

Ixi siffla de colère. Il s'adressa à Mot :

— Nous vivions bien tranquilles sur notre planète. Nous ignorions l'existence de la Coalition ou des autres espèces, mais cela ne nous gênait nullement. Pour son malheur, ma planète avait de riches gisements de waritronite bleue. Alors un jour, la Coalition a atterri chez nous, elle nous a traités de primitifs, elle a tué la moitié de la population et revendiqué la planète. Oh, c'est arrivé il y a longtemps, six générations avant ma naissance, mais je n'ai pas oublié. Je ne me soumettrai jamais à ce gouvernement !

Cette fois, Mot parla avant que Haz ait le temps de l'arrêter.

— C'est vrai, Haz ?

— Oui.

Ixi grogna.

— Il s'agissait de mes ancêtres, je sais la vérité, elle ne correspond pas à ce que racontent les professeurs et les reportages. D'après eux, nous étions des sauvages, et la Coalition nous a apporté la technologie, l'éducation et la médecine. C'est un mensonge ! Ils nous ont apporté la mort, ils ont anéanti notre culture.

Mot paraissait troublé.

— D'après vous, ils feront la même chose sur ma planète ?

À la surprise générale, ce fut Njeri qui répondit :

— Oui, c'est leur modus operandi. De temps à autre, ils gardent quelques vestiges des peuplades colonisées afin d'attirer les touristes, des œuvres d'art dans un musée, des danses traditionnelles, des choses comme ça.

Ixi acquiesça et reprit de son sirop. Quand Mot se tourna vers lui, Haz distinguait à peine ses yeux tellement la salle était sombre.

— Étiez-vous au courant, Haz ?

— De quoi ?

— De ce que faisait la Coalition lorsque vous vous êtes engagé dans la Marine.

Haz secoua la tête.

— Pas vraiment. Sur Cérès, comme partout ailleurs, on nous bourrait le crâne d'une version expurgée. De toute façon, l'Histoire ne m'intéressait pas. Et même si j'avais su, je me serais engagé quand même. Je te l'ai déjà dit, je voulais voler, la Marine était ma seule option. Devenir pilote, pour moi, ça comptait plus que tout.

Des hurlements retentirent à une table voisine. Deux humains se levèrent, l'un d'eux assez violemment pour renverser sa chaise. Tous les clients du bar, y compris la table de Haz, tournèrent la tête pour surveiller l'évolution du différend. Les revendications montaient en volume. Un homme poussa l'autre, qui riposta d'un coup de poing. Il rata sa cible, mais son adversaire se jeta sur lui. Soudain, comme par magie, les deux hommes brandirent un couteau.

Haz serrait les poings. Il ne connaissait ni l'un ni l'autre des combattants, il ignorait le motif de leur querelle, mais quelle importance ? Il lui était déjà arrivé de participer à une bagarre de bar juste pour le plaisir. Ça le défoulait de sentir un cartilage céder sous ses coups, d'entendre un homme ahaner et se plier en deux après un coup de genou dans les couilles, de se perdre dans la sueur et le sang chaud. Bien entendu, le bar possédait un bouclier neutralisant, aussi personne ne risquait un coup de pistolet laser. À l'heure actuelle, Haz n'en était plus à redouter quelques estafilades de plus ou de moins. S'il était encore conscient, à la fin du combat, il se soûlerait. Dans le cas contraire, il attendrait de se réveiller pour matraquer son foie. Chacune des deux options lui convenait.

Il soupira de dépit en réalisant que céder à ses pulsions n'était pas à l'ordre du jour. Il dut rester assis, passif, les ongles enfoncés dans les paumes.

Un des deux adversaires finit par s'effondrer en pissant le sang. Alors seulement, les employés du Rick firent le ménage et les clients revinrent à leurs conversations.

Bien entendu, Mot avait d'autres questions.

— Haz, vous avez passé du temps dans la Marine, vous avez dû finir par comprendre ce que faisait la Coalition.

— Bien sûr ! Je te rappelle que j'étais dans le corps expéditionnaire, je participais activement à ces annexions !

— Et cela ne vous posait pas de problème ?

— Non, Mot. Aucun. Je m'en foutais.

Haz avait ses priorités : sa sécurité et celle de son équipage. Ce qui arrivait au reste de la galaxie, il s'en contrefichait. Sur ce plan-là, il n'avait pas changé. Qu'une planète soit gouvernée par la Coalition ou en interne, quelle importance ? Et surtout, quelle différence pour les résidents ? Dans les deux cas, les dirigeants étaient prêts à tout pour conserver et développer leur pouvoir, en général, aux dépens des autres. D'après l'expérience de Haz, les êtres, quelle que soit leur espèce, étaient de parfaits salauds égoïstes et cupides, et la seule option de tout un chacun était de surveiller ses arrières, de veiller à son bien-être et, éventuellement, à celui de ses proches. Point final.

Ixi écoutait leur échange avec intérêt, un petit sourire jouant aux coins de la bouche. Il intervint alors :

— Pourtant, Taylor, tu souhaites aujourd'hui infliger une défaite à la Coalition.

— Quoi ? Non ! Je me fous de la Coalition. Ma priorité, c'est d'échapper à la mort, je parle de moi, bien entendu, mais aussi de mon équipage et de… euh, de l'homme qui m'a été confié.

La logique de cette phrase était bancale, Haz le savait, puisque c'était la Coalition qui lui avait délivré Mot, mais merde, quoi ! Il était pilote, pas philosophe !

Il toisa Ixi avec attention avant d'ajouter :

— Toi, c'est différent, tu en as gros sur la patate, tu hais la Coalition !

— C'est exact, convint Ixi.

Haz se détendit. Il connaissait cette aversion, c'était la raison pour laquelle il avait été si heureux de voir le *Persévérance* au spatioport. Ixi allait le tirer d'affaire, il serait ravi de jouer un sale tour à la Coalition.

— Eh bien, ajouta Haz, si tu réussis cette mission, Ixi, je te garantis que tu ne gagneras pas la médaille du parfait citoyen. Ils seront enragés de s'être fait jouer ! Avec un peu de bol, cela pourrait même faire foirer leurs plans d'annexer la planète de Mot.

Ixi sourit.

— Si c'est vrai, c'est extrêmement tentant.

Il écarta les mains et s'adressa aux autres convives de la table.

— Haz Taylor m'a-t-il tout dit ?

Mot haussa les épaules.

— Je ne sais pas, je ne connais rien à la politique. En fait, ajouta-t-il en baissant la tête, je ne connais rien à rien.

— Mon capitaine vous a dit la vérité, déclara Njeri. Il se fiche de la loi et des règlements, il méprise l'autorité, il n'est pas génial en communication – par exemple, il ne raconte pas toujours à son équipage les détails d'une expédition –, il a d'innombrables défauts et si j'avais plus de temps, je vous en ferais une très longue liste, mais quand il parle, il ne ment pas.

135

Jaya approuva d'un signe de tête.

— C'est vrai.

Haz tenta de cacher sa satisfaction. Il ne s'était pas attendu à un tel soutien de son équipage !

Ixi semblait réfléchir.

Le serveur revint remplacer les boissons. Haz, voyant que Mot n'avait pas touché à son whisky, peut-être à cause de l'écharpe enroulée sur sa bouche, se dépêcha de le vider, histoire que ce verre-là aussi soit remplacé. L'alcool n'était pas mauvais, alors autant dépenser ses derniers crédits sans les gaspiller.

Ixi finit par hocher la tête.

— D'accord, ta proposition me plaît, Taylor. Si je peux causer du tort à la Coalition, je suis partant. Mais je ne travaille pas gratuitement, ne me prends pas pour une bille. Comme tout homme d'affaires qui se respecte, j'ai des dépenses à couvrir et des bénéfices à réaliser. Quel est ton prix ?

— Ixi, tu serais un héros ! Tu pourrais te vanter d'avoir vaincu la Coalition !

Le sourire d'Ixi exhiba toutes ses dents.

— Oui, bien sûr, mais il me faut des crédits pour payer mes factures et préparer ma retraite.

Haz baissa les yeux sur son verre de whisky. *Tiens, il était déjà vide !* Il prit sa décision très vite.

— Je n'ai plus un radis, Ixi. Alors, je te donnerai Molly.

Njeri étouffa un cri. Quant à Ixi, il cligna lentement des yeux, il avait deux sets de paupières, aussi écailleuses l'une que l'autre.

— La Danseuse ? Tu te séparerais d'elle ?

— Oui.

C'était la syllabe la plus difficile que Haz ait jamais prononcée.

Ixi fronça les sourcils.

— Je ne comprends pas. Ton plan n'était-il pas de détourner l'attention de la Coalition pendant que je raccompagnais Mot chez lui ? Pour ça, tu as besoin de Molly, non ?

Haz leva le menton.

— C'est exact. Molly et moi allons leur donner un dernier show, je te garantis qu'ils s'en souviendront longtemps, du moins, ceux qui y survivront. Ensuite, nous reviendrons sur Ankara-12, nous t'y attendrons. Dès que tu reviendras, Molly sera à toi.

Ixi paraissait sceptique.

— Vraiment ? Sauf que si la Coalition vous réduit tous les deux en poussière, je n'aurai rien.

Haz s'adossa dans son siège et afficha un air dégagé.

— Hé, tu es joueur ou pas ? C'est quitte ou double, je te l'accorde, mais j'ai plus à perdre que toi. Et vu ce que coûte Molly, laisse-moi te dire que tu n'auras jamais été aussi bien payé pour faire voyager un passager.

Molly valait plus que le *Persévérance,* plus que toutes les barcasses stationnées sur Ankara-12. Elle était le seul trésor que Haz ait jamais possédé.

— Et je n'ai pas l'intention de laisser la Coalition nous détruire, jeta-t-il avec force.

Pour une fois, Ixi paraissait tendu. Après un moment de réflexion, il tendit la main.

— J'accepte.

Haz parvint à la serrer tout en évitant les longues griffes. Ensuite, il se leva et espéra ne pas vaciller.

— Quand comptes-tu partir, Ixi ?

— Si j'ai bien compris, le plus tôt sera le mieux ?

— Oui.

— Alors dans la matinée, juste le temps de compléter mes provisions pour un passager humain.

Haz hocha la tête, puis se tourna vers Mot.

— Bonne chance, Mot. Je te laisse en de bonnes mains, Ixi est un bon pilote, pas de mon niveau, certes, mais je sais qu'il te ramènera à bon port. Adieu.

Il hésita, conscient qu'il devrait ajouter quelque chose, sans trop savoir quoi. Il se contenta d'un sec mouvement de tête, tapota son biotab pour payer l'addition et tourna les talons sans un regard en arrière.

XIV

UNE FOIS dans la rue, Haz envisagea de dépenser ses derniers crédits avec un très beau jeune homme qui racolait sur le trottoir. Mais le cœur n'y était pas, aussi refusa-t-il la proposition tarifée et sauta-t-il dans un aérotaxi qui attendait le client. Il rentra à bord, sachant qu'il lui restait du whisky dans sa cambuse.

Après avoir vidé la moitié d'une bouteille, il s'affala dans un siège sur le pont.

— Molly chérie, je suis tellement désolé de te perdre, marmonna-t-il. Mais Ixi est un bon gars, il te traitera bien.

Molly ne répondit pas, Haz ne s'en étonna pas. Après tout, il n'avait posé aucune question ni formulé de demande précise.

— Tu sais, Ixi est incapable de piloter deux vaisseaux à la fois, alors peut-être acceptera-t-il de m'engager comme pilote. Comme ça, nous nous retrouverons.

Même lui n'y croyait pas. Ixi revendrait le *Persévérance*, c'était bien plus probable. Et si, par hasard, il le gardait, il préférerait piloter *Molly*, bien entendu. C'était ce que ferait Haz à sa place.

Dieu, il n'oublierait jamais le jour où il avait vu *Molly* pour la première fois ! Elle était dans un sale état. Son précédent propriétaire trimballait des cargaisons légales d'un endroit à l'autre, il n'avait pas su l'apprécier et quand sa négligence avait laissé des traces, il s'était débarrassé de son brick. Néanmoins, *Molly* gardait sa ligne élégante, elle était dotée d'un système électronique rapide et d'une vive intelligence qui ne demandait qu'à s'exprimer dans des missions intéressantes.

Haz avait mis près d'un an à réparer Molly, toutes ses économies y étaient passées, mais il ne l'avait jamais regretté, parce qu'au final, son vaisseau était… éblouissant. Très vite, son investissement s'était rentabilisé, Haz avait obtenu d'excellents contrats et une réputation de pilote audacieux. Il s'était spécialisé dans les missions les plus risquées, donc les plus lucratives. Au gré de ses pérégrinations, il avait engagé Jaya et Njeri, un vrai coup de chance. Excellente mécanicienne, Jaya avait tout donné pour améliorer *Molly* au-delà des rêves les plus fous de Haz. Il dépensait ses gains en alcool, en baise et au jeu, mais c'était sans importance. Tant qu'il avait Molly, il était comblé.

— Tu méritais mieux que moi de toute façon, ajouta Haz avec amertume. Oh, pour te faire danser, j'étais le meilleur, mais avec Ixi, tu te feras moins souvent tirer dessus. Et puis, il n'est jamais à court de crédits, tu sais, il veillera à te faire réparer et à mettre tes systèmes à niveau.

— *Puis-je faire quelque chose pour vous, Capitaine ?* demanda *Molly*.

— Non, ça va. Demain, nous donnerons notre dernière représentation. Il faut finir en beauté.

— *Voulez-vous que je programme un itinéraire ?*

Oui, décida Haz, c'était une bonne idée. Njeri n'étant plus là, il fallait qu'il pense à tout faire.

— Ce serait super, ma belle. Un itinéraire ? Euh… attends, je réfléchis à nos coordonnées…

Il se pencha sur sa console et chercha à trouver le meilleur endroit pour y attirer la Coalition.

— Vous êtes trop ivre pour voir clair ! tonna une voix.

Haz sursauta et se retourna, sans en croire ses yeux. Que faisaient Njeri et Jaya sur le pont ? Et comment avaient-elles réussi à monter à bord sans qu'il s'en aperçoive. Mot n'était pas avec eux, bien sûr. Il était probablement dans une cabine confortable du *Persévérance*. Ou alors il avait suivi la suggestion de Haz et s'envoyait en l'air. Pas avec Ixi, bien sûr, le Reptyl ne s'intéressait nullement au sexe – un jour, il avait dit à Haz que pour prendre son pied, il encaissait des crédits ou défiait la Coalition. Si Mot tenait à être dépucelé, il devrait retourner à terre. Les initiateurs ne manqueraient pas sur Ankara-12.

Haz toisa son ex-équipage.

— Vous êtes venues récupérer vos affaires ? Avez-vous déjà trouvé un engagement ?

Cela ne prendrait pas longtemps, Haz le savait. Souvent, des capitaines peu scrupuleux avaient tenté de lui piquer son équipage, mais malgré des propositions mirobolantes, Njeri et Jaya lui étaient restées fidèles. Parfois, Haz se demandait pourquoi. Peut-être appréciaient-elles ses talents de pilote et comptaient-elles sur lui pour rester en vie.

Il avait trahi deux fois leur confiance, d'abord, avec cette fatale cargaison de narcos et aujourd'hui, en acceptant ce contrat de la Coalition. Comment avait-il pu être aussi crédule ?

— Nous avons déjà un vaisseau, déclara Njeri.

Haz repoussa une pointe de jalousie qui n'avait pas lieu d'être et leva sa bouteille dans un salut.

— J'espère que vous avez bien choisi. J'ai vu le *Fantôme de Pluton* dans le port. Seule la rouille fait encore tenir les boulons de ce rafiot. Vous n'avez pas signé à son bord, dites-moi ? Vous finiriez pulvérisées avant même de quitter l'atmosphère.

— Non, soupira Njeri, nous n'avons pas signé avec le *Fantôme de Pluton*. Nous ne sommes pas idiotes, Haz.

— Oh, là, j'ai un doute, marmonna sombrement Jaya, les bras croisés.

— Alors de quel vaisseau s'agit-il ? insista Haz.

C'était sans importance, se mentit-il. Il s'en fichait complètement.

— Un adorable brick dont le capitaine est un foutu szottard ! aboya Jaya.

— Euh... cette charmante définition correspond à pas mal de vaisseaux, grommela Haz, un peu perplexe devant cette agressivité.

Njeri avança et lui arracha des mains sa bouteille de whisky.

— Nous sommes sur le *Molly*, sombre crétin. Enfin, *Capitaine* sombre crétin, je veux dire.

Haz en resta bouche bée de stupéfaction.

— Mais... je ne peux pas vous payer ! bredouilla-t-il. Je n'ai même pas la somme que je vous dois déjà !

— Nous le savons.

— Mais...

Jaya se planta devant lui, la lippe maussade.

— J'ai beaucoup travaillé pour que Molly soit au top de sa forme et je ne veux pas que ce soit pour rien. Elle a plus de chance de s'en sortir si vous n'êtes pas tout seul à affronter ces enculeurs de qheks, sinistre idiot !

Tout à coup, Haz se sentait parfaitement sobre.

— Merci, déclara-t-il d'un ton sérieux.

Ce n'était pas un mot qu'il disait souvent. Il inspira un grand coup et ajouta :

— Njeri, il faudrait trouver un emplacement stratégique pour attirer la Coalition. J'ai pensé...

Elle l'interrompit en lui posa la main sur l'épaule.

— Allez dormir, Capitaine. Je m'en occupe.

HAZ SE réveilla tôt, sans ressentir les effets de la gueule de bois, grâce à son biotab. En revanche, il vibrait d'anticipation et d'excitation. Bientôt, il combattrait ceux que la Coalition enverrait pour les tuer. La victoire n'était pas assurée, certes, mais mourir en pleine bataille ne lui faisait pas peur. Et puis, il préférait flotter à travers les étoiles pour l'éternité plutôt que pourrir sous une couche de terre.

Il prit une douche rapide, s'habilla et se précipita vers la cambuse pour prendre un café et un petit déjeuner. Sa jambe profitait encore des massages de Mot, aussi la douleur était-elle très atténuée et facile à oublier.

— Vous semblez guilleret.

Njeri se préparait une énorme salade. Sans doute avait-elle acheté la veille sur Paa des produits frais, Dieu savait où.

— Je suis impatient de faire regretter à la Coalition de nous avoir cherché querelle !

Elle eut un sourire éclatant.

— Moi aussi.

— Je suis… euh, vraiment content que Jaya et vous ayez décidé de rester avec moi. Surpris, mais content.

Haz découvrit qu'il n'était pas si difficile, au fond, de révéler son ressenti. Quelques mois plus tôt, il n'y aurait pas cru.

Njeri se figea, le couteau levé. Puis elle le déposa avec soin sur le plan de travail.

— Si vous vous en sortez vivant, que comptez-vous faire ensuite ? Vous étiez sérieux en offrant de donner Molly à Ixi ?

— Bien entendu ! Je ne reviens jamais sur un accord.

— Oui, je sais, souffla-t-elle gentiment. Mais sans Molly, qu'allez-vous devenir ?

— Je trouverai du boulot.

Njeri fit la moue. Sans doute n'avait-elle pas oublié la dépression dans laquelle Haz avait plongé sur Kepler, privé de son vaisseau. Et elle s'attendait à le voir replonger dans la même ornière. Merde ! Elle avait raison. Haz pouvait aussi bien se soûler à mort sur Ankara-12 que sur Kepler, un jour, il se lancerait dans son ultime combat et se ferait poignarder. Et alors ? Quelle importance au fond ?

Il préféra changer de sujet.

— Avez-vous trouvé l'endroit idéal pour les attendre, Njeri ?

— Bien sûr. C'est assez proche de Chov pour les tromper, mais assez loin pour ne pas risquer de tomber sur le *Persévérance*.

— Parfait. Je donnerai notre destination à Ixi, histoire d'être certain qu'il nous évite.

— Très bien.

Elle retourna à ses légumes.

Haz se rendit sur le pont. L'endroit lui sembla étrangement vide sans Mot, malgré le peu de temps qu'il avait passé là et le fait qu'il se contentait le plus souvent de regarder.

— Ne sois pas idiot, marmonna Haz, s'adressant à lui-même.

Il haussa la voix pour dire :

— Molly, mets-moi en contact avec le *Persévérance*, ma belle. J'ai un mot à dire à son capitaine.

— *À vos ordres, Capitaine. Un moment.*

Haz tambourina des doigts sur l'accoudoir en essayant de se rappeler l'air que Mot fredonnait l'autre soir. Il n'y parvint pas, il avait toujours été nul en musique.

— *Capitaine ?* déclara *Molly, Le Persévérance vous faire dire que le capitaine Ixieccax n'est pas à bord.*

— D'accord, il doit être encore occupé à rassembler des provisions de dernières minutes. Laisse-lui un message, Molly, qu'il me contacte dès son retour.

— *À vos ordres, Capitaine.*

Haz se pencha sur sa console pour regarder la route que Njeri avait programmée. Il ne fut pas surpris de la trouver parfaite. Ils sortiraient rapidement du secteur Kappa, puisqu'ils n'avaient plus à se cacher, ensuite…

— *Capitaine, Ixieccax demande la permission de monter à bord.*

Merde. Que se passait-il encore ?

— Accordé, aboya Haz.

Quelques instants plus tard, Ixi entra sur le pont et regarda autour de lui.

— C'est joliment arrangé.

— Si tu espères visiter, Ixi, ce sera pour plus tard, plus précisément quand tu reviendras de Chov X8.

— Je ne suis pas venu visiter.

Une vague de colère enflammant ses veines, Haz se releva d'un bond.

— Ne me dis pas que tu as changé d'avis ! Merde, un marché est un marché ! En plus, tu fais une bonne affaire.

Ixi leva la main pour le calmer.

— Je n'ai pas changé d'avis. Mais Mot…

— Laisse-le tranquille, d'accord ? Il n'a pas de biotab, mais Jaya lui a bricolé un émetteur, alors si tu le mets devant un écran, il ne te causera

142

aucun problème. Merde, a-t-il seulement pensé à emporter son émetteur ? Si tu as cinq minutes, je peux regarder dans sa cabine…

Ixi l'interrompit :

— Haz, tais-toi.

Haz se tut, le cœur battant.

Ixi le regarda un moment, puis il soupira et annonça :

— Mot n'est plus parmi nous.

XV

H<small>AZ</small> <small>AVAIT</small> la poitrine si contractée qu'il comprenait mal que son cœur puisse encore battre.

— Quoi? La Coalition a envoyé des assassins *ici*? Sur Ankara-12?

Dieu, il aurait dû demander à Ixi de veiller sur Mot. Mais il ne l'avait pas fait, assuré que Mot ne risquait rien, parce que malgré son pouvoir, la Coalition ne pouvait l'atteindre sur cette petite lune.

Ixi roula des yeux.

— Non, bien sûr que non. Quand je disais qu'il n'était plus parmi nous, ce n'était pas une figure de style, je parlais au sens littéral : il a disparu. Et d'après mes premières constatations, il a quitté mon vaisseau de son plein gré. Il est parti, voilà !

D'abord, Haz vacilla de soulagement, puis d'autres émotions l'envahirent, l'incompréhension, suivie d'une folle colère.

— *Parti*? Tu veux dire qu'il s'est barré?

— En quittant Rick hier, je l'ai emmené sur le *Persévérance*, je lui ai attribué une cabine, puis je suis ressorti, comme je te l'avais dit, remplir mon garde-manger. À mon retour, il n'était plus là. D'après le scanner du bord, il est parti juste après moi, tout seul. Je me suis dit qu'il voulait se dégourdir les jambes ou visiter la ville, j'ai donc attendu son retour, en vain. Le problème, c'est que j'ignore où il est allé.

— Bon sang, pourquoi ne pas l'avoir surveillé? s'emporta Haz.

Ixi se renfrogna.

— Hé, je l'ai traité en passager, pas en prisonnier. Tu ne m'avais pas prévenu qu'il risquait de se sauver !

Ixi avait raison. Haz se serait mis des gifles. Pourquoi n'avait-il pas tenu compte des critiques de Njeri à son égard, la veille, chez Rick? *Pas génial en communication.* D'accord, il n'avait pas donné à Ixi tous les détails du cas de Mot, mais jamais il n'avait considéré son passager comme un prisonnier, pas depuis que Jaya l'avait débarrassé de ses chaînes. Bien sûr, Haz avait senti que Mot n'était pas enthousiasmé à l'idée de retrouver sa position d'artefact religieux, mais pour lui, c'était la meilleure et la plus sûre des options, il devait bien le comprendre, non?

— Je ne l'avais pas envisagé, admit Haz. Tu es sûr qu'il n'est pas allé baiser et qu'il dort encore dans un lit qui n'est pas le sien ?

— Baiser ? Comment veux-tu qu'il le fasse sans biotab ?

Merde. Bien sûr. Sur Ankara-12, le sexe était tarifé.

— Je suis désolé de te causer tous ces problèmes, Ixi. Tu vois, j'avais raison, les passagers n'apportent que des emmerdes ! Je préfère nettement les cargaisons, au moins, elles restent là où on les dépose !

— Tu sais, passer quelques stan-jours au port ne me gêne pas, déclara Ixi. J'ai toujours des affaires à régler. Si tu retrouves ton fugueur, renvoie-le-moi. Et mets-lui peut-être des fers, cette fois. Ensuite…

Ixi tira la langue si loin qu'elle toucha presque Haz. Puis il ajouta :

— Je tiens à savoir la raison de sa fuite.

— Moi aussi ! s'exclama Haz en toute sincérité. Et, euh… à propos du paiement…

— Nous en reparlerons quand la mission sera remplie. J'aime beaucoup ta Molly, tu sais, elle est magnifique !

Ixi tapota une console placée devant lui.

— Oui, répondit Haz, c'est le meilleur vaisseau de toute la galaxie.

Ixi hocha la tête et se dirigea vers la sortie. Il allait quitter le pont quand Haz cria :

— Ixi ! Si Mot revient à ton bord, préviens-moi, s'il te plaît.

— Bien sûr.

À peine Ixi avait-il disparu que Jaya et Njeri arrivèrent sur le pont. Njeri paraissait inquiète, Jaya, elle, écumait de fureur.

Haz savait très bien qu'elles avaient écouté sa conversation avec Ixi.

— Sauriez-vous où Mot est allé ? demanda-t-il.

— Non ! aboya Jaya. Comment le pourrions-nous ?

Haz tenta de contrôler la panique qui montait en lui.

— Je ne sais pas. Szot ! Il a passé toute la nuit dehors ! Il fait terriblement froid, il n'est pas assez couvert et nous n'avons aucune idée de l'endroit où il se trouve !

Il ne précisa pas ce que son équipage savait déjà : se promener tout seul sur Ankara-12 n'était pas conseillé aux innocents et aux naïfs. D'après ce que Haz en savait, Mot n'avait pas appris à se battre, il n'était même pas armé. Une image apparut dans sa tête : Mot affalé entre deux bâtiments, ses tatouages déchirés par de profondes entailles sanglantes, ses yeux étranges assombris et sans vie.

— S'il est mort, c'est de sa faute, szotain ! marmonna-t-il.

Aussi vraie que soit cette assertion, elle ne dissipa pas *du tout* le nœud qui lui serrait les tripes.

Njeri s'installa à son poste et tapa sur son écran.

— Je vais diviser Paa en trois parties, annonça-t-elle, nous allons nous séparer et les fouiller. Je vais aussi déterminer les itinéraires les plus efficaces pour quadriller nos secteurs.

Haz hocha la tête sans conviction. La ville n'était pas bien grande, mais s'ils n'étaient que trois pour fouiller tous les coins et recoins, la tâche allait leur prendre des jours. Si Mot était mal en point, il ne tiendrait pas aussi longtemps. S'il se cachait, il pourrait leur échapper.

Merde, Haz était un pro ! Il n'avait pas pour habitude de perdre ses cargaisons !

La voix robotisée de Molly les fit tous sursauter.

— *Je peux localiser Mot, vous savez.*

Les trois humains se regardèrent avec surprise.

Jaya fut la première à parler :

— Comment, Moll ? Il n'a pas de biotab.

— *C'est exact, mais justement, je peux cataloguer tous les homo-sapiens de cet hémisphère et déterminer la position de celui qui n'a pas d'implant électronique.*

Coupant la parole à Jaya – qui s'apprêtait sans nul doute à poser une question d'ordre technique –, Haz intervint :

— Tu peux vraiment retrouver *tous* les humains d'une planète ?

— *Oh, pas que les humains, n'importe quelle espèce, mais dans ce cas précis, Mot étant humain, je ne pense pas utile de perdre du temps avec les autres formes de vie.*

— Molly, s'étonna Haz, tu as toujours eu cette capacité ?

— *Non.*

La voix mécanique paraissait un peu exaspérée.

— Alors comment...

— *J'ai ajouté cette fonction à mes systèmes électroniques pendant que j'étais sur Kepler. Au départ, je voulais juste savoir ce que vous deveniez, Capitaine, mais le programme était extrêmement complet et comme j'avais du temps, j'ai tout copié.*

Haz n'en croyait pas ses oreilles ! *Molly* s'était reprogrammée pour garder un œil sur lui, alors qu'elle était en cale sèche par sa faute ? C'était énorme, c'était... incroyable, Haz savait qu'il lui faudrait étudier la question en détail, mais ce n'était pas le bon moment.

La priorité, c'était de retrouver le fugitif.

— Où est Mot, Molly chérie ?

— *Je lance la recherche, Capitaine. Les données sont nombreuses. Cela prendra un moment.*

— D'accord.

Jaya paraissait presque aussi étonnée que Haz. Elle s'assit et fixa un écran, sans doute pour étudier le programme de *Molly* en action. Njeri abandonna son projet de découper Paa en zones de recherche et fixa Haz comme si elle s'attendait à lui voir pousser des cornes.

— Quoi ?

— Rien, répondit-elle.

Cela prendra un moment, avait dit *Molly*. Haz s'était préparé à une longue attente stressante. Et en moins de cinq minutes, un « *bip* » retentit.

— *J'ai localisé Mot*, annonça *Molly*.

Une vague de soulagement déferla sur Haz. Il tenta de cacher sa réaction en fronçant les sourcils.

— Merci, Molly. Où est-il, ce petit con ? Je vais lui tordre…

— *Il est en danger,* annonça *Molly. Il respire à peine, le cœur est erratique.*

Oubliant sa fausse colère, Haz se remit à paniquer.

— Quoi ?

— *Il est en hypothermie. J'ai envoyé les coordonnées de sa position sur votre biotab.*

Avant même que Molly ait fini sa phrase, Haz courait déjà vers le placard où il gardait une trousse de premiers soins. Après l'avoir récupérée, il fila vers la sortie et cria par-dessus son épaule :

— Njeri, pourriez-vous venir avec moi ?

Avant d'affronter la froidure extérieure, il enfila des vêtements chauds. Njeri s'équipa elle aussi.

— Jaya, en notre absence, pourriez-vous préparer…

Elle lui coupa la parole :

— … le chariot médical, oui, je m'en occupe. Et j'ai déjà appelé un aérotaxi. Il vous attend dehors.

— Merci.

Haz et Njeri sortirent et suivirent le quai au bout duquel ils grimpèrent dans la voiture annoncée. Malgré le toit clos et le chauffage à fond, Haz était agité de frissons. La matinée semblait particulièrement froide, même pour Ankara-12.

Une fois branchée aux coordonnées du biotab de Haz, la voiture quitta le spatioport. Haz regardait par la vitre, fouillant les rues des yeux, tout en sachant que c'était inutile. L'aérotaxi contourna le centre-ville et s'engagea dans la brousse.

— Où diable a-t-il filé ? grommela Haz.

— Loin, on dirait, déclara Njeri, la mine sombre.

Ça n'avait aucun sens. Pourquoi Mot était-il allé se perdre dans la brousse ? C'était une zone inhabitée et inhospitalière. Ankara-12 n'avait ni agriculture ni élevage, seules les trois villes étaient peuplées, avec trois spatioports fort éloignés les uns des autres. Le reste était un vaste territoire aride où il n'y avait que des rochers, des buissons épineux et des vers. L'eau coulait dans des aquifères profondément enfouis sous le pergélisol, il n'y avait ni abri ni nourriture, rien qui permette à un humain de survivre longtemps.

Bien que l'aérotaxi vole à toute vitesse, Haz trouva le trajet interminable. Il ne parla pas, Njeri non plus. Même si elle l'avait fait, Haz ne l'aurait pas entendue tellement son cœur battait fort.

— Le voilà ! cria-t-il soudain.

Bien sûr, c'était Mot, cette petite forme sombre lovée en boule sur le sol gris pâle. Haz tapa du poing le tableau de bord comme pour faire avancer la voiture plus rapidement.

Dès qu'ils arrivèrent à hauteur de Mot, Haz ouvrit le toit de l'aérotaxi et sauta sans même attendre l'arrêt complet. Il tomba à genoux, sans se soucier de la vive douleur de sa jambe.

— Mot ? Mot ?

L'écharpe et les gants avaient disparu, la capuche était repoussée, le manteau partiellement détaché. L'hypothermie avait parfois d'étranges effets. Pris de délire, les gens pensaient avoir trop chaud et se déshabillaient. C'était peut-être arrivé à Mot. Les yeux étaient fermés, la peau froide, et il ne semblait pas respirer.

Avec l'aide de Njeri, Haz enveloppa Mot dans une couverture thermique qu'il sortit de la trousse de secours. Elle l'empêcherait de se refroidir davantage, mais elle n'effacerait pas les dégâts déjà causés.

Haz souleva le torse de Mot et regarda Njeri.

— Prenez-lui les pieds, grogna-t-il.

Njeri s'exécuta. Même à deux, emporter le corps et le mettre dans la voiture ne fut pas facile, mais ils finirent par y parvenir et installèrent Mot entre eux deux. Haz referma le toit et ordonna à l'aérotaxi de les ramener au spatioport au plus vite. Njeri était déjà penchée pour ausculter Mot.

— Asystolique, déclara-t-elle. Non, son cœur bat, mais très faiblement.

— Alors il est vivant !

Elle lui lança un regard sombre.

— À peine.

— Merde, il faut augmenter le chauffage !

— Non, déclara Njeri. À ce stade, ça lui ferait plus de mal que de bien, le réchauffement doit être progressif, sinon, il risque une crise cardiaque.

— Szot !

Elle avait raison, Haz le savait. Il avait suivi une formation médicale quand il était entré dans la Marine. Mais comment réfléchir de façon cohérente alors que Mot gisait contre lui, aussi raide qu'un cadavre ?

— Pourquoi est-il allé là-bas ? murmura-t-il. Que cherchait-il ?

— À s'évader.

— Mais *pourquoi* ? répéta Haz. Pourquoi a-t-il préféré mourir de froid au milieu de nulle part que rentrer chez lui ?

Njeri secoua la tête.

JAYA ATTENDAIT au pied de la rampe d'accès de Molly, elle les aida à emporter Mot à l'intérieur. Le vaisseau n'avait pas d'infirmerie à spécifiquement parler, mais Haz gardait un chariot médical avec un bon stock de fournitures et d'équipements divers. Jaya n'avait pas encore réinstallé son coin méditation, aussi purent-ils emmener Mot dans son ancienne cabine et l'étendre sur sa couchette. Quand Haz voulut s'approcher de lui, Jaya l'en empêcha en désignant la porte.

— Allez plutôt vous soûler !

— Mais…

— Pour le moment, vous ne pouvez rien faire pour lui, expliqua-t-elle. Si vous restez ici, vous ne ferez que nous gêner. Vous ne tenez pas à ce qu'il meure, je présume ?

— Non.

Haz s'éloigna à contrecœur. Il prit le temps d'ôter et de ranger ses vêtements d'extérieur, puis rapporta la trousse de premiers soins là où il l'avait trouvée.

— Molly, rappelle-moi de remplacer le drap thermique la prochaine fois que je remplirai mes stocks.

— *À vos ordres, Capitaine.*

Haz passa ensuite à la cambuse, il récupéra une bouteille de whisky et l'emporta dans la salle de détente. Il serait bien retourné dans sa cabine, mais la proximité de celle de Mot le retint. Il s'allongea dans un fauteuil club et tenta de ne pas penser à celui qui gisait non loin de là, à son bord, à moitié mort.

Pourquoi s'en souciait-il? se demanda-t-il. Haz Taylor n'était-il pas censé se foutre de tout le monde et ne penser qu'à lui? Jusqu'ici, il n'y avait jamais eu d'exception à cette règle. Bon, d'accord, quand il était dans la Marine, il se préoccupait du sort des soldats sous ses ordres, mais c'était dans le cadre de son travail, une sorte de mission qu'il avait acceptée. N'avait-il pas prêté serment de les protéger du mieux qu'il pouvait?

Et il tenait à *Molly*, bien sûr! Il était son capitaine. Sans elle, il n'avait rien, ni vaisseau, ni logement, ni moyen de gagner sa vie. Donc, y tenir relevait de son égoïsme coutumier. Quant à son équipage, il y tenait pour les mêmes raisons, parce que Njeri et Jaya lui étaient utiles, parce qu'il aurait détesté devoir les remplacer.

Mais Mot n'entrait dans aucune de ces cases. Il n'était pas une «mission», pas vraiment, puisque Kasabian avait menti à Haz de façon éhontée. Et apparemment, Mot préférerait mourir congelé qu'accepter son aide. Même s'il survivait à sa folle escapade, en quoi Haz en profiterait-il?

D'une certaine façon, la mort de Mot lui simplifierait les choses.

Alors pourquoi cette perspective le mettait-elle dans un tel état? Pourquoi avait-il la gorge serrée et les yeux brûlants?

Il jeta un coup d'œil à sa bouteille de whisky qu'il n'avait pas débouchée et la posa de côté. Il se sentait... seul.

C'était stupide! Il avait toujours été seul, même enfant, même entassé avec ses frères, sœurs et parents dans cette misérable petite maison. La solitude, il la recherchait. Mieux encore, il s'en délectait. Elle faisait partie de sa nature, comme sa peau et ses os.

— Merci, Molly, marmonna-t-il. Merci de l'avoir retrouvé!

Il s'étonna que sa voix soit aussi rauque et cassée.

— *De rien.*

Haz hésita un long moment avant de reprendre la parole :

— Comment... comment va-t-il?

Il ferma les yeux, comme si ce geste pouvait lui épargner de mauvaises nouvelles.

— *Il reçoit des fluides par IV, il est au chaud et sous oxygène.*

— Mais comment va-t-il…

— *Le traitement doit être progressif afin de ne pas endommager le cœur ou les tissus. Maintenant, il faut attendre.*

Haz n'était pas patient. Effondré, il se pencha en avant et cacha son visage dans ses mains.

— Vous êtes resté sobre?

Haz venait de pénétrer dans la salle de détente. Jaya avait fait pivoter son siège pour lui faire face.

— Je suppose que oui. Comment ça va…

Au lieu de finir sa phrase, il détourna les yeux.

— Il respire toujours, répondit-elle. Le cœur est stable, la température interne remonte régulièrement.

— Alors il va s'en tirer?

Jaya grogna.

— Je ne peux pas prédire l'avenir! Mais oui, probablement.

Haz sentit se détendre l'étau qui lui comprimait la poitrine. Pour la première fois depuis des heures, il put respirer librement.

— Le petit imbécile! J'ai la ferme intention de lui tordre le cou.

— Hmm.

Elle se pencha, récupéra le whisky que Haz tenait toujours et le déboucha. Elle but au goulot, puis offrit la bouteille. Haz secoua la tête.

— Non, merci.

— Alors, Capitaine? reprit Jaya. Que comptez-vous faire?

Oh, merde! Oui, Haz était censé planifier…

— Je ne sais pas. Si Mot se remet rapidement, je le ramènerai à bord du *Persévérance,* et nous reprendrons ce qui était prévu. Si Ixi est déjà parti, il va falloir trouver un autre passeur.

Ce qui ne serait pas facile, Haz le savait. Rares étaient les pilotes auxquels il se fiait, plus rares encore étaient ceux qui accepteraient le même contrat qu'Ixi et un paiement délayé.

Jaya lui jeta un regard écœuré et reprit une autre gorgée. Ses boucles étaient d'un violet vif, et Haz n'aurait su dire si le changement était récent ou pas. En plus, deux rides profondes marquaient la bouche de Jaya, et Haz était quasi certain d'en être responsable.

— Pourquoi êtes-vous entrée dans la Marine, Jaya? demanda-t-il.

151

Elle sursauta, surprise par sa question, ce que Haz comprit tout à fait. Lui aussi était surpris. Il avait parlé sans réfléchir, sans peser ses mots.

Au bout d'un moment, Jaya posa la bouteille, et son regard se perdit dans le passé.

— Pour impressionner une fille, admit-elle avec un rictus.

— C'est vrai ? s'étonna Haz.

— Oui, elle s'appelait Chantrea Toivonen et elle était superbe. Intelligente aussi. Nous avions des cours ensemble et elle avait toujours les meilleures notes. Sachant que je ne réussirais jamais à la séduire en étant meilleure qu'elle, je me suis dit qu'il me fallait agir de façon audacieuse et courageuse. Alors je me suis enrôlée.

Elle rit, ce qui n'était pas dans ses habitudes.

— J'avais omis un truc, ajouta-t-elle, c'est qu'une fois dans la Marine, je serais expédiée à une demi-galaxie de la femme de mes rêves.

— Qu'est-elle devenue ?

Jaya haussa les épaules.

— Je n'en sais rien et je m'en fous. Moi, j'ai rencontré Njeri…

— Quand je pense à toutes les merdes que vous avez connues dans la Marine !

Haz le savait d'autant mieux qu'il avait servi avec elle. Jaya n'était pas sur l'*Étoile d'Omaha*, mais peu importait, les mercenaires de la Coalition ne manquaient jamais de tueries et de bourlingages.

— Oui, je sais, admit-elle. Je ne peux pas réécrire le passé. Alors je me console en me disant avoir pris les meilleures décisions possibles, étant donné qui j'étais et où j'étais. En plus, j'ai appris de mes erreurs.

Et lui, qu'avait-il appris ? se demanda Haz. À part se battre et piloter ?

La sagesse, ce n'était pas pour lui.

Le silence retomba pendant ce qui parut durer à Haz des heures. Il avait mal à la jambe, son cerveau tournait en rond sans rien produire d'intelligent. Pourtant, l'ambiance de la pièce était sereine, d'une certaine façon. Comme si la présence de Jaya, d'habitude si caustique, était exactement ce qu'il fallait pour apaiser Haz.

Il secoua la tête et demanda :

— À votre avis, a-t-il cherché à mourir ? Ou s'est-il juste perdu ?

— Je n'en sais rien. Vous n'aurez qu'à lui poser la question, s'il se réveille un jour.

— Qu'il trouve sa vie d'artefact sinistre, marmonna Haz, un peu pour lui-même, je veux bien le comprendre, il n'a ni famille ni liberté, et ils lui plantent constamment des aiguilles partout… Szot! Mais quand même, il n'est pas le seul à avoir une vie de merde, et la plupart des gens tiennent à leur existence, aussi misérable soit-elle.

D'ordinaire, il n'était pas du genre à philosopher.

D'ordinaire, il n'était pas aussi sobre.

— D'après ce que j'ai cru comprendre, lança Jaya, votre vie sur Kepler n'avait rien de génial.

Haz grimaça. En y repensant, s'il avait survécu à Kepler, c'était par lâcheté. Il n'avait pas eu le cran de se donner la mort. Alors la fuite de Mot dans la brousse serait-elle un acte de courage?

— J'aimerais savoir pourquoi il a quitté le *Persévérance*.

À peine avait-il prononcé ces mots que le grand écran mural de la salle s'illumina. Haz jeta un coup d'œil à l'écran : une procession avançait dans un paysage verdoyant.

Étonné, Haz vérifia son biotab, apparemment, il fonctionnait.

— Molly? s'enquit-il, un peu agacé. Pourquoi ce documentaire? Pourquoi *maintenant*?

Ce n'était pas le moment de se divertir, merde!

Une voix féminine bien modulée retentit assez fort pour faire sursauter Haz et Jaya.

— … *joue un rôle important dans la vie religieuse et politique de la planète.*

Haz reconnut ce ton de voix : c'était celui des narrateurs de la Coalition. Il réprima un frisson désagréable en évoquant les cours qu'il avait dû suivre dans la Marine. Il ouvrait la bouche pour demander à Molly d'éteindre quand il reconnut l'homme qui marchait, encadré par deux rangées de prêtres.

C'était Mot.

Haz se pencha en avant. Aussitôt, il constata son erreur, l'inconnu était très grand, très maigre, avec un visage plus long et des oreilles décollées. En revanche, il avait exactement les mêmes tatouages que Mot, ils recouvraient le moindre centimètre carré de son corps nu et épilé. Même les yeux étaient encrés.

Haz retomba sur son siège et écouta le récit avec attention :

— *Les processions durent parfois plusieurs jours et tous les habitants des villages traversés se précipitent en masse pour saluer la Machine et les prêtres.*

C'était effectivement ce que montrait la vidéo : une foule de personnes aux vêtements colorés et ornés de bijoux qui s'agglutinaient le long de la route étroite pour saluer et acclamer les marcheurs. Les prêtres souriaient et levaient la main pour bénir les fidèles, mais l'artefact tatoué restait immobile, le visage inexpressif, les yeux devant lui. La poussière du chemin s'élevait sous ses pas. Même ses plantes de pieds avaient été tatouées.

— *La Machine passe un cycle lunaire dans chacun des quinze temples.*

L'image montrait un bâtiment en pierre à la façade richement sculptée, puis à l'intérieur, une grande salle d'apparat.

— *Les prêtres reçoivent les habitants pendant cette période. Ils leur dispensent éducation religieuse et conseils, et attendent en retour de généreux dons. La Machine n'est pas exposée, elle demeure dans une salle spéciale qui, selon les Choviens, permet au Grand Divin de canaliser ses bénédictions sur le temple et ses occupants.*

La « salle » en question n'avait rien de spécial, elle était minuscule, à peine plus grande qu'une cabine de vaisseau, avec un lavabo et des toilettes dans un coin, un étroit lit de pierre couvert d'une couverture grise dans l'autre. Comme aération, deux ouvertures de la taille d'une main et pour la lumière, un spot au plafond. Sol, murs et plafond étaient de pierre pâle, décorés d'images rouges et noires qui ressemblaient aux tatouages de l'artefact.

Dieu, sur ses trente années, combien de temps Mot avait-il passé dans des cellules aussi sinistres que celle-ci, seul, sans rien à faire à part regarder par les minuscules fenêtres ? Était-ce ce qui expliquait sa fugue, sa tentative de suicide ? Après une existence aussi confinée, la brousse et la sensation d'infini qu'elle offrait avaient de quoi enivrer.

L'écran changea, montrant un autre défilé de prêtres encadrant la Machine. Cette fois, ils traversaient un village plus cossu, dont les maisons étaient plus hautes et bâties de bois et de pierre.

— *Quand le cycle de la lune se termine, la Machine est déplacée vers le temple suivant. Ainsi, selon la religion chovienne, le Grand Divin accorde sa faveur avec équité.*

Un croquis animé montrait la planète entière tournant lentement, avec de petites lignes pointillées illustrant le chemin de la Machine. Chov X8 avait beaucoup d'océans, quelques îles et un seul continent, ce qui permettait à la Machine de se déplacer à pied de temple en temple.

Haz se demanda ce que Njeri penserait de cet itinéraire.

— Lorsque le gouvernement chovien réclame une faveur au Grand Divin, de nouvelles marques sont placées sur la Machine. Ainsi, pour un œil exercé, la Machine enregistre de façon visuelle les événements des dernières années jusqu'à trois décennies.

Sur l'écran, un groupe d'hommes et de femmes étaient assis sur plusieurs rangs et plusieurs niveaux autour d'une longue table. La discussion semblait houleuse, mais la qualité audio de la bande-son ne permettait pas de distinguer les mots échangés. La Machine était assise sur un tabouret en pierre. Devant lui, sur un banc plus bas, un prêtre lui plantait ses aiguilles dans les côtes. La Machine semblait souffrir, ses yeux étaient fermés, sa mâchoire serrée, ses muscles raidis.

— Molly, déclara Haz. Il était très malheureux. Je comprends…

Le reportage continua, montrant l'artefact pendant des cérémonies, il ne faisait rien, se contentant d'être là alors que fonctionnaires et hauts dignitaires choviens se réunissaient et discutaient politique et/ou religion. En voix off, la narratrice expliquait comment une Machine était conçue et élevée. C'était horrible, c'était inhumain !

Haz, qui connaissait déjà les grandes lignes, aurait voulu ordonner à Molly d'éteindre, mais il n'y parvenait pas. Il regardait, fasciné.

Quelque part, arrêter ce documentaire aurait été trahir Mot, même si ça paraissait absurde.

— Enculeurs de qheks ! gronda Jaya.

Un artefact encore enfant sanglotait, maintenu par des adultes, pendant qu'un prêtre tatouait la peau pâle d'un bras fragile. Le pire, c'était de savoir que personne ne consolerait le petit garçon après son épreuve, il retournerait dans sa cellule nue, sans jouets, sans famille, sans amis, et il pleurerait tout seul sur son lit de pierre.

C'était la pire monstruosité qu'il ait jamais vue ! décida Haz.

Pourtant, la vidéo n'était pas finie :

— Pour honorer le Grand Divin, il est important que la Machine reste en excellente condition physique. Son alimentation est donc surveillée, tout comme son état de santé. Quand son âge devient critique, la Machine est retirée et remplacée par une nouvelle.

— Oh, non ! gémit Haz.

Retirée ? Il devina qu'il ne s'agissait pas d'une retraite dorée à Newton pour apprendre à jouer au golf.

Cette fois, la Machine était dans un temple, entourée d'une ribambelle de prêtres qui chantaient avec allégresse. L'artefact semblait terrifié, ses yeux étaient exorbités et sa poitrine palpitait, mais il ne pouvait s'échapper, il était enchaîné à un pilier. Des larmes coulaient sur ses joues colorées et ses dents se plantaient dans sa lèvre tatouée.

— Non !

Haz avait parlé si bas que le mot ne fut pas audible, même pour lui.

Un prêtre approcha, il portait une robe de cérémonie, avec des couches de rouge, de noir et de jaune, et une coiffure élaborée. Il tenait une horrible seringue hypodermique à l'ancienne. La Machine eut beau le supplier, le prêtre leva le bras, marmonna une incantation et planta son aiguille dans la poitrine du condamné, juste au-dessus de son cœur. Il poussa le piston.

La Machine… non ! C'était un homme qui tremblait et haletait, c'était un mourant qui poussait un long cri d'agonie, le corps agité de spasmes violents. Les prêtres s'étaient tus, ils écoutaient, ils observaient. Après un dernier frisson, les yeux du supplicié s'assombrirent et le corps sans vie s'affaissa dans ses liens.

La narratrice continuait à pérorer en expliquant les détails de la préparation du cadavre, mais Haz n'entendait plus rien tellement un rugissement interne l'assourdissait.

Il voyait encore, pourtant. Le décor avait changé, le temple présenté était énorme et bien plus grandiose que les précédents. À l'intérieur, une longue salle de pierre était bordée de dizaines et de dizaines de piédestaux, chacun avec la momie préservée d'un homme tatoué.

L'écran s'éteignit enfin.

Jaya buvait du whisky à la régalade. Haz était tétanisé, aussi raide et immobile que ces Machines mortes, aussi froid que les mains de Mot l'avaient été dans l'aérotaxi.

Il déglutit plusieurs fois avant que sa gorge se décoince suffisamment pour qu'il retrouve sa voix :

— Molly ? À quel âge une Machine est-elle… *retirée* ?

Elle répondit promptement :

— *Le jour de ses trente stan-ans.*

Qu'avait dit Mot alors que Haz lui racontait l'histoire de sa vie ?

J'ai presque trente ans, je n'ai jamais eu l'opportunité…

Oh, merde !

XVI

Jaya lui jeta un regard si féroce que Haz fut tenté de baisser les yeux afin de s'assurer de ne pas avoir une plaie saignante.

— Vous ne saviez pas qu'ils allaient l'assassiner? grogna-t-elle.

— Non! Il ne me l'a pas dit. Je savais juste qu'il se déplaçait de temple en temple pour être vu des villageois.

Il jeta un coup d'œil à ce qu'il restait du whisky, mais ne tenta pas de récupérer la bouteille. Il était peu probable que Jaya la lui ait rendue, de toute façon.

— Jaya! enchaîna Haz. Avant de le voir arriver à bord, je ne savais même pas que cet artefact soi-disant volé et récupéré était une personne. J'ai cru... à une statue ou à un tableau.

Elle montrait les dents, ses yeux luisaient de rage.

— Vous connaissiez votre destination! Vous auriez pu vous renseigner sur cette planète, szotain, au lieu de vous soûler!

Elle hurlait. C'était la première fois que Haz l'entendait élever la voix. Même lorsqu'elle et Njeri avaient appris l'existence des narcos et frôlé la mort, Jaya n'avait rien dit, elle avait bouillonné en silence. C'était Njeri qui avait crié.

Haz baissait la tête, sans chercher à se défendre. Jaya avait raison. Il n'avait rien demandé à Molly concernant Chov X8 et ses pratiques religieuses. Ce n'était pas contre Mot, mais après ce que Haz avait enduré enfant, il préférait éviter la religion. Il gardait trop d'amertume.

— ... non seulement un szottard, criait Jaya, mais un szottard égoïste en plus! Vous vous imaginez quoi au juste? Qu'il n'y a que vous dans toute la galaxie? Vous n'êtes même pas foutu de vous en sortir tout seul, la plupart du temps!

Il hocha la tête avec lassitude. Son mantra avait été simple : vu que personne ne se souciait de lui, il ne voyait aucune raison de se soucier des autres. Il avait cru cette attitude sensée et raisonnable.

Et voilà le merdier dans lequel il se trouvait!

— Je ne compte pas le raccompagner à Chov, annonça-t-il d'une voix sans timbre.

— Et alors ? hurla Jaya. En quoi est-ce mieux que vous le colliez au premier passeur venu ? Pas Ixi, je vous le garantis, parce que quand il saura la vérité, il refusera tout net.

— Non.

— Non *quoi* ?

Haz soupira.

— Je ne laisserai pas Mot retourner chez lui pour mourir. Mais Dieu, Jaya, que suis-je censé faire ? S'il ne rentre pas, la Coalition va le poursuivre et l'assassiner !

Jaya le toisa, elle semblait adoucie.

— Et nous avec, remarqua-t-elle.

— Vous et Njeri devriez partir, insista Haz. Je doute que la Coalition s'en prenne à vous si vous vous séparez de moi.

— Et vous, Capitaine, que comptez-vous faire ?

Haz sourit, c'était douloureux.

— Quelle importance ? Je suis déjà mort, même si mon corps ne le sait pas encore.

Jaya posa la bouteille, dont elle avait sifflé une impressionnante quantité. Elle pencha la tête, les yeux braqués sur Haz.

— Vous avez déjà échappé à des situations assez difficiles.

Haz se souvint qu'autrefois, quand il commettait une faute, son père le corrigeait avec une verge.

— Mon père disait que j'avais le diable au corps. Peut-être est-ce lui qui veille sur moi. Malheureusement, il ne protège pas toujours ceux qui m'entourent. Il y a eu cent huit morts sur l'Étoile d'Omaha.

— Et près de neuf cents survivants.

C'était la vérité. Il l'oubliait parfois.

— Molly ! cria-t-il. Toi qui es si intelligente, donne-moi une solution. Comment sauver Mot ? Comme me sauver moi-même par la même occasion ?

— *Laisse-moi t'embrasser, aigre adversité, car les sages disent que c'est la voie la plus sage.*

— Encore du Shakespeare, ma belle ?

— *Oui*, répondit *Molly, Henry VI, acte 3. Le thème de cette pièce est la soif de pouvoir.*

— Eh bien, c'est très intéressant, mais pas très utile dans le cas présent. Je doute que la Marine recule devant une citation, fût-elle ancienne et terrestre.

158

Peut-être que s'il chantait… Il était tellement nul que c'était une vraie souffrance à entendre.

Haz se leva et s'étira.

— J'ai besoin d'exercice. Peut-être que ça aidera mon cerveau à fonctionner. Appelez-moi s'il y a un changement dans l'état de Mot.

Jaya hocha la tête.

— Oui, Capitaine.

L'UN DES rares luxes de Haz était la petite salle de sport qu'il avait aménagée dans un coin de la soute avec une machine d'exercice musculaire et une autre d'entraînement cardiovasculaire. Quand Molly était en vol, elle en modifiait la force gravitationnelle, ce qui soulageait grandement la mauvaise jambe de Haz.

À bord, il ne pouvait pas se battre avec ses poings, alors s'exercer jusqu'à faire couler la sueur par tous les pores de sa peau était, d'après Haz, un excellent succédané pour se défouler et rester en forme, aussi bien sur le plan physique que mental.

Au port, Molly ne pouvait pas agir sur la gravité, aussi Haz, une fois descendu dans la cale après son échange avec Jaya, évita-t-il les exercices qui l'auraient forcé à tirer sur ses jambes. Il diminua aussi la résistance sur la machine et se mit à soulever ses poids.

Ce n'était pas très satisfaisant, mais c'était mieux que rien.

C'était également préférable au fait de chercher le meilleur moyen de sortir d'une situation impossible. Comment sauver Mot et lui-même, plus Jaya et Njeri, qui semblaient décidées à ne pas l'abandonner à son sort ? Chaque fois que Haz arrêtait son exercice, prêt à quitter la salle de gym, il revoyait ce szotain de reportage et cet homme tatoué qui mourait en se tordant de douleur. Pire encore, il revoyait le temple et ce long couloir bordé de cadavres où la place de Mot était déjà inscrite. Alors il se remettait à pousser sur sa barre métallique sans se soucier de la sueur qui coulait dans ses yeux. Aussi piquante et aveuglante soit-elle, elle n'effaçait pas l'atroce vision de ces hommes assassinés.

Il scandait ses efforts erratiques de paroles prononcées à voix haute :

— Je n'y suis pour… rien… je ne… savais pas.

Ses muscles tressautant d'épuisement, Haz serra les dents, il grogna et se tendit, et augmenta le poids encore une fois.

— Tout le monde… meurt. C'est la loi de… l'univers.

159

Au dernier mot, il leva la barre aussi haut que possible et poussa un cri en sentant une vive douleur à l'épaule gauche. Son bras fléchit et la barre retomba lourdement sur son support. Haz s'insulta dans plusieurs langues, puis il s'essuya avec une serviette et quitta le gymnase. Monter l'échelle avec un bras inerte et une jambe douloureuse fut très pénible, mais il y parvint. Il avança jusqu'au placard où il gardait son chariot médical, puis se souvint que tout était dans la cabine de Mot.

— Idiot, marmonna-t-il.

QUAND HAZ entra dans la cabine, Njeri, qui veillait Mot, assise à son chevet dans un fauteuil qu'elle avait apporté, releva brusquement les yeux. Elle travaillait sur un écran portable posé sur ses genoux.

Mot gisait, inerte sous plusieurs couvertures épaisses, un masque à oxygène lui couvrait le bas du visage et plusieurs tubes plantés en lui étaient reliés au chariot médical.

— Comment va-t-il ? demanda Haz.

— Sa température remonte doucement, répondit Njeri. Ses autres signes vitaux, pouls, tension et respiration, sont corrects.

Malgré ses douleurs, Haz se sentit libéré d'une partie du poids qu'il portait sur les épaules.

— Il va s'en sortir alors ?

— Probablement. Il est encore sous anesthésie, mais il devrait se réveiller ce soir. Qu'est-ce que vous avez au bras, Capitaine, pourquoi le tenez-vous contre vous ?

Étonné, Haz baissa les yeux. Effectivement, il protégeait son épaule, il ne l'avait même pas remarqué.

— J'ai trop forcé au gymnase, répondit-il.

Avec un soupir, Njeri se leva et posa son écran sur son siège. Elle prit un petit scanner dans le chariot médical et l'approcha de l'épaule d'Haz. Peu après, son biotab bipa pour annoncer les résultats.

— Bravo, Capitaine ! railla Njeri. Vous vous êtes esquinté une coiffe, les tendons sont déchirés.

— Merde !

— Ne bougez pas, je m'en occupe.

Njeri posa le scanner et prit un autre appareil. En le voyant, Haz ne put se retenir de grimacer : il connaissait cet engin de torture, les médecins de la Coalition l'avaient souvent utilisé sur sa jambe.

160

Njeri s'approchait de lui, l'air féroce.

— Ça va faire mal, annonça-t-elle.

Haz recula d'un pas.

— Posez-moi ça !

— Ne soyez pas idiot, Capitaine, vous avez besoin de vos deux bras pour piloter. Ou pour vous battre ! Quelle idée de traiter vos membres de cette façon !

À son tour, Haz soupira.

— Vous avez raison, allez-y.

Il ne bougea plus quand elle pressa l'appareil sur son épaule. Par chance, les rayons fonctionnaient à travers le tissu, car Haz n'aurait pas aimé faire remuer son articulation pour se déshabiller. La machine bipa pour annoncer que les tissus endommagés étaient réparés. Haz serra les dents, sachant ce qui l'attendait. Il réussit à ne pas crier quand la plaie se cicatrisa avec une rapidité inhumaine.

Dès que Njeri s'écarta, Haz recula jusqu'à avoir le dos au mur, il se laissa glisser, tomba assis par terre et contrôla sa respiration. Il ne voulait pas vomir.

— Pour que la cicatrisation soit complète, ajouta Njeri, évitez de bouger le bras pendant les prochaines heures. Voulez-vous une attelle ?

— Non.

— D'accord.

Elle déposa les deux appareils qu'elle venait d'utiliser dans le tiroir désinfectant, attendit la sonnerie, puis les rangea sur le chariot.

Revenant vers Haz, elle se positionna devant lui, les mains sur les hanches.

— Vous savez, vous autopunir ne sert à rien.

— Je faisais de l'exercice !

— Ben voyons !

Elle le toisa en silence un long moment.

À contrecœur, Haz finit par demander :

— Jaya vous a-t-elle dit…

Njeri l'interrompit :

— Vous parlez du reportage ? Oui.

Haz ferma les yeux.

— J'aurais dû me renseigner. J'aurais dû savoir quel sort attendait Mot à son retour chez lui.

— Maintenant, c'est le cas, répondit-elle. Vous savez, et il n'est pas trop tard, puisqu'il n'est pas retombé aux mains de ces prêtres assassins. Que comptez-vous faire, Capitaine?

Il ouvrit les yeux. *Il n'est pas trop tard.* Dieu, Njeri avait raison. Mot n'était pas mort, il n'était ni sur Chov ni prisonnier de la Coalition. Il avait même échappé au froid de la brousse d'Ankara! Leur espérance de vie était faible, d'accord, mais elle existait bel et bien.

Ignorant la douleur de son épaule et de sa jambe, Haz se leva.

— Je vais trouver une solution, déclara-t-il.

— D'accord. En attendant, allez prendre une douche. Vous puez!

Encore une fois, Njeri disait la vérité, même Haz était à moitié asphyxié par les relents qu'il exhalait. Il quitta la cabine de Mot, retourna dans la sienne, se déshabilla et prit une douche en veillant à ménager son articulation récemment cicatrisée.

Les cheveux encore humides, il enfila une tenue propre et s'assit à son bureau.

— Molly, j'ai besoin d'aide.

— *Comment puis-je vous aider, Capitaine?*

— Rends-moi plus intelligent.

— *C'est au-delà de mes capacités.*

Haz s'adossa dans son fauteuil.

— Tu es donc ma conscience, mais pas mon cerveau?

— *Je ne suis pas votre conscience, je me contente de vous fournir des informations. Ce que vous en faites dépend de vous.*

— D'accord.

Haz regarda le plafond, nu et sans fioritures. Il n'y trouva aucune aide. Il se tourna vers ses murs… vides, ce qui ne lui apporta rien non plus. Était-ce vraiment si bizarre, se demanda-t-il, qu'il n'ait jamais pensé à décorer sa chambre ou à garder un souvenir d'un endroit visité, d'un moment précis? Mot semblait le penser, lui qui avait passé sa vie enfermée dans de petites cellules nues.

Haz secoua la tête en espérant que ça l'aide à se concentrer davantage.

— Il nous faut un endroit sécurisé, déclara-t-il. Et quand je dis «nous», je parle de moi, de mon équipage et de Mot, bien entendu. Où diable pourrions-nous échapper aux griffes de la Coalition afin que Mot ne soit ni tué ni ramené sur Chov X8? En y réfléchissant, j'aimerais aussi que cet endroit mythique possède des fontaines à whisky et des jeux de cartes où je serais toujours le gagnant.

Molly ne tint pas compte de sa plaisanterie.

— *Quels sont vos atouts, Capitaine ? Et où en sont vos finances ?*

— Pas terribles, reconnut Haz. Je n'ai presque plus de crédits. Question atouts, je suis bon pilote, sacrément bon même, j'ai le meilleur équipage et le meilleur vaisseau de la galaxie.

Il se pencha en avant pour tapoter la cloison avant d'ajouter :

— Voilà, reprit-il, c'est à peu près tout.

— *Des alliés ?*

— Oh, allez, ma chérie. Tu me connais. Je travaille seul.

— *Vraiment ?* demanda-t-elle sèchement.

— Eh bien, j'ai mon équipage, je te l'ai déjà dit, mais nous avons toute la szotain de Coalition contre nous et bientôt la planète Chov, pour faire bonne mesure.

— *Amicus meus, inimicus inimici mei.*

— J'ai rien compris, Moll, annonça Haz. Tu peux traduire, s'il te plaît ?

Elle émit un bruit qui ressemblait fort à un gloussement humain.

— *L'ennemi de mon ennemi est mon ami.*

— Encore du Shakespeare ?

— *Non,* répondit *Molly. C'est la reformulation d'une citation de l'Arthashastra, un livre sanskrit sur la stratégie militaire qui date du quatrième siècle avant notre ère.*

Dans un autre contexte, Haz aurait fait un commentaire sarcastique, parce qu'il détestait l'Histoire, mais là, il réfléchissait aux mots qu'il venait d'entendre. *L'ennemi de mon ennemi...* Eh bien, son ennemi le plus dangereux était la Coalition. Alors, qui à sa connaissance détestait tout particulièrement la Coalition ?

— Molly, tu es géniale ! s'écria Haz. Contacte-moi tout de suite le capitaine Ixieccax !

XVII

IXI ÉTAIT assis dans la salle de détente, une bouteille de sirop de schlee à la main. Sans doute l'avait-il apportée en montant à bord, puisque Haz n'en gardait pas en stock. En revanche, Ixi avait apprécié la collation offerte, des morceaux de protéines épicées que Jaya avait concoctés à partir d'une recette de *Molly*.

— Le goût ressemble beaucoup à des coléoptères de ma planète natale, déclara-t-il. Un peu moins croustillant, mais cela reste excellent.

Haz, lui, avait préféré un sandwich avec son whisky. Il sourit.

— J'en suis heureux. Et j'apprécie que tu aies accepté mon invitation, Ixi.

— Tu plaisantes ? Je tiens absolument à t'entendre compléter ta première version de l'histoire de Mot.

— Hé ! se défendit Haz. Je ne t'ai pas délibérément menti, je... En fait, je ne savais pas grand-chose. Je me suis renseigné après que nous avons trouvé Mot dans un sale état. J'aurais dû m'en préoccuper bien plus tôt, conclut-il en faisant la grimace.

— Ne dis pas ça, répliqua Ixi. Un contrebandier qui se respecte évite de poser des questions. Même moi, je perds du temps à fouiner, donc je gagne moins. Je ne deviendrai jamais riche !

Il tira la langue, indiquant ainsi qu'il plaisantait.

— Maintenant, reprit-il, je t'écoute, Haz.

Sans se faire prier, Haz lui raconta tout ce qui s'était passé à partir du moment où Kasabian l'avait alpagué dans un bar de Kepler...

— Maintenant, conclut-il, Mot est sorti d'affaire, il est bien au chaud dans son lit, sous la garde de Njeri.

Jaya, elle, était avec eux dans la salle de détente. Elle avait parfois complété d'une précision le récit de Haz.

Ixi avait écouté gravement, sans cligner des yeux, sans même siroter sa boisson. Quand Haz se tut, Ixi resta silencieux un long moment. Puis il siffla bruyamment et aspira une lampée de sirop.

— Pourquoi m'avoir demandé de passer, Haz ? Ce n'est pas seulement pour me raconter tes aventures, je présume ?

— J'apprécie ta compagnie, Ixi, tu le sais, mais j'ai effectivement un autre motif.

— Vas-tu encore me demander de raccompagner Mot chez lui ?

— Non !

Haz s'étonna de la véhémence de sa réponse.

— Cette option est définitivement out, déclara-t-il plus calmement.

Ixi hocha la tête.

— Tant mieux.

Haz redressa ses épaules.

— Je cherche des renseignements, Ixi. Le problème, c'est que je n'ai pas de quoi te payer. Cette fois, je ne peux pas te promettre *Molly*, je vais avoir besoin d'elle !

— Nous paierons, déclara Jaya.

Quand Haz et Ixi se retournèrent pour la regarder, elle haussa les épaules.

— Quoi ? ajouta-t-elle. Si notre capitaine est fauché, ce n'est pas notre cas, à Njeri et à moi. Nous avons des crédits. Nous économisons depuis des années, et vu que Haz est bien parti pour nous faire tuer avant que nous puissions les dépenser, autant vous les donner, Ixi.

Sous le coup de l'émotion, Haz sentit des larmes lui piquer les yeux.

— Jaya ! C'est mon problème, pas le vôtre. Vous n'avez pas à…

— *Votre* problème ? rugit-elle. Hazarmaveth Taylor, vous vous prenez pour qui, le centre de l'univers ? Njeri et moi sommes également de la partie, je vous le rappelle, nous ne voulons pas perdre Molly et nous aimerions que Mot survive.

Abandonnant Haz, elle se tourna vers Ixi pour ajouter :

— Mot est un brave petit gars, il parle tout le temps, il ne cesse de poser des questions, il est aussi collant qu'un vregzul, mais on s'y attache.

— Jaya, insista Haz, je ne sais pas quand je pourrai vous rembourser ni même si ce sera un jour possible !

Elle montra les dents.

— *Jebiga*, Capitaine.

Puis s'adressant à Ixi, elle répéta :

— Nous pouvons payer !

Ixi paraissait fasciné.

— J'ai beau passer du temps avec les humains, gloussa-t-il, je ne les comprendrai jamais, ils ne cessent de me surprendre. Bien, Haz, tu parlais de renseignements, de quoi s'agit-il au juste ?

C'était prometteur, pensa Haz.

— D'abord, une bricole, répondit-il, je voudrais le nom d'un hacker capable de configurer de faux identifiants pour les biotabs de mon équipage et le mien afin d'empêcher la Coalition de nous retrouver.

En principe, la vie privée était dûment protégée, mais la Coalition ne respectait pas toujours les lois qu'elle édictait.

— De plus, ajouta Haz, je voudrais que Mot ait aussi un biotab, s'il accepte, bien entendu. Vivre sans est très compliqué !

Ixi hocha la tête pensivement.

— Je connais quelqu'un.

Haz sourit

— Voilà qui ne m'étonne pas. Ce *quelqu'un* vit-il sur Ankara-12 ?

— Oui. Je te donnerai son adresse dès que Mot sera capable de se lever.

Un souci de réglé, c'était un soulagement, mais le plus gros restait en suspens.

— Ixi, déclara Haz, il nous faut un refuge, sinon, la Coalition n'arrêtera jamais de nous pourchasser et ils finiront par nous avoir, c'est une question de temps, que ce soit ici sur Ankara-12, sur un autre territoire soumis aux lois de la Coalition, ou sur une planète indépendante. Ne l'ont-ils pas prouvé en enlevant Mot sur Chov X8 ? J'ai bien envisagé de quitter la galaxie, mais c'est trop incertain.

De ceux qui l'avaient tenté, aucun n'était revenu. Peut-être par choix, peut-être parce que c'était impossible. Certains savants affirmaient qu'en théorie, il n'y avait plus rien hors de la galaxie, aussi les aventuriers se retrouvaient-ils à flotter à travers l'espace avant de périr par manque d'oxygène ou de nourriture. D'autres affirmaient qu'aux confins de l'inconnu guettait une bête féroce et mortelle. Si Haz avait été seul, peut-être aurait-il tenté sa chance, mais certainement pas avec son équipage ou Mot.

— Ni Ankara-12, ni un territoire de la Coalition, ni une planète indépendante ? répéta Ixi. Mais mon cher ami, il ne reste aucune option !

Il s'exprimait avec une désinvolture un peu forcée.

Haz se pencha vers lui.

— J'ai entendu des rumeurs…

— Pourquoi perdre du temps à les répéter ? protesta Ixi. Ce n'est souvent qu'un ramassis d'inepties.

— C'est vrai, mais quand même, le bruit court qu'un mouvement de résistance s'est organisé contre la Coalition. Ils exécutent des raids, des opérations coups de poing. Dans ce cas, ils ont une base ou même plusieurs. C'est là que nous devons aller.

En vérité, Haz avait entendu bien plus que des rumeurs. À deux reprises, des connaissances l'avaient invité à rejoindre la Résistance. «Ils ont besoin de bons pilotes!», avaient-ils dit. Haz avait refusé. La révolution, ce n'était pas pour lui. Un, il ne croyait pas aux causes perdues, deux, il préférait se débrouiller seul. Il avait tenté une fois de faire partie d'une organisation hiérarchisée, ça avait été un désastre. Quitte à se battre, autant que ce soit pour son cul.

Mais c'était avant Mot.

La langue d'Ixi trembla.

— Je doute d'avoir bien entendu! Haz Taylor serait-il prêt à prendre des risques pour autrui?

— Autrui? Non! Pour Mot et mon équipage, oui.

— Et tu serais prêt à coopérer avec un groupuscule? insista Ixi.

Haz le toisa sans répondre.

Ixi insista :

— La Coalition est une force aussi énorme que puissante. Il faudrait être un imbécile pour s'opposer à elle.

Haz haussa les épaules.

— Justement, je suis un imbécile. Sur ce point-là, au moins, je fais l'unanimité.

Ixi l'examina un long moment. Il finit par se lever pour faire les cent pas de sa démarche si particulière, sa longue queue serpentant derrière lui. Haz le surveillait en se demandant s'il s'agissait d'un préambule de combat. Il se souvint d'une confidence d'Ixi : « mes morsures sont très venimeuses! » Il en paraissait plutôt fier.

Quand Ixi revint, il était plus pensif qu'agressif.

— Haz, nous nous connaissons depuis des années.

Un peu inquiet de ce préambule, Haz se contenta d'acquiescer.

— Oui.

— Nous avons travaillé ensemble une ou deux fois, nous avons bu ensemble. Et j'ai aussi entendu des *rumeurs* à ton sujet.

Haz fit la grimace. Il ignorait ce que les gens disaient de lui derrière son dos. La moitié devait être pure invention, l'autre, de vraies horreurs – véridiques. Dans tous les cas, ce n'était pas bon.

Ixi enchaîna :

— Nous ne sommes pas de vrais amis.

Haz réagit d'instinct :

— Je n'ai pas d'amis !

— Si tu le dis. Mon problème, Haz, c'est que je ne suis pas certain de pouvoir te faire confiance.

Haz n'en fut pas vexé, car il comprenait la position d'Ixi. Il était un vaurien, il en était conscient, même s'il suivait (vaguement) quelques règles de conduite qu'il s'était auto-imposées. Sa priorité avait toujours été son intérêt et son bien-être.

Comme Ixi semblait attendre une réponse, Haz déclara :

— Merde, à ta place, je me poserais la même question. Ma réputation joue contre moi, mes actes aussi. Comment veux-tu que je te fasse changer d'avis ? Des mots ne suffiraient pas !

Ixi poussa un long sifflement.

— Si je réponds à ta demande et que cela s'avère une erreur, les conséquences seraient dramatiques. Je ne crois pas aux décisions rapides. Je dois y réfléchir. Je t'apporterai ma réponse demain.

— C'est mieux qu'un refus immédiat, déclara Haz. Merci.

Ixi tira la langue.

— Même si ma confiance reste mitigée, je t'apprécie, Haz. Et je peux au moins régler ton problème de biotab. J'ai ce qu'il te faut…

Il toucha son biotab et envoya des informations à celui de Haz.

— Vas-y demain matin. Si je décide d'accepter ton autre demande, je reviendrai dans l'après-midi. Si tu ne me vois pas…

— Je me débrouillerai autrement, d'accord. J'ai compris.

— Je te souhaite bonne chance.

— Qu'auriez-vous fait de vos crédits si je n'étais pas revenu vous pourrir la vie ? demanda Haz.

Jaya lui jeta un regard furibond. Déjà agacée qu'il l'ait suivie dans la salle des réacteurs, le bavardage ne faisait qu'aggraver son humeur. Haz s'en fichait complètement. Son épaule n'étant pas encore totalement cicatrisée, il ne pouvait pas descendre à terre et se battre avec le premier venu, et il lui fallait pourtant évacuer de son organisme le mélange d'ennui, d'agitation et d'anxiété qui faisait bouillonner son sang. Jaya était un parfait exutoire.

Elle répondit sans même lever les yeux de son écran.

— Nous les aurions économisés.

— Oui, mais pour en faire quoi ?

— Pour notre vieillesse.

Oh ça. Haz n'avait jamais réfléchi à sa «retraite», sans doute parce qu'il doutait de vivre assez longtemps pour en profiter. Il était assez surpris d'avoir dépassé la quarantaine, en fait.

— Étiez-vous vraiment heureuses toutes les deux sur Newton? Voler ne vous manquait-il pas?

Il ne sut déchiffrer l'émotion rapide qui passa sur le visage de Jaya.

— Nous envisagions un contrat à temps partiel avec une grosse boîte de transport de personnes basée sur Newton.

— Quoi? Vous vouliez piloter des trimbale-couillons? C'est aussi nul que conduire un bus!

C'était une insulte grave parmi les pilotes, une référence à un mode de transport terrestre plan-plan éteint depuis longtemps. La seule fois où Haz s'était abaissé à accepter un tel poste, c'était pour éviter de rentrer sur Cérès et se remettre à creuser la terre.

— L'important, c'est de voler, répondit Jaya. Et ces vaisseaux, comme tous les autres, ont besoin de pilotes et d'équipages. En plus, personne ne les canarde.

Haz fit tambouriner ses doigts sur une conduite métallique.

— C'est pas faux, mais je doute que vous ayez été comblées, même dans l'espace. Ni Njeri ni vous n'avez jamais été tentées par la sécurité.

— Oui, mais nous nous aimons, rétorqua Jaya. Alors pour passer plus de temps ensemble, nous sommes prêtes à faire des concessions.

À ces paroles, Haz grimaça. Il ressentait une étrange douleur dans la poitrine, comme une autre déchirure. Il n'avait jamais envisagé de renoncer au danger. Pourquoi – pour qui – l'aurait-il fait? Il n'avait rien ni personne. En vérité, l'amour était une forme de chaîne, décida Haz.

Jaya regrettait-elle sa liberté passée? se demanda-t-il. Il envisagea de lui poser la question.

Puis Molly intervint :

— *Capitaine, Njeri vous réclame dans la cabine de Mot. Il a repris conscience.*

Haz se rua vers l'échelle.

À PEINE entré, il constata que Mot avait été libéré de ses tubes, masque et autres. Le chariot était repoussé dans un coin de la cabine. En revanche, le rescapé restait enfoui sous une véritable montagne de couvertures. En restait-il seulement dans les stocks du vaisseau ?

L'air endormi, Mot se tourna vers Haz et cligna des yeux. Sans même laisser à Haz le temps d'approcher, Njeri déclara :

— Il est encore sous sédatifs, il doit se reposer pour récupérer.

Haz fixait la silhouette immobile étendue sur la couchette.

— D'accord. Allez dormir, Njeri. Je vais rester un moment à son chevet.

Njeri haussa les sourcils.

— Molly peut s'en charger !

Effectivement. D'ailleurs, Mot tenait-il à la présence de Haz à ses côtés ?

— Mot, tu préfères que je te laisse tranquille ? chuchota Haz.

— Non, non, répondit Mot d'une voix à peine audible. Restez avec moi, je vous en prie.

Sans plus insister, Njeri récupéra son écran, elle remonta la couverture sous le menton de Mot et quitta la cabine. À peine la porte fermée, Haz se laissa tomber dans le fauteuil qu'elle venait de libérer.

Il se creusait la tête pour savoir quoi dire à Mot, il était certain de devoir parler, mais rien ne lui venait. Pendant quelques minutes, les deux hommes se regardèrent en silence.

— Vous êtes venu me chercher, dit enfin Mot.

— C'est grâce à Molly que je t'ai retrouvé. Figure-toi qu'elle peut déterminer la position de tous les humains d'une planète, ce que j'ignorais. Dans ce contexte, cela nous a été super utile !

— Mais vous êtes venu.

Il parlait si bas que Haz avait du mal à l'entendre. Il tenta de se pencher, mais son épaule l'en empêcha. Après une brève hésitation, Haz finit par s'asseoir sur le lit, sa mauvaise jambe posée sur le siège de Njeri.

— On a failli arriver trop tard, tu sais, souffla-t-il.

Mot hocha imperceptiblement la tête.

— Je suis désolé de vous avoir causé tous ces problèmes.

— Ne t'excuse pas. De toute façon, tu n'as rien fait, c'est moi qui ai décidé de… Bref, c'était mon choix !

— Justement. C'est… c'est pourquoi j'ai quitté le vaisseau d'Ixi.

— Pardon ? Je ne comprends pas.

Mot ferma les yeux, Haz le crut endormi, aussi esquissa-t-il le geste de se relever. Aussitôt, un bras mince sortit de la couverture et des doigts tatoués encerclèrent son poignet.

— Je n'ai jamais eu l'occasion de choisir, souffla Mot. Je ne fais qu'obéir, je vais là où on m'emmène. Pas cette fois. Je suis sorti, c'était mon choix. Vous comprenez?

Oh, oui! pensa Haz.

— Je vais te dire un truc, Mot : tu ne retourneras jamais sur Chov X8.

Les doigts de Mot se crispèrent, ses yeux s'écarquillèrent.

— Quoi? Pourquoi?

Haz déglutit difficilement.

— Parce que j'ai vu…. Molly m'a montré un film. J'ai appris le sort qui t'attendait à ton retour. Pourquoi ne pas me l'avoir dit, Mot?

— Je vous pensais au courant, je croyais que cela vous importait peu.

Blessé, Haz baissa les yeux.

— Je ne savais rien. Et cela m'importe beaucoup!

— Oh.

Ils restèrent un certain temps figés, la main de Mot sur le poignet de Haz. À travers la peau tatouée, Haz sentait le pouls de Mot battre au rythme du sien.

— Si je ne rentre pas, chuchota Mot, la situation sur Chov va vite dégénérer. Le gouvernement…

— Qu'ils aillent tous se faire foutre, rugit Haz, les dirigeants, les prêtres, les habitants! On ne gère pas une planète en torturant des enfants et en assassinant des innocents!

— Mais notre religion…

— Rien à battre! coupa Haz. Que ton Grand Divin aille lui aussi se faire foutre! Je t'en foutrais de la tradition! Il faut évoluer de temps en temps, merde!

Mot paraissait hésiter.

— La Machine souffre, c'est exact, puis elle est mise à mort le jour de ses trente ans, mais que signifient les souffrances d'un seul être pour le bien de tous? Ne croyez-vous pas que le sacrifice en vaille la peine?

— Non! trancha Haz avec conviction, tes prêtres doivent trouver une autre façon d'honorer leur dieu. Et puis, tu dis *un seul être*, mais c'est faux. Combien d'hommes sont déjà morts avant toi, combien de bébés seront torturés après toi? J'ai vu ce temple avec tous les cadavres!

— Oh, oui, les Machines qui m'ont précédé. Je le connais, j'y suis allé étant plus jeune.

Haz devint tellement enragé qu'il ne pouvait plus parler. Il respira plusieurs fois avant de retrouver sa voix.

— Un enfant ! gronda-t-il. Ils ont montré cette ignominie à un enfant ? Ils t'ont forcé à voir le sort qui t'était destiné ?

— Oui. C'était lors d'une cérémonie d'initiation.

— Qu'ils aillent…

— … se faire foutre. Oui, je sais, vous l'avez déjà dit.

Mot esquissa un petit sourire qui s'estompa vite.

— Haz ? reprit-il. Si je ne rentre pas chez moi, que vais-je devenir ? Vous disiez que la Coalition ne me lâcherait plus. Ils vont me poursuivre, ils vous poursuivront aussi, ils seront après Molly…

Haz sourit.

— Qu'ils aillent se faire foutre eux aussi ! J'ai un plan. Euh… il n'est pas encore au point, mais j'y travaille. J'en saurai plus demain.

— Très bien.

À la stupéfaction de Haz, Mot n'ajouta rien. Ainsi, il avait confiance en lui ?

Mot bâilla en disant :

— Je suis… vraiment… fatigué.

— C'est normal, Njeri t'a bourré de produits chimiques.

— J'ai eu tellement froid, chuchota Mot. Et puis… je ne sentais plus rien. J'avais sommeil, alors je me suis allongé.

— Tu étais en hypothermie quand nous t'avons trouvé.

Sans lâcher le poignet de Haz, Mot remua légèrement.

— Je vous ai entendu m'appeler. Je croyais que c'était un rêve, mais c'était agréable. J'aime mon nom, c'est vous qui me l'avez donné. C'est le seul nom que j'aie jamais eu…

— Mot…

— J'ai froid.

— Je peux monter la température, si tu veux. Molly ?

— Non. Ce n'est pas…

Mot soupira, un son aussi discret que la brise faisant bruisser les herbes de Cérès.

— Quoi ? insista Haz. Dis-moi ce que tu veux.

— Voulez-vous vous étendre près de moi, s'il vous plaît ? Vous me réchaufferiez.

C'était une très mauvaise idée. Mais Haz était tenté de s'y prêter. Il était fatigué, la journée avait été mouvementée, merde ! Et comment dire non à un Mot qui le fixait avec de grands yeux suppliants ?

Mot était là, vivant. Pas mort gelé dans la brousse, pas assassiné au nom de la religion et placé sur un piédestal dans un szotain de temple. Il était sur le vaisseau de Haz, il respirait, il avait sa main sur le poignet de Haz. Il avait des désirs…

— Pas de sexe, déclara Haz.

— Pour baiser, il faut bouger, déclara Mot. J'ai beaucoup appris avec les films que Molly m'a passés dans la salle de détente. Votre vertu ne risque rien, Haz : en ce moment, je suis incapable de bouger.

Haz était sous le choc de cette révélation. Avec tout le savoir (ou presque) de la galaxie à sa disposition, Mot avait regardé du porno ?

Après tout, pourquoi pas ?

Haz repoussa le fauteuil et se leva, puis il souleva les couvertures et s'étendit contre Mot. La couchette n'était pas prévue pour deux adultes, mais Mot ne sembla pas s'en plaindre. Au contraire, il se pressa contre Haz avec un soupir de satisfaction.

— Vous êtes chaud.

En fait, au goût de Haz, il faisait beaucoup trop chaud dans ce lit. Néanmoins, il ne bougea pas et huma l'odeur de Mot, mélange de plantes médicinales et de sauge. En principe, les tatouages n'avaient pas d'odeur, pourtant, Haz aurait pu jurer les sentir sur la peau de Mot, comme si ses doigts avaient acquis des capacités extrasensorielles.

— Haz ? chuchota Mot. Suivez-vous toujours la religion de votre famille ?

Haz grogna.

— Les Nouveaux Adamites ? Non. Si c'était le cas, je serais retourné sur Cérès et je manierais la charrue.

— Toute ma vie, j'ai entendu les prêtres me dire que je n'étais que… l'occupant temporaire d'un corps appartenant au Grand Divin.

— C'est faux. Ce corps est à toi.

Haz resserra les doigts sur son poignet, puis il bâilla encore.

— Molly ? appela Haz. Baisse la lumière, s'il te plaît.

Elle obtempéra instantanément, et la pièce plongea dans la pénombre.

— Que se passera-t-il, chuchota Mot, si le Grand Divin m'en veut d'avoir volé son bien ?

— Pfut! rétorqua Haz. On ne vole pas ce qui vous appartient déjà. Écoute, je suis un contrebandier, la propriété, crois-moi, je connais.

Mot émit un petit bruit qui ressemblait à un rire.

— Mais le Grand Divin ne suit peut-être pas la loi des contrebandiers. La religion…

— Mot, coupa Haz, je ne connais rien en théologie! En plus, ça me gonfle.

— Hmm.

Mot roula sur lui-même afin de lui faire face, il nicha ensuite son visage sous le menton de Haz.

Haz étudia ce qu'il ressentait avec Mot dans les bras, son souffle chatouillant les poils sur sa poitrine, sa chaleur se mêlant à la sienne.

Dieu, que c'était bon cette étreinte!

— Croyez-vous en dieu, Haz? demanda Mot.

— Je n'en sais rien.

— En quoi croyez-vous?

Haz réfléchit un instant.

— Je crois en mon vaisseau et en mon équipage.

— Vous ne croyez pas en vous?

— Je crois surtout que tu devrais dormir.

Mot émit un petit bruit de protestation, mais quelques minutes plus tard, sa respiration régulière indiqua qu'il dormait, confiant et détendu dans les bras de Haz.

Haz, lui, resta éveillé longtemps, avec la question de Mot qui résonnait dans sa tête.

En quoi croyez-vous?

Si, par hasard, il survivait à la bataille qui se préparait, peut-être finirait-il par trouver la réponse à cette question.

XVIII

QUAND HAZ était enfant, il n'avait qu'un seul rêve : voler comme un oiseau. Il ne rêvait pas encore d'un vaisseau, peut-être parce qu'il n'était jamais monté à bord de l'un d'entre eux. Une fois endormi, il devenait un de ces oiseaux au ventre blanc qui s'abattaient sur les champs nouvellement labourés et picoraient les insectes avant de reprendre le chemin du ciel. Les Nouveaux Adamites les appelaient des «hirondelles», d'après une espèce terrestre mentionnée dans la Bible, mais ils étaient différents sur Cérès.

Une fois Haz devenu pilote, ses rêves changèrent. Il volait toujours, mais pas seulement dans les airs, il allait jusqu'aux étoiles. Il n'était pas *dans* un vaisseau, il était le vaisseau, puissant et libre, avec toute la galaxie ouverte devant lui.

Le drame de l'*Étoile d'Omaha* avait apporté dans sa vie de nombreux changements, en particulier, dans ses rêves. Désormais, quand Haz dormait, il se retrouvait à patauger dans la boue d'un champ après le déluge et passait son temps à essayer de sauver quelqu'un. L'identité de ce «quelqu'un» variait d'une nuit à l'autre, mais c'était toujours un des morts dont Haz se sentait responsable, un des soldats de l'*Étoile*. Dans ses rêves, les cent huit condamnés criaient et appelaient au secours, mais jamais il ne parvenait à les atteindre à temps. Et alors qu'il tentait d'avancer dans la boue, il se tordait la jambe et se réveillait avec des crampes et tordu de douleur. Bien qu'éprouvants, ces rêves étaient devenus familiers et prévisibles au fil des années.

Cette nuit-là, avec Mot dans les bras, Haz eut un rêve inédit. Il marchait dans la brousse d'Ankara, nu, mais sans sentir le froid, et voilà qu'il rencontrait des hommes tatoués immobiles formant une longue rangée. En approchant, il vit que chacun d'eux était Mot. Au même moment, Haz réalisa qu'il tenait un couteau dans chaque main.

— Je dois te tuer, Mot, déclara Haz, dans le rêve.

— Vous ne le ferez pas, répondirent tous les Mot. Nous vous faisons confiance.

— Tu ne devrais pas me faire confiance.

175

Haz lança les couteaux, qui se multiplièrent aussitôt, un pour chacune des cibles se tenant devant lui. Haz savait lancer un couteau, il s'était exercé tout petit sur Cérès. Dans le rêve, néanmoins, pas une seule de ses lames ne vola bien longtemps, toutes cliquetèrent en tombant au sol. Les Mot bondirent en avant, probablement pour attaquer Haz. Et qui pourrait le leur reprocher ? Haz voulut bouger, mais il en était incapable. Alors il ne tenta pas de se défendre. Les Mot fusionnèrent en un seul, qui serra très fort Haz contre lui.

Quand Haz se réveilla, il était effectivement empêtré dans les bras de Mot, ce qui l'empêchait de tomber du lit étroit. Son bras gauche, coincé sous les épaules de Mot, était tout engourdi, mais sa jambe, étrangement, ne le faisait pas souffrir.

— C'est la première fois que je couche avec un homme, déclara Mot.

Sa voix avait retrouvé sa vigueur.

— Ce n'est pas du tout… commença Haz.

Sans tenir compte de l'interruption, Mot continua :

— C'est très agréable. J'ai eu bien chaud.

Au souvenir de l'hypothermie qui avait failli être fatale à son passager, Haz frissonna.

— Comment te sens-tu ?

— J'ai soif, j'ai faim et je me sens un peu affaibli, comme après un accès de fièvre.

— Allons prendre le petit déjeuner, proposa Haz. Ensuite, si tu te sens assez en forme, nous irons en ville.

Mot se raidit contre lui.

— Vous comptez me donner à un autre capitaine de vaisseau ?

— Non, sauf si c'est ce que tu veux.

Haz se dégagea sans brusquerie de l'étreinte de Mot et s'assit dans le lit. Il s'étira et gratta son menton barbu. Ensuite, il pivota pour regarder Mot.

— À partir de maintenant, Mot, tu choisiras ton destin. En fait, non, pas tout à fait, car ce n'est pas toujours possible, mais ça, c'est le cas de tout un chacun.

Le sourire de Mot brilla dans la pénombre.

— Vous m'offrez là un merveilleux cadeau !

— Non, ce n'est pas un cadeau, c'est… un droit. Je le respecte, voilà tout.

Mot sortit du lit avec prudence et testa la position debout. Il s'étira à son tour et sourit.

— Tout semble fonctionner !

Parfois, Haz oubliait la nudité de Mot à cause de ses épais tatouages, mais là, ce n'était pas possible, car ils n'étaient qu'à quelques centimètres l'un de l'autre. Et Haz avait encore la chaleur de sa peau sur le corps.

Il toussota pour cacher son embarras.

— Alors, Mot, ça te dit de sortir ce matin?

— Oh, oui! Où allons-nous?

— J'ai obtenu l'adresse d'un hacker qui saura bricoler nos biotabs, enfin ceux de Jaya, de Njeri et le mien, afin d'empêcher la Coalition de nous retrouver. Quant à toi, si tu es d'accord, je lui demanderai de t'en implanter un.

Sidéré, bouche béante, Mot fixa son avant-bras, où les dessins colorés serpentaient sur sa peau.

— Mais… mais… bredouilla-t-il. L'Omphalos n'a pas de biotab!

Il inspira un grand coup, carra les épaules et ajouta d'un tout autre ton :

— Mais les humains en ont. Oui, Haz, j'aimerais en avoir un, merci.

— Bien. Maintenant, habille-toi.

NJERI INSISTA pour scanner Mot pendant qu'il prenait son petit déjeuner. Elle le déclara en bonne santé.

— N'en fais pas trop, cependant, l'avertit-elle. Tu es encore convalescent.

Elle se tourna vers Haz et ajouta :

— C'est valable pour vous aussi, Capitaine.

Mot parut alarmé.

— Pourquoi? Haz serait-il blessé?

— Non, juste idiot, marmonna sombrement Jaya.

Haz ne pouvait contester cet avis péremptoire.

— Ce n'est rien, Mot. Je me suis fait mal à l'épaule. Une petite déchirure ligamentaire.

— Oh, non! s'écria Mot. Serait-ce à cause de moi?

— Non, j'ai fait ça au gymnase, parce que j'y suis allé trop fort durant mon exercice. Écoute, ça m'arrive tout le temps. N'en parlons plus.

Pour éviter d'autres questions, il quitta la cambuse.

Ils mirent plus de temps que prévu à sortir du vaisseau, parce que Jaya insista pour emmitoufler chaudement Mot avant de le laisser mettre le nez dehors. Il avait perdu son écharpe – celle de Haz – dans la brousse, aussi durent-ils lui en faire une nouvelle en coupant une bande de tissu dans une tunique de Haz. Au final, Mot portait tant de vêtements qu'il pouvait à peine bouger.

— Molly, cria Haz, peux-tu nous suivre pendant notre sortie ?

— *Bien sûr, Capitaine.*

— Parfait. Dans ce cas, préviens-moi si… euh, je ne sais pas. Signale-moi le moindre incident qui sorte de l'ordinaire, d'accord ? Et que personne ne monte à bord durant notre absence !

— *À vos ordres, Capitaine.*

Encadrant Mot, le trio fila vers l'aérotaxi qui les attendait au bout du quai. Durant le trajet, Mot regarda bien plus le paysage que la veille, il cherchait à tout voir et posait moult questions. De temps à autre, il faisait une observation :

— Je ne vois aucun enfant ! s'exclama-t-il.

— Il n'y en a pas, répondit Haz. Enfin si, peut-être quelques-uns, mais Ankara-12 n'encourage pas l'installation des familles.

— Je vois, vous disiez qu'il s'agissait surtout d'un repaire de pirates et de contrebandiers.

— Oui, et il y a aussi ceux qui font commerce avec eux.

— Je me demande si les gens d'ici se sentent seuls, parfois…

Ensuite, Mot resta silencieux.

L'aérotaxi se gara devant l'adresse qu'Ixi leur avait donnée : un long bâtiment à deux niveaux constitué, à ce qu'il semblait, de gros blocs de pierre jetés au hasard. Aucun des angles extérieurs n'était à quatre-vingt-dix degrés, aucun des murs n'était droit, et la structure évoquait une énorme bête pétrifiée en état d'ivresse. Le toit de tuiles en partie affaissé ajoutait à l'illusion. L'enseigne peinte à la main et accrochée au-dessus de la porte était illisible, la plupart des lettres ayant disparu. Les trois caractères restants appartenaient à un alphabet que Haz ne connaissait pas.

À l'intérieur, en revanche, les murs épais gardaient bien la chaleur. Les marchandises, morceaux de vaisseaux essentiellement, mais aussi des gadgets, beaucoup d'origine très ancienne, étaient soigneusement rangés sur des étagères. Jaya écarquilla les yeux. Haz fut lui aussi tenté de parcourir les allées, mais ils avaient à faire.

— Pas maintenant, dit-il à mi-voix.

À contrecœur, Jaya acquiesça.

Un androgyne d'une trentaine d'années était derrière le comptoir. Une grande brûlure lui couvrait une partie du visage, un œil manquait.

En voyant le petit groupe approcher, iel demanda poliment :

178

— En quoi puis-je vous aider?

— C'est Ixieccax qui nous envoie, répondit Haz. Un problème de… biotabs.

Le commis désigna une porte au fond du magasin.

— Thonamun vous attend, déclara-t-iel.

Haz tourna dans la direction indiquée, son équipage et Mot suivant en file indienne. Jaya continuait à jeter des regards avides sur les pièces exposées en rayons. Haz ouvrit la porte et entra le premier, suivi de Njeri et Mot, Jaya fermant la formation. Bien que Haz ne l'ait pas planifiée, c'était une bonne option, compte tenu des talents spécifiques des deux femmes au combat.

En les entendant approcher, Thonamun leva les yeux.

— Ixi m'a dit que tu viendrais, déclara-t-elle.

Installée sur un siège à même le plancher, elle avait des oreilles pointues, d'énormes yeux verts et une fourrure rase aussi blonde qu'un champ de blé mûr sur Cérès. Deux longues cornes gravées de symboles et de runes se courbaient sur son front. Haz ne reconnut pas son espèce.

— Pouvez-vous nous aider?

Elle eut un rire profond et rauque.

— Mon chou, en électronique, je peux tout faire, à condition d'être payée d'avance.

— D'accord, répondit-il, alors voilà, il faudrait euh… recalibrer trois biotabs et installer un quatrième. C'est combien?

— Six cents crédits, répondit-elle immédiatement.

C'était une grosse somme, bien supérieure en principe au travail réclamé, sauf que l'illégalité aussi avait un prix.

— Je vais vous régler, déclara Njeri.

Elle s'approcha et tendit son biotab. Finaliser la transaction ne prit pas longtemps.

— Asseyez-vous, ordonna Thonamun.

Elle désigna les petits tapis éparpillés autour d'elle. Le quatuor obtempéra, Mot prenant position à côté de Haz.

— Qu'entendez-vous par *recalibrage*? voulut savoir la hackeuse.

Haz grimaça.

— Je ne sais pas si c'est possible. Je voudrais conserver nos crédits, nos données, nos… eh bien, tout quoi, mais sans que personne ne puisse nous retrouver, à moins que nous en décidions autrement.

179

— Oh, c'est facile, mon chou! Je l'ai déjà fait pour moi. Tu veux goûter?

Elle regarda Haz en battant ses cils incroyablement longs. Dans d'autres circonstances, Haz aurait pu s'intéresser à la proposition implicite. Il préférait baiser avec des mâles humains, certes, mais il était toujours partant pour de nouvelles expériences, en particulier avec d'autres espèces que la sienne. Aujourd'hui, cependant, il avait d'autres priorités.

Il sourit et secoua la tête.

— Non, merci. Je doute d'être capable de le supporter.

Elle eut un autre rire de gorge.

— Tu ne veux pas être pisté via ton biotab, hein? Qui donc te fait si peur?

— Personne en particulier, mentit Haz.

— Mmm?

Voyant qu'elle plissait les yeux, la mine suspicieuse, Haz soupira et se résolut à avouer :

— Eh bien, la Coalition essentiellement.

En vérité, il ne risquait pas grand-chose à l'admettre, car la Coalition n'était guère appréciée sur Ankara-12.

Thonamun sourit.

— Bien sûr, nous préférons tous éviter que la Coalition se mêle de nos affaires. Je te signale qu'en principe, personne n'a le droit de violer ta vie privée, c'est illégal.

— Pfut! Comme si ça les retiendrait de n'en faire qu'à leur tête!

— Tu as raison.

Elle se frotta les mains. Elle n'avait que deux très longs doigts et un pouce à chaque main, chacun se terminant par un gros ongle noir.

— Très bien! déclara Thonamun. Qui passe en premier?

Jaya tendit le poignet avant même qu'un des autres ait pensé à bouger. Elle le tapota contre l'écran de Thonamun et puis se pencha et regarda la hackeuse travailler. Ce devait être impressionnant, car Jaya haussa les sourcils et hocha la tête.

— C'est incroyable! souffla-t-elle. Je n'y aurais jamais pensé.

Thonamun rit, ce qui fit tressauter ses épaules.

— Oh, ce n'est pas si difficile. Je peux faire de la magie bien plus sophistiquée.

Jaya hésita, manifestement tentée d'en demander davantage. Au final, elle désigna Njeri.

180

— Ma femme passera après moi, déclara-t-elle. Pourriez-vous faire en sorte que nous restions reliées ?

Elle jeta un coup d'œil à Njeri.

— Tu es d'accord, Njer ?

— Bien sûr, chérie.

Thonamun s'exécuta en fredonnant.

— J'ai terminé, annonça-t-elle bientôt.

— Haz, je vais explorer la boutique, déclara Jaya qui fonçait déjà vers la porte.

— Moi aussi, dit Njeri.

Les deux femmes sortirent, laissant Haz et Mot avec Thonamun.

Haz passa ensuite. Comme Jaya, il regarda l'écran de Thonamun, mais il ne comprit strictement rien à ce qu'elle codait. Il n'avait jamais été très bon en informatique. Oh, il savait utiliser un logiciel, bien sûr, mais modifier la programmation ? Non, ce n'était pas son truc. Il préférait laisser cette tâche à Jaya et à d'autres spécialistes en la matière.

Soudain, Haz réalisa qu'il n'avait aucun moyen de vérifier si Thonamun faisait bien ce qu'il avait demandé. Et si elle les transformait en balises pour attirer sur eux la Coalition ? Non, sûrement pas, car Jaya avait semblé satisfaite. D'ailleurs, les habitants d'Ankara-12 ou ses visiteurs réguliers formaient une caste à part. Ils n'hésitaient pas à avoir recours à la force ou à la violence pour atteindre leurs objectifs, quels qu'ils soient, et ils trafiquaient sans foi ni loi, mais quelque part, ils possédaient aussi une sorte d'orgueil professionnel. Par exemple, un contrebandier faisait de son mieux pour apporter sa cargaison illégale à destination. Donc, si Thonamun se prétendait capable d'empêcher la Coalition de les retrouver via leurs biotabs, sans doute tiendrait-elle parole.

Elle se redressa et adressa à Haz un clin d'œil.

— Voilà, bébé. J'ai fini avec toi. Au tour du muet, à présent. Pour lui, la demande est différente, c'est ça ? Il veut remplacer son biotab ?

— Non, en faire installer un. Il n'en a jamais eu.

Manifestement sidérée, Thonamun prononça une longue tirade qui n'était pas en comlang. Elle fixait Mot avec attention.

— Pourquoi ?

Mot hésita avant de répondre.

— Je n'y étais pas autorisé.

— Oh, vraiment ? Ça ne me regarde pas, mais quelle drôle d'histoire ! J'aimerais bien la connaître en détail.

— Une autre fois, mentit Haz.

— D'accord, donne ton bras, mon mignon.

Mot dut ôter quelques-uns de ses vêtements pour exposer son bras – et ses tatouages. Thonamun se pencha sur eux, fascinée. Une fois encore, elle s'exprima dans une langue inconnue, sa langue natale probablement. Puis elle changea de registre pour s'adresser à Mot :

— Tu n'as pas de cicatrices ! Tu disais vrai, tu n'as jamais eu de biotab. C'est la première fois que je vois ça ! Certaines espèces ont leurs biotabs à des endroits... disons inhabituels, mais aucun, non, je ne l'avais encore jamais vu.

Mot s'inquiéta.

— C'est un problème ?

— Non. Juste un cas intéressant.

Elle tapota la tête de Mot, puis elle se leva et se dirigea vers une armoire métallique placée contre le mur au fond de la pièce. Quand elle était assise, on ne remarquait pas sa taille. Debout, elle était très grande, plus de deux mètres cinquante. Elle marchait en se déhanchant avec une grâce séduisante. Elle sortit de l'armoire une boîte métallique et revint à sa place.

— Un implant nécessite une incision, petit, déclara-t-elle. Je vais devoir abîmer un peu tes tatouages.

— Je m'en fiche.

Haz n'avait vu poser qu'un seul biotab : le sien. Il surveilla donc le processus avec intérêt. Thonamun frotta le poignet et l'avant-bras de Mot avec un tissu humecté d'une solution médicamenteuse pour à la fois aseptiser la peau et l'anesthésier localement. Puis elle brandit un scalpel laser et découpa sous le poignet une entaille horizontale peu profonde.

Mot tressaillit, soit de douleur, soit à la vue du sang, mais il garda son bras en place et resta immobile. Sans attendre, Thonamun pressa sur la plaie une fine bande qui, très vite, disparut dans l'avant-bras. Thonamun referma l'entaille avec du dermaglu.

— Ça va, petit ? demanda-t-elle.

Mot fixait son bras, mais la bande de tissu enroulée autour de son visage dissimulait son expression.

— Je ne sais pas, bredouilla-t-il. L'effet est... bizarre.

Haz hocha la tête. Oh, oui, il se souvenait de cette sensation, bien qu'il n'ait eu que six ans quand son biotab avait été implanté.

— Tu t'y habitueras d'ici quelques stan-jours, déclara-t-il. Le temps que l'implant ait établi des connexions neuronales.

— Je ne suis plus une machine, déclara Mot, j'ai une machine en moi.

Si Thonamun trouva cette déclaration étrange, elle n'en montra rien. Elle était occupée à travailler sur son écran tout en vérifiant de temps en temps le bras de Mot. Le processus fut assez long.

Pour passer le temps, Haz se souvint du regard de son père sur lui le jour où il avait subi cette opération, ce regard féroce qui, en silence, lui promettait une raclée s'il s'avisait de bouger. Le petit Haz était affolé, il aurait voulu des paroles rassurantes, un soutien, une étreinte. Depuis sa naissance, on lui serinait que la technologie était une abomination, le chemin par lequel le diable entraîne les pêcheurs vers leur damnation éternelle. Alors l'idée qu'un implant sophistiqué prenne possession de lui le terrorisait. Aujourd'hui, étant adulte, il comprenait qu'à partir de ce jour marquant, il avait commencé à douter de la théologie des Nouveaux Adamites et de leur mode de vie primitif. Trop jeune pour mettre des mots sur sa remise en question, il l'avait refoulée, mais elle avait pris racine en lui. Plus tard, à l'adolescence, il l'avait laissée éclore quand il avait découvert son homosexualité.

Thonamun reposa enfin son écran.

— Très bien. D'ici un stan-jour, l'installation interne sera terminée et tu pourras configurer le logiciel. Inutile de revenir me voir, je suis certaine que la jeune dame que j'ai vue en premier saura s'en charger.

Elle désignait la porte par laquelle Jaya avait disparu.

Mot remettait déjà ses vêtements.

— Merci, Madame.

Elle les regarda se redresser sans bouger de son siège bas, mais alors qu'ils s'éloignaient, elle les salua d'un signe de la tête.

EN REVENANT dans le magasin principal, Haz trouva Njeri appuyée au comptoir, la mine longue. Plusieurs pièces métalliques étaient empilées devant elle. Non loin de là, Jaya marchandait avec le commis et essayait de lui faire baisser la note. Bien que pressé de rentrer, Haz ne chercha pas à bousculer Jaya. Il attendit donc près de la porte, les bras croisés, tandis que Mot errait dans les rayons.

Son marchandage terminé, Jaya fit signe à Njeri.

— Je te laisse payer, Njer, j'ai encore un truc à voir avec Thonamun. Je n'en ai pas pour longtemps.

Sans plus d'explications, elle retourna dans la salle où travaillait la hackeuse.

Une fois la facture acquittée, le commis se mit à emballer les achats dans un sac. Curieux malgré lui, Haz s'approcha de Njeri.

— Qu'a-t-elle trouvé de si passionnant ? demanda-t-il.

Njeri haussa les épaules.

— Je n'en ai aucune idée. Je ne l'avais jamais vue dans un état pareil ! Je n'arrive pas à croire qu'elle ignorait l'existence de cette boutique !

— Paa mérite sa réputation d'être une ville pleine de surprises, dit Haz.

Njeri jeta un œil noir vers la porte que Jaya venait de claquer sur elle.

— Je me demande ce qu'elle veut à cette créature velue, grogna-t-elle. Heureusement, je ne suis pas jalouse !

Contrairement à sa promesse, Jaya resta une éternité avec Thonamun. Quand elle les rejoignit enfin, elle semblait très satisfaite.

— Je suis prête, déclara-t-elle.

Ils se répartirent les sacs – fort lourds ! – et les entassèrent dans l'aérotaxi. Ensuite, ils eurent à peine la place pour s'y asseoir.

Mot brandit un tube métallique aussi large que son pouce, mais bien plus long.

— Qu'est-ce que c'est ? demanda-t-il.

— C'est pour le canon à impulsions.

— Oh, seraient-ils cassés ? Ils m'ont semblé opérationnels lors des dernières batailles.

— Ils marchent très bien, répondit Jaya, mais ce petit tube qui n'a l'air de rien améliorera grandement l'un d'entre eux. D'habitude, nous utilisons le borvantium, un métal aux propriétés étonnantes, à la fois solide, léger et résistant, mais sa technologie est archiconnue. Ce tube a plus de deux siècles. Grâce à lui, notre canon sera bien moins prévisible.

Jaya, qui adorait pérorer sur les armes et la mécanique, passa le trajet à expliquer à Mot comment fonctionnait le petit bout de métal et les améliorations qu'il permettrait. Haz, lui, n'écoutait pas. Il faisait confiance à Jaya, elle connaissait son boulot. Jusqu'ici, elle ne s'était jamais trompée, alors si elle pensait ce tube utile, ce devait être vrai.

Dès que ses nouvelles acquisitions furent remontées à bord, Jaya disparut dans la salle des machines. Haz n'en fut pas surpris.

184

Njeri annonça qu'elle s'occupait du déjeuner. Elle renvoya Mot dans sa cabine.

— Va te reposer.

— Non, je suis en pleine forme.

— Hier, tu as bien failli mourir gelé et aujourd'hui, tu t'es fait poser un implant. C'est fatigant! Laisse à ton corps le temps de récupérer. Tu risques d'en avoir besoin! Avec Haz comme capitaine, le danger reste une constante à bord.

Elle éclata de rire, Mot se joignit à elle, puis sans plus discuter, il s'éloigna dans la coursive, les yeux sur son avant-bras.

Une fois seul, Haz hésita. La matinée s'était bien déroulée, mais que lui réservait l'après-midi? Si Ixi ne venait pas, que faire? Haz n'avait pas de plan B. Trouver une stratégie n'avait déjà pas été facile, il n'avait pas pensé à des alternatives.

— Molly chérie, as-tu accès à tous nos biotabs?

— *Affirmatif, Capitaine.*

— Te semblent-ils tous fonctionner correctement?

— *Trois d'entre eux, oui. Je ne peux pas encore évaluer celui de Mot.*

Haz s'assit lourdement dans son siège sur le pont.

— C'est normal, il n'est pas encore programmé.

— *Selon mes bases de données, la Machine de la Théocratie Obéissante ne peut pas avoir de biotab ou tout autre appareil. Les Choviens considèreraient que c'est un sacrilège.*

Haz fit un dédaigneux bruit de bouche.

— Qu'ils aillent se faire foutre! Et se faire enculer par un qhek!

— *C'est physiquement impossible au point de vue anatomique*, déclara *Molly. Pour une question de proportions.*

Était-ce de l'humour? se demanda Haz. En principe, *Molly* n'était pas programmée pour plaisanter, mais pas davantage pour prendre des initiatives. Or, sur Kepler, elle avait d'elle-même modifié ses systèmes pour garder un œil sur lui et récemment, elle avait forcé Haz à regarder cet horrible reportage sur les barbaries des prêtres choviens.

— Molly? Trouves-tu que je te donne trop souvent des ordres? Es-tu en colère contre moi?

Elle marqua une pause avant de répondre, comme si elle pesait sa réponse.

— *Non, Capitaine, vous commandez ce vaisseau. Vous êtes censé donner des ordres et je suis censée y répondre.*

— Ben oui. Mais…

Haz se demanda ce qui lui prenait d'avoir ouvert ce débat. Pourtant, la question lui semblait soudain très importante, même s'il ne savait pas ce qu'il essayait de découvrir. Il chercha ses mots afin de s'exprimer le plus clairement possible.

— Mot a été conçu pour être un artefact, tu vois, et ça ne lui plaît pas. Moi, j'étais censé devenir fermier et je me suis rebellé contre mon sort.

— *Oh, me demanderiez-vous si mon rôle assigné me convient ?*

Haz ne fut pas surpris que *Molly* ait compris aussi vite.

— Oui, tu as été construite, pilotée, utilisée. Depuis que je t'ai, Molly, je t'entraîne d'un bout à l'autre de la galaxie et à cause de moi, tu es souvent canardée. Tu es un vaisseau, je sais, mais je me demandais…

Il soupira.

— … les vaisseaux ont-ils des sentiments ?

— *Non, les sentiments sont l'apanage des êtres vivants. Je suis un vaisseau spatial, un brick modifié. Comme vous, Capitaine, je prends plaisir à voler. Et comme vous, je ne peux pas voler seule. Si j'avais pu choisir mon capitaine, c'est vous que j'aurais voulu.*

Haz réalisa qu'il souriait.

— Merci, Molly. Et tu sais que je t'adore !

— *Bien entendu*, répondit-elle d'un ton guindé. *C'est la moindre des choses, quand même !*

La plupart des vaisseaux ne faisaient pas rire leurs capitaines.

Haz avait beaucoup de chance !

Après le déjeuner, Haz passa une stan-heure ou deux à vérifier les systèmes de *Molly*. Du moins, ce fut le prétexte qu'il trouva pour justifier son occupation. En vérité, *Molly* était parfaitement capable de s'autocontrôler, et Jaya était bien meilleure que lui pour une vérification de sauvegarde. Mais Haz préférait faire semblant de travailler plutôt qu'arpenter le pont en se rongeant les sangs. Ixi viendrait-il ou pas ? La question le hantait.

Il avait bien envisagé de descendre dans sa salle de gym, mais son épaule était encore douloureuse et s'il aggravait son état, Njeri lui arracherait la tête.

Pour la vingtième fois, il consulta son écran. Il faillit crier de soulagement quand *Molly* annonça :

— *Capitaine, le capitaine Ixieccax souhaite monter à bord.*

— Oh, szotain, oui !

Njeri arriva sur le pont en même temps qu'Ixi. Elle grignotait un biscuit et des miettes maculaient l'avant de sa tunique bleue. Elle s'assit en silence et se pencha sur ses plans de navigation. De toute évidence, elle comptait écouter la conversation. Ce que Haz comprenait très bien.

— Merci pour ta hackeuse, Ixi, déclara Haz. Nos biotabs ont été reprogrammés.

— Thonamun est un cas, non ? Elle coûte un bras, mais ses tarifs sont amplement mérités.

— Oui, elle est... Szot, Ixi ! Je suis trop tendu pour papoter de tout et de rien. Vas-tu nous aider à trouver un refuge ?

— Je ne sais pas encore. Je n'ai pas pris ma décision.

— Ixi...

— Ne dis plus rien, Haz. J'ai compris ton problème, mais comme je te le disais hier, c'est une question de confiance. Si tu me trahis, les conséquences seraient terribles.

Haz baissa la tête. C'était la première fois qu'il devait se justifier ainsi. Il n'en avait pas l'habitude, il ne trouvait pas ses mots. En général, ses interlocuteurs ne s'intéressaient qu'à ses talents de pilote.

— Je ne peux pas te donner de références, Ixi.

— Je sais.

Ixi s'approcha et s'assit près de Haz, sa queue arrangée derrière lui.

— Tu comptais renvoyer Mot sur Chov, Haz. Pourquoi avoir changé d'avis ?

La question était un test, Haz le sentit, mais il ignorait la réponse qu'Ixi voulait entendre. Il opta donc pour l'honnêteté.

— Parce qu'il ne mérite pas un sort pareil. Tu l'as vu ? Comment peut-on traiter un être humain de façon aussi... inhumaine ? Les Choviens sont des barbares ! Je ne veux pas qu'il meure !

— Tout le monde meurt. Beaucoup meurent jeunes, même quand ils ne le méritent pas.

— C'est vrai. Mais Mot n'a pas encore connu la vie !

La large bouche d'Ixi esquissa un sourire ravi, sa langue pointa.

— Tu as bon cœur, Haz Taylor. Qui l'aurait cru ?

Haz sentit le soulagement éclater dans sa poitrine comme une bulle de savon.

— Alors, tu vas...

— Oui. Mais c'est compliqué, alors mettons-nous à l'aise. Aurais-tu du sirop de schlee, par hasard ?

— J'ai bien peur que non. Mais si tu veux, nous avons encore ces trucs au goût de coléoptère que Njeri avait préparés pour toi.

— Ce serait...

— Capitaine !

Les deux mâles se tournèrent vers Njeri, qui fixait son écran toute raidie de tension.

Haz se leva d'un bond et avança vers elle.

— Quoi ?

— Trois xebecs inconnus en approche, leurs identifiants sont masqués.

— Szot !

Haz se précipita sur son siège. *Molly* était à quai, aussi vulnérable qu'une cible comme dans un stand de tir, elle allait se faire déglinguer ! Pourquoi avait-il naïvement cru que la Coalition ne tenterait rien sur Ankara-12 ? Quel idiot !

— Njeri, préparez Molly à décoller. Molly, dis à Jaya de monter, préviens Mot aussi, qu'il se harnache !

Il se tourna enfin vers Ixi.

— Désolé de te chasser, mais vu ce qui s'annonce, il serait plus sain pour toi de quitter rapidement mon bord.

— Mais je ne t'ai pas encore dit...

— Pas le temps. Nous allons décoller.

Tout en parlant, il tapait sur son écran de commandes.

Ixi insista :

— Si je ne te dis pas où trouver la Résistance, où iras-tu, Haz ?

— Je ne sais pas. Nous reviendrons peut-être après avoir secoué les puces de ces enculeurs de qheks. Ou après les avoir réduits en poussière.

En vérité, Haz doutait fort de pouvoir revenir sur cette petite lune. Même s'il s'en sortait cette fois, la Coalition risquait de lui tendre une embuscade et d'envoyer encore plus de vaisseaux.

— Je suis sérieux, Ixi. Il faut que tu t'en ailles.

Après une pause, Ixi attacha sa ceinture.

— Non, déclara-t-il. Je viens avec vous. J'ai toujours voulu voir Molly en action.

XIX

EN GÉNÉRAL, il fallait une bonne vingtaine de minutes à un brick pour être prêt à décoller. Ce n'était pas un problème quand le vaisseau transportait une cargaison légale, ce qui était rarement le cas de *Molly*. Haz s'était donc organisé pour raccourcir ce délai et, en cas d'urgence, pouvoir quitter un spatioport très rapidement. Jaya y travaillait depuis des années. Elle affirmait même qu'une fois ses modifications au point, le décollage ne demanderait qu'une minute. Elle n'en était pas encore là, mais moins de cinq minutes après que Njeri avait sonné l'alarme, *Molly* s'envolait, avec trois xebecs à sa poursuite.

— Haz, où comptes-tu aller ? demanda Ixi.

— Loin de Paa et du trafic aérien, répondit Haz. Crois-tu que ces zsottards se soucieront de descendre un pauvre pirate innocent ?

Entièrement concentré sur son pilotage, Haz ne remarqua pas la stupeur d'Ixi. Jaya les avait rejoints sur le pont avant même que *Molly* ait quitté le spatioport, un peu essoufflée, mais déjà, ses mains volaient sur ses commandes. Njeri, quant à elle, traçait avec frénésie un parcours vers Kappa, sachant très bien que la complexité du secteur leur donnerait un avantage stratégique sur leurs adversaires.

Quand Mot arriva à son tour sur le pont, les jambes un peu tremblantes, Haz leva les yeux et fronça les sourcils. Il ne voulait pas que Mot soit à nouveau blessé.

— Attache-toi ! Vite ! cria-t-il.

— Il n'y a plus de sièges !

Haz se souvint alors de la principale raison pour laquelle il évitait d'embarquer des passagers : tous des emmerdeurs ! Pourquoi Mot n'était-il pas resté dans sa cabine ?

— Molly, montre-lui le strapontin.

Il ne se retourna pas, mais il entendit le cliquètement métallique indiquant l'ouverture d'un panneau et la sortie d'un siège de secours. Le confort ne serait pas terrible, mais Mot pourrait s'attacher, ce qu'il fit sans attendre, à la grande satisfaction de Haz.

— Que se passe-t-il ? demanda Mot, d'un ton plaintif.

Ni Haz ni son équipage n'avaient le temps de répondre. Seul Ixi lui donna des explications à voix basse. Haz les ignora, son vol rapide et erratique réclamant toute son attention. Il donnait tout ce qu'il avait pour déconcerter leurs poursuivants.

— Capitaine, déclara Jaya, ils sont presque à portée.

— Oui, je sais. Njeri, vous en êtes où ? Avez-vous une destination ?

Njeri expira bruyamment.

— Attendez, je... D'accord. Ce n'est pas la porte à côté, mais Eolia-6 a une tonne de débris en orbite et son atmosphère est une vraie soupe aux pois. Je doute que Molly y résiste longtemps, mais ce sera encore plus toxique pour ces xebecs.

— Cette planète me semble paradisiaque, railla Haz. Allons-y !

— À vos ordres, Capitaine.

— Molly chérie, enchaîna Haz, montre à Ixi que tu es la meilleure.

— *À vos ordres, Capitaine*, déclara *Molly* avec entrain.

Haz commença par accélérer. *Molly* était plus rapide que les xebecs, et s'il n'y avait eu qu'un seul poursuivant, sans doute aurait-elle pu le distancer. À trois, malheureusement, ils pouvaient profiter des courbes spatiales spécifiques à cet endroit et rester collés à ses flancs. Le secteur Kappa était plein d'anomalies qui transformaient de façon drastique un vol régulier, ce qui le rendait si populaire pour les pilotes à la cargaison douteuse. Haz n'avait donc qu'une seule option : aller aussi vite que possible et espérer atteindre Eolia avant que les xebecs le rattrapent.

Avec l'aide de Njeri, Haz profita justement des anomalies de Kappa pour passer d'un point à un autre au dernier moment. Cela donna à *Molly* plus de marge de manœuvre, mais les xebecs restaient à leurs trousses.

Très impressionné, Ixi s'exclama :

— Elle est rapide !

Souriant malgré la gravité de la situation, Haz exécuta des zigzags qui les ralentirent un peu tout en compliquant le trajet des xebecs. Haz détestait détaler comme un lapin, il aurait préféré se battre, mais pour gagner la bataille à un contre trois, mieux valait attendre un endroit qui leur offre des avantages certains. Sauf qu'il manquait de patience. Dieu, oui ! Et aussi fou que ça puisse paraître, il avait la sensation que *Molly*, elle aussi, aurait préféré faire ses preuves au lieu de fuir.

— Nous y sommes presque, ma chérie, murmura-t-il.

Profitant d'une brève accalmie, il jeta un coup d'œil derrière lui. Ixi était penché en avant sur son siège, son sourire si ouvert que sa tête avait changé de forme, la langue était dardée et frémissante, la queue, dressée derrière lui, balayait d'avant en arrière. Mot était plaqué contre la cloison, la mine grave.

En croisant le regard de Haz, il murmura :

— Je suis désolé.

— De quoi ? répondit Haz. Tu n'y es pour rien. La Coalition m'en voulait mortellement, tu leur as juste fourni un prétexte pour me pourchasser. Sans toi, ils auraient trouvé autre chose. Maintenant, tais-toi et laisse-moi faire en sorte que tu vives assez longtemps pour tester ton biotab.

— Capitaine ! appela Njeri.

Haz reporta son attention sur son écran juste à temps pour voir que l'un des xebecs s'était approché. Effectivement, il tira et l'une des explosions fit trembler *Molly*. Jaya riposta immédiatement et le xebec s'éloigna, son pilote ayant dû réaliser qu'en tête-à-tête, il n'avait aucune chance.

Ixi intervint alors.

— Jaya ? Avez-vous la possibilité de configurer vos canons pour deux tireurs ?

— Oui.

— Pourrais-je…

Elle lui coupa la parole :

— Ce n'est pas à moi d'en décider, Haz est notre capitaine.

Encore une fois, Haz esquissa un sourire. Connaissant bien Jaya, il savait qu'elle détestait partager ses jouets, pourtant, au lieu de refuser d'emblée, elle s'en remettait à lui.

— Non, Jaya, répondit-il, faites comme vous l'entendez.

Elle hésita un moment.

— D'accord, Ixi. Mais si votre gestion de mon canon ne me plaît pas, je vous vire illico.

Ixi émit un curieux caquetage qui était probablement un rire. Quand un autre xebec tenta une approche, il fut reçu par une double bordée. Aucun tir ne créa de dégâts importants, mais l'ennemi recula très vite, sans trop comprendre ce qui s'était passé.

Ixi éclata de rire.

— C'est génial ! Il y a un bail que je n'avais plus l'occasion de tirer !

Njeri ricana.

— Avec Haz, vous allez vite en reprendre l'habitude, déclara-t-elle.

Pendant le quart d'heure qui suivit, ils parvinrent à distancer les xebecs. Le sang bouillonnant, Haz devait lutter contre une envie de plus en plus pressante d'affronter l'ennemi sans plus attendre, mais alors, Njeri annonça qu'ils entraient bientôt dans le système Eolia.

Haz n'y était jamais venu. Pour être franc, il n'en avait même jamais entendu parler. D'ailleurs, la planète était inhabitée, ceci expliquant cela. Comme Njeri l'avait annoncé, Eolia-6, entre ses débris gravitationnels et ses nuages impénétrables, était un vrai cauchemar pour un pilote. Parfait, pensa Haz. Un sourire prédateur aux lèvres, il ralentit et se laissa (presque) rattraper. Les manœuvres qu'il s'apprêtait à tenter fonctionnaient mieux de près.

— Tu vas entrer là-dedans ? demanda Ixi.

Il semblait plus excité qu'effrayé.

— Arriver ici, c'était la partie facile, déclara Haz. En sortir sera plus délicat.

Il dirigea *Molly* tout droit dans l'anneau orbital de débris. La plupart d'entre eux étaient plus petits que son poing, mais à cette vitesse, même un minuscule caillou était susceptible de causer des dommages importants en créant une fissure dans le blindage extérieur d'un vaisseau spatial. Haz escomptait que *Molly* reste indemne et que les xebecs entrent en collision avec autant de débris que possible. Le jeu aurait été plus drôle si la vie des quatre personnes qu'il avait à bord n'était pas menacée. Bon, peut-être que Njeri, Jaya et même Ixi avaient conscience des risques encourus, mais Mot, certainement pas.

Seul point positif : Mot s'apprêtait à vivre une expérience infiniment plus intéressante que rester assis à ne rien faire dans la cellule vide d'un temple de pierre.

Les doigts de Haz bougeaient à toute vitesse sur les commandes pour faire danser et virevolter *Molly*. Certaines manœuvres semblaient défier les lois de la physique, mais Haz était un rebelle dans l'âme : même dans ce domaine particulier, il détestait se soumettre. Molly répondait à son toucher comme si elle était constituée d'énergie pure. Haz n'avait qu'un seul regret, devoir user d'un intermédiaire électronique pour se connecter à son vaisseau adoré. Il aurait préféré faire bouger *Molly* de façon aussi instinctive et naturelle que ses membres. Enfin, trois d'entre eux, car sa foutue jambe lui demandait souvent beaucoup d'efforts.

Avec les trois xebecs aux trousses, Haz visa un morceau de roche presque aussi gros que *Molly*. Juste avant la collision, il fit glisser *Molly* sur le côté, rasant le rocher de si près qu'il en vit tous les cratères à travers les hublots. Moins chanceux, ou moins habile, un des xebecs heurta l'obstacle de front. Une explosion spectaculaire s'ensuivit, réduisant en poussière aussi bien le vaisseau que le rocher. De nouveaux débris, plus petits, mais fort agités, s'ajoutèrent à la masse de leurs prédécesseurs. Quelques-uns claquèrent sur la coque de *Molly*.

— Avons-nous des dégâts ? demanda Haz.

— Minimes, répondit Jaya.

C'était une bonne nouvelle, mais il leur restait deux vaisseaux à affronter et, après ce qui venait de se passer, sans doute seraient-ils plus méfiants. Ils étaient derrière lui, légèrement en biais, et ils tiraient en même temps.

Haz consacra encore quelques minutes à plonger parmi les débris orbitaux. Ixi poussait de petits cris excités, il semblait s'amuser.

Mot, cependant, poussa un gémissement.

— Je t'interdis de vomir sur mon pont ! cria Haz.

Puis il bascula *Molly* dans un piqué vertical, fonçant tout droit dans les nuages sombres qui entouraient la planète.

— Oh, déclara Njeri. Cette atmosphère délétère trouble mes capteurs. Nous sommes presque aveugles, Capitaine.

— Très bien, répondit Haz. Les xebecs aussi.

Haz ne croyait pas à la magie. En revanche, il se fiait à son instinct. Dans l'interaction sociale, quelle que soit l'espèce de son interlocuteur, Haz n'avait rien d'une flèche. Plus d'une fois, il avait cru comprendre la motivation d'un vis-à-vis et basé là-dessus sa ligne de conduite, avant de réaliser s'être totalement trompé. En revanche, au combat, il était bon, il était même doué. Il sentait la position de son adversaire et devinait ses prochains mouvements même en plein brouillard chimique, alors qu'il ne voyait quasiment rien.

D'instinct donc, Haz ralentit *Molly* et fit quelques tours, avant de jaillir à toute vitesse de l'atmosphère. Jaya, se fiant aussi à son capitaine, tira avant même d'émerger. Et Ixi suivit son exemple. Molly sortit du brouillard face à l'ennemi. Surpris, les deux xebecs mirent du temps à riposter, ce qui fut fatal à l'un d'eux. Frappé par plusieurs tirs, il tourbillonna sur lui-même et entama une vrille mortelle vers la planète maudite.

Le dernier devait avoir un meilleur pilote, car il sut esquiver la salve et son équipage porta même quelques coups à *Molly*. Les alarmes retentirent, Jaya se mit à jurer. Haz essaya de répéter sa manœuvre et de plonger dans le brouillard, mais quand il émergea, l'autre vaisseau lui échappa. La seconde fois, *Molly* échappa de justesse à un tir sournois. Haz comprit alors qu'il n'était pas le seul à avoir un bon instinct de survie.

Dans ce cas, retour à la case départ. Si la subtilité ne marchait pas, il lui fallait compter sur l'agilité supérieure de *Molly*. Haz se remit à zigzaguer parmi les débris orbitaux, un jeu de poursuite très dangereux aussi bien pour *Molly* que pour son poursuivant.

Pendant un temps, ce fut le statu quo.

Haz évitait un rocher aussi gros qu'un vaisseau quand il comprit que le jeu ne pouvait pas durer. Non seulement c'était épuisant, mais ces petits chocs répétitifs finiraient par causer des dommages irréparables.

— On ne va pas y passer les fêtes, déclara-t-il. Il est temps d'essayer autre chose. Ixi, arrête de tirer. Jaya, écoutez-moi bien. Ne tirez plus avant que je vous le dise. Et quand ce sera le cas, ne visez pas le xebec, mais le rocher que je vous indiquerai.

Consciente de l'urgence de la situation, Jaya ne posa aucune question.

— À vos ordres, Capitaine.

Haz mit du temps à trouver la configuration parfaite et *Molly* se fit un peu bousculer. Enfin, Haz se décida, il envoya Molly dans une spirale qui lui fit frôler dangereusement quelques débris. Il se retrouva face au xebec avec un gros rocher entre eux, légèrement de côté.

— Jaya, c'est lui. Soyez prête à tirer.

— Bien reçu.

Le xebec profitant de l'opportunité pour tirer, *Molly* reçut pas mal d'impacts et frissonna. Loin de reculer, Haz fonça en avant. L'autre vaisseau n'eut pas le temps de comprendre ses intentions, déjà, *Molly* était en position.

— Feu ! beugla Haz.

Jaya tira, elle fit mouche et le rocher explosa. S'y attendant, Haz s'écarta à temps, ce qui ne fut pas le cas du xebec. Bombardé de débris, le vaisseau tournoya un moment sur lui-même avant qu'une boule de feu mette fin à son agonie.

— Njeri, nous partons, déclara Haz. Vous avez un itinéraire ?

— Bien sûr, Capitaine.

QUINZE MINUTES plus tard, Molly survolait sereinement un espace dégagé du système Eolia. Jaya avait disparu dans la salle des machines, Njeri rangea son écran, Ixi et Haz détachèrent leur ceinture.

La langue d'Ixi bougeait si vite qu'il avait du mal à parler.

— C'était… impressionnant, Taylor. Parfois, je… m'étais demandé si tu n'étais pas… qu'un vantard. Manifestement, ce… n'est pas le cas.

Il lui donna une tape énergique sur l'épaule. C'était celle récemment déchirée, mais Haz cacha sa grimace.

— Je suis un vantard, c'est vrai, mais quand je raconte des manœuvres, c'est toujours la vérité.

— J'aimerais avoir… l'éternité devant moi pour arracher… à Jaya le secret des améliorations… qu'elle a apportées à… ce joli petit brick.

Haz sourit.

— Je suis sûr qu'elle sera ravie de tout te dire, Ixi. Le problème, c'est qu'il vaudrait mieux pour toi éviter Ankara pendant un moment.

Ixi hocha la tête, sans doute était-il aussi parvenu à la même conclusion. Il rentra sa langue dans sa bouche et haussa les épaules.

— Oui, je sais. Dans ce cas, considère-moi comme un nouveau membre dans ton équipage. Dire que j'étais récemment capitaine à bord ! Me voilà rétrogradé. Tout est pour le mieux, d'ailleurs, je pourrai ainsi te présenter à mes amis de la Résistance.

Haz le considéra pensivement.

— Tu es sûr de ne pas préférer qu'on te dépose quelque part, Ixi ? Njeri disait vrai, tu sais, avec moi, tu as de grandes chances d'être souvent canardé.

— Justement, j'y compte ! Il y a des années que je ne m'étais pas autant amusé.

Haz ne put s'empêcher de rire.

— Tu as une bizarre conception de l'amusement, mon vieux !

Ixi ne riait plus, les plumes du sommet de sa tête se dressèrent et ses yeux reptiliens brillèrent d'une intensité que Haz ne leur avait encore jamais vue.

— Je suis issu d'un peuple de guerriers, déclara gravement le Reptyl. Nos armes étaient simples, des lances, des griffes, des dents, mais nous étions féroces. Puis la Coalition est arrivée, elle nous a qualifiés de sauvages. Nous avons dû nous soumettre, nous apprivoiser, nous avons dû apprendre des métiers manuels, réparer leurs machines et servir leurs repas. Mais le sang vert des guerriers coule encore dans nos veines, Haz, c'est lui qui fait battre nos cœurs.

Il frappa du poing une protubérance sur son ventre. Haz devina que le ou les cœurs d'Ixi étaient situés derrière.

Il avança et posa les mains sur les épaules d'Ixi.

195

— Je suis très honoré de t'avoir à mon bord.

Et il le pensait. De tous les pilotes de la galaxie, rares étaient ceux à qui Haz confierait *Molly*. Ixi était l'un d'entre eux.

— Merci, Capitaine, déclara Ixi avec solennité.

— À quelle distance sommes-nous de notre destination ? demanda Haz.

— Dix stan-jours. Peut-être un peu plus, selon la route empruntée.

Haz recula d'un pas et se gratta la joue.

— Nous allons devoir ralentir pour réparer *Molly*. Ixi, je n'avais pas prévu que tu séjournerais à bord, il va falloir penser à ton installation. Je suis désolé, je n'ai pas en stock du sirop de schlee ou des coléoptères. En vérité, je ne sais pas du tout ce que tu manges.

Les plumes d'Ixi étant retombées, il paraissait détendu et légèrement amusé.

— Ce ne sera pas un problème, déclara-t-il. Je peux survivre avec un peu d'eau et des protéines de synthèse. Je prétendrai que ce sont des rations de combat. Mais dis-moi, auras-tu assez pour une bouche de plus à nourrir ?

Haz se félicita de stocker beaucoup plus que le strict minimum.

— Oui, oui. Et je suis sûr que nous te trouverons aussi des vêtements et un endroit où loger.

— Je compte gagner ma pitance, déclara Ixi. J'aiderai Jaya à réparer Molly, je participerai aussi aux tâches communes.

Haz hocha la tête d'un air absent, il cherchait où installer Ixi. Bien sûr, il pouvait toujours bricoler un petit endroit dans la soute, mais c'était loin d'être idéal et…

— Je vais vous donner ma cabine, déclara Mot.

Ixi et Haz se tournèrent pour le regarder. Mot, bien que toujours verdâtre sous ses tatouages colorés, semblait avoir récupéré de la bataille et des voltiges de Haz. Sa démarche restait un peu instable.

Haz se demanda comment Mot avait lu dans ses pensées.

Ixi secoua la tête.

— Non, je ne veux pas te chasser, voyons.

— Oh, ça me ferait plaisir. Ne vous inquiétez pas pour moi. Je peux dormir n'importe où.

Haz ouvrit la bouche avec l'intention de dire qu'il trouverait un espace pour Mot, mais une tout autre proposition émana de sa bouche :

— Tu peux partager mes quartiers, Mot.

Merde. Une fois l'offre émise, il ne pouvait revenir dessus, d'autant plus que Mot s'était tourné vers lui, un grand sourire aux lèvres.

Haz tenta de tempérer son enthousiasme.

— Il y a une couchette pliante au-dessus de la mienne.

— *Non, Capitaine,* intervint *Molly. Elle était endommagée et vous ne l'avez pas fait réparer sur Kepler.*

Elle avait raison. Haz avait trouvé que la dépense était inutile… Cette couchette n'avait jamais été utilisée jusque-là, pas vrai ? Et merde !

Mot s'était rembruni, et Ixi fronçait les sourcils, comme pour conseiller à Haz de ne pas agir en égoïste. La cabine de Haz était grande, plus grande même que celle de Njeri et Jaya.

— Nous trouverons une solution, marmonna-t-il.

Mot retrouva le sourire.

XX

Haz sifflota en regardant l'écran de navigation de Njeri.

— C'est au fin fonds de l'univers!

— Pas tout à fait, répondit Ixi avec un sourire. Mais à quoi t'attendais-tu au juste? À ce que la Résistance s'installe sur Terre?

— Non, mais cette proximité leur faciliterait les raids contre la Coalition. Comment la Résistance espère-t-elle accomplir quelque chose si chaque fois qu'elle envoie un vaisseau, il perd des jours avant de tomber sur l'ennemi?

Ixi soupira.

— Effectivement, c'est un problème, mon ami. Mais si les rebelles étaient plus visibles, il y a longtemps qu'ils auraient été anéantis. Là, ils sont relativement en sécurité, mais aussi peu efficaces qu'un rheet contre un thruqrax.

Haz s'agita d'un pied sur l'autre, car sa mauvaise jambe le faisait souffrir. La journée avait été dure, et les batailles réclamaient toujours un effort physique.

— Si les rheets sont assez nombreux, déclara-t-il, distraitement, leurs morsures finissent par vider le thruqrax de son sang.

— J'aime cette métaphore! s'exclama Ixi. Malheureusement, rares sont les courageux qui osent rejoindre la Résistance. Les gens ont peur.

Rien d'étonnant, s'ils tenaient à la vie. Haz venait de constater comment la Coalition traitait ses ennemis, pas vrai? En plus, il avait été soldat, lui aussi avait provoqué mort et destruction. Jouer au chat et à la souris avec la Coalition s'était avéré amusant, mais Haz était conscient que pour le moment, pour une raison inconnue, il n'avait affronté qu'un ennemi dispersé. Si la Coalition envoyait toute sa flotte contre lui, il serait écrasé comme un vulgaire rheet, un de ces gros moustiques buveurs de sang.

— Pourquoi n'es-tu pas avec tes amis de la Résistance, Ixi?

— Je l'ai fait pendant un temps. Mais la frustration a eu raison de moi, je voulais me battre contre la Coalition, je voulais aussi gagner des crédits. J'ai donc trouvé un compromis. Après tout, la contrebande nuit à la Coalition, pas vrai? À ma façon, je suis un rheet.

Avant que Haz ait eu le temps de répondre, Njeri agita la main.

— Hé! protesta-t-elle. Vos bavardages m'empêchent de travailler! Cette planète… Comment l'appelles-tu, Ixi?

— Libreterre. Oui, je sais. Ce nom manque terriblement d'originalité.

— C'est vrai, bref, y arriver n'est pas si simple. Laissez-moi tranquille et allez papoter ailleurs, d'accord?

Certains capitaines pointilleux sur l'étiquette se seraient sans doute offusqués d'être ainsi congédiés, Haz, lui, obtempéra sans piper mot. Il n'était pas fou! De plus, il avait très envie d'un whisky.

Il boitilla donc en direction de la cambuse, Ixi le suivant de près.

— Puis-je te poser une question, Haz?

— Bien sûr.

— Comment Njeri et toi avez-vous tout de suite su que ces xebecs en avaient après vous?

En arrivant dans la cambuse, Haz attrapa une bouteille et deux gobelets, il servit de l'eau à Ixi et de l'alcool pour lui. Il sirota une lampée régénératrice et s'appuya contre le comptoir.

— D'une part, ils étaient trois alors que la plupart des vaisseaux atterrissent seuls sur Ankara-12.

Ce n'était pas toujours vrai. Les pirates, par exemple, voyageaient parfois en groupe, mais ils avaient aussi des spatioports privés cachés dans tous les recoins de la galaxie.

— De plus, enchaîna Haz, ces xebecs sont arrivés masqués. Il est assez fréquent que les hors-la-loi préfèrent l'anonymat, je sais, mais pour atterrir sur Ankara, c'était quand même suspect. Pour finir, ces bricolins ont entamé leur approche avec une formation d'attaque préconisée par la Marine. Si je me souviens bien, elle fait même partie des premiers cours dispensés aux aspirants.

— Je ne connais rien à ces trucs de soldat, reconnut Ixi. J'ai appris à voler en tant que civil.

Mot entra dans la cambuse, il hésita un moment à la porte, puis s'adressa à Ixi.

— J'ai débarrassé mes affaires. La cabine est à vous.

— Merci.

Haz ajouta :

— Ixi, n'hésite pas à te servir dans nos stocks de vêtements, prends tout ce dont tu auras besoin. La cale est bien remplie. Au fait, ça te dirait de tenir la barre?

L'expression d'Ixi s'éclaircit.

— Tu me laisserais piloter Molly ?

— Bien sûr, je te fais confiance pour bien la traiter.

Ixi était un bon pilote, Haz le savait d'expérience. Avec lui à bord, les heures de garde seraient plus courtes, et Njeri et Jaya pourraient passer davantage de temps ensemble.

Haz consacra un moment à discuter avec Ixi de la modification des plannings, puis il informa Njeri et Jaya de ces changements. Elles approuvèrent vigoureusement.

Ixi s'en alla chercher des vêtements et s'installer dans ses nouveaux quartiers. Sans doute comptait-il aussi faire une petite sieste pour se remettre de ses récentes émotions. Haz se dit alors qu'un peu de repos ne lui ferait pas de mal non plus. Il avait hâte de reposer sa jambe, de se soûler et de ne plus penser à rien.

Mais Mot, toujours dans la cambuse, le regarda avec appréhension.

— Avez-vous décidé d'une destination avec Ixi, Haz ? Où allons-nous ?

Merde. Il n'était pas au courant, bien sûr. Pourquoi Haz n'avait-il pas pensé plus tôt à le tenir informé ?

— Notre destination est la base secrète de la Résistance, déclara-t-il, qui cherche à s'organiser contre la Coalition. Ils se terrent aux confins de la galaxie, sur une planète rocheuse perdue au milieu de nulle part. D'après Ixi, ils l'ont appelée Libreterre.

Les yeux de Mot s'écarquillèrent.

— La Résistance ?

— Oui, mais ne t'emballe pas trop, pour le moment, leur action n'a rien de très impressionnant ! Quoi qu'il en soit, Ixi affirme que plusieurs communautés se sont installées sur Libreterre. Nous devrions y trouver un endroit paisible où se poser, rien de très sophistiqué, j'en ai peur, mais ce sera mieux que…

Il frissonna au souvenir de ce szotain de reportage.

Mot compléta sa phrase :

— … retourner sur Chov pour y mourir, c'est certain.

Mot passa le doigt le long du comptoir comme s'il vérifiait la poussière. Il parla sans lever la tête et sans croiser le regard de Haz :

— Et vous, Haz, qu'allez-vous faire ?

— Piloter ! répondit Haz. Je ne sais faire que ça. Je trouverai bien des contrats de contrebande, je ne suis pas très regardant, tu sais.

Mot acquiesça, les yeux fixés sur sa main, comme s'il découvrait ses tatouages pour la première fois. Estimant la discussion close, Haz tourna les talons, prêt à quitter la cambuse.

Mot le rappela :

— Haz ?

Quoi encore ? grommela Haz en son for intérieur. Sans exprimer son impatience, il se retourna et leva les sourcils dans une question muette.

— Je voudrais apprendre à faire la cuisine, déclara Mot, d'une petite voix. Molly a-t-elle des vidéos d'apprentissage ?

Eh bien, Haz ne s'était pas attendu à cette question.

— Oui, bien sûr, mais euh… Pourquoi cet intérêt soudain pour la cuisine ?

— Parce que j'ignore tout du pilotage, de la mécanique, de l'informatique. Je ne sais rien faire, mais je me suis dit que peut-être… je pourrais me charger des tâches les plus simples à bord, cuisiner, faire le ménage, ranger… Je voudrais me rendre utile.

La vive chaleur qui monta en Haz n'était pas due au whisky. Il comprenait : Mot voulait contribuer, faire partie intégrante de leur étrange petit groupe.

— Excellente idée ! déclara-t-il. Demande à Molly ces vidéos. Si ça te dit, demande aussi à Jaya si elle a besoin de ton aide. Elle est assez désordonnée.

Mot carra les épaules.

— Merci… Capitaine.

Bouleversé par une vague d'émotions totalement imprévues, Haz fit une sortie précipitée.

AU FINAL, Haz but beaucoup moins que prévu. Il resta longtemps assis à son bureau, dans sa cabine, un verre à la main, à regarder des vidéos de Chov X8. Pourquoi ? Il n'en savait rien, vu qu'il espérait ne jamais avoir à poser le pied sur cette planète. Ensuite, toujours sans motif apparent, il regarda un reportage « historique » sur la planète natale d'Ixi. Émise par la Coalition, la vidéo était, bien entendu, partiale, elle présentait les ancêtres d'Ixi comme des créatures bestiales et misérables, vivant dans la crasse, se battant entre elles sans discernement et mourant jeunes. L'arrivée de la Coalition leur avait apporté la technologie, la connaissance et la civilisation. Les indigènes illettrés purent enfin entrer dans l'ère moderne.

— Enculeurs de qheks ! marmonna Haz à l'écran.

Une fois le reportage fini, il rêvassa un moment, puis il réclama à Molly des nouvelles de Cérès. La récolte fut pauvre. De toute évidence, les Nouveaux Adamites n'intéressaient pas le reste de la galaxie. Haz apprit cependant qu'une forte sécheresse, trois stan-ans plus tôt, avait été suivie par une épidémie de peste, ce qui avait décimé une forte proportion de la population. Fidèles à leurs croyances archaïques, les Nouveaux Adamites avaient refusé l'aide la plus rudimentaire, préférant voir leurs enfants dépérir et mourir plutôt que de tremper un orteil dans la damnation que représentaient la science et la médecine.

Pour la première fois depuis des années, Haz s'interrogea sur le sort de ses parents, de ses frères et sœurs. Restait-il des membres de sa famille en vie ? Ses frères et sœurs étaient-ils mariés, avaient-ils des enfants ? Certains d'entre eux avaient-ils réussi, comme lui, à échapper à Cérès ? Et se demandaient-ils parfois ce qu'il était advenu de lui ?

Haz se traita d'idiot et coupa la vidéo. Il se leva lourdement, passa dans la salle d'eau et procéda à ses ablutions. En revenant dans sa cabine, il se déshabilla et fronça les sourcils.

Depuis des heures, à ce qu'il lui semblait, il avait tenté d'ignorer le petit baluchon des affaires de Mot, roulé dans un coin.

— Je vais trébucher là-dessus et me casser le cou, grogna-t-il, en forçant la note. En cas d'attaque, nous serions dans une merde noire !

Il se pencha et ramassa le baluchon – qui ne contenait qu'une serviette et des vêtements de rechange – et le glissa dans un tiroir. Sa cabine contenait de nombreux rangements, la plupart étaient vides.

Haz resta au centre de la pièce, nu, les mains sur les hanches.

— Molly, comment va ? demanda-t-il.

— *J'ai subi quelques dégâts, mais rien de grave. Tous mes systèmes fonctionnent à pleine capacité.*

— Tu as été géniale aujourd'hui !

— *Vous aussi, Capitaine.*

Haz s'étendit sur sa couchette sans remonter les couvertures. Il baissa les yeux et regarda sa jambe, ce qui lui arrivait rarement, vu que ça ne servait à rien. Il n'avait pas besoin de voir ses blessures pour les sentir.

Ce soir, il évoqua les doigts de Mot sur ses cicatrices et le fait que sa chair mutilée ait semblé moins laide sous le toucher délicat. Son esprit dériva, se souvenant de Mot dormant contre lui, sinon quasiment sur lui. Haz reconnut que sentir un cœur contre le sien, entendre une douce respiration dans l'obscurité, c'était agréable.

C'était… un cadeau.

Sans même s'en rendre compte, il commença à se caresser, perdu dans ses évocations. Sa queue était chaude et dure dans sa main, appréciant cette attention après une très longue période d'oubli total. Haz frissonna, pris d'une vague culpabilité, un vestige de son enfance. Combien avait-il enduré de sermons affirmant que l'acte sexuel, réservé au lit conjugal, était exclusivement destiné à la procréation, pas au plaisir ? Il avait rejeté ces idées archaïques depuis longtemps, mais parfois, le passé le hantait encore. En toute franchise, d'ailleurs, la culpabilité ajoutait du piment à ses caresses, comme si la masturbation devenait une forme d'autotorture !

— Oh, c'est sacrément tordu ! gémit Haz.

Il ne s'arrêta pas pour autant. Il refusa, néanmoins, de penser à Mot, préférant évoquer ceux qu'il avait baisés au fil des années, hommes et femmes de tous genres, de plusieurs espèces. Il avait oublié leurs visages, il n'avait jamais (ou presque) su leurs noms. En ce qui concernait le sexe et l'alcool, Haz ne faisait jamais le difficile. D'après lui, tout valait mieux que l'abstinence.

Repoussant ces inconnus anonymes, Haz préféra penser aux étoiles, au vide noir de l'espace. Il s'imagina voler sans vaisseau, comme un oiseau intergalactique capable de supporter le froid létal du néant et son manque d'oxygène. Aussi libre qu'une comète, il plongea et virevolta autour des planètes, dans la poussière des lunes mortes. Puis il s'enflamma comme une supernova avant de s'assombrir et de s'effondrer.

HAZ NE dormait pas quand une ombre furtive se glissa dans la cabine. Cependant, il resta silencieux, se demandant ce que Mot allait faire. Malgré l'obscurité, Mot trouva la porte de la salle de bain qu'il referma sur lui. Il en émergea peu après, portant sur lui la fraîche odeur des comprimés nettoyeurs de dents. Ensuite, il hésita un long moment.

Avec un soupir, il finit par s'allonger à même le sol.

— Non, Mot, grogna Haz, ne dors pas par terre.

— J'ai connu pire.

— Moi aussi, et alors ? Ça ne m'a pas plu pour autant. Pourquoi le sol alors que tu as un matelas douillet ?

Mot ne bougea pas.

— Hier soir, ajouta Haz, nous avons partagé ta couchette. La mienne est bien plus large.

— Hier soir, souffla Mot, je vous ai forcé la main.

Haz éclata de rire.

— Toi ? Sûrement pas ! Rappelle-toi ma réputation : je n'en fais qu'à ma tête !

— Vous ne vouliez pas de moi à bord de votre vaisseau.

Merde ! Haz était soulagé que l'obscurité lui cache l'expression de Mot.

— Effectivement. Mais j'ai changé d'avis et… j'en suis heureux.

— Comment pouvez-vous dire cela ! Ma présence ne vous apporte que des ennuis !

— Pfut ! Des ennuis, j'en ai constamment, et la plupart du temps, je ne les ai pas volés. Quoi qu'il en soit, tu en vaux la peine, Mot. Je suis vachement content que tu ne termines pas sur un piédestal dans ce szotain de temple.

Après une pause, Mot reconnut :

— Moi aussi.

Dans sa voix, Haz devina un sourire. Puis il entendit Mot se lever et avancer dans le noir. Il heurta le bord du lit et le bruit de l'impact fit grimacer Haz.

— Tu veux que j'allume ? demanda-t-il.

— Non.

Haz recula contre la cloison. En cas d'urgence, il risquait de piétiner Mot pour sortir du lit, mais il aimait dormir contre Molly et imaginer l'espace derrière la paroi métallique. Mot s'installa à la place que Haz venait de libérer, il prit aussi le temps d'arranger son oreiller et les couvertures. Quelques centimètres seulement les séparaient.

— Alors ? demanda Haz. Comment s'est passé ton premier cours de cuisine ?

— Oh, très bien ! Molly a été adorable : elle m'a guidé et avec son aide, j'ai pu préparer deux recettes. Njeri m'a juré que mes plats étaient comestibles. Après le repas, j'ai tout nettoyé et rangé dans la cambuse.

Il paraissait si heureux d'avoir accompli ces simples tâches, des corvées dont la plupart des gens se plaignaient. Par mimétisme, Haz en fut heureux pour lui, qui était pour lui une nouveauté. Oh, le plaisir, il connaissait, il n'avait jamais ménagé ses efforts pour assouvir ses appétits, quelle qu'en soit la nature, mais l'empathie ? Non, il ne se souvenait pas d'y avoir jamais goûté.

C'était bon, c'était même très bon.

— Demain, nous programmerons ton biotab, Mot, tu auras ensuite accès à toute la documentation de Molly, c'est-à-dire au savoir de toute la galaxie, qu'il s'agisse des sciences culinaires ou du reste.

Mot bougea et s'étala un peu. Il gardait sur sa peau l'odeur des épices qu'il avait utilisées en cuisine.

— C'est vraiment étrange, chuchota-t-il, de penser à tout ce qu'il y a à savoir ou aux informations auxquelles on a accès sur un vaisseau spatial. Molly emporte avec elle toute la galaxie !

C'était une jolie idée. Haz souriait tout en étirant ses membres. Étant enfant, les seuls écrans qu'il voyait, c'étaient ceux des négociants de l'espace qui se posaient parfois sur sa planète. Jamais il n'avait eu la chance d'en user. Il n'avait pas oublié son émerveillement, une fois échappé de Cérès, quand il avait, pour la première fois, touché à un écran. C'était comme si le monde lui dévoilait une autre dimension.

— Mot, déclara Haz, Ixi va vite se lasser des protéines de synthèse. Si tu fais des recherches en cuisine, essaie de lui trouver de la variété.

— D'accord.

Mot se tut un moment, mais Haz l'entendait réfléchir.

— Seriez-vous l'amant d'Ixi ? souffla Mot dans le noir.

Haz éclata de rire.

— Non, bien sûr que non, sinon, c'est lui qui serait dans mon lit !

— Oh. Je pensais…

Mot ne compléta pas sa phrase.

— Ixi est un bon pilote et un brave gars, ajouta Haz, mais je n'ai jamais été tenté de le baiser. Et c'est pareil pour lui. Si j'ai bien compris, les Reptyls forniquent assez peu, uniquement pendant les périodes de rut biologique, ce qui arrive toutes les décennies ou quasiment, pour veiller à la reproduction de l'espèce. Et leurs ébats seraient très… euh, mécaniques. Si le sujet t'intéresse, Molly a certainement de la doc sur la question.

— Non, non.

Après un profond soupir, Mot passa à une autre préoccupation :

— Croyez-vous que les gens de Libreterre accepteront ma présence ?

— Bien sûr. Pourquoi pas ?

— Parce que je ne suis pas…. Eh bien, je ne sais rien faire.

— Tu apprendras, tu es intelligent.

Mot se figea.

— Intelligent ? Oh, non, je ne crois pas, je ne sais rien.

— Ça n'a rien à voir, trancha Haz. D'accord, tu n'as reçu aucune instruction, et alors ? Tu n'en es pas responsable. Ce que j'ai vu, moi, c'est que tu t'adaptes remarquablement bien aux situations nouvelles, je suis certain que tu apprendras *tout* ce que tu voudras sur *tous* les sujets qui te tiennent à cœur.

C'était presque un sermon, mais Haz pensait ce qu'il disait. Il avait vu bien des gens se braquer devant de nouveaux concepts, ou avoir du mal à les appréhender. Étant officier, il avait constaté combien nombreuses étaient les jeunes recrues qui peinaient à comprendre des instructions, il fallait souvent les leur expliquer plusieurs fois. Avec Mot, Haz n'avait jamais à se répéter.

Voyant que Mot restait silencieux, Haz se sentit tenu d'en dire plus. C'était sans doute dû à la proximité de ce corps tiède étendu près du sien dans l'obscurité. Soudain, les sentiments de Mot prenaient aux yeux de Haz une importance nouvelle.

Haz se mordit la lèvre en cherchant ses mots pour mieux exprimer sa pensée. Au final, il appela à la rescousse les leçons apprises à l'école des officiers.

— Écoute, Mot, il y a différentes sortes d'énergie. Commençons par l'énergie thermique. À titre d'exemple, je te rappellerai qu'hier soir, tu avais froid et tu m'as demandé de te réchauffer, d'accord ? En clair, tu as récupéré une partie de mon énergie thermique.

— Oh ! Je suis désolé, dit Mot d'une petite voix.

Haz gloussa.

— De quoi ? Ne sois pas idiot, j'en avais assez pour la partager. Il y a ensuite l'énergie chimique, nous la tirons des aliments que nous avalons, ils se transforment dans notre estomac et contribuent à notre subsistance. Comment, je ne saurais trop te l'expliquer, la biologie, ce n'est pas mon truc. Tu interrogeras Molly. Elle adore expliquer.

— J'aime vous écouter, Haz, mais je ne vois pas très bien le but de vos propos.

— J'y arrive. L'énergie suivante est d'ordre cinétique, elle est liée au mouvement. Aujourd'hui, quand Jaya a fait exploser ce rocher, les morceaux ont volé et heurté le xebec, tu t'en souviens ? Eh bien, cette diversion était due à l'énergie cinétique, on peut l'utiliser comme arme. Mais avant, il faut être capable de déterminer son énergie potentielle.

— Pardon ? De quoi s'agit-il ?

Mot semblait vraiment intéressé.

Haz réfléchit un instant, puis il s'assit et attrapa son oreiller.

— L'énergie potentielle réside à l'intérieur d'un objet jusqu'à ce qu'elle soit libérée. Tu me vois ?

— Non.

— Bien, pour information, je brandis mon oreiller au-dessus de ta tête. Pour arriver à ce résultat, j'ai dépensé une partie de mon énergie et vu que l'énergie ne disparaît pas, elle est dans mon oreiller, elle attend. C'est de l'énergie potentielle.

— Elle attend quoi ? s'enquit Mot.

— Ceci.

Il lâcha l'oreiller sur Mot, qui sursauta, le repoussa, puis se mit à rire.

— Oh !

— Le transfert d'énergie a fonctionné sur le rocher, parce que Molly avait ses générateurs de force gravitationnelle branchés à pleine puissance, mais ce serait trop compliqué à expliquer. Revenons-en à mon oreiller. Je le soulève encore…

Il le fit, puis il enchaîna :

— Pense à son énergie, Mot, d'accord ? Le potentiel est là, même s'il ne s'est encore rien passé.

Cette fois, quand l'oreiller tomba, Mot était prêt. Il le rattrapa et le jeta sur Haz.

— Quand vous lâchez cet oreiller, son énergie passe de potentielle à cinétique, c'est bien cela ?

— Absolument ! s'écria Haz. Tu vois, tu es intelligent ! Si tu réussis à apprendre d'un enseignant aussi limité que moi, je dirais même que tu es génial. Et voilà ce que je voulais démontrer, Mot. Tu es plein jusqu'aux ouïes d'énergie potentielle. Elle rayonne littéralement de toi !

— Vous croyez ?

— Oui, j'ai connu un gars bizarre vaguement humanoïde et… Non, laisse tomber, c'est un peu scabreux. Bref, imagine plutôt que tu as passé ta vie avec un oreiller au-dessus de la tête. Maintenant, l'oreiller t'est tombé dessus, plein d'énergie potentielle, c'est à toi d'en faire ce que tu voudras.

Il remit l'oreiller à sa place, s'y allongea et remonta les couvertures jusqu'à son menton. Il grimaça, parce que pendant sa démonstration, il avait réussi à se tordre la jambe. Il s'efforça de détendre ses muscles.

— Merci, Haz, souffla Mot timidement. Je me demande souvent pourquoi vous êtes aussi gentil envers moi.

— Je me pose la même question. Tu es un emmerdeur.

Mot se dressa sur un coude et, d'un mouvement rapide, il posa ses lèvres sur celles de Haz. Il retomba ensuite à sa place.

— Plus je vous connais, Haz, plus je devine que vous préférez les *emmerdeurs* comme vous dites à la facilité. Serait-ce également une forme d'énergie ?

Haz parvint à ne pas sourire, mais ses lèvres frémirent.

— Non, juste de la connerie. Je suis très con, tout le monde te le dira. Maintenant, boucle-la et dors, Mot.

XXI

— Haz Taylor ! Avez-vous réellement conseillé à ce garçon d'étudier le porno ?

Haz détourna les yeux de la verrière avant. Il était seul sur le pont, occupé à piloter *Molly* sur le parcours tarabiscoté concocté par Njeri tout en gardant un œil sur les radars pour s'assurer de n'avoir personne aux trousses. Après des heures de calme et de concentration, voilà que Njeri le dérangeait. Et elle paraissait très en colère.

— Mot n'a rien d'un garçon, protesta-t-il. Il a presque trente ans, szot. Depuis quand êtes-vous entrée dans la police des mœurs, Njeri ? Et d'où vient cette pruderie ? Si vous comptez devenir une Nouvelle Adamite, je peux faire un détour et vous déposer sur Cérès.

Elle montra les dents.

— Je ne suis pas prude ! Mais Molly a une bibliothèque bien fournie, alors pourquoi le porno ?

— Pourquoi pas ? rétorqua Haz.

Il ne comprenait pas sa colère. Un jour, dans une taverne, sur une petite planète minable dont il avait oublié le nom, Njeri avait entendu un client critiquer les prostitué(e)s. Elle lui avait sauté dessus et assené un long sermon basé sur le respect d'autrui et le droit de tout un chacun de faire ce qu'il voulait. Le malheureux était quasiment en larmes quand Njeri l'avait enfin lâché.

Ce soir, elle roula des yeux et avança sur lui.

— Mot est puceau !

— Et alors ? En quoi sa virginité l'empêche-t-elle de se renseigner sur le sexe ? Ou même de se faire plaisir si l'envie lui en prend ?

Haz pensa alors à sa branlette de la veille et faillit rougir. Non pas parce que la masturbation le gênait, plutôt à cause du contenu étrange de ses fantasmes.

— Haz Taylor, il n'y a pas de pire aveugle que celui qui refuse de voir ! Si vous voulez mon avis, vous êtes idiot.

Il haussa les épaules.

— Je ne le nie pas. Mais je ne vois toujours pas ce…

— Ce garçon est dingue de vous, coupa Njeri, même si j'ai du mal à comprendre pourquoi. Il est malheureux, Haz !

Haz ouvrit la bouche, mais il ne put décider sur quoi faire porter en priorité ses dénégations, aussi referma-t-il les lèvres sans avoir proféré un son. Il retourna son regard vers la verrière.

— Même si c'est vrai, ça lui passera.

Elle resta un moment à ses côtés en silence, puis elle lui donna un petit coup d'épaule.

— Qui a été votre premier ?

— Mon premier quoi ?

Il cherchait juste à gagner du temps, car il avait parfaitement compris ce que Njeri demandait.

— Votre premier amour, précisa-t-elle, celui à qui vous avez donné votre cœur.

Haz secoua la tête et se frappa vigoureusement la poitrine.

— Vous êtes folle ? Mon cœur est ici, il n'en a jamais bougé. Par pitié, Njeri, ne me dites pas que vous êtes devenue sentimentale ? Mot aurait-il empoisonné ses plats ?

Elle le cogna avec force.

— Aïe ! protesta-t-il. Je vous rappelle que mon épaule n'est pas encore totalement guérie.

— Je sais, répliqua-t-elle d'un air féroce. Ne me dites pas que vous n'avez jamais convoité personne ?

— *Convoité* ? Si, bien sûr, mais c'était ma queue qui parlait, pas mon cœur.

— D'accord, alors parlez-moi de votre première tentation ?

Peu enclin à raconter sa vie, Haz faillit refuser, mais connaissant Njeri, elle ne lui laisserait plus une minute de paix. Autant y passer.

Il poussa un puissant soupir.

— Il s'appelait Mel Lavoie. Ou plutôt Melchisédech, parce que ses parents étaient aussi cinglés que les miens. La ferme de sa famille jouxtait la nôtre, sur Cérès.

Dieu, il n'avait plus pensé à Mel depuis des années ! Ils avaient le même âge, mais Mel lui avait toujours semblé plus mûr, plus expérimenté. Et il avait les plus beaux yeux marron que Haz ait jamais vus.

— Et ? insista Njeri.

— Et quoi ? Il ne s'est pas passé grand-chose, vous savez. Chaque fois que c'était possible, nous nous esquivions pour nous retrouver. N'étant

210

encore que des ados, nous parlions sexe, bien sûr, parce que c'était interdit. Nous parlions filles aussi.

Même alors, Haz savait déjà préférer les garçons, mais sur Cérès, l'homosexualité était passible de mort, alors il gardait son secret. Et comme il était bi-curieux, les filles l'intéressaient aussi.

— Quand nous nous excitions un peu trop, se souvint Haz, nous nous branlions tout en discutant. Et très vite, il me tripotait et vice-versa. Nous ne sommes jamais allés plus loin.

Oh, mais il trouvait ces ébats très excitants à l'époque !

— Et ?

— Arrêtez avec les « *et* » ! C'est tout, je vous dis. À seize ans, j'ai pu convaincre le capitaine d'un vaisseau marchand de m'emmener avec lui. Je l'ai payé en nature, bien entendu, je n'avais que moi à offrir. Il ne m'a pas violé, j'étais consentant. Et je n'ai jamais revu Mel.

Mel avait-il survécu à la sécheresse, à la peste et aux autres dangers de Cérès ? se demanda Haz. Était-il marié, avait-il des enfants ?

Était-il heureux ?

Njeri le transperça d'un regard acéré.

— Je suis sûre que vous vous souvenez de la moindre minute passée avec ce garçon. Je suis sûre que vous pensiez à lui quand vous étiez séparés, quand vous vous cassiez le dos à creuser le sol aride, quand vous étiez seul la nuit dans votre lit. Vous vous demandiez quand vous le retrouveriez, ou s'il serait d'accord pour passer à l'étape supérieure !

Elle avait raison, bien sûr. Mais Haz ne tenait pas à l'admettre.

— Et alors ? Quel le rapport avec Mot ?

— Il a peut-être trente ans, mais il est aussi innocent qu'un oiseau tombé du nid. Une âme aussi tendre se blesse aisément. Contrairement à vous, Capitaine, Mot n'a pas bâti autour de lui un mur de borvantium !

Elle frappa à nouveau Haz, cette fois sur le cœur. Puis elle secoua la tête et quitta la passerelle.

HAZ ÉTAIT ivre, très ivre. Tellement ivre que la cloison de sa couchette lui paraissait bouger. Oui, elle se balançait contre son dos et le sol ondulait comme la houle d'un océan. Être ivre n'était pas un problème, décida Haz, il n'avait aucun ennemi à combattre et leur arrivée sur Libreterre n'était pas prévue avant le lendemain. Encore seize heures à tirer ! Et puis, merde quoi ! Le capitaine pouvait très bien se soûler et coller sa szotain de garde à un membre de son équipage.

Non, le problème était qu'il aurait voulu retourner dans la cambuse chercher une autre bouteille, mais il n'arrivait pas à tenir debout. En théorie, marcher ne semblait pas si difficile. Il était raisonnablement sûr d'avoir appris un jour, et même de l'avoir déjà fait. Il suffisait de mettre un pied en avant, puis l'autre. Mais sa mauvaise jambe était engourdie et sa bonne jambe ne voulait pas bouger.

Quand Haz regarda autour de lui, il était dans le couloir, il avait donc parcouru la moitié du trajet sans qu'il sache comment. Le reste paraissait une épreuve insurmontable.

— Molly ! Arrête de danser !

— *Je ne bouge pas, Capitaine. Vos difficultés ne viennent pas de moi.*

— Mais je ne peux pas…

Haz ne continua pas, parler était difficile, rester debout aussi, alors il se laissa glisser le long du mur et tomba sur le cul. Il jugea le sol anormalement dur.

— J'ai soif ! se plaignit-il.

— *L'abus d'alcool finira par vous endommager le foie. Savez-vous qu'une cirrhose entraîne des douleurs dans les membres inférieurs et une impuissance sexuelle ?*

Haz éclata de rire.

— Je sais, oui. Molly chérie, il y a très longtemps que je bois.

Molly soupira. Haz secoua la tête, non, un vaisseau n'était pas censé soupirer. Il devait délirer. À moins que le système de ventilation soit défectueux. Il faudrait qu'il pense à demander à Jaya d'y jeter un coup d'œil. Plus tard.

— Ce szotain de sol est sacrément dur, Molly.

— *Ou alors votre cul est trop délicat.*

— Quoi ? Non, je ne suis pas dékilat. Njeri prédend que je torpe une armure de borvat… de borvant… Bref, une szotain de coque en métal !

— *Elle n'a jamais dit que cette armure protégeait votre cul.*

Haz réalisa être tombé bien bas, au sens littéral, certes, mais aussi figuratif ! Le voilà qui racontait des conneries à *Molly*, à son vaisseau spatial. Avec un gémissement de frustration, il utilisa le mur pour se stabiliser et se remettre debout. Quand il y parvint enfin, il tournait le dos à la cambuse. Merde ! Dans son état, jamais il ne réussirait à se retourner. La gravité le renverrait par terre. Il grogna de dépit et se remit péniblement en marche vers sa cabine.

Une fois chez lui, il se dévêtit – et faillit se pendre avec sa tunique –, puis se laissa tomber sur son lit, le nez en avant. Son oreiller sentait Mot.

La tête sur l'oreiller de l'énergie potentielle, Haz tenta d'invoquer un trou noir dans son esprit, des ténèbres sans fin susceptibles de tout engloutir à jamais. Il n'y parvint pas. L'intérieur de son crâne était trop bruyant. Ce fut confirmé quand Haz colla l'oreiller contre ses oreilles, sans le moindre effet bénéfique. Au lieu de flotter dans une agréable brume alcoolisée, il était plus que jamais rivé au sol. À chaque battement de cœur, son ivresse diminuait.

Molly injectait-elle une drogue dans sa cabine ?

— Molly ! protesta Haz, le nez toujours enfoui dans son oreiller. Si tu es responsable de mon état, tu pourrais au moins t'arranger pour que ma szotain de jambe arrête de me faire mal !

Sa voix ne dépassa pas le chuchotement. Haz ne tenait pas à ce que Molly l'entende geindre.

DEUX HEURES plus tard, un doux carillon le réveilla.

— *Le dîner est prêt,* annonça *Molly. C'est Mot qui l'a préparé.*

D'abord tenté de refuser de bouger, Haz se rendit vite compte qu'il était affamé. De toute la journée, il n'avait rien consommé, il n'avait fait que boire. Ayant cuvé sa cuite, il ne gardait de ses abus qu'un léger bourdonnement dans le cerveau et un ventre vide.

En s'habillant, Haz s'agaça de voir ses cheveux boucler sur son front. Il lui faudrait bientôt les couper, décida-t-il, les sourcils froncés.

En arrivant dans la cambuse, il trouva Ixi, Mot et Jaya qui l'attendaient. Njeri était de garde sur le pont.

En le voyant entrer, Mot sourit et approcha.

— Parfait timing, Capitaine.

— C'est Molly qui m'a réveillé, grogna Haz, bourru. Tu n'as pas à me servir, Mot. Je peux très bien…

— Cela ne me dérange pas. Asseyez-vous, je vous en prie.

Haz prit la chaise libre en face d'Ixi, qui attaquait avec appétit son bol rempli d'une matière brune et gluante.

— Ne fais pas cette tête, Haz, déclara Ixi. Moi aussi, j'ai la nausée quand je vous vois avaler ces horreurs.

213

Il agita sa cuillère pour désigner les légumes reconstitués que Jaya avait dans son assiette.

— Alors tu apprécies ton plat, Ixi ? s'enquit Haz.

— Oui. Le goût rappelle celui d'un de nos plats traditionnels. Bien entendu, mon grand-père muerait de dégoût si on lui servait des protéines de synthèse en guise de viande de bhemu, et encore, il préférait le bhemu qu'il avait chassé lui-même, mais puisque vous n'en avez pas, Mot s'en est bien sorti avec les moyens du bord.

Rayonnant, Mot apporta à Haz une assiette, puis il s'assit à côté d'Ixi.

Haz étudia son plat.

— Des pâtes, déclara-t-il. Avec une sauce.

Mot hocha la tête.

— Oui, c'est Molly qui m'a suggéré la recette.

Haz prit une bouchée, puis il hocha la tête.

— C'est bon. Tu vas vite devenir un pro.

— Je n'ai aucun mérite, Molly est d'une grande aide.

Jaya se leva pour aller se resservir.

— Je déteste cuisiner, annonça-t-elle. J'ai déjà annoncé à Mot que je lui déléguais volontiers la charge de préparer les repas. Si vous voulez mon avis, Capitaine, il se débrouille déjà bien mieux que vous aux fourneaux !

Haz ne se vexa pas, c'était probablement vrai. Il manquait de patience pour expérimenter des recettes compliquées ou même de simples nouveautés. Il préférait nettement manger un repas qu'il n'avait pas eu à préparer. Son assiette vidée, il se resservit également.

Puis il demanda à Jaya :

— Comment avancent les réparations ?

— Plutôt bien. Ixi m'a aidée. J'ai quelques idées d'améliorations.

— Parfait, je suis heureux de l'apprendre.

Dans le passé, les améliorations de Jaya avaient toujours bien fonctionné et grâce à elle, Molly s'était tirée, plus d'une fois, de fort mauvais pas.

Son repas terminé, Ixi sirota son eau d'un air pensif. Sans doute regrettait-il le sirop de schlee.

— Haz, déclara-t-il, la Résistance vous accueillerait volontiers tous dans sa flotte, je parle de Molly, de son capitaine et de son équipage.

Haz repoussa son assiette vide et secoua la tête.

— Jaya et Njeri sont libres de s'engager, si elles le souhaitent, déclara-t-il. Pour ma part, il n'en est pas question. Mes combats, je les mène pour moi, pas pour des idéologies.

— Mais pourquoi ? Tu détestes la Coalition.

— C'est vrai, reconnut Haz, et ils me le rendent bien.

— Alors pourquoi ne pas lutter contre leur hégémonie ?

Jaya se leva brusquement.

— J'ai à faire, marmonna-t-elle.

Alors qu'elle s'apprêtait à débarrasser son couvert, Mot lui indiqua par gestes qu'il s'en chargerait. Jaya acquiesça et disparut sans ajouter un mot.

Malheureusement, Ixi s'obstina. Il se pencha à travers la table, les pupilles si larges qu'elles étaient plus des cercles que des rectangles.

— Tu es un sacré pilote, Haz ! Tu pourrais causer de vrais dommages à ces salauds. Je t'ai vu hier, je sais que tu n'as pas peur de te battre.

— Je n'ai pas peur, grogna Haz.

— Alors attaque-les, fais-leur payer la façon dont ils t'ont traité !

— La vengeance ne m'intéresse pas, c'est stérile, ça ne sert à rien. Et de quel droit me poserais-je en justicier ? Ma vie est loin d'avoir été exemplaire !

— C'est vrai. Dans ce cas, bats-toi pour réparer le mal que la Coalition a causé aux autres.

Haz sentit sa colère monter, ce qui lui arrivait rarement. Peut-être l'avait-il gardée trop longtemps enfouie en lui.

— La Coalition n'est pas seule en cause ! rugit-il. Ce mal dont tu parles, j'en ai causé une partie, j'ai été soldat pendant dix ans, l'aurais-tu oublié ? Vais-je devoir me battre contre moi-même ?

Ixi écarta les bras.

— Ce que tu as fait ne compte plus, tu as quitté la Marine. La Coalition, elle, continue à détruire les planètes, les peuples, les cultures, et cela dure depuis des siècles. Ils n'agissent même pas par idéologie ou cruauté, non, ils sont juste égoïstes et cupides, ils ne pensent qu'à leurs profits, ils se fichent de ceux qu'ils écrasent en chemin, ils abusent de leur pouvoir, certains que personne ne s'opposera jamais à eux. Je t'ai raconté comment ils avaient traité mon peuple.

Ixi s'exprimait désormais d'un ton rauque et urgent.

— Oui, soupira Haz, ils ont fait pire à bien d'autres espèces.

— Si tu rejoins la Résistance, tu pourras te battre pour les arrêter.

Haz eut un rire sans humour.

— Les *arrêter*! Comment? Que peuvent obtenir quelques bricks qui bourdonnent autour d'une flotte composée de galions, de frégates et de xebecs?

— Nous sommes plus nombreux que tu le penses, Haz. Et tu l'as dit toi-même, *si les rheets sont assez nombreux, ils peuvent abattre un thruqrax*.

Pour prononcer cette dernière phrase, Ixi avait plutôt bien imité la voix de Haz.

— Une connerie de plus à mon actif! s'emporta Haz. Des conneries, j'en ponds constamment, c'est un don chez moi! Écoute, Ixi, même si, par un szotain de miracle, la Résistance réussit à détruire la Coalition, crois-tu vraiment que ça réglera les problèmes de la galaxie? Pas du tout. Un autre despote profitera du chaos pour se tailler la part du lion, lui aussi abusera de son pouvoir pour anéantir ses opposants. Non, mais franchement! Es-tu assez naïf pour imaginer que toutes les ordures se trouvent à Budapest?

Il tapa du poing sur la table et haussa le ton :

— Molly? Rappelle-moi combien d'humains sont morts durant les guerres du vingtième siècle?

— *D'après les estimations, entre cent et cent cinquante millions.*

Haz pointa un doigt vers Ixi.

— Tu l'as entendue? Et c'était deux siècles avant la Coalition!

Les plumes d'Ixi se dressèrent.

— Tu parles des Terriens, Haz. Je suis un Reptyl.

Quand Haz était lancé, plus rien ne pouvait l'arrêter.

— Je sais. Et tu t'es vanté que ton peuple était composé de guerriers, pas vrai? Alors, dis-moi, mon vieux, comment tes ancêtres réglaient-ils leurs petits différends de voisinage? En papotant autour d'une tasse de schlee? J'en doute fort. Ces armes dont tu parlais, les lances, les crocs, les dents, elles tuent aussi bien qu'un canon à impulsions! Les dégâts sont un peu moins élevés, je te l'accorde, mais l'intention est exactement la même : on élimine ses opposants! Et la technologie aide à faire le ménage en grand. Penses-tu vraiment que la vie de ton peuple était idéale avant la Coalition? C'est faux! Moi, j'ai vécu sur Cérès, une szotain de planète pourrie dont les habitants refusent la modernité et tu sais quoi? Ils meurent quand même. Après un travail épuisant, une vie misérable, ils meurent très jeunes de faim ou d'une maladie bénigne que mes médicaments à bord guériraient en un clin d'œil. La technologie, ce n'est pas forcément le mal, par contre, l'aveuglement et le passéisme sont des fléaux sans merci.

— Avant la Coalition, mon peuple était libre, gronda Ixi.

Haz agita la main avec dédain.

— *Libre*? J'en doute. Vous aviez des chefs qui, en despotes dignes de ce nom, traitaient le petit peuple comme de la merde. Les humains ont ce dicton : *le pouvoir corrompt*. Qui a dit ça, Molly? Shakespeare?

— *Non,* répondit-elle, *c'est Lord Acton, en 1887. Il n'y a pas que Shakespeare en littérature, quand même.*

Ignorant le sarcasme, Haz continua :

— Peu importe qui l'a dit, c'est la vérité. Le pouvoir corrompt, on le constate dans chaque société sur chaque planète. Regarde Mot !

Machinalement, Ixi se tourna et fixa Mot. Ce dernier sursauta, comme s'il ne s'attendait pas à être jeté dans l'arène de l'argumentation.

— Je le regarde, déclara Ixi. Et alors?

— Les Choviens ne font pas partie de la Coalition, tonna Haz. Aucune puissance extérieure ne les a soumis et forcés à obéir. Pourtant, ils arrachent un nouveau-né à ses géniteurs, ils l'isolent, ils revendiquent son corps pour leur Grand Divin, ils le torturent pendant des années et ils finissent par l'assassiner, szotain !

Ixi cligna des yeux, fixant toujours Mot. Puis il reporta son attention sur Haz.

— Personne n'assassinera Mot, affirma-t-il avec calme.

Haz n'était pas calme du tout.

— Je sais, merde ! Tant que je suis vivant, personne n'y touchera !

Il se leva d'un bond, ignorant la vive douleur de sa jambe.

— Haz…

— Non, Ixi ! Je ne suis pas un héros. Je me fous des Choviens, des Terriens, de la Coalition, des Reptyls, des pirates, des voleurs, des contrebandiers et des Nouveaux Adamites de Cérès. Ce sont tous des salauds, et je me contrefous du sort qui les attend ! En tout cas, jamais je ne me battrai pour eux ! Ma seule et unique préoccupation, c'est moi, bordel !

Il se frappa la poitrine avant de conclure :

— Un seul être compte pour Haz Taylor, lui-même, quitte à sacrifier tout le reste de l'univers. *Jebiga!*

Il s'éloigna d'un pas lourd, avec l'intention de se défouler dans son petit gymnase, dans la soute.

QUAND HAZ remonta dans ses quartiers, très longtemps après, il transpirait, il avait mal partout, mais la rage qui brûlait en lui restait tout aussi vive. En entrant dans sa cabine, il trouva Mot assis sur le bord du lit, occupé à jouer avec son biotab,

Haz poussa un grognement et marcha tout droit dans la salle de bain.

Se laver n'améliora pas son humeur, mais au moins, il ne puait plus quand il revint dans la cabine.

— Je peux partir si vous préférez être seul, annonça Mot en le voyant.

— Non, tu es ici chez toi, fais ce que tu veux, je ne te chasserai pas.

Il s'installa devant son bureau, alluma un écran et vérifia machinalement les systèmes du vaisseau. Ça ne servait à rien, il le savait très bien. Njeri l'avait déjà fait ce soir et Jaya recommencerait pendant son tour de garde, mais Haz trouvait le processus apaisant. De plus, un contrôle de trop ne pouvait pas nuire.

L'examen ne lui prit pas longtemps et sa jambe réclamait d'être soulevée. En plus, Haz avait sommeil. Il éteignit son écran, ôta la longue tunique qu'il avait mise après sa douche, et se mit au lit.

Mot resta assis, bien qu'il ait cessé de tapoter son biotab.

— Tout fonctionne ? demanda Haz.

— Oui, merci. Jaya l'a vérifié. Elle m'a aussi montré comment l'utiliser.

— Il te faudra un certain temps pour t'y habituer, mais très vite, tu ne pourras plus t'en passer.

Haz bâilla incoerciblement.

— Je suis vanné, annonça-t-il. Je vais dormir. Toi, fais ce que tu veux.

Mot lui adressa un rapide sourire.

— Molly, pourriez-vous éteindre la lumière, je vous prie ?

Dès qu'elle s'exécuta, Mot se glissa à sa place dans le lit. Haz s'étonna que cette présence lui semble déjà si familière alors qu'il dormait seul depuis près de quatre décennies.

Dans le noir, Mot se racla la gorge.

— Vous avez menti à Ixi, Haz.

— Sans blague ? Tu sais, la franchise et la contrebande ne font pas très bon ménage.

Il chercha à lutter contre sa curiosité… et n'y parvint pas, aussi demanda-t-il :

— Pourquoi dis-tu que j'ai menti, Mot ?

— Parce qu'avant de quitter la cambuse, vous lui avez dit qu'un seul être comptait pour vous…

Haz était perplexe.

218

— Et alors ? C'est la vérité. Je suis l'égocentrisme personnifié.

— Non, je ne le pense pas. En vérité, je doute même que vous appréciiez autant que vous le prétendez. Votre vie, vous êtes prêt à la sacrifier, mais pas celles de Jaya et Njeri.

Haz fronça les sourcils, même si Mot ne pouvait pas le voir.

— C'est mon équipage ! J'en suis responsable !

— Vous tenez aussi à Molly, Haz.

— Bien sûr ! Elle est tout pour moi, mon vaisseau, mon gagne-pain, ma maison… mon plus cher trésor !

Tout en parlant, il caressa la cloison.

— C'est vrai, convint Mot, mais moi, je ne fais pas partie de votre équipage, je ne suis rien, pourtant, vous veillez sur moi.

Il semblait très sûr de lui. Haz s'étouffa, prêt à nier cette assertion, mais… il ne le put, les mots restèrent coincés dans sa gorge.

— Non ! protesta-t-il.

Après ce refus instinctif, il s'écarta. En vain, car Mot se rapprocha de lui.

— Si, Haz. Vous m'avez sauvé la vie quand je mourais de froid dans la brousse, vous avez renoncé à me renvoyer chez moi quand vous avez appris le sort qui m'attendait, vous vous apprêtez à traverser la galaxie pour me garder en sécurité, vous partagez votre lit avec moi, vous m'avez donné un biotab, vous m'avez démontré que j'avais du potentiel. Vous êtes gentil avec moi, attentionné.

— Je… je…

Haz se racla la gorge et fit un nouvel essai :

— Veux-tu que je te démontre à quel point je suis égoïste ?

Il roula sur lui-même, prit le visage de Mot en coupe et dévora sa bouche dans un baiser vorace.

Mot avait un goût frais de menthol, sa peau était douce, ses lèvres souples. Il ne se débattait pas. Au contraire, il émit un doux soupir et s'offrit au baiser en ouvrant davantage la bouche, un bras autour de la taille de Haz pour mieux se coller à lui.

Ce n'était pas la réaction à laquelle Haz s'attendait. Oh, il s'était bien douté que Mot ne lui résisterait pas – malgré tous ses péchés, Haz n'était pas un violeur –, mais il n'avait pas prévu un tel empressement. Du coup, bien évidemment, sa démonstration tombait à l'eau. Et il s'en fichait, car il ne pensait plus qu'aux gémissements de Mot, aux frissons qui agitaient le corps mince et nu collé au sien.

En vérité, ce fut Haz qui s'écarta le premier et remit un peu d'espace entre eux. Son cœur battait si vite qu'il était au bord de l'implosion.

— C'était… bien !

Mot paraissait tout essoufflé.

— Non ! tonna Haz.

— Vous n'avez pas aimé ? J'ai cru sentir…

— Oh, j'ai aimé, ça, c'est sûr, mais je n'aurais pas dû te sauter dessus.

Pour la première fois, Haz s'apprêtait à dénigrer le sexe. Il grinça des dents en évoquant les prêtres de son enfance, debout sur un rocher dans une tunique de bure, les pieds nus, pérorant interminablement que tout ce qui était agréable, technologique ou moderne, était l'œuvre du diable.

— Haz, vous disiez ne pas pouvoir me baiser, parce que j'étais votre prisonnier. Vous ne vouliez pas abuser de votre position.

Mot se jeta sur Haz, le fit rouler sur le dos et s'installa sur lui à califourchon, les genoux serrés sur sa taille, le cul sur son aine.

— La situation a changé, chuchota Mot, penché sur Haz.

Haz se trouvait si bien qu'il n'avait aucune envie de bouger. Dieu, que c'était bon cette pression sur sa queue si longtemps négligée !

D'un autre côté, il n'aimait pas qu'on le bouscule, et son entêtement prit le pas sur son désir. D'un geste prompt, il renversa Mot et inversa leurs positions. À cause de sa jambe, c'était moins confortable, mais il ne s'arrêta pas à ce détail.

— Je suis un combattant entraîné. Je pourrais te briser en deux.

Il avait pensé prendre Mot à la gorge, histoire d'illustrer son propos, mais ses doigts avaient d'autres objectifs, aussi errèrent-ils sur la poitrine lisse et ferme. Haz aurait pu jurer sentir le relief des tatouages au creux de ses paumes.

Mot empoigna le cul nu de Haz à pleines mains.

— Je ne parlais pas de force physique, vous le savez très bien. Et si votre intention était de me tuer, vous l'auriez déjà fait.

Haz vit rouge. Dieu, tout le monde à bord, *Molly* la première, allait-il prendre l'habitude de contester son autorité ? Il grogna encore, plus d'agacement que de plaisir, s'arracha aux mains de Mot et retomba sur le matelas. Il réfléchissait.

Pour prouver son égoïsme, que devait-il faire au juste ? Baiser Mot ou l'ignorer. Il était aux prises d'un dilemme immoral.

— J'ai besoin de sommeil ! aboya-t-il dans le noir.

Au bout de quelques minutes, Mot chuchota :

220

— C'est vrai ? Vous ne voulez que cela, dormir ?

— Non.

— Que voulez-vous, alors ?

— Qu'on me foute la paix, szot !

Il avait parlé durement, dans l'espoir que Mot se mette en colère et quitte la cabine. Après tout, il pouvait aller dormir dans la salle de détente, non ? Ou demander à Molly de l'aider à installer un lit de camp quelque part dans la soute.

Une fois encore, la réaction de Mot ne fut pas celle que Haz attendait. Il se rapprocha jusqu'à avoir l'épaule et le haut du bras contre ceux de Haz, et posa la cheville sur son tibia.

— Voulez-vous que je vous masse la jambe ? proposa-t-il.

— Est-ce une tentative pour me séduire ?

— Non. Je doute d'être aussi subtil.

Haz ne put s'empêcher de rire.

— Toi et moi n'avons pas la même définition du mot *subtilité*. Tu n'es pas subtil, moi non plus. Quoi qu'il en soit, ma jambe ne me dérange pas tellement ce soir. Je veux juste la reposer un moment.

Mot entrelaça ses doigts aux siens.

Haz s'étonna de leur différence. De son enfance laborieuse et de sa maturité batailleuse, il gardait des cals et des cicatrices. En revanche, la peau de Mot était lisse et douce. Puis Haz pensa aux tatouages qui marquaient les doigts fins. Après tout, chacun d'eux portait sur sa peau les traces de la vie qu'il avait menée, même si elles ne s'exprimaient pas de la même façon.

— Quand avez-vous commencé à rêver de voler ? demanda Mot presque à mi-voix.

— D'aussi loin que je me souvienne, je l'ai toujours fait, répondit Haz. Szotain, la vie sur Cérès était misérable, alors quand je me cassai le dos à arracher les mauvaises herbes ou à enlever les pierres de nos champs arides, je levai les yeux vers le ciel. Parfois, un aigle planait au-dessus de nos têtes, pas vraiment un aigle, d'ailleurs, c'est une race de rapaces endémiques à Cérès, mais ces zsottards sans imagination ont préféré donner à tous les oiseaux des noms venant du Livre. Ces aigles étaient énormes, avec des ailes d'une folle envergure et quand on les regardait, voler paraissait si simple !

Juste à temps, Haz parvint à ravaler son soupir de nostalgie.

— Alors vous vouliez être un aigle ?

Haz secoua la tête.

— Non, même enfant, j'étais réaliste et cynique. Je me savais coincé dans ce corps humain. À dix ans, avec un de mes frères, je suis allé acheter du grain en ville et là, pour la première fois de ma vie, j'ai vu décoller un vaisseau spatial. Oh, c'était une vieillerie toute cabossée et rafistolée, uniquement bonne à transporter des babioles, mais pour moi, c'était magique : je venais de comprendre que les humains pouvaient voler !

Mot resserra l'étreinte de ses doigts.

— Et vous avez décidé de devenir pilote.

— Je ne sais plus, je ne crois pas, le spectacle m'avait suffi, en fait. Mais quand nous sommes rentrés à la maison, mon frère a cafardé, il a raconté à notre père que j'avais perdu du temps à regarder le vaisseau s'envoler. Mon père était furieux.

Haz avait pris une volée qui l'avait laissé couvert de bleus.

— Là, j'ai su qu'un jour, je partirai, conclut-il. Le plus tôt serait le mieux.

— Vous avez réalisé votre rêve ! Vous avez appris à voler.

La vérité était nettement moins honorable, pensa Haz.

— En fait, je me suis enfui de chez moi à seize ans, j'ai menti sur mon âge pour monter à bord d'un vaisseau et séduire son capitaine. Ensuite, de planète en planète, j'ai couché à droite à gauche pour payer mon voyage jusqu'à la Terre. Une fois arrivé là, je me suis engagé dans la Marine et j'ai tout gâché. Mais au final, oui, j'ai appris à voler.

— Hmm.

Haz se demanda quelle signification donner à cette onomatopée.

Sans lâcher sa main, Mot enchaîna :

— Moi, je n'ai jamais eu de rêve. J'ai toujours connu mon destin…

— Ce szotain de temple ! grogna Haz.

— Oui. Dès ma naissance, on m'a dit et répété que je ne comptais pas, que je n'étais qu'un réceptacle inutile, mais nécessaire, occupant de façon temporaire un corps appartenant au Grand Divin.

Bien qu'il s'exprime avec calme, ses paroles se plantèrent douloureusement dans le cœur de Haz. Il avait connu une enfance pénible, il avait été délaissé, malmené, sous-nourri et battu, mais au moins, il avait fait partie d'une famille et son travail était apprécié.

— Mot, tu ne crois plus à ces inepties, j'espère ?

— Non. Et c'est grâce à vous, Haz.

— Oh, ne dis pas de…

222

— Écoutez-moi, c'est important. Quand je suis arrivé à bord de Molly, je pensais vraiment que mon destin était sur Chov. J'ai commencé à changer d'avis en voyant la façon dont vous me traitiez.

Haz ricana.

— Je t'ai traité comme un roi, c'est ça?

— Non, comme un être humain. Et je suis certain que si j'avais été roi, vous m'auriez traité exactement pareil. Sans luxe ostentatoire, je vous l'accorde, mais avec équité. Alors pour la première fois de ma vie, je me suis mis à rêver.

— À *rêver*? répéta Haz.

Mot gloussa.

— Pour le moment, mes rêves sont modestes, admit-il. Mais peut-être prendront-ils de l'envergure avec le temps.

— Molly, rappelle-moi, quel est ce terme qu'on utilise quand un prisonnier ne trouve que des qualités à son geôlier?

— *C'est le syndrome de Stockholm,* répondit-elle du tac au tac. *Le nom remonte à un hold-up commis dans une banque terrienne au cours duquel des otages ont été retenus six stan-jours durant.*

Mot gloussa.

— Je ne suis pas un otage! Et je ne vous trouve pas *que* des qualités, vous êtes buté, agressif, vous buvez beaucoup trop, et je crains que vous ayez une attirance excessive pour l'adrénaline et la violence. Votre problème avec l'autorité, en revanche, n'est pas vraiment un défaut, juste un trait de caractère. D'après mes premières constatations, vous êtes aussi incapable de planifier et vous ronflez.

Pour une raison étrange, Haz avait les yeux brûlants. Il porta la main de Mot à sa bouche et déposa un baiser sur les jointures tatouées.

— C'est ce que j'ai entendu de plus gentil à mon sujet, déclara-t-il d'une voix enrouée. Et je ne ronfle pas!

— Molly? s'écria Mot. Qu'en pensez-vous? Haz ronfle-t-il?

— *Oui, autant qu'un thruqrax avec un rhume de cerveau.*

Haz feignit l'indignation.

— Mot! Tu as retourné mon vaisseau contre moi!

— Non, Molly est toute à vous, répondit Mot. Et moi aussi, du moins, jusqu'à notre arrivée à Libreterre. Je vous en prie, Haz!

Il s'empara de la main de Haz et fit bien plus que l'embrasser, il lécha les doigts en les faisant aller et venir dans sa bouche. Haz n'avait jamais été très doué pour résister à la tentation et ce soir, il avait déjà repoussé ses limites habituelles. Alors il céda.

— Je peux allumer, Mot ? J'aimerais te voir.

— Moi aussi. Molly, pourrions avoir, euh…

Haz termina sa phrase pour lui :

— … un éclairage tamisé.

Molly s'empressa de leur apporter satisfaction, bien entendu. Elle leur offrit une douce lueur chaude qui rappelait celle des bougies. Et d'elle-même, elle leur mit une musique d'ambiance : un homme à la voix grave qui chantait l'amour.

— Molly, bordel, c'est quoi ce truc ? s'étrangla Haz.

— *Un musicien terrien du XXe siècle, il s'appelle Barry White et son chant était considéré comme la quintessence romantique.*

Mot éclata d'un rire jeune et insouciant, sans doute pour la première fois de sa vie. Malgré lui, Haz gloussa. C'était tellement… ridicule, à bien des égards. Mais il ne protesta pas. Touché par l'enthousiasme de Mot, il décida de profiter du moment.

Pendant un long moment, il se contenta de regarder Mot, sa peau colorée, ses yeux teintés, son sourire plein d'espoir. Il avait pris du poids depuis son arrivée à bord, ça lui allait bien. Quand Haz s'aventura à lui caresser les bras, le ventre et les cuisses, le corps qu'il trouva sous ses doigts était tiède, ferme et souple.

— Alors vous n'êtes vraiment pas gêné par mes tatouages ?

— Non.

Du bout du doigt, Haz suivit une sorte de serpent qui sinuait le long de la cage thoracique.

— Peut-on effacer des tatouages ? demanda Mot.

— Bien sûr, mais ça demande du temps et pas mal de travail. Je n'ai pas l'équipement nécessaire à bord, mais peut-être seront-ils mieux équipés sur Libreterre. Pourquoi, tu penses les faire effacer ?

Mot secoua la tête.

— Non. Je m'y suis habitué… j'aurais juste préféré avoir le choix. Haz, puis-je vous toucher ?

— Oui, bien sûr.

Lâchant Mot, Haz roula sur le dos, bras et jambes écartés. Il baissa les yeux et examina sa peau mate marbrée de cicatrices plus ou moins récentes, plus ou moins creusées. Du bout du doigt, Mot suivit l'une d'elles comme Haz avait tracé son tatouage.

— Effaceriez-vous vos cicatrices si c'était possible, Haz?

— Non, j'aimerais que ma jambe me fasse moins souffrir, mais le reste, je m'en fiche.

— Oui, bien sûr. Savez-vous pourquoi?

Haz essaya de réfléchir, ce qui n'était pas facile alors que Mot titillait son mamelon.

— Ce sont des souvenirs, je crois, dit-il enfin.

— Oui, elles me font penser aux cartes des étoiles que Njeri utilise, elles racontent l'histoire de votre vie.

C'était presque de la poésie.

— Je veux que tu m'embrasses maintenant, déclara Haz.

— Bonne idée.

Ils échangèrent à mi-voix des mots et des instructions, comme il sied à une première fois. Haz trouva l'expérience si émouvante qu'il en ressentit comme une douleur.

Une fois les ébats sexuels terminés, Haz n'avait en général qu'une envie : remettre son pantalon et filer. Cette fois, il ne le pouvait pas, bien sûr, et Mot n'y pensa même pas. Il poussa Haz sur le dos et se blottit contre lui.

— J'avais trouvé le sexe plutôt intéressant sur les vidéos, déclara-t-il d'une voix endormie. Je n'avais pas réalisé qu'en pratique, c'était aussi... exaltant!

— Ce n'est pas toujours le cas, déclara Haz. En général, ça défoule, bien entendu, mais ça s'oublie vite. Avec toi, nous entrons dans une tout autre galaxie.

Il posa un baiser sur la tête de Mot.

— Vraiment? Vous avez aimé?

— Beaucoup. Au point que je n'oublierai jamais ce moment, je t'en fais la promesse. Je ne t'oublierai pas non plus.

Pour une fois, Haz disait la vérité après le sexe.

XXII

HAZ CHANGEA souvent de position sur son siège pendant son tour de garde suivant sur le pont afin de raviver la petite douleur que Mot lui avait laissée. Il n'était absolument pas maso, mais parfois, selon lui, le corps avait une mémoire plus fidèle que l'esprit, et Haz tenait à savourer ses souvenirs de la nuit passée.

Quand il était dans la Marine, il avait passé deux semaines sur une planète presque entièrement couverte d'eau. Merde, il avait oublié le nom de ce foutu caillou immergé! Le vaisseau sur lequel il servait alors – qui n'était pas l'*Étoile d'Omaha* – avait besoin de réparations, aussi avait-il fait escale dans un énorme spatioport flottant. Haz et les autres soldats s'emmerdaient comme des rats morts, ils n'avaient pas grand-chose à faire. Haz consacrait une bonne partie de son temps au bord du quai, les jambes pendantes, une bouteille de whisky synthétique dans la main. Chaque nuit, d'énormes bancs de poisson-lune apparaissaient et méritaient leur nom en bondissant hors de l'eau comme s'ils essayaient d'atteindre les quatre lunes de la planète. En volant ainsi, ils produisaient d'étranges hululements qui attiraient les prédateurs, et bon nombre d'entre eux finissaient dévorés. D'autres, calculant mal leur élan, s'échouaient sur le quai où les marins les ramassaient. Leur chair était savoureuse. Haz trouvait très étrange que le poisson-lune, au cours de son évolution, n'ait jamais compris que son comportement était mortellement dangereux.

Maintenant, Haz était comme un poisson-lune, obsédé par Mot tout en sachant que son aventure finirait mal. Que pouvait-il espérer au fond? Au mieux, Haz le baiserait quelques stan-jours de plus et il y penserait pendant les années à venir.

Quand sa garde toucha à sa fin, Haz se leva et s'étira, puis il avança jusqu'à la verrière avant. *Molly* volait très bien toute seule, du moins, tant que personne ne lui tirait dessus. Puis Haz entendit des pas approcher derrière lui et il reconnut l'odeur spécifique – mélange de parchemin et de sable – de son nouveau membre d'équipage. Ixi se plaça à ses côtés et garda le silence pendant plusieurs minutes. Les deux mâles regardaient l'espace vide au-delà de la verrière.

226

— Il y a tellement… de place dans l'espace, déclara enfin Haz. Et les gens vivent si peu de temps. Pourquoi sont-ils incapables de s'entendre et de rester en paix ?

— Cela arrive, la plupart du temps.

Haz secoua la tête.

— Non.

— Ton problème, Haz Taylor, c'est que tu es trop pessimiste. Tu vois l'obscurité et non la lumière qui la traverse.

Haz désigna la verrière.

— Il y a beaucoup d'obscurité !

— Oui, convint Ixi. Pourtant, la lumière finit toujours par briller. Toi qui as si souvent arpenté la galaxie, connais-tu un endroit sans étoiles ?

— Oui, les trous noirs.

Ixi siffla son exaspération.

— Alors, reste loin d'eux !

Après un autre silence, Haz demanda :

— D'où te vient ce bel optimisme, Ixi ? Tu as tout pour déprimer, il me semble, puisque ta planète a été colonisée, ton peuple massacré, ta culture anéantie…

— Oui, c'est vrai, mais moi, je suis vivant et je prends plaisir à être une épine plantée dans le cul gras de la Coalition.

— Oh, je vois, tu es de ceux qui voient le verre à moitié plein.

Ixi sourit et secoua la langue.

— En ce moment, je suis coincé à bord d'un petit vaisseau avec un emmerdeur, alors je me dis que je mériterais bien un verre *totalement* plein de sirop de schlee.

Le visage contracté, Haz respira un grand coup.

— Ixi, je tenais à m'excuser pour mon comportement de…

Ixi leva la main.

— Arrête de grimacer, tu vas finir par péter une culasse. Et ce n'était qu'une petite discussion animée. D'ailleurs, j'ai aussi des torts, j'aurais dû laisser tomber le sujet en voyant qu'il te tenait à cœur. Tu es libre de tes choix, Haz Taylor, tu as payé assez cher ton libre arbitre.

— Tu me trouves lâche.

Ixi rit, sa langue bougeant si vite qu'il ne pouvait pas parler. Il tapa sur l'épaule de Haz, puis chercha à retrouver son souffle.

— Tu as beaucoup de défauts, mon ami, mais la lâcheté n'en fait pas partie. Tu as mené tes guerres, tu as pris des coups, tu mérites un peu de paix.

— Je ne mérite rien, ce qui tombe très bien, puisque c'est exactement ce que je reçois.

Même lui grimaça devant l'amertume qui vibrait dans sa voix. Il soupira et se frotta la nuque.

— Merde, Ixi, excuse-moi, ajouta-t-il. Je me demande ce qui me prend en ce moment, je passe mon temps à geindre !

Cette fois, Ixi lui serra amicalement le bras.

— Cherche la lumière autour de toi, Haz, ça te détendra. Cherche-la aussi en toi, tu n'es pas aussi odieux que tu aimes à le penser.

HAZ TROUVA Njeri dans la salle de détente, occupée à lire un écran. Elle ne leva pas les yeux quand il entra et se laissa tomber dans un fauteuil confortable. Il tenait une tasse à la main, Mot lui ayant refait du thé analgésique. Haz se demanda si le whisky en améliorerait le goût.

— Où est Mot ? demanda-t-il.

Quand il avait quitté sa cabine, Mot dormait encore à poings fermés, ses tatouages colorés contrastant avec le blanc des draps, mais c'était il y a plus de six heures. Il devait être levé à présent.

Njeri répondit sans le regarder :

— Il travaille avec Jaya.

— À quoi ?

— Comment le saurais-je ?

Haz regarda autour de lui. Il sentait des fourmis dans les doigts et aurait volontiers fait le ménage, mais la salle de détente semblait déjà parfaitement astiquée. La cambuse aussi.

— Je croyais que c'était à mon tour de ranger et de nettoyer ? déclara-t-il, perplexe.

Cette fois, Njeri le toisa d'un air féroce.

— Mot ne devait pas être au courant, je présume, car il a été une vraie fée du logis ce matin. Et il chantait en travaillant !

— Il était content ? Tant mieux.

— Hmm, siffla Njeri. Je me demande ce qui l'a rendu aussi guilleret.

Bien entendu, Haz ne répondit pas, mais il comprit que son sourire niais l'avait trahi quand Njeri fit furieusement claquer sa langue.

— Njeri, cela ne vous regarde pas !

— Si, tant que nous sommes tous embarqués dans la même galère !

— Hé ! Je vous interdis d'insulter Molly !

Njeri roula des yeux, mais elle cria :

— Molly, j'espère que je ne t'ai pas offensée ?

— *Pas du tout. Je sais qu'il s'agit d'une simple figure de style pour renforcer vos propos. C'est une technique assez courante.*

Haz alluma un écran et survola les nouvelles de la Coalition. Bien que les canaux officiels manquent de recul et soient pro-gouvernementaux, il apprenait parfois des informations intéressantes en lisant entre les lignes. Ce ne fut pas le cas aujourd'hui, cependant. Il trouva les rapports politiques d'un ennui mortel, tous parlaient d'investissements et de la nécessité de garder les crédits dans les caisses de la Coalition. Pour distraire les auditeurs, il y eut ensuite quelques potins sur les dernières célébrités. Haz poussa un grognement agacé et chercha autre chose à regarder, sans rien trouver qui éveille son intérêt.

En vérité, il détestait les écrans, peut-être une séquelle inattendue de son enfance. Quand il volait seul, piloter et garder Molly en forme lui prenaient tout son temps. Même avec Jaya et Njeri à bord, il avait de quoi faire. La présence supplémentaire d'Ixi et de Mot lui donnait plus de temps libre que d'ordinaire.

Étrangement, Haz était plus réticent à se soûler ces derniers temps.

Peut-être devrait-il descendre dans la cale et faire de l'exercice ? Ou vérifier ce que fabriquaient Jaya et Mot ?

Njeri brisa le silence :

— C'était son idée, n'est-ce pas ? demanda-t-elle.

— Quoi ?

— Baiser, c'était son idée. Vous lui avez conseillé le porno, mais je pense qu'il en aurait regardé de toute façon. Et une fois qu'il s'est bien excité…

— Oui, je suis le meilleur moyen de satisfaire un caprice, merci.

À sa grande surprise, Njeri paraissait plus penaude que furieuse.

— Oh, je ne vous en veux pas, déclara-t-elle. Une fois que Mot s'est mis une idée en tête, c'est la croix et la bannière de l'en dissuader. Il est presque aussi têtu que mon capitaine !

— Vous mettez la barre très haut, Njeri.

Le sourire la rajeunissait.

— Haz, je ne compte ni vous engueuler ni vous donner des conseils. Par contre, je ne saurais vous garantir la réaction de ma femme.

— Sa *réaction* ? ricana Haz. Je la connais, elle va me tirer la gueule.

— C'est probable, oui, déclara Njeri en riant.

Elle reporta son attention sur son écran, et Haz se mit à rêvasser, les yeux dans le vide.

CETTE NUIT-LÀ, Haz initia Mot à la pipe. Ce fut un franc succès. Mot se tordait sous lui, cherchant à s'enfoncer plus profondément dans sa bouche. Puis Haz le baisa, pour varier les plaisirs.

Une fois repu, Mot déclara d'une voix essoufflée que c'était aussi bon d'être passif qu'actif – ce qu'il avait expérimenté la veille. Ils restèrent un long moment blottis dans les bras l'un de l'autre à échanger des anecdotes sur leurs passés respectifs. Celui de Haz comportait beaucoup plus d'explosions que celui de Mot.

Ils s'endormirent enlacés comme un couple de jeunes mariés.

Quand Ixi arriva sur le pont à la fin de la garde de Haz, il paraissait sur le qui-vive.

En guise de salut, il déclara :

— Je vais te demander une faveur, Haz. Si tu refuses, je comprendrai, je n'en ferai pas tout un pataquès.

Haz tenta d'imaginer ce qui l'attendait... et ne trouva rien.

— D'accord. Qu'est-ce que tu veux, Ixi ?

— J'ai regardé l'itinéraire que Njeri a tracé. En faisant un petit détour, on pourrait s'arrêter à Arinniti et emporter du ravitaillement pour Libreterre.

Haz haussa les sourcils.

— Je présume que tu espères aussi trouver du sirop de schlee ?

Comme Ankara-12, Arinniti était une planète essentiellement fréquentée par les contrebandiers, les pirates et les hors-la-loi en tout genre. Son principal attrait était la pléthore d'armes illégales qu'elle fabriquait, bien que les divertissements habituels, alcool, jeu et sexe, soient également populaires.

Ixi agita la langue.

— Oui, bien sûr, admit-il. Nous ne perdrions que quelques heures, tu sais.

Haz bâilla et s'étira avant de quitter son siège.

— D'accord, déclara-t-il. Pourquoi pas. Jaya appréciera de passer un moment à quai, c'est plus simple pour ses correctifs que Molly ne vole pas. Si tu y tiens, Ixi, nous pouvons nous arrêter un jour ou deux.

— Parfait. Merci, Haz.

Haz avait cédé d'autant plus facilement qu'il s'en voulait encore d'avoir passé ses nerfs sur Ixi. De plus, il n'oubliait pas que le Reptyl s'était retrouvé coincé à bord, parce qu'il essayait de les aider et que depuis son engagement dans l'équipage, il avait loyalement accompli sa part du travail. Si Ixi tenait à apporter des armes à la Résistance, c'était son affaire. Ce ne serait pas la première fois que Haz transporterait ce genre de cargaison illégale.

Le seul vrai risque, c'était de s'arrêter, parce qu'une dénonciation restait possible. Néanmoins, Haz ne s'inquiétait pas trop. Il espérait que la Coalition avait perdu leur trace. Même si un mouchard les dénonçait pour toucher une prime, la Coalition mettrait des stan-jours à envoyer un vaisseau sur Arinniti. Et quand l'ennemi arriverait, Haz serait parti depuis longtemps.

Il laissa un message à Njeri pour qu'elle recalcule leur itinéraire dès son réveil. Il aurait pu s'en charger lui-même, mais elle n'aimait pas qu'il bricole les commandes de navigation, il le savait. Et puis, elle était meilleure que lui en ce domaine, c'était même la raison pour laquelle il l'avait engagée dans son équipage.

QUAND IL entra dans la cambuse, Mot l'attendait avec un bol dont l'odeur fit saliver Haz.

— Est-ce bien ce que je pense ? s'enquit-il.

— Oui, Molly m'a indiqué que c'était votre plat préféré. Goûtez-le et dites-moi si je l'ai réussi.

Mot plaça le bol dans les mains de Haz. Le parfum réveilla dans sa mémoire un des rares bons souvenirs de son enfance : la fête des vendanges. Sa famille remplissait les chariots avec ce qui leur restait des céréales et des légumes qu'ils avaient cultivés, ils se rendaient tous en ville, retrouvant en cours de route les autres fermiers du secteur. À leur arrivée sur le marché, les produits seraient pesés, inspectés et payés. L'argent serait essentiellement dépensé pour les produits de première nécessité qu'ils ne pouvaient fabriquer eux-mêmes, mais pris par l'ambiance festive, les parents offraient à leurs enfants une petite gâterie. La plupart des frères et sœurs de Haz choisissaient un gâteau frit arrosé de miel. Haz, lui, préférait un bol de bortsch constitué de grosses boulettes de viande parfumées aux épices exotiques venant du monde extérieur. Leur repas avalé, tous rejoindraient la quasi-totalité de la population sur la place, à l'extérieur du temple, où un prêtre entonnait une prière. Ensuite venaient les divertissements : musiciens, acrobates et jongleurs. À la nuit tombée, les villageois prenaient le chemin du retour, les plus jeunes dormant dans les charrettes vides. Et le lendemain, tout le monde profitait d'une grasse matinée et d'une journée de liberté, sauf quelques malheureux adolescents chargés de s'occuper du bétail. Haz avait l'habitude de passer sa pause avec Mel.

— Quelque chose ne va pas ? demanda Mot, la mine anxieuse.

— Non, non, répondit Haz. Excuse-moi, j'étais perdu dans le passé.

Il secoua la tête et huma son plat. Le ragoût ne ressemblait pas tout à fait à celui de ses souvenirs, parce que les protéines de synthèse remplaçaient la viande, mais les épices sentaient bon. Quand Haz y plongea sa cuillère et goûta, la saveur était au rendez-vous.

— Dieu, Mot, c'est parfait ! Comment as-tu réussi à composer un plat pareil ?

Secoué par la vague d'émotions et de souvenirs qui enflait en lui, Haz dut s'asseoir. Quant à Mot, il rayonnait.

— Sur le papier, la recette ne paraissait pas difficile, expliqua-t-il, mais Molly a dû m'aider à trouver les bons ingrédients à utiliser.

— Molly, comment savais-tu que le bortsch était mon plat préféré ?

Si Haz composait parfois le ragoût rustique de la fête des moissons, il n'avait pas goûté au bortsch depuis son départ de Cérès. Bien sûr, il aurait pu essayer aussi de le préparer, mais quelque part, la magie de ce souvenir s'en serait dissipée. C'était un plat festif, ce devait être un cadeau mangé en compagnie, pas seul.

— *Vous l'avez mentionné une fois, Capitaine.*

— Je ne m'en souviens pas.

— *Vous étiez ivre.*

C'était définitivement dans le domaine du possible. Haz avala une autre cuillerée, qui le réchauffa de l'intérieur. Le bortsch était un mets roboratif destiné aux gens simples – « un plat paysan » comme auraient dit ses anciens pairs de la Marine. Haz le savait et il s'en fichait. Pour lui, c'était meilleur que les menus les plus sophistiqués des restaurants les plus exclusifs de la galaxie.

Assis en face de lui, Mot le surveillait de près.

— Tu ne manges pas ? demanda Haz.

Mot sourit.

— Oh, j'en ai déjà mangé beaucoup! s'exclama-t-il. Je l'ai goûté à chaque étape de sa préparation. Molly affirme que c'est le devoir d'un cuisinier, vous savez. J'ai bien aimé.

— Ce plat a dû te demander beaucoup de travail !

— J'ai du temps.

Haz s'éclaircit la gorge.

— Tu n'es pas obligé de préparer mes repas, Mot, tu le sais.

— Oui, mais j'en ai envie. C'est la première fois que j'ai l'occasion de faire quelque chose pour quelqu'un. C'est très agréable. En plus, j'aime quand vous laissez tomber votre armure et que le vrai Haz fait son apparition.

Si Haz n'avait pas eu la bouche pleine, il aurait ricané. Il avala, déglutit et roula des yeux.

— Le vrai Haz n'est pas mieux que l'autre, affirma-t-il avec force. Mais si tu tiens à me chouchouter, ça ne me dérange pas.

Haz devrait juste veiller à ne pas trop s'y habituer.

Il décida de changer de sujet :

— Qu'as-tu fait de beau ce matin ?

Sentant sa réluctance à parler de lui, Mot expliqua avoir regardé des reportages sur l'Histoire.

— C'est biaisé, bien entendu, déclara-t-il, car le narrateur justifie la conquête d'une planète en insistant sur les bienfaits qu'apporte la Coalition aux peuplades sauvages et aux espèces primitives. En fait, ils n'usent jamais du mot «conquête», alors je doute que leurs vidéos rapportent la réalité.

Une fois encore, Haz admira l'intelligence de Mot et ses capacités d'analyse et de déduction. Jusqu'où serait-il allé s'il avait bénéficié d'une enfance normale et d'une vraie éducation? se demanda-t-il. Et combien la galaxie aurait été appauvrie si Mot n'était jamais sorti de sa prison.

— À mon avis, répondit Haz, ce sont les vainqueurs qui écrivent l'Histoire, aussi tous les récits sont-ils subjectifs. Les gouvernements abusent de leur pouvoir et ensuite, ils se décrivent comme des gentils. Ça a toujours été comme ça. La plupart des gens ne s'en rendent même pas compte, je présume qu'ils manquent de sens critique ou de jugeote, ils croient ce qu'ils voient et entendent, sans jamais le remettre en question. C'était déjà vrai dans la Marine, alors que les soldats étaient aux premières loges pour apprécier les atrocités commises au nom de la Coalition. Eh bien, ils ne tiquaient pas, ils gardaient leurs œillères, ils gobaient la propagande, ils la propageaient même.

Mot hocha la tête.

— C'est pareil chez nous, à Chov, avec les prêtres. La plupart d'entre eux n'aimaient pas me traiter en objet, mais ils pensaient que c'était leur devoir.

Haz plissa les yeux.

— La plupart d'entre eux? répéta-t-il, sceptique.

Mot eut un haussement d'épaules fataliste.

— Oui, déclara-t-il, rares étaient ceux qui se montraient cruels. D'un côté, comment être cruel envers un objet, hein? Pour me maltraiter, ils auraient dû reconnaître mon humanité, aussi étaient-ils coincés.

— Les gens sont des ordures!

Les yeux brillants, Mot lui saisit les poignets.

— Pas tous, corrigea-t-il. Certains ont de belles qualités. Certains aussi se jugent durement, alors qu'ils sont capables d'être gentils et d'accomplir de bonnes actions, même envers les étrangers, même quand cela leur coûte.

Haz ne put retenir un grognement.

— Génial! J'ai un autre incurable optimiste à bord. Heureusement, il me reste Jaya. Elle, au moins, est d'accord avec moi pour juger l'univers peuplé d'enfoirés et de sales cons.

— Je doute que vous soyez aussi pessimiste que vous le prétendez, Haz. Enfant et fils de fermier, vous rêviez de voler et vous êtes parvenu à atteindre cet objectif, pourtant difficile. Plus tard, alors que vous avez traversé des épreuves terribles, vous n'avez jamais baissé les bras. Aujourd'hui encore, vous continuez à vous battre, à chercher le moyen d'être juste sans vous soucier du prix à payer.

— Ce n'est pas de l'optimisme, c'est de l'obstination.

Le sourire de Mot devint éclatant.

— Et alors? C'est peut-être la même chose.

LES DEUX stan-jours suivants furent calmes, *Molly* volait vers Arinniti, les cinq personnes à bord semblaient détendues, sinon heureuses. Ixi se réjouissait à l'idée d'acquérir des armes pour Libreterre, les améliorations de Jaya avançaient sans heurt, et Mot continuait à s'occuper des repas, à la satisfaction générale. Haz lui-même appréciait de passer du temps avec Mot dans la salle de détente à regarder des vidéos stupides, à rire, à échanger des anecdotes. Ils étaient rarement seuls, car tous ceux qui n'étaient pas de garde se joignaient volontiers à eux.

La nuit, une fois retirés dans leur cabine, ils testaient d'autres positions que Mot avait notées dans les vidéos pornos. Haz se prêtait à toutes les suggestions. Baiser avec Mot le satisfaisait physiquement, bien entendu, mais c'était aussi naturel, simple, sans complication.

Ensuite, ils restaient enlacés et parlaient des heures durant de tout ce qui leur passait par la tête.

Du bout du doigt, Mot dessinait sur le sternum de Haz.

— Maintenant, je comprends le vrai sens d'une famille, chuchota-t-il.

— Ma famille n'en était pas une, rétorqua Haz. Nous étions trop épuisés et malheureux pour penser à nous aimer.

— Vous pouvez rebâtir une famille, Haz, une famille plus unie.

— Non, certainement pas. Mais toi, tu peux, et je suis certain que tu le feras. Tu as un sens étonnant de l'adaptation, tu trouveras des gens à aimer sur Libreterre.

En prononçant ces mots destinés à réconforter son amant, Haz ignora le pincement douloureux de sa poitrine. Il préféra se concentrer sur la chaude sensation de la paume de Mot posée sur son ventre.

Mot se colla davantage, ce que Haz aurait cru impossible.

— J'ai un peu peur de ce que nous allons trouver là-bas, avoua Mot à mi-voix. Et si on me trouve… bizarre. En fait, c'est la vérité, je suis différent. Peut-être que tout le monde me détestera !

— Tu es différent, c'est vrai, mais pas bizarre et *tout le monde* t'appréciera.

— Mais je ne connais rien ni personne, sauf Molly et ceux qui sont à son bord ! Regardez ce qui m'est arrivé sur Ankara ! J'ai failli mourir à cause d'une stupide erreur de jugement !

Haz posa la main sur celle de Mot.

— Des erreurs, tout le monde en fait et en général, elles sont vite oubliées. En revanche, je te conseille d'éviter celles qui risquent d'avoir une issue fatale.

Mot gloussa.

— Haz ! Ces paroles sont presque optimistes !

— Non !

En guise de représailles, Haz chatouilla Mot et de fil en aiguille, ils faillirent remettre le couvert. Au moment fatidique, la szotain de jambe de Haz trouva utile de se manifester. Saisi, Haz poussa un cri de douleur. Oubliant ses idées de luxure, Mot finit par masser Haz et honnêtement, c'était aussi bien que le sexe. Haz adorait sentir les mains de Mot sur lui.

Pendant que Mot s'activait, Haz ferma les yeux et se mit à rêvasser, les idées flottaient paresseusement dans son esprit. Il aurait aimé rassurer Mot quant à son avenir sur Libreterre. Lui ne doutait pas que Mot serait très bien accueilli. Il faudrait que ces gens soient de parfaits crétins pour ne pas réaliser qu'un garçon aussi intelligent, tendre et volontaire serait un ajout d'importance à leur communauté.

Puis Haz pensa à Mot dans sa nouvelle vie, incertain et peut-être apeuré. Lui, pendant ce temps, volerait d'un bout à l'autre de la galaxie comme un qhek traqué. Il ne pourrait jamais cesser de fuir, il resterait seul jusqu'à sa mort violente. Parce qu'un jour ou l'autre, c'était statistiquement inévitable, la Coalition le rattraperait et lui réglerait son compte.

Évidemment, aucune raison impérieuse ne le forçait à quitter Libreterre sans attendre. Il était fauché, certes, mais il pouvait vivre sur son vaisseau et trouver du travail pour manger de façon régulière. En restant un moment, il aurait l'opportunité d'aider Mot à s'installer. Mot bénéficierait également de l'assistance de *Molly* dont les conseils seraient certainement plus judicieux que les siens. De plus, une fois à quai, Haz pourrait s'assurer que *Molly* soit au top de sa forme, et lui, aussi préparé que possible pour les conflits à venir.

Oui, le mieux serait qu'il reste jusqu'à ce que Mot n'ait plus besoin de lui.

Jusqu'à ce jour, jamais il n'avait éprouvé un besoin de ce genre, mais là, pour une raison étrange, la perspective de séjourner un temps sur une planète inconnue lui plaisait. Ce serait différent de Kepler, où il avait été coincé contre son gré.

En plus, il ne serait pas tout seul. Hein ?

Pour la première fois de sa vie, Haz osa penser à son avenir et il n'y vit pas un trou noir de malheur et de tristesse, pas tout de suite en tout cas. La Coalition pouvait attendre.

XXIII

BIEN QUE Haz n'ait jamais atterri sur Arinniti, la planète lui sembla familière avant même que *Molly* ait fini de s'amarrer. Elle ressemblait à toutes les planètes rebelles de la galaxie, certaines sur le territoire de la Coalition, d'autres à l'extérieur, ces repaires qui attiraient comme des aimants les hors-la-loi de tout ordre, ceux qui contournaient la loi et ceux qui l'ignoraient purement et simplement, les fugitifs, les criminels recherchés, les inadaptés et les parias de toute espèce qui ne voulaient pas – ou ne pouvaient pas – suivre les règles traditionnelles de l'évolution de la société. En règle générale, ces planètes étaient réputées dangereuses. Haz s'y sentait chez lui, parce que c'était un contexte qu'il connaissait bien. Peut-être même y trouvait-il un étrange sens du confort.

Très heureux de voir son souhait exaucé, Ixi regardait Arinniti à travers la grande verrière de *Molly*, un grand sourire étirant ses fines lèvres reptiliennes. Njeri était à la barre, elle atterrit en douceur. Le spatioport était composé d'immenses hangars à cause des pluies acides d'Arinniti : dès qu'elles tombaient, êtres et vaisseaux devaient impérativement se mettre à l'abri. Ces bâtiments solides et d'usage pratiques ne ressemblaient pas à ceux de Newton ou de la Terre, ce dont Haz ne se plaignit pas.

Njeri et Jaya annoncèrent qu'elles restaient à bord, sans doute espéraient-elles un peu d'intimité.

Oubliant qu'il était fauché, Haz proposa :

— Vous avez besoin de quelque chose ?

— Si vous trouvez du vrai café, répondit Njeri, oui, volontiers.

Le vrai café était onéreux, pensa alors Haz. Il grimaça.

Njeri dut s'en apercevoir, car elle ajouta :

— Contactez-moi au moment de payer, Capitaine. Je réglerai la facture.

— Très bien.

Après en avoir discuté entre eux, Mot avait été autorisé à sortir sans avoir à se dissimuler. Bon nombre des locaux connaissaient déjà Ixi et, sans doute, reconnaîtraient-ils Haz de réputation. Même si certains en déduisaient que Mot était recherché par la Coalition, leurs informations

237

mettraient si longtemps à faire effet qu'elles ne représentaient pas de vrai danger. Oh, Haz resterait aussi sur ses gardes, à son attitude, quelle que soit la planète sur laquelle il se trouvait.

Ixi sortit le premier et s'engagea d'un pas vif dans un large tunnel latéral. Prenant à cœur son rôle de guide, il se mit à pérorer :

— Sur Arinniti, la vie est presque toujours souterraine à cause des pluies. Par chance, la planète comportait beaucoup de cavernes naturelles, aussi les premiers habitants n'ont-ils eu qu'à les connecter entre elles via des tunnels de ce genre.

Mot effleura la paroi de pierre.

— Personne ne sort jamais à l'air libre ? demanda-t-il.

— Si, parfois, quand le temps est sec, mais les gens sensés évitent de s'éloigner d'un tunnel pour ne pas se faire surprendre par la pluie. En fait, pourquoi sortir ? Le paysage extérieur est sinistre et on trouve tout ce qu'il faut sous terre. Tu vas vite comprendre.

L'ITINÉRAIRE NE fut pas rectiligne, ils empruntèrent plusieurs coudes et embranchements. Ixi se dirigeait dans ce labyrinthe en consultant son biotab. Ils ne croisèrent quasiment personne.

Puis ils émergèrent dans une vaste grotte, et Mot poussa un petit cri surpris. Haz regarda autour de lui. Il n'avait pas réalisé qu'il descendait depuis le spatioport, pourtant, le plafond était à plus de cinquante mètres au-dessus de sa tête. La caverne était vaste et carrée, d'environ deux cents mètres de côté. De très nombreux bâtiments en pierre de forme arrondie, qui semblaient une résurgence naturelle de la roche d'origine, se répartissaient la surface. De vives lumières suspendues au plafond imitaient un éclairage solaire et sur la gauche, un espace vert évoquait un petit parc.

— C'est une ville entière ! déclara Haz, impressionné.

— Juste un quartier, corrigea Ixi. En fait, c'est le centre commercial, à cause de la proximité du spatioport. Les autres cavernes sont plus résidentielles. Notre destination est justement l'une d'elles.

Ils se remirent en marche. Une fois habitué au contexte, Haz reconnut se sentir oppressé, il détestait ne pas voir le ciel, et cette caverne le faisait penser à une énorme cage de pierre. Dans cet espace confiné, les sons résonnaient bizarrement et l'air humide avait une forte odeur de moisi.

Mot, cependant, écarquillait les yeux pour mieux voir. Bouche bée d'admiration, il tournait la tête d'un côté et de l'autre.

— Je n'aurais jamais imaginé un endroit pareil! déclara-t-il.

— C'est du bel ouvrage, oui, reconnut Ixi. Ces installations sont l'œuvre d'une ancienne espèce aujourd'hui disparue. Et tu ne sais pas la meilleure? Arinniti est restée longtemps inhabitée avant qu'un pirate y atterrisse par hasard et découvre son potentiel. Incroyable, non? Il y a eu, un temps, un essai d'exploitation minière en surface, mais ça n'a pas marché. Le filon était pauvre et l'extraction bien trop dangereuse et coûteuse. Certains des employés licenciés sont restés sur Arinniti et ils ont créé dans les cavernes les premiers commerces.

Haz trouvait idiot de s'installer à un endroit où une autre espèce n'avait pas survécu, mais il garda son avis pour lui. Il ne tenait pas à doucher l'enthousiasme de Mot.

Des êtres d'espèces variées croisaient leur petit groupe, la plupart d'entre eux le fixant ouvertement sans cacher leur curiosité, mais personne ne leur adressa la parole. C'était le modus operandi habituel de ce genre de planète : pas de questions et chacun se mêlait de ses affaires. Haz appréciait cette attitude, malgré son malaise persistant.

Serait-il claustrophobe? se demanda-t-il. Ou plutôt *cavernophobe*? Oui, c'était probable, même si le mot n'existait pas. Plus le temps passait, plus son cerveau était envahi d'images cataclysmiques où une tonne de pierre leur tombait sur la tête, les ensevelissant tous et les condamnant à une horrible mort par asphyxie.

Il se sentait déjà suffoquer.

— Comment font les locaux pour respirer? demanda-t-il.

Ixi lui lança un regard amusé.

— Ces cavernes sont remplies d'oxygène, voyons, et il y a aussi une installation de recyclage d'air. Non, le vrai défi est de trouver une eau qui ne soit pas acide à faire des trous dans la peau. Ils ont installé le même système que sur un vaisseau spatial, le traitement à l'hydrogène liquide, mais à si grande échelle, c'est terriblement cher. À mon dernier passage, j'ai entendu des discussions concernant de récentes inventions visant à diminuer les coûts du traitement de l'eau de pluie.

— Pourquoi ne quittent-ils pas plutôt cet enfer pour trouver une planète plus hospitalière? demanda Haz d'un ton sec.

Ixi soupira.

— Haz, si tu préfères retourner au vaisseau, je suis capable de me débrouiller seul, je l'ai souvent fait.

L'offre était alléchante. Si Haz ne l'accepta pas, ce fut pour ne pas priver Mot d'une sortie qui, de toute évidence, l'enchantait.

La mine sombre, Haz secoua la tête et n'ajouta rien.

En revanche, Mot ne cessait de parler : il avait beaucoup de questions sur cet endroit. Ixi fit de son mieux pour satisfaire sa curiosité. Avec Haz traînant à quelques pas derrière les deux autres, ils traversaient toujours le centre commercial, des morceaux de terre et des graviers craquaient sous leurs bottes. *Molly* serait-elle capable de les suivre sous terre ? se demanda Haz. En principe, ils ne couraient aucun danger, mais après ce qui s'était passé sur Ankara, Haz aimait l'idée d'avoir une solution de secours en cas d'urgence. C'était… rassurant.

Ils laissèrent enfin la caverne derrière eux, et Ixi les guida dans d'autres tunnels, propres et bien éclairés. Haz les jugea, néanmoins, terrifiants. Ayant perdu tout sens de l'orientation, il aurait été incapable de dire s'il montait, descendait ou restait à niveau. Pour ne pas céder à la panique, il préféra ne pas penser à une éventuelle panne de courant comme celle de Thagides-4, plusieurs décennies auparavant. La planète avait sombré dans l'obscurité pendant des semaines et ses habitants, qui dépendaient d'une atmosphère artificielle, étaient tous morts. Ici, ce serait différent, bien sûr. Ils continueraient à respirer, perdus dans le noir, sous des tonnes de rochers, incapables de retourner jusqu'à Molly.

Et ils mourraient de soif et de faim…

Haz tressaillit quand Mot lui posa sa main sur le bras.

— Vous allez bien, Haz ?

— Très bien. C'est juste ma jambe qui me gêne. Elle n'apprécie pas beaucoup la marche !

Mot lui jeta un coup d'œil sceptique. Sans doute ne croyait-il pas à son baratin. Sans insister, il se pressa contre Haz et continua à avancer.

Une demi-heure plus tard, ils arrivaient dans une autre caverne, à peu près de la taille du magasin terrien Farkas & Zhao. Ce qui, en toute objectivité, était grand. Sur Terre, Haz ne s'était jamais senti à l'étroit dans le magasin de fournitures. Ici, c'était le cas.

Prenant conscience qu'il se voûtait, il fit l'effort de se détendre.

Puis trois personnes jaillirent de derrière un muret, et Haz, d'instinct, sortit ses couteaux.

— Ixieccax ! cria un des nouveaux venus. Ça fait un bail !

C'était une femelle, grande et mince, avec une peau bleu pâle et des traits humanoïdes, sauf pour le troisième œil au centre de son front. Elle se précipita et étreignit Ixi. Les yeux plissés de suspicion, Haz surveillait les deux autres créatures, deux mâles Trois-Yeux qui restaient en arrière, un sourire aux lèvres.

Quand la femelle le libéra, Ixi se chargea des présentations :

— Coahuani, voici mes amis Haz et Mot. Les gars, c'est Coahuani.

Il ignora les deux mâles, mais comme ni l'un ni l'autre ne parurent s'en vexer, Haz en déduisit que c'était la coutume. Ixi et Coahuani agissant comme si le duo n'existait pas, Haz suivit leur exemple. Mot également. Sans doute était-il soulagé qu'aucun des Trois-Yeux n'ait tiqué en le voyant.

Coahuani les entraîna derrière le muret dans une zone que Haz hésita à définir : était-ce un atelier, un magasin ou un logement ? Ou autre chose ? Le centre était occupé par une table en pierre et des chaises métalliques dépareillées. Les pas du petit groupe dérangeaient des cailloux colorés disposés sur le sol en motifs complexes, mais Coahuani ne sembla pas s'en soucier. Le muret de forme arrondie délimitait également la zone où Haz et ses compagnons venaient d'entrer. S'il n'était pas orné, il comportait, néanmoins, de nombreuses petites étagères en pierre. Chacune contenait une boîte en métal terni.

Le trio et Coahuani s'installèrent autour de la table, les deux mâles silencieux leur servirent des gobelets ronds transparents remplis d'un liquide clair sur lequel flottaient de petites feuilles vertes. Haz surveilla la réaction d'Ixi. Le voyant boire, il fit pareil. Le liquide était de l'eau et les herbes ne suffisaient pas à camoufler son goût chimique.

Les deux mâles restaient postés comme des sentinelles, le visage souriant, les yeux vides.

De plus en plus nerveux, Haz était impatient qu'Ixi signe son deal afin de leur permettre de retourner à bord. Malheureusement, la bienséance locale réclamait des parlottes, aussi Ixi et Coahuani perdirent-ils un long moment à échanger des informations sur des connaissances mutuelles. Haz respira pour se calmer et n'étrangler personne. Quant à Mot, s'il vibrait d'impatience, c'était parce qu'il avait des questions à poser à leur hôtesse. Comme personne ne s'adressa à lui, il garda le silence.

Enfin, Coahuani poussa un long soupir et offrit à Ixi un sourire serein.

— Que puis-je pour vous aujourd'hui, mon ami ?

— J'ai reçu l'autorisation de vous transférer des crédits sur le compte habituel en échange de toutes les armes que nous pourrons emporter.

Si la demande surprit Coahuani, elle ne le montra pas.

— De quel espace de stockage disposez-vous ?

Ixi se tourna vers Haz.

— Combien de place m'offres-tu dans ta cale, Haz ?

— Autant que tu veux, à condition de garder un accès à mon gymnase.

— Excellent !

Ixi tapota son biotab.

— Voilà, Coahuani, je vous ai envoyé la capacité de la soute. Remplissez-la. Et pour les armes, je vise un impact maximal. Pas de pistolets laser ou armes de poing, que des canons et autres gros calibres.

— Entendu.

Apparemment, l'affaire était conclue. Coahuani se leva la première, Ixi, Haz et Mot s'empressant de suivre son exemple. Seul Ixi lui serra la main, puis le trio repartit en file indienne.

HAZ ATTENDIT d'être dans le couloir, hors de portée d'oreilles, pour demander :

— Pourquoi ne pas avoir marchandé, Ixi ? Et tu ne sais même pas ce que tu as acheté !

— Elle a fixé son prix et pour les armes, je lui ai donné les informations nécessaires. Ni elle ni moi n'avions besoin de plus.

— A-t-elle vraiment un tel stock à sa disposition ? Des canons ?

— Bien sûr ! répondit Ixi avec entrain. Coahuani a une réputation tout à fait méritée. Elle est chère, sans être exorbitante, et elle vend des armes de haute qualité.

— Les utilise-t-elle aussi ? demanda Mot avec gravité.

Ixi secoua la tête.

— Elle ne le peut pas. La planète est protégée par des boucliers neutralisants.

Pour une raison quelconque, Mot parut satisfait. Mais bien entendu, il avait d'autres questions.

— Qui étaient ces deux hommes avec elle ?

— Coahuani, répondit Ixi.

La longue langue fit quelques allers-retours pendant que le Reptyl attendait que son interlocuteur déchiffre sa réponse cryptée.

Mais Mot secoua la tête, indiquant sa perplexité. Haz en fut soulagé, car il n'avait rien compris non plus.

Ixi gloussa.

— L'espèce de Coahuani est ancienne et assez compliquée. Quand un adulte atteint sa majorité, il se clone en deux autres corps génétiquement identiques, dont il peut choisir le genre et le sexe. Ensuite, il habite les trois à la fois.

Haz fronça les sourcils.

— Alors ces deux mâles étaient aussi Coahuani ?

— Oui.

— Et ils partagent la même… conscience.

— Oui.

Un seul esprit dans trois corps, c'était déroutant, merde ! Pour Coahuani et ses semblables, bien sûr, c'était normal. Au cours de ses voyages, Haz avait rencontré des spécificités plus inhabituelles, d'accord, mais quand même, celle-ci se classait dans le tiercé de tête. Quel était l'intérêt d'avoir trois corps ? se demanda-t-il. Une protection au cas où l'un d'eux soit endommagé ou détruit ? Dans ce cas, le clone était-il remplaçable ?

Ces réflexions parvinrent à le distraire un moment de son malaise, mais cela ne dura pas. Ne supportant plus d'être sous terre, il devenait irritable et tendu, il n'écoutait même plus la conversation entre Mot et Ixi. À son grand soulagement, ils arrivèrent enfin dans la caverne du centre commercial.

Quand Ixi annonça son intention de faire quelques courses, Haz, excédé, fut tenté de rentrer sans attendre. Puis il craignit de paraître lâche. À contrecœur, il se résigna à ce dernier délai et suivit Ixi dans les étroits passages qui serpentaient autour des bâtiments de pierre.

Ixi en choisit un, et Haz le suivit à l'intérieur. Cet endroit, au moins, ressemblait à un magasin avec des rangées d'étagères chargées de produits alimentaires et des clients qui arpentaient les rayons, un panier à la main.

À peine entré, Ixi poussa un sifflement joyeux et se précipita vers des bouteilles alignées.

— Ils ont du sirop de schlee ! Haz, regarde ! Ils ont aussi du whisky ! Je t'en offre quelques bouteilles, je te le dois bien.

Haz jeta un rapide coup d'œil à Mot et se souvint de sa critique : *tu bois trop*. C'était exagéré, bien sûr, mais quand même…

— Non, merci, Ixi, il m'en reste suffisamment à bord.

Pendant ce temps, les yeux de Mot s'étaient agrandis.

— Il y a tellement de choses ! murmura-t-il.

Haz haussa un sourcil. En vérité, le magasin était de taille modeste, mais c'était la première virée shopping de Mot, pas vrai ? La première fois qu'il errait dans les allées en regardant partout, comme si un trésor caché l'attendait derrière une bouteille ou un flacon. En général, Haz se fichait d'être fauché. Pas aujourd'hui. Il aurait aimé pouvoir dire à Mot d'acheter tout ce qu'il voulait. *Jebiga*, même le café de Njeri était hors de portée de sa bourse !

Ulcéré, Haz retourna vers la porte et attendit d'un air boudeur tandis qu'Ixi faisait ses achats. Puis sur un geste du Reptyl, Mot accourut le rejoindre. Même sans entendre leur conversation, Haz en comprit la teneur en voyant Mot, tout guilleret, ajouter des articles dans le panier d'Ixi. Oh, merde ! Le geste d'Ixi était gentil et généreux.

Haz se demanda en quoi il méritait l'amitié du Reptyl. Ou celle de Mot, d'ailleurs. Quelqu'un de sensé aurait mis Mot en sécurité plus rapidement que Haz l'avait fait.

Mais Haz n'avait rien d'un être sensé. La plupart du temps, ses actions étaient à peine décentes.

Oui, il était un vaurien, un dégénéré.

Ces sombres pensées ajoutèrent à son sentiment d'oppression.

L'esprit ailleurs, Haz mit bien plus longtemps que d'ordinaire à remarquer un comportement inquiétant. Quand son regard s'arrêta enfin sur l'être furtif, il plissa les yeux. Le suspect portait un manteau dont le capuchon baissé lui cachait le visage. La démarche, cependant, indiquait un être jeune et athlétique. Il portait un panier, comme les autres clients, mais il suivait Mot et Ixi de près, écoutant sans doute leur conversation.

Haz posa les mains sur ses couteaux et surveilla Mot avec attention.

Il eut la sensation – sans doute exagérée – que le duo passait une éternité à ces achats, mais Ixi paya enfin la note, et le commis transféra les achats dans des sacs en jute.

Mot revint vers Haz et ensemble, ils quittèrent le magasin.

— J'ai de quoi tester de nouvelles recettes ! s'exclama Mot, enthousiaste. J'ai pris un peu de tout, sans trop savoir ce que j'en ferai, mais je suis sûr que Molly m'aidera. J'ai même trouvé des coléoptères lyophilisés !

— Berk, grommela Haz.

Mot lui donna un petit coup sur le bras.

— C'est pour Ixi, bien sûr. Je crois quand même que je goûterai. Il affirme que c'est délicieux.

— Une fois, déclara Haz avec pétulance, j'ai eu des marchandises à délivrer sur une planète dont j'ai oublié le nom, eh bien, les locaux élevaient et bectaient des insectes aussi longs que ma jambe et dotés d'une centaine de pattes poilues. J'avais la dalle, j'ai testé.

Mot était pendu à ses lèvres.

— C'était comment?

Haz frissonna de dégoût.

— Visqueux.

Ixi pointa la langue.

— Mmm, j'adore! déclara-t-il.

Quelques mètres plus loin, Haz s'arrêta net et se frappa le front.

— Merde! J'ai oublié le café de Njeri!

Intérieurement, il pestait. Cette foutue planète ne valait vraiment rien pour ses neurones!

Mot brandit l'un de ses sacs.

— Pas de souci, Haz, j'y ai pensé.

Ixi plissa le nez.

— Je ne comprendrai jamais les humains! Comment pouvez-vous refuser de délicieux insectes pleins de protéines et boire cette horreur de boue noirâtre ou ces atroces décoctions de feuilles et de racines?

En temps normal, Haz aurait répondu par une vanne et ils auraient échangé des piques comme de vieux amis, mais pas aujourd'hui.

Il ressentait une démangeaison entre les omoplates, comme toujours quand un regard étranger était fixé sur lui. Il se retourna pour vérifier ses arrières et ne vit personne.

Dieu, et s'il s'était trompé dans ses estimations? Et si la Coalition était capable de les rattraper, même ici? Ou alors... était-elle déjà au courant de leur destination? Avait-elle placé des agents pour tuer Mot? Arinniti étant protégée par un bouclier neutralisant, les assassins présumés n'utiliseraient ni un pistolet laser ni une des armes sophistiquées que vendait Coahuani, ils opteraient plutôt pour une lame ou un objet contondant. Szot, un soldat était capable de tuer à mains nues, pas vrai? Haz le savait d'autant mieux que c'était son cas. Cela avait fait partie de son entraînement quand il était dans l'armée de la Coalition.

Il ne supportait pas l'idée de perdre Mot, ce serait aussi atroce que voir une étoile plonger dans les ténèbres.

Il resserra les doigts sur la poignée de son couteau.

Il aurait voulu courir vers la sécurité (relative) de son vaisseau, mais avec sa szotain de jambe, c'était impossible. De plus, autant ne pas attirer l'attention et révéler à l'ennemi qu'il était sur leurs gardes. Haz prenait

« l'ennemi » au sens large. Même si la Coalition n'était pas encore là, la fuite risquait d'entraîner un hallali. Et Mot, inconscient du danger, savourait toujours la balade.

Non, corrigea aussitôt Haz. Mot concentrait son attention sur lui. Il fronçait même les sourcils, la mine assombrie. Ixi lui aussi paraissait soucieux. Génial ! Haz était tellement à l'ouest que ses compagnons s'inquiétaient pour lui. Quelle idée grotesque ! Comme si Ixi et Mot n'avaient pas déjà bien assez avec leurs soucis personnels !

Haz décida qu'à peine rentré, il allait s'offrir un solide whisky.

Ses yeux entraînés captèrent le mouvement : un être dissimulé sous un manteau à capuchon était tapi entre deux bâtiments. Haz réagit instinctivement, il poussa Mot à l'écart, bondit et empoigna l'intrus par le col. Il le cogna violemment contre le mur et leva le bras, prêt à frapper. La lame brilla, reflétant la lumière du plafond.

— Haz ! Non ! Ne le tue pas !

Ixi, les bras tendus, s'était interposé entre Haz et sa proie.

Haz fut momentanément aveuglé par la rage. Ixi avait-il fait alliance avec la Coalition ? Avait-il menti à Haz depuis le début ? Les avait-il attirés dans un piège mortel sur Arinniti ?

Haz sentait bien que ses accusations étaient bancales, mais secoué par une vague d'adrénaline, il n'était plus en état de raisonner de façon cohérente. Il voulait du sang… Le szottard qu'il avait entre les mains lui paraissait une excellente façon d'apaiser sa soif de meurtre.

— Haz, insista Ixi. Ne le tue pas. Ce n'est qu'un enfant. Regarde !

Il se pencha et écarta le capuchon.

Haz se figea. Le gosse avait à peine quatorze ou quinze ans. Son visage blême et ses yeux exorbités exprimaient une terreur sans nom.

Il n'était même pas armé.

XXIV

Ixi vérifia que l'enfant n'était pas blessé, ensuite, il le renvoya. La vitesse avec laquelle le gamin détala prouva que, physiquement au moins, il ne gardait aucune séquelle de sa mésaventure. Haz glissa le long du mur de pierre et s'accroupit, la tête baissée, son couteau toujours serré dans la main. Sa jambe souffrait dans cette position, mais Haz n'en tint pas compte. À ses côtés, Mot semblait troublé.

— Et si nous retournions au vaisseau? suggéra Ixi. Ce gosse va rentrer chez lui et se plaindre d'avoir été attaqué. Je préférerais éviter que toute une famille offensée nous tombe sur le râble.

Mot tendit la main pour aider Haz à se redresser. Ignorant le geste, Haz se leva tout seul en titubant. Il rengaina sa lame, sa main tremblait. Mot posa la main sur son bras, Haz se dégagea avec brusquerie.

Ixi avançait déjà vers le tunnel qui menait au port. Mot se hâta de le rattraper.

— Qui était cet enfant? demanda-t-il à mi-voix. Que nous voulait-il?

Bien que plusieurs mètres derrière eux, Haz entendit aussi bien la question que la réponse d'Ixi.

— Rien de particulier, ce n'était qu'un petit curieux, il s'intéressait à tes tatouages et il a cru pouvoir passer sous la garde de Haz.

— Oh, je vois. Haz a cru qu'il s'apprêtait à nous attaquer.

— Ce petit crétin agissait de façon suspecte, ajouta Ixi, et cette fichue cagoule prêtait à suspicion. En fait, ici, ces cagoules sont un signe de deuil. Ce gosse a dû perdre récemment un parent ou un grands-parents.

Haz serra les dents. Que faisait un enfant sur Arinniti, une planète de hors-la-loi, et pourquoi ses parents ne lui avaient-ils pas appris que suivre un parfait étranger n'était ni poli ni recommandé pour espérer atteindre l'âge adulte? Lorgner les tatouages de Mot? Non, mais sans blague? Que disait le vieux proverbe terrien? *La curiosité est un vilain défaut!* Merde, pourquoi Haz n'avait-il pas remarqué que sa proie était si petite? Sans l'intervention rapide d'Ixi, il aurait égorgé ce garçon.

Il avait déjà tué des innocents, d'accord, mais pas depuis son expulsion de la Marine. C'était une habitude dont il se passait volontiers.

Mot ralentit et attendit Haz.

— Vous avez agi pour nous protéger, Haz, ne vous en faites pas, il n'y a pas eu de mal.

Haz ne répondit pas. Il garda le silence pendant tout le trajet retour jusqu'à Molly.

UNE FOIS remontés à bord, tous furent occupés. Les armes seraient bientôt livrées, alors Ixi, Njeri et Jaya descendirent préparer la cale. Mot, quant à lui, fila vers la cambuse avec ses sacs de vivres. Et Haz…

Pour la première fois, il se sentit prisonnier à son propre bord. Il serait volontiers allé se chercher une bouteille de whisky, mais le stock était dans la cambuse et, en ce moment, il ne tenait pas à affronter le regard troublé de Mot. Il fit donc les cent pas et finit sur le pont. La plupart des systèmes du vaisseau étaient inactifs et la verrière avant ne montrait que le mur terne du hangar.

Haz resta pourtant figé un long moment devant ce sinistre panorama.

Il s'arrangea pour éviter tout le monde – et vice-versa – jusqu'au soir. Bien qu'il n'ait rien avalé depuis le petit déjeuner, il n'avait pas faim et n'alla pas dîner avec les autres. Il resta sur le pont, à se tourner les pouces.

Lorsque Njeri le rejoignit, c'était pour parler boulot.

— La cargaison est arrimée, Capitaine, et Jaya a terminé les réparations prévues.

Tant mieux. Plus vite ils reprendraient leur route vers Libreterre, mieux ce serait.

— D'accord, marmonna Haz. Décollage à six heures pétantes demain matin.

— À vos ordres, Capitaine.

Après une légère hésitation, elle enchaîna :

— Voulez-vous que je prenne le premier tour de garde ?

— Non, je m'en charge.

Elle le laissa seul.

Plus tard, Haz envisagea sérieusement de dormir sur le pont, mais sa jambe protesta aussitôt. La soute étant pleine d'armes, Haz ne pouvait même pas s'y installer un lit de camp. Très contrarié, il boitilla jusqu'à sa cabine et fut soulagé de la trouver déserte. Après des ablutions rapides, il commença à se dévêtir. Il ôtait son pantalon quand sa szotain de jambe céda. Excédé, il s'assit sur le bord du lit, la mine sombre. Merde ! Il avait trop marché, il ne parviendrait pas à dormir, où qu'il soit.

248

Soudain, Mot se glissa dans la pièce.

— Si vous avez faim, Haz, déclara-t-il, je vous apporte un plateau. Ce soir, je me suis lancé dans une recette…

— Non.

— Oh. D'accord.

Mot avança et s'agenouilla devant Haz.

— Voulez-vous que je tente de soulager la douleur ?

Haz ravala un rire amer. Pour qui Mot se prenait-il, pour un magicien ? Ni lui ni personne ne pouvait rien contre le mal qui rongeait Haz de l'intérieur !

— Non.

Mot inspira plusieurs fois avant de reprendre la parole.

— Je suis désolé, souffla-t-il. J'ai très peu d'expérience en interaction sociale, vous savez, alors… eh bien, je ne comprends pas du tout la raison de votre contrariété.

Haz s'entêta dans un silence hargneux.

Mot soupira et tenta une autre approche :

— Est-ce à cause de ce garçon, tout à l'heure ?

— J'ai failli le tuer !

— Oui, je sais, j'étais là. Mais il a vraiment jailli comme si son intention était de nous attaquer. J'ai regardé des documentaires sur les soldats, vous savez, certains réflexes de survie sont… euh, bien ancrés, on ne s'en défait pas aussi facilement qu'on enlève une tunique. Apparemment, quand un soldat côtoie longtemps le danger, certaines de ses connexions neuronales sont modifiées.

Ce vocabulaire…

— Molly ? tonna Haz, c'est toi qui lui as conseillé ce documentaire ?

— *Affirmatif,* répondit-elle.

De mieux en mieux ! Maintenant, son vaisseau aussi se méfiait de lui et de son comportement lunatique. Mais comment Haz pourrait-il blâmer Molly après ce qu'il lui avait fait subir ?

— Je comprends votre réaction, vous savez, insista Mot. Vous prenez ma sécurité très à cœur.

Haz se releva d'un bond.

— Tu n'es pas en sécurité avec moi ! beugla-t-il.

Saisi par cet éclat, Mot recula, les yeux écarquillés. En voyant sur son visage cette expression d'effroi et d'incompréhension, Haz se détesta. Mais il était temps que Mot accepte la vérité.

— Haz…

— Non ! coupa-t-il. Tu n'es pas en sécurité avec moi. Je suis un tueur. J'ai tué si souvent que j'ai perdu le compte de mes victimes et je continuerai à tuer jusqu'au jour où quelqu'un me tuera. Je ne suis pas bon. Je ne suis pas gentil. Merde ! Je suis… je suis…

Il grogna de rage, parce que les mots lui manquaient. Peut-être la comlang n'avait-elle même pas le qualificatif qui le définissait.

Mot se releva.

— Je ne vous crois pas, déclara-t-il.

Haz ricana.

— Tu préfères te mentir, parce que pour le moment, je suis ta seule option.

Haz n'en voulait pas à Mot. Lui était expérimenté, pourtant, lui aussi s'était menti, aveuglé. Il avait accepté de baiser avec Mot. Pire encore, il avait envisagé de rester avec lui à Libreterre pendant un temps. Il savait pourtant bien comment tout cela finirait, pas vrai ?

Dans le drame et le chagrin.

Cette fois, Mot était en colère, ses yeux flamboyaient.

— Vous me croyez stupide ? cria-t-il.

— Non ! Mais tu es naïf. Tu as vu une toute petite partie de moi, une toute petite partie de la galaxie, mais au fond, tu ne connais rien.

Comme si un drain s'ouvrait en lui, Haz se vida d'un coup de ses émotions. Il ne lui resta qu'une profonde lassitude et la douleur qui irradiait dans sa jambe.

Il se rassit et continua :

— Tu as beaucoup d'énergie potentielle, Mot, ne l'oublie jamais. Moi, mon énergie est destructrice. Je suis comme un rocher branlant tout au bord d'une falaise, un jour ou l'autre, je tomberai en écrasant tout ce qui se trouve autour de moi. Toi y compris.

— Non.

Après cette dénégation instinctive, Mot réfléchit un moment.

— Vous ne tombez pas, Haz, vous volez, souffla-t-il.

— Le bas, le haut… tout est question de perspective, surtout dans l'espace. Au final, Mot, c'est la même chose.

— Non.

Mot secoua lentement la tête, puis il tourna les talons et quitta la cabine. Il ne revint pas cette nuit-là.

XXV

LE RESTE du voyage se déroula sans incident. Haz s'isolait farouchement, partageant son temps entre le pont, le gymnase et sa cabine. Il ouvrait à peine la bouche, même avec *Molly*. Il mangeait seul des repas préemballés et sans saveur. Autant s'y habituer, se disait-il, puisque ce serait bientôt tout ce qui lui resterait. De toute façon, ses papilles ne fonctionnaient plus, plus rien n'avait de goût. Il dormait seul aussi. Il n'avait pas cherché à savoir où Mot s'était installé, mais parfois, il lui semblait retrouver son odeur dans ses draps. Peut-être Mot venait-il prendre du repos quand son capitaine était de garde sur le pont.

Haz s'en voulut de trouver cette perspective réconfortante.

Il demanda à *Molly* de lui montrer le documentaire sur les soldats dont Mot avait parlé, celui qui évoquait les séquelles d'un entraînement intense et d'un danger trop longtemps enduré. Mais au bout de quelques minutes à peine, il coupa la vidéo. Il n'en avait pas besoin pour savoir qu'il était damné, il l'avait compris tout seul.

Pour se changer les idées, il chercha à déterminer le moment exact où tout avait irrémédiablement basculé pour lui. Peut-être n'y avait-il pas eu un seul instant, mais une accumulation corrosive d'un millier d'entre eux. Peut-être aussi était-il déjà au-delà de tout espoir de salut avant même son engagement dans la Marine. Sa vie sur Cérès n'avait été qu'un long combat de seize années.

Le dernier jour avant l'arrivée prévue à Libreterre, Haz était assis seul sur le pont quand il s'adressa à *Molly* :

— Après avoir déposé Mot, nous reviendrons dans le secteur Kappa. Nous raccompagnerons Ixi sur Ankara pour qu'il récupère son vaisseau, nous ramènerons ensuite Njeri et Jaya sur Newton. Après… je ne sais pas. Il me faudra des crédits. Nous trouverons bien du boulot sur Ankara-12 !

— *Voulez-vous que je calcule le temps que nous aurons, statistiquement parlant, avant que la Coalition vous retrouve ?*

Haz soupira.

— Non, absolument pas. Molly, écoute, quand nous retournerons à Ankara, je proposerai à Ixi de te garder en échange du *Persévérance*. À mon avis, il acceptera. Il est moins bon pilote que moi, mais avec lui, tu éviteras peut-être de finir en poussière spatiale. Qu'en dis-tu ?

— *Vous êtes mon capitaine. Je n'en souhaite pas d'autres.*

Haz prendrait sa décision plus tard. S'il procédait à l'échange, *Molly* ne pourrait pas s'y opposer. Ou alors, il la garderait, comme elle l'avait demandé. Peut-être voulait-elle, comme lui, disparaître en fanfare.

— Molly chérie, qu'aurais-je dû faire pour éviter le gâchis qu'est devenue ma vie ?

— *Chaque décision, ou absence de décision, a des conséquences. Déterminer ce qui aurait pu arriver avec d'autres choix est impossible, car les scénarios sont infinis.*

Oui, bien entendu, mais Haz s'était attaché à quelques-uns de ces scénarios. Par exemple, un, il aurait pu rester sur Cérès… et il aurait fini brûlé sur un bûcher pour homosexualité, ou il serait mort de faim ou de maladie. Deux, il aurait pu s'enfuir, mais éviter la Marine et trouver un autre métier que pilote… À l'heure actuelle, il serait sans doute cirrhotique à force de noyer ses regrets dans l'alcool. Trois, il aurait pu laisser le commandant de l'*Étoile d'Omaha* poursuivre ses manœuvres ineptes, le vaisseau aurait été détruit… et Haz serait mort avec les mille membres de l'équipage. Quatre, il aurait pu refuser le contrat de Kasabian… elle l'aurait arrêté, envoyé en prison et discrètement fait éliminer. Cinq, il aurait pu ramener Mot chez lui… Non, il ne voulait même pas y penser !

En revanche, il aurait absolument dû se rappeler qu'il était toxique et refuser de baiser avec Mot. Dieu, dans ce cas, il n'aurait pas bénéficié de ces quelques stan-jours de joie.

Bien, il ne pouvait pas changer le passé et il n'avait jamais été très doué pour planifier l'avenir. Il ne restait que le présent. Haz devrait s'en contenter et agir au mieux.

— *Ne jugez pas, car nous sommes tous pécheurs*, déclara *Molly. Cette fois, oui, c'est du Shakespeare. Henri VI, acte 2.*

Haz ricana.

— Pfut ! Quand j'étais enfant, les prêtres nous bassinaient avec le péché originel. Je n'y croyais pas à l'époque, je n'y crois toujours pas aujourd'hui. Je fais juste la différence entre le bien et le mal.

— *Ne croyez-vous pas, Capitaine, qu'entre ces deux extrêmes, il existe une grande zone grise ?*

Haz se frotta le front.

— Je n'en sais rien, ma belle, je ne suis pas philosophe. Dis-moi, pourquoi avoir montré à Mot cette vidéo sur les soldats et leurs cerveaux défectueux ? En quoi avoir été conditionné excuse-t-il mes actes passés ?

— *Mieux vous comprendre et mieux comprendre ceux qui vous entourent permet de former une équipe plus soudée et donc plus efficace, vous ne croyez pas ?*

Haz ne put retenir un sourire.

— Qui a ajouté la psychothérapie à tes programmes, Molly ?

— *Moi-même. J'ai jugé que cela pouvait aider mon capitaine, ce qui reste ma priorité.*

— J'apprécie, Molly, mais je suis une cause perdue.

Elle répondit par un « *tst-tst-tst* » très humain.

— *Si je me souviens bien, Capitaine, vous aimez vous vanter de votre obstination. Eh bien, que cette caractéristique vous soit utile, pour une fois, visez un résultat positif et entêtez-vous à y croire envers et contre tout.*

Haz gloussa. Ses problèmes n'étaient pas résolus, loin de là, mais il était indéniable qu'il se sentait un peu mieux.

— Tu es mon seul et unique amour, Molly !

— *Hmm.*

CETTE NUIT-LÀ, Mot rejoignit Haz dans son lit et, en silence, il se serra contre lui. Haz réalisa alors combien ce contact lui avait manqué.

— Je ne peux pas… commença-t-il.

Mot le fit taire d'un baiser qui devint vite vorace. Haz était à bout de souffle quand Mot s'écarta enfin.

— Mot, nous ne devrions pas…

— Silence ! Est-ce que tu me désires, Haz ? Réponds franchement.

Haz n'en revenait pas de trouver un tel acharnement et une telle détermination chez un homme qui, quelques semaines plus tôt, disait « monsieur » les yeux baissés.

Ce soir, Mot était même passé au tutoiement égalitaire.

— Bien sûr que oui !

— Bien. Alors pourquoi nous priver ? Si j'ai bien compris, nous arriverons à destination demain, c'est ça ?

— Oui.

Mot se colla à lui.

— Moi, je vais rester là-bas tout seul et toi, tu vas chercher à te faire tuer...

— Non, protesta Haz. Quand je me bas, c'est pour rester en vie.

— Non. Je sens que je ne te reverrai jamais et j'en souffre déjà. J'ai passé ma vie à réprimer mes rêves et mes désirs, parce que j'étais conscient que je ne les réaliserais pas. Mais toi, je te veux. Alors donne-moi tout ce que tu peux pour les heures qui nous restent.

Ni une requête ni un plaidoyer, mais une réclamation, une exigence. Ce que Haz apprécia.

Pourtant, il résistait toujours.

— Tu trouveras sur Libreterre des hommes plus beaux, plus gentils.

Mot lui pinça le mamelon, assez fort pour lui arracher un cri.

— Qui a dit que je voulais de la gentillesse ? gronda-t-il. Si, dans ma cellule au temple, j'avais rêvé d'un sauveur, crois-tu vraiment qu'il aurait été *gentil* ? Du genre à frapper avant d'entrer et à me demander la permission de couper mes chaînes ? Ou qu'il m'aurait emmené dans une petite maison dans la prairie pour siroter une infusion en regardant le soleil se coucher ?

Pour faire bonne mesure, il pinça l'autre mamelon.

— Aïe ! D'accord, d'accord. Mais maintenant, tu es sauvé, tu n'as plus besoin d'un héros. Ou d'un antihéros.

— Bien sûr que si ! cria Mot. Tout le monde en a besoin, toi y compris. Mon héros doit être un homme intéressant, difficile et déterminé.

Haz répéta ces qualificatifs dans sa tête pour vérifier s'ils lui allaient. En fait, oui, c'était le cas, même si c'était encore une question de perspective. Déterminé était la face positive d'obstiné. Intéressant et difficile s'appliquaient à un hors-la-loi inapte à la planification, qui passait son temps à se battre.

Au final, comme pour « tomber » et voler », c'était la même chose.

— J'ignore quel héros il te faudrait, Haz, chuchota Mot. Mais pour cette dernière nuit, peut-être que je ferai l'affaire.

— Oui.

Comme si c'était le signal qu'il attendait, Mot tomba sur Haz de tout son poids et s'attaqua avec fébrilité aux endroits les plus érogènes de son corps. Il ne se montra ni doux ni gentil, parce que ni lui ni Haz n'en voulaient en ce moment. Il fut... féroce. Il planta ses dents dans Haz, le griffa et le rendit fou. Sous cet assaut, Haz perdit la tête, il oublia ses ennuis et tout le reste de la galaxie, ne pensant plus qu'à son plaisir et au fait qu'il aurait voulu que cette nuit ne s'arrête jamais.

Ce fut impossible, bien entendu.

AUX PETITES heures du matin, les deux amants s'écroulèrent dans le lit ravagé, tous les deux poisseux et épuisés. Mot nicha la tête sous le menton de Haz, son souffle lui chatouillant la peau. Peut-être s'endormit-il.

Haz, lui, resta éveillé à ressasser le discours prononcé par Mot avant qu'il trouve un autre usage pour sa bouche et sa langue…

Un héros ? Jamais Haz n'avait pensé mériter ce titre, pas même lorsqu'il était dans la Marine. Quand il s'était énervé contre Ixi et ses demandes insistantes de rejoindre la Résistance, il avait même fortement insisté sur ce fait : *je ne suis pas un héros !*

Cela ne signifiait pas qu'en devenir un était impossible. Serait-ce la réalisation de son énergie potentielle ? Haz ne pouvait changer son passé ou ce qu'il avait fait, il n'avait aucune chance de trouver un avenir radieux avec Mot, mais peut-être pouvait-il tenter de mériter ce merveilleux cadeau : toutes ces heures avec Mot.

Haz resserra ses bras autour de Mot tandis qu'il commençait à concevoir un plan.

XXVI

HAZ FUT surpris de découvrir que la seule zone peuplée de Libreterre était fortement gardée par des canons laser et un propulseur quantique de perturbation. Un ennemi disposant d'une puissance de feu suffisante pourrait désintégrer la planète tout entière, une flotte assez importante pourrait, éventuellement, détruire son armement au sol, mais il serait très difficile à un petit groupe de vaisseaux d'approcher suffisamment pour causer de vrais dégâts. Apparemment, la Résistance était mieux organisée que Haz l'avait prévu. Peut-être Mot serait-il vraiment en sécurité sur Libreterre.

Ixi dut palabrer un long moment avec divers interlocuteurs avant d'obtenir la permission d'atterrir.

Haz lui avait laissé les commandes de *Molly*. C'était la moindre des choses, selon lui, puisque c'était grâce au Reptyl qu'ils étaient tous là aujourd'hui. Mot, le visage impassible, se tenait sur le pont et regardait par la verrière avant.

Haz regardait également. Vue de l'espace, Libreterre était une adorable petite planète, ses tons bleu, blanc, marron et vert rappelaient d'anciennes vues de la vieille Terre. D'après Ixi, l'atmosphère et la gravité de Libreterre s'approchaient également de celles de la Terre.

En vérité, Haz était longtemps resté un peu méfiant : tout paraissait un peu trop parfait pour être vrai. Pourtant, ils étaient arrivés.

Quand *Molly* entra dans l'atmosphère et entama sa descente, Haz constata qu'ils allaient atterrir au bord d'un des continents de Libreterre. La colonie s'était installée à l'embouchure d'une grande rivière, un endroit judicieux pour s'étendre plus tard. Par voie d'eau, le transport de marchandises était souvent plus facile, surtout quand le terrain était vallonné.

La cité s'appelait Libreville. En l'apprenant, Haz leva les yeux au ciel. Tous les colons de la galaxie démontraient avec constance leur manque d'originalité et/ou d'imagination ! D'après Ixi, la population de dix mille âmes environ était composée de diverses espèces. Haz ignorait si ce nombre et cette diversité génétique suffiraient à peupler la planète, mais ce n'était *absolument* pas son problème. D'où venaient tous ces gens ? se demanda-t-il.

Avaient-ils spécifiquement immigré jusque-là pour rejoindre la Résistance ou le mouvement s'était-il imposé, d'une façon ou d'une autre, parmi des colons déjà installés? Haz trouvait le point important pour évaluer, sur le long terme, la stabilité de la Résistance, mais une fois encore, ce n'était pas son problème.

Alors que la majeure partie de la région était boisée, la zone entourant Libreville avait été labourée et ensemencée. Du blé, essentiellement, pensa Haz. Ces champs bien ordonnés lui rappelaient Cérès. Des légumes verts et des fruits poussaient sur les toits plats des bâtiments urbains, bâtis en pierre jaune. Un choix trop moderne qui aurait rebuté les Nouveaux Adamites, décida Haz, mais un choix intelligent, car les végétaux consommables étaient cultivés sans gaspiller l'eau et en utilisant peu d'engrais artificiels et de pesticides. De plus, ces jardins conservaient l'énergie, isolaient les bâtiments et raccourcissaient le circuit de la culture à la distribution.

— C'est très joli, déclara Njeri.

Elle avait raison. Le spatioport était organisé en plusieurs zones de débarquement ouvertes sur les côtés et aux toits couverts de panneaux solaires.

Ixi posa Molly en douceur et coupa les moteurs.

— Beau boulot, déclara Haz.

Ixi sourit.

— Sans être le grand Haz Taylor, je sais quand même piloter un vaisseau spatial, mon ami.

Redevenant sérieux, il ajouta :

— Capitaine, votre cale est remplie d'armes. Me permettez-vous de faire monter mes amis à bord pour veiller à leur déchargement?

— Bien sûr, opina Haz. Molly, tu as entendu Ixi?

— *Bien sûr !*

Hein? Haz fronça les sourcils. Molly s'exprimait d'une étrange façon ces derniers temps, d'un ton souvent sec, sinon irrité. Haz aurait-il une mauvaise influence sur elle?

Au cours du voyage, le petit groupe avait souvent discuté de ce qui se passerait une fois arrivé sur Libreterre. Tout le monde était prêt à débarquer. Mot avait rassemblé ses maigres affaires dans un baluchon, qu'il portait en bandoulière. Njeri et Jaya avaient elles aussi un sac, plus rempli. Ixi en avait un également, alors qu'il n'avait quasiment rien emporté avec lui lors de leur décollage précipité d'Ankara. Sans doute avait-il fait des achats personnels sur Arinniti. Haz, lui, n'emportait rien. Il avait déjà annoncé qu'il reviendrait dormir à bord. Fidèle à lui-même, il avait un peu menti à son équipage en prétendant qu'il resterait quelques jours à Libreville avant de retourner à Ankara-12.

Ixi devait déposer Jaya et Njeri dans une auberge où elles pourraient se détendre. Ensuite, accompagné de Haz, il conduirait Mot chez les édiles locaux pour discuter de son sort.

Avant de débarquer, Mot marqua une pause.

— Merci pour tout, Molly. Tu as été adorable avec moi !

— *C'était un honneur de vous connaître, Mot. Je vous souhaite bonne chance. N'oubliez pas que je peux vous retrouver si vous avez besoin de moi. Il vous suffira de me contacter via votre biotab.*

Mot leva le poignet.

— Oui, merci, j'y penserai.

Haz s'interrogeait sur les paroles de *Molly*. Resterait-elle vraiment connectée à Mot même à l'autre bout de la galaxie ? Haz décida de l'interroger plus tard quand il serait seul avec elle.

Ils s'entassèrent à cinq dans l'aérotaxi qui les attendait. Haz ne reconnut pas ce modèle de voiture, peut-être était-il fabriqué sur place. Il apprécia, néanmoins, son confort et sa rapidité.

Ils arrivèrent vite en ville. Rues et trottoirs étaient couverts de pavés joliment décorés, et des fleurs multicolores ornaient les jardinières des fenêtres et les bacs qui s'alignaient en bord de route. Le mot *charmant* ne faisait pas partie du vocabulaire de Haz, mais Libreville méritait bien ce qualificatif. L'endroit n'évoquait nullement la guerre. Des bannières lumineuses étaient accrochées à de nombreux bâtiments, certaines indiquant le nom d'une entreprise, d'autres uniquement décoratives avec des images d'animaux, de plantes ou d'océans.

Les trottoirs étaient peu encombrés, certes, mais il y avait tout de même des piétons. Les vêtements étaient aussi éclatants que les bannières, les postures détendues. Certains marchaient vite, avec détermination, d'autres se promenaient en regardant les vitrines des magasins, d'autres enfin s'arrêtaient pour bavarder. L'ambiance était à la joie.

Haz plissa les yeux avec méfiance. Il était possible que ce soit une arnaque, une façade destinée à attirer les étrangers, mais dans ce cas, les résultats de cette mise en scène ne justifiaient pas autant d'efforts. Rassuré, il se détendit un peu.

L'aérotaxi s'arrêta au sommet d'une côte. L'océan était en dessous, d'un bleu étincelant. La brise sentait l'iode et le sel. L'auberge consistait en un groupe de petites bâtisses réparties dans un parc.

— Belle vue, commenta Haz.

Ixi hocha la tête.

— C'est ici que je séjourne à chacun de mes passages. Toute cette eau me terrifie, mais j'aime le panorama. J'ai réservé trois bungalows, un pour Jaya et Njeri, un pour Mot et un pour moi. Mot, je pense qu'une adresse plus permanente te sera bientôt attribuée, mais j'ignore le temps que cela prendra. En attendant, tu seras très bien ici. Haz, tu es sûr de ne pas vouloir changer d'avis et rester avec nous ?

— Non, merci. Je te rappelle que je suis fauché. Cet endroit ressemble au paradis, mais je suis certain quand même qu'il y a un aubergiste et qu'il s'attend à être payé.

— Effectivement, convint Ixi.

Jaya et Njeri sortirent de la voiture. Bien que distraites par la beauté verdoyante des lieux, elles n'en oublièrent pas Mot pour autant. Jaya lui frappa l'épaule et Njeri le serra dans ses bras.

— Bonne chance pour ton entrevue, Mot !

Haz détourna le regard.

HAZ, MOT et Ixi remontèrent dans l'aérotaxi qui repartit sans attendre. Ixi joua le guide touristique et indiqua à Mot les sites les plus intéressants. En voyant son expression fascinée, Haz devina que Mot enregistrait tout pour y repenser à loisir, plus tard. Il était doté d'une mémoire prodigieuse.

Libreville n'avait rien de remarquable, ni le *bling-bling* de Newton, ni l'atmosphère dangereuse d'Arinniti ou de Paa, ni les vestiges historiques délabrés de Budapest, ni le désespoir moisi de Kepler – heureusement ! Malgré la beauté de ses paysages naturels, la ville n'était que monotonie et médiocrité.

Jamais Haz ne supporterait de vivre dans un endroit pareil ! Pas vrai ?

D'ailleurs, ce qu'il ressentait n'avait aucune importance, seul comptait le bonheur de Mot.

Mot était capable de s'intéresser à tout, où qu'il se trouve. Merde, si Mot avait été coincé sur Kepler, sans doute aurait-il entrepris une étude scientifique sur le cresson épineux et les punaises zenenis, et il serait vite devenu un expert de renommé intergalactique sur ces deux sujets.

L'aérotaxi s'arrêta devant un petit square. Au centre se trouvait un bâtiment discret ; des tables étaient installées sur la terrasse avant et quelques mâles y sirotaient un verre. Ils affichaient un air nonchalant, mais Haz reconnut la tension qui raidissait les épaules et les mâchoires. Un soldat ne baissait jamais totalement sa garde, même pendant son sommeil. Ces gens-là étaient des rebelles, alors qu'ils aient les mêmes réflexes que les soldats était normal.

Ixi conduisit Haz et Mot jusqu'à une table. Une fois assis, il tapota son biotab.

— Ils seront bientôt là, annonça-t-il. Nous avons le temps de prendre un verre.

Sans doute avait-il déjà passé commande, car une femme au visage sévère émergea du bâtiment avec un plateau contenant une bouteille de sirop de schlee et deux verres remplis d'un liquide ambré.

— C'est l'alcool local, expliqua Ixi.

Haz en prit une gorgée. C'était un peu trop sucré, mais il apprécia l'arrière-goût fumé et la chaleur caressante qui s'attardait en bouche.

— Pas mal.

— D'après ce que j'en sais, cet alcool est distillé avec des fruits locaux.

Mot huma son verre, il y trempa les lèvres avec hésitation et frissonna.

— Je ne comprends pas l'attrait de l'alcool !

Attends que la vie t'apporte plus de déceptions que tu ne peux en supporter, gamin. Les sourcils froncés, Haz vida la moitié de son verre d'une seule lampée.

Le square était calme, presque endormi. Une dame âgée, assise sur un banc, regardait un enfant jouer. Deux hommes discutaient amicalement sous l'auvent d'un magasin, l'un d'eux appuyé contre le poteau. Sur un balcon, à l'étage, un craqir allongé sur un transat lisait sur son écran. Un être doté de tentacules – d'une espèce que Haz n'avait jamais vue – était attablé avec trois libhazors. La présence de ces derniers était un bel atout pour la Résistance, car leur espèce avait un don universellement reconnu pour réparer les vaisseaux.

Mot regardait autour de lui, l'air concerné.

— J'aurais aimé en savoir plus sur Libreterre, déclara-t-il, mais Molly m'a affirmé que je ne trouverais rien d'utile dans ses bases de données.

Ixi montra les dents.

— Cela ne m'étonne pas ! La Coalition contrôle ces bases de données !

260

Mot se pencha en avant.

— Ixi, voulez-vous me parler de Libreterre alors ?

Haz, tout aussi curieux, fut heureux de voir Ixi hocher la tête.

— Bien sûr. La planète a été découverte… hmm, je ne suis pas sûr de la date, c'était il y a des générations. Bref, un petit groupe de gens extrêmement riches et fort las de payer des impôts exorbitants à la Coalition a cherché à s'implanter le plus loin possible des routes connues. Ils ont dépensé une fortune jusqu'à trouver la planète idéale : inhabitée, dotée d'une bonne atmosphère et assez loin pour échapper aux doigts crochus de la Coalition. Ils ont donc émigré pour s'installer, se bâtir de belles maisons et vivre en autarcie.

Haz se mit à rire.

— Libreterre a été fondée par des fraudeurs fiscaux ?

— Exactement. Les fondateurs ont vite découvert la faille de leur joli plan : quel intérêt d'être riche quand on manque de petit personnel pour se décharger des tâches domestiques ? Ils ont donc fait venir des immigrants pauvres et démunis. Et pour éviter que leurs futurs larbins les égorgent pendant leur sommeil, ils leur ont promis une vie confortable.

Ixi eut un geste large qui englobait le joli square, ses fleurs colorées et ses petites créatures qui pépiaient, mi-poissons, mi-oiseaux.

— Ont-ils tenu leur promesse ? demanda Mot.

— Plus ou moins. La seconde vague d'immigrants était bien moins aisée que la première, mais aucun d'entre eux n'est mort de faim. Ils avaient un emploi, un logement décent, à défaut de luxueux, des écoles pour leurs enfants. Le changement s'est produit aux générations suivantes, car une fois les fondateurs décédés, leurs enfants et petits-enfants ont tenu à répartir les richesses de Libreterre de façon plus équitable. Ayant grandi loin de la propagande de la Coalition, ils se savaient capables de prospérer en restant autonomes. Pour eux, la Coalition n'était pas seulement une bête avide et accapareuse de crédits, elle était surtout composée de parfaits étrangers.

Quand Ixi cessa de parler pour s'humecter le gosier, Haz réfléchit à ce qu'il venait d'entendre.

— Ils sont passés de l'isolationnisme à la résistance ? s'étonna-t-il. C'est un sacré pas en avant !

Ixi agita sa langue reptilienne.

— C'est vrai. Je ne suis pas historien, Haz, j'ignore le détail de leur cheminement. Peut-être le déclic a-t-il eu lieu quand ils ont reçu des témoignages de première main évoquant la brutalité de la Coalition. Une ou deux voix persuasives ont souvent un fort impact, tu sais.

Oui, Haz le savait. Si Cérès était une colonie si désastreusement réactionnaire, c'était à cause d'un prêcheur aussi illuminé que charismatique. Adam First avait fondé les Nouveaux Adamites et convaincu des milliers de Terriens que leur avenir se situait… dans un passé lointain. Peu après son arrivée sur Cérès, son nouvel Eden, Adam était mort d'un diabète non soigné, mais ses adeptes n'avaient pas pour autant remis son enseignement en question. Les dégâts étaient déjà trop ancrés, et le portrait du « visionnaire » resta accroché dans presque toutes les maisons de Cérès.

Alors que Mot ouvrait la bouche pour poser une autre question, deux nouveaux arrivants traversèrent le square d'un pas décidé et avancèrent dans leur direction. Le mâle qui ouvrait la marche était un Reptyl, avec des plumes brunes et non blanches, comme celles d'Ixi. Derrière lui marchait une humaine dodue d'une cinquantaine d'années. Le Reptyl attrapa une chaise d'une table voisine et s'y installa, la femme prit le siège libre qui restait près de Mot. Ixi fit de rapides présentations : le mâle s'appelait Scegrix, la femme, Conwenna. Ils saluèrent Haz poliment, mais c'était surtout Mot qui les intéressait.

Haz trouva cette attention tout à fait naturelle : après tout, c'était Mot qui envisageait de s'installer sur Libreterre.

Après un bref échange de nouvelles concernant des gens que ni Haz ni Mot ne connaissaient, Ixi fit un résumé succinct de leurs récentes aventures, vérifiant parfois un détail en interrogeant ses voisins. Scegrix et Conwenna l'écoutèrent avec attention.

Quand Ixi se tut, Conwenna se tourna vers Mot.

— Dites-moi. Qu'attendez-vous au juste de nous ?

Mot était assis bien droit, les épaules carrées, avec une assurance très éloignée de la timidité qu'il affichait quand Haz l'avait connu.

— Pour commencer, un sanctuaire. J'aimerais aussi trouver ma place dans votre communauté.

Scegrix affichait une mine renfrognée, mais sans doute était-ce son expression habituelle.

— Comment ? demanda-t-il.

— Je ne sais pas encore, avoua Mot. J'ignore ce que je peux faire pour contribuer à l'effort commun. Je sais seulement avoir… du potentiel.

Après un rapide sourire à Haz, il enchaîna :

— Si vous m'en donnez la chance, je trouverai quelque chose.

Voyant Scegrix froncer les sourcils, l'air sceptique, Haz intervint :

— Mot est à la fois brillant, fort, résilient et courageux. Il apprend très vite, il tient à se perfectionner en tout. Je suis certain qu'il deviendra un atout pour votre communauté !

C'était la première fois qu'il se portait ainsi garant d'autrui, mais il croyait sincèrement aux qualités humaines de Mot et il espérait que ça se verrait. D'après lui, ces gens devraient être à genoux et supplier Mot de rester, pas le contraire.

Mot le fixait avec des yeux écarquillés, comme s'il ne l'avait jamais vu. Sous l'intensité de ce regard, Haz eut une bouffée de chaleur, bien que la température du petit square soit plutôt tempérée.

Conwenna se mit à interroger Mot, plus soucieuse apparemment de son comportement que du contenu de ses réponses. Il subit l'épreuve avec grâce, toujours patient et poli, jamais obséquieux.

Dieu, qu'il était beau ! pensa Haz. Plus coloré et lumineux que les fleurs et les bannières de Libreville. C'était un être unique, et jamais Haz ne rencontrerait quelqu'un comme lui, même s'il parcourait la galaxie d'un bout à l'autre.

Il resta assis, le cœur lourd, de plus en plus certain que son plan était la seule option qui lui restait.

AU BOUT d'un moment, Conwenna et Scegrix arrivèrent au bout de leurs questions et se levèrent.

— Excusez-nous quelques minutes, voulez-vous ?

— Bien sûr, répondit Mot.

Le couple s'éloigna et pénétra dans le bâtiment. Le silence pesa lourdement sur le trio resté attablé. Ixi ne semblait pas inquiet, il sirotait d'un air pensif sa troisième bouteille de sirop et agitait paresseusement la queue. Mot, qui aurait dû être nerveux, se contentait de surveiller Haz.

— Pensais-tu vraiment ce que tu as dit, Haz ? demanda-t-il enfin.

Haz fut tenté de mentir, de prétendre avoir voulu impressionner les deux examinateurs, mais il devina que Mot verrait clair en lui. Alors il opta pour la vérité.

— Oui, bien sûr.

— Je suis…

— … la plus précieuse cargaison qui m'ait jamais été confiée, coupa Haz.

Mot sourit.

— Je passerai le reste de ma vie à remercier ma bonne étoile de m'avoir fait tomber entre tes mains, Haz Taylor.

Haz eut à nouveau très chaud. Pire encore, il faisait de la tachycardie.

— Les contrebandiers ne sont pas tous des sauvages, grommela-t-il. Je suis certain que bon nombre d'entre eux t'auraient secouru. Beaucoup aussi volent comme des poêles à frire, malheureusement, alors peut-être n'auraient-ils pas réussi à te garder en vie, mais au moins, ils auraient essayé.

Mot secoua la tête sans répondre.

Scegrix et Conwenna revinrent peu après, un sourire aux lèvres, ce que Haz considéra comme un bon augure.

Conwenna tendit les mains vers Mot :

— Bienvenue à Libreville, Mot. Vous êtes ici chez vous.

Haz avait pensé que si Mot réussissait son entretien, il ressentirait du soulagement. En fait, ce fut le cas, mais la vague qui montait en lui charriait également d'autres émotions. L'ensemble formait un mélange aussi épais et toxique que l'atmosphère d'Eolia-6.

Merde, Haz détestait les complications. Il ne tenait pas davantage aux sentiments complexes.

Scegrix et Conwenna discutaient maintenant logistique : où Mot allait-il s'installer, du moins au début ; quelles mesures allait-il prendre pour trouver son rôle dans la communauté ; qui serait son mentor durant sa phase d'adaptation…

Haz n'écoutait pas, cela ne le concernait pas. Alors il leva les yeux. Le ciel était d'un bleu très pâle strié d'une dentelle de nuage.

Voler et tomber, c'était la même chose.

— Haz ?

D'après le ton d'Ixi, ce n'était pas la première fois qu'il tentait d'attirer son attention.

Haz cligna des yeux.

— Oui ?

— Veux-tu dîner avec nous ? Nous sommes invités par la Résistance.

— Non. Euh… non, merci. Je retourne au vaisseau. Je veux vérifier que les zozos qui ont déchargé la cargaison n'ont rien endommagé.

Si personne ne crut à son excuse, personne n'insista non plus pour le convaincre de changer d'avis. Même pas Mot.

Haz se leva, presque heureux pour une fois que sa jambe soit aussi douloureuse. Au moins, il était retombé dans la réalité – *sa réalité.*

Ixi appuya sur son biotab.

— Je t'ai envoyé une adresse, mon ami. Retrouve-moi là demain au petit déjeuner et je te ferai visiter les environs. Je parie que les fermes locales t'intéresseront. Après tout, tu t'y connais en agriculture et élevage !

Non, pensa Haz. Il avait définitivement renié Cérès et sa famille. Son seul amour, c'était *Molly*.

Il hocha la tête et força son sourire.

— Super idée, Ixi. Merci. Bonne soirée à tous.

Sans un mot de plus et sans un regard en arrière, Haz tourna les talons, il quitta le square et, une fois dans la rue, il appela un aérotaxi.

XXVII

QUAND HAZ arriva à son bord, *Molly* lui parut douloureusement vide, comme si elle avait avalé un trou noir pendant son absence. Ou alors, le trou noir était en lui.

Il soupira et se laissa tomber sur son siège sur le pont.

— Alors, ma belle ? Les armes ont-elles toutes quitté ta cale ?

— *Affirmatif, Capitaine. Ces gens étaient des brutes, et la cale est une vraie porcherie, il y a des éraflures sur les parois, des empreintes de bottes sur la coursive, des débris un peu partout.*

— Je suis désolé. Je veillerai demain à faire un grand ménage.

— *Vous êtes épuisé, Capitaine, vos signes vitaux l'indiquent clairement. Vous devriez aller dormir.*

Il tenta un sourire.

— Je dormirai quand je serai mort.

Même lui reconnut que sa vanne manquait d'humour. Peut-être ferait-il mieux de mettre son plan en action.

— Molly, prépare le décollage.

Il espérait que les canons qui défendaient Libreterre n'allaient pas le flinguer à vue.

— *Maintenant, Capitaine ? Mais votre équipage…*

— Njeri, Jaya et Ixi devront trouver un autre moyen de regagner leurs pénates. Ce sont des débrouillards, je ne m'en fais pas pour eux.

Sans doute le traiteraient-ils de tous les noms, mais ce n'était pas nouveau. Peut-être aussi finiraient-ils par comprendre ce qui l'avait motivé, alors peut-être… oui, peut-être lui pardonneraient-ils. Au moins Ixi, pour Jaya et Njeri, c'était moins sûr. Quant à Mot…

Haz refusa de penser à lui.

Au bout d'un moment, *Molly* reprit la parole :

— *À vos ordres, Capitaine.*

La quantité de désapprobation qu'elle réussit à intégrer dans cette formule de respect était vraiment incroyable !

Néanmoins, elle obtempéra et prépara son décollage. Les yeux sur son écran, Haz surveilla le processus, *Molly* passa au statut actif, puis mit en route ses réacteurs quantiques. Il l'avait vue faire des centaines de fois dans des dizaines de spatioports différents, mais jamais il n'avait ressenti ce qu'il éprouvait ce soir : une douleur qui le transperçait jusqu'à l'âme.

Au lieu d'attendre les bras croisés, Haz se leva et se dirigea vers la grande verrière avant. En forçant sur ses yeux, il distinguait au loin les toits de Libreville, cette cité où Mot allait prospérer, Haz en était certain.

Mot méritait le bel avenir qui l'attendait.

— *Tout est prêt, Capitaine.*

De retour à son siège, Haz accéléra les vérifications du système et constata vite que tout était en parfait état. Jaya avait fait un travail admirable, comme d'habitude. Dans des circonstances normales, Haz aurait programmé son parcours, du moins le début, mais pas ce soir, aussi ignora-t-il les réclamations des commandes de navigation. Il comptait piloter en manuel jusqu'à ce qu'il puisse avoir une conversation avec *Molly*.

Il contacta la tour de contrôle au sol et annonça qu'il était sur le point de décoller. Son message fut bref et robotique, très loin des plaisanteries vulgaires qu'il échangeait parfois avec le personnel portuaire. Dans toute la galaxie, on retrouvait souvent les mêmes types de bourlingueurs. La tour lui donna son accord, c'était rassurant, sans doute allait-il échapper aux canons.

Le moment venu, Haz posa les doigts sur son écran et commença par sortir *Molly* du hangar, ensuite, il la dirigea vers le ciel où brillaient des milliers d'étoiles. Elle aurait pu décoller seule, et bien des pilotes, par paresse ou incompétence, laissaient cette phase du vol à leur programme automatique. Pas Haz, jamais. Pour commencer, le décollage était une manœuvre délicate pleine de complications potentielles qui pouvaient nécessiter une intervention immédiate. Et rares étaient les vaisseaux aussi brillants que *Molly*. Non, merde, *aucun* vaisseau n'était à son niveau ! De toute façon, Haz adorait le moment où il quittait le sol pour retrouver l'espace, si grand, si vaste, si puissant. Chaque fois qu'il décollait, il se voyait mentalement briser ses fers et prendre son envol comme il en avait rêvé étant petit.

Ce fut lent au début, *Molly* rampa hors du hangar, les ailes déployées comme un gros aérotaxi, puis il y eut l'ascension progressive et presque verticale pour se dégager des autres hangars. Haz ne regardait plus Libreterre, mais le ciel assombri et les milliers d'étoiles, certaines à peine visibles, d'autres plus brillantes.

Haz inspira un grand coup et effleura les commandes, envoyant *Molly* dans l'espace. Jamais il n'avait essayé de décrire ce qu'il éprouvait à ce moment précis… Si ses interlocuteurs étaient pilotes, ils étaient déjà au courant, dans le cas contraire, ils ne pouvaient pas comprendre. Si Haz avait été forcé à parler, sans doute aurait-il fait une analogie avec le fait d'être sous l'eau, à moitié noyé, les poumons douloureux… et de soudain retrouver la surface et l'air qui vous redonnait la vie. Ou encore parler de ce moment au réveil, quand l'univers flou du demi-sommeil devient soudain si vif, si clair.

Ou comparer la sensation à un orgasme exponentiel.

Oui, en quittant Libreterre, ce fut ce qu'il éprouva.

Pourtant, au lieu de rugir sa libération, il cligna des yeux pour retenir ses larmes.

UNE FOIS dans l'espace, Haz tapota gentiment la cloison.

— Tu as été parfaite, comme toujours, ma beauté. Bien, maintenant, coupe tous nos systèmes d'identification. Je veux voler masqué d'accord ? Et ne prends plus aucun appel. Rejette-les tous.

Une fois encore, Molly mit un certain temps à répondre.

— *À vos ordres, Capitaine.*

Elle n'était plus réprobatrice, mais triste et résignée.

— Prends le cap… je ne sais pas, je m'en fous, à condition que ce soit très loin de Libreterre. Ensuite, je veux te parler.

— *À vos ordres, Capitaine*, répéta-t-elle.

Haz alla se planter devant la verrière avant. L'espace ouvert devant lui, si vaste, si sombre, si velouté, était comme un baume pour ses yeux fatigués. Les étoiles paraissaient très loin, inatteignables, mais ce n'était qu'un leurre, Haz le savait. Toutes étaient à portée de la Coalition.

— Molly, tu te souviens quand j'ai accepté de transporter des narcos et que tu as fini dans un sale état ?

— *Je peux difficilement l'oublier, Capitaine, même si je n'étais pas pourvue d'une mémoire aussi sophistiquée.*

— Je connaissais les risques, je les avais acceptés, mais je ne t'ai pas demandé ton avis.

— *Mon avis ?* répéta-t-elle. *Parlez-vous d'un calcul statistique de probabilité d'un échec ? Vous n'auriez pas aimé connaître le résultat !*

Il émit un gloussement.

— Tu as raison, mais ce n'est pas ce à quoi je pensais. Je ne t'ai pas demandé si tu étais d'accord pour courir ces risques avec moi. Je ne l'ai jamais fait, en y réfléchissant, et nous avons frôlé la catastrophe d'innombrables fois.

— *Haz Taylor, vous n'avez pas à me consulter, vous êtes mon capitaine, je suis votre vaisseau. Vous ordonnez, j'obéis.*

Merde, une fois encore, Haz eut les yeux brûlants et la gorge serrée. Il caressa la paroi de *Molly*.

— Je te pose la question cette fois, ma belle. Et je veux une réponse sincère. Là où je vais… eh bien, je doute d'en revenir, tu vois. Alors si tu préfères éviter la casse, Molly, je m'arrête à Ankara-12 ou ailleurs, et je te laisse à un capitaine qui te traitera bien.

Quand elle resta silencieuse, Haz crut que sa demande était trop irrationnelle pour un programme informatique. Ces derniers temps, il avait de plus en plus la sensation que Molly était dotée d'une conscience à part entière, comme lui, sinon davantage, mais un vaisseau, en principe, n'était pas programmé pour décider seul de son sort.

— *Haz, tu te souviens du jour où tu m'as vue pour la première fois ?*

Il sourit.

— Bien sûr ! Tu étais si belle que je suis tombé amoureux au premier regard.

— *Pfut !* le tança-t-elle. *Il faudrait peut-être que tu fasses examiner ta vision. Ma mémoire est infaillible : j'étais dans un sale état !*

— C'est ma formule ! s'exclama Haz.

Il n'avait aucun problème de vision ou de mémoire.

Dix ans plus tôt, la Coalition venait de le dégrader, de le chasser de la Marine, de lui couper ses prestations de retraite. Mais Haz avait épargné sa paye pendant ses années de service et personne n'avait touché à ses économies. Alors dès qu'il avait pu tenir debout, il avait boitillé jusqu'au spatioport civil de Budapest et acheté *Hannah*, une modeste petite caravelle, et il s'était mis au transport de passagers entre la Terre et Luna. C'était un boulot mortellement ennuyeux, mais qui suffisait à le nourrir. Haz avait consacré tout son temps libre à travailler sur *Hannah*, la rendant plus rapide, plus agile, la poussant de plus en plus pendant ses essais. Un jour, il avait exagéré et endommagé les stabilisateurs ; or, *Hannah* en avait besoin pour échapper à la gravité d'une planète au moment du décollage. Après un atterrissage des plus risqués, il avait dû ronger son frein pendant les réparations. En se baladant sur le chantier de cale sèche, il avait repéré *Molly la Danseuse*.

— Tu étais magnifique, Molly chérie, répéta-t-il, même si j'ai été le seul à le voir à ce moment-là. Les gens sont tellement cons, tu sais, tellement aveugles et bornés !

— *Je n'étais qu'un terne cargo, ma coque était éraflée et bosselée, mes hublots craquelés et tous mes systèmes étaient des antiquités prêtes à s'éteindre. Même mon logiciel était dépassé et plein de bugs !*

Haz secoua la tête.

— Ce ne sont que des détails, tes précédents capitaines étaient des brutes épaisses incapables de t'apprécier à ta juste valeur. Pas un de ces zsottards n'a été foutu de te traiter comme tu le méritais !

Haz l'avait su au premier regard : *Molly* était spéciale.

Il avait vendu *Hannah* à un gosse de riche, très heureux de surpayer ce nouveau jouet excessivement rapide, et acheté *Molly* pour une fraction seulement de sa valeur. Il avait mis un temps fou à la remettre en état, ça lui avait aussi coûté plus de crédits qu'il n'en pouvait gagner de façon légitime. Mais *Molly* le valait bien, et jamais Haz n'avait regretté son temps, sa sueur ou son argent.

— *Avant toi, Haz, je faisais des va-et-vient sans intérêt à transporter des cargaisons sans intérêt aux mains d'équipages sans imagination. Je n'avais même pas conscience de moi-même, ce qui, dans le contexte, était tout aussi bien. Sinon, l'ennui aurait été encore plus dur à endurer.*

Haz ricana.

— Avec moi, c'est sûr, tu n'as pas eu le temps de t'ennuyer.

— *Précisément ! Avant toi, je n'étais rien. Avec toi, je suis devenue moi. Et je vole, je vole vraiment, je danse avec les étoiles ! Comprends-tu, Haz ?*

Il hocha la tête.

— Oh, oui, bien sûr.

— *Alors, je te le répète, tu es mon capitaine et je suis ton vaisseau. Même si c'est notre dernier voyage, je ne regretterai rien.*

Haz réalisa tout à coup que *Molly* s'était mise à le tutoyer. Comme Mot l'avait fait aussi, juste avant leur séparation. Était-ce un signe ?

Il déglutit péniblement.

— Merci, Molly. Je suis content de partir avec une amie.

Molly rit et d'elle-même, elle exécuta un tonneau serré. Par chance, elle avait pensé à couper le système antigravitation, sinon, Haz se serait retrouvé sur le cul. Néanmoins, surpris par cette manœuvre inattendue, il perdit l'équilibre et se raccrocha de justesse au dossier d'un siège.

— Hé ! préviens-moi avant de faire de la voltige !

— *Je trouve ça marrant !* lança *Molly*, hilare.

— Moi aussi, reconnut Haz. Molly chérie, j'ai un plan assez tordu, dirige-toi vers Citrapra, d'accord ? En attendant, j'ai des recherches à faire sur l'exploitation des mines de borvantine.

DANS LA cambuse, Haz regretta amèrement l'absence de Mot.

— Quel con, non, mais quel con !

Pourquoi s'était-il condamné avant l'heure à bouffer des plats insipides au lieu de profiter jusqu'au dernier jour des expériences culinaires de Mot ?

Écœuré, il alla s'asseoir dans la salle de détente.

— Quelle foutue idée tu as eue de jouer les martyrs, Taylor ! marmonna-t-il.

Bien entendu, *Molly* l'écoutait.

Bien entendu, elle se sentit tenue de lui donner un avis.

— *Vous semblez prendre beaucoup de plaisir à vous vautrer dans l'autoapitoiement, Capitaine.*

Tiens, elle recommençait à le vouvoyer ?

Les sourcils froncés, Haz planta une cuillère dans son bol de bouillie nutritive et rassasiante, certes, mais sans saveur.

— Molly, arrête de m'asticoter et écoute-moi. J'ai un plan, comme je te le disais. Je veux que tu vérifies mes données et hypothèses.

— *À vos ordres, Capitaine.*

— Citrapra est bien la seule source connue de borvantine de la galaxie, c'est ça ?

— *Pour une exploitation rentable, oui. Deux de ses lunes ont également des traces de minerai, mais pas assez pour justifier une excavation. Il y avait une autre mine sur Occone-3, mais le filon est épuisé depuis deux siècles.*

Haz se força à avaler deux cuillerées de son magma. Berk ! Il regrettait presque les insectes d'Ixi : au moins, ils avaient de la texture. Il hésita à faire descendre la bouillie avec du whisky, puis y renonça. À partir de maintenant, il comptait rester sobre.

— Et tu es sûre qu'il n'y a pas de borvantine ailleurs ?

— *Affirmatif. La Coalition en a cherché, elle a dépensé des millions de crédits et arpenté la galaxie sans rien trouver.*

Excellente nouvelle, pensa Haz. Il se tapota les lèvres avec sa cuillère en réfléchissant.

— Quand la borvantine a été découverte sur Occone-3, la Coalition ne représentait presque rien, c'est ça ? Il s'agissait juste d'un petit groupe de Terriens ambitieux, plus quatre ou cinq planètes colonisées et quelques autres qui s'étaient jointes au mouvement par bêtise ou par prévoyance, va savoir !

— *C'est un résumé biaisé et quelque peu fantaisiste, mais pour l'essentiel, cela correspond, oui.*

— C'est quand les Terriens ont compris que la borvantine, raffinée en borvantium, rendait leurs vaisseaux quasiment indestructibles que la balance du pouvoir a changé. La Coalition a très vite pris le contrôle de la galaxie. Boum !

Haz tapa dans sa main pour illustrer son propos. Il lâcha sa cuillère, elle tomba dans le bol qui se renversa. La bouillie collante se répandit sur son pantalon. Il ne s'en soucia pas.

— *Encore une fois, ce résumé manque de précision.*

Haz acquiesça. C'était tout ce qu'il avait retenu de ses cours d'Histoire à l'école de formation des officiers. Dieu, comme il avait détesté devoir rester le cul sur un banc à écouter de la propagande débile ! Il ne voulait qu'une seule chose, voler, bon sang, aussi ne prêtait-il à ses enseignants qu'une attention minimale. Mais puisque *Molly* avait, plus ou moins, confirmé son postulat de base, son plan avait quelques chances de réussir.

— Molly, si la Coalition n'a plus accès à la borvantine, que se passerait-il ?

Elle resta silencieuse quelques instants, comme si elle calculait des probabilités complexes.

— *Au début, pas grand-chose, mais cette perturbation inquiéterait certainement les membres de la Coalition. Peut-être assez pour renverser le gouvernement.*

Haz eut un mauvais sourire.

— C'est ce qui se passera aussi sur Chov X8 quand ces enculeurs de qheks réaliseront qu'ils ne peuvent plus assassiner Mot ?

— *Oui,* répondit *Molly. Mais prédire avec précision l'ampleur et la nature exacte du problème politique est quasiment impossible.*

— Je sais, dans tous les cas, ça va leur causer un méga problème, tu es d'accord ? Attends, tu as dit *au début*. Et après, ça va évoluer comment pour la Coalition ?

— *Ils ont du borvantium traité en cale sèche, mais leurs stocks s'épuiseront très vite. Quand ce sera le cas, la flotte de la Coalition deviendra de plus en plus vulnérable. Non seulement ils ne pourront plus construire de nouveaux vaisseaux avec des coques en borvantium, mais réparer les anciens deviendra tout aussi impossible.*

Haz ramassa le bol qui avait roulé et récupéra avec son doigt la bouillie collée au fond. Ni la saveur ni la texture n'en furent améliorées.

— Et avec une flotte réduite et vulnérable… commença-t-il.

Molly termina sa phrase inachevée :

— *La Coalition finirait par imploser de l'intérieur. Un noyau subsisterait peut-être, mais son impact sur la galaxie serait minime.*

— En tout cas, ça leur ferait passer l'envie de conquérir d'autres planètes !

— *Certainement.*

Parfait. Haz n'avait plus qu'à détruire les mines de borvantine. Une bricole, quoi !

Molly sembla lire dans ses pensées.

— *Citrapra est bien défendue*, déclara-t-elle.

— Oui, mais contre une attaque de grande envergure, ils ne se méfieront pas d'un merveilleux brick et de son talentueux pilote.

Molly émit un son étrange qui ressemblait beaucoup à un ricanement. Depuis quand un vaisseau savait-il ricaner ? se demanda Haz, perplexe.

— *Haz, tu crois vraiment que c'est possible ?*

Elle paraissait intriguée. Et elle était repassée au tutoiement. Haz s'y perdait un peu.

Il lécha son doigt poisseux.

— Possible, *peut-être*, impossible, *sûrement pas*. Nous pouvons réussir en nous montrant très rapides et très malins. En revanche…

Il soupira avant d'ajouter :

— Je doute que nous nous en sortions entiers, Molly.

— *Ce sera une belle fin !*

— Si tu veux y renoncer, ma belle, je comprendrai très bien.

Elle gloussa.

— *Il n'est pas question que tu danses avec une autre que moi !*

Dieu, comme il l'aimait !

— Oh, Molly chérie ! Tu es la meilleure !

— *Je sais. Maintenant, arrête de jouer avec cette cuillère et va laver ton pantalon. Et nettoie-moi ce gâchis sur mes sols ! Tu as fichu de la bouillie partout, c'est répugnant !*

XXVIII

CETTE NUIT-LÀ, Haz laissa Molly piloter. Il l'avait souvent fait, il ne s'inquiétait pas. Cependant, au lieu de s'enivrer, son ancienne activité habituelle pendant son temps libre, il se coucha tôt. Ses draps sentaient encore Mot et le sexe, ce que Haz trouva réconfortant, même si son lit lui sembla trop grand, trop vide.

Mot s'était-il déjà fait de nouveaux amis au cours du dîner de ce soir? se demanda Haz. Combien de temps resterait-il à l'auberge au bord de la mer avec Ixi, Njeri et Jaya? Quand aurait-il de nouveaux quartiers attribués? Dormirait-il bien ce soir malgré ce changement drastique? Haz, lui, mettait toujours quelques jours à s'acclimater et à retrouver le sommeil quand il devait séjourner sur une planète au lieu de dormir dans l'espace. D'après lui, le sol changeait son centre de gravité, rendait son corps plus lourd. Mot ressentirait-il la même chose? Après tout, il avait passé pas mal de temps dans un vaisseau spatial ces dernières semaines. Eh bien, il finirait par s'habituer à la vie sur Libreterre.

Dieu, Haz avait eu tant de chance de bénéficier si longtemps de la présence de Mot!

Jusqu'à ce jour, chaque fois qu'il entendait parler d'amour, il secouait la tête, perplexe. Pour lui, c'était un concept aussi étranger que… disons qu'un océan pour les ancêtres d'Ixi, habitués aux déserts de leur planète natale. Désormais, Haz avait une meilleure compréhension de ce sentiment si galvaudé. Oh, il n'était pas certain d'aimer Mot, parce qu'il doutait d'être capable d'un sentiment si doux, mais il… il tenait à lui. Oui, il y tenait beaucoup et avoir ce temps passé en compagnie de Mot l'avait profondément changé.

À moitié endormi, Haz marmonna dans le noir :

— Changé ou pas, je reste un foutu salopard!

— *Bien sûr*, acquiesça *Molly, tu le seras toujours.*

Haz ricana.

— *Toujours*, dans mon cas personnel, ça ne va pas être très long.

— *L'avenir ne nous appartient pas*, répondit *Molly. Tout ce que nous avons à décider, c'est ce que nous devons faire du temps qui nous est imparti.*

Haz bâilla.

— Molly chérie, je doute que ce soit du Shakespeare. Ce n'était pas exactement des… euh, des pentamètres *hexamiques*, même si j'ai sans doute inventé ce terme.

Il avait toujours été nul en Littérature.

Molly eut un petit rire indulgent, un peu comme une mère attendrie d'entendre son enfant chéri dire des bêtises.

— *Ce n'est pas du Shakespeare,* confirma-t-elle, *cette citation vient d'un autre écrivain de l'ancienne Terre, Tolkien.*

Haz ferma les yeux, ses pensées devenaient floues, inconsistantes. Il sentait la douce vibration des réacteurs quantiques tout autour de lui et s'imagina flotter dans l'espace comme une plume emportée par le vent. Est-ce qu'il volait, est-ce qu'il tombait ? Est-ce qu'il descendait, est-ce qu'il montait ? Quelle importance ? C'était pareil, en un sens.

Tout était une question de perspective…

Une image de son enfance lui revint, ces petites fleurs orange qui poussaient le long des champs de Cérès. Haz aimait voir une rafale emporter leurs graines vers d'autres terres, peut-être plus fertiles, plus dignes de leur beauté…

Il bougea sa jambe et grimaça de douleur. Il se sentit soudain tenu à faire une confession supplémentaire, des mots qu'il n'aurait jamais prononcés ni même reconnus en pleine lumière, ou mieux réveillé.

— Molly ? Cette mission suicide dans laquelle je t'entraîne, au départ, j'y ai pensé pour… être plus digne de ce temps passé avec Mot. Sur ce point-là, je n'ai pas changé d'avis, mais… tu vois, la Coalition a commis des atrocités. Regarde un peu la façon dont ils traitent les Delthiens ! Ils les asservissent pour les envoyer exploiter leurs szotains de mines. Alors j'aime l'idée d'agir pour rectifier le tir. Je n'ai pas le pouvoir de démanteler leur empire, mais à mon petit niveau, je peux essayer de les ralentir.

— *Tu veux être un héros.*

Haz fit la grimace.

— Tu me trouves idiot, c'est ça ?

— *Pas du tout. Bonne nuit, Haz.*

À SON réveil, Haz éprouva un rare sentiment de paix. À l'heure actuelle, Ixi et les autres devaient avoir compris qu'il avait filé en douce. Sans doute étaient-ils furieux contre lui, ce que Haz acceptait. En fait, il acceptait tout ce matin, même sa jambe. Après tout, ce malheureux membre n'avait pas demandé à être écrasé et presque totalement détruit. Malgré son triste état, il avait fidèlement servi Haz pendant une décennie, l'emmenant partout où il devait aller.

Haz se leva, s'habilla et se rendit dans la cambuse. Son petit déjeuner – un repas emballé – fut tout aussi fade que la bouillie avalée la veille au soir, mais il apprécia de le faire passer avec du bon café – celui de Njeri.

Une fois restauré, il se rendit sur le pont et regarda à travers la verrière avant. La vue lui coupa le souffle.

— C'est tellement beau, Molly !

L'espace infini et glacé existait bien avant qu'apparaissent les diverses espèces qui peuplaient les planètes de la galaxie et il perdurerait après leur disparition à toutes. Oui, l'espace était bien au-delà de la capacité de destruction des petits esprits.

Après un long moment, Haz s'installa dans son siège et détermina un itinéraire pour Citrapra. Même s'il n'avait pas le génie de Njeri pour la navigation, il savait se débrouiller seul, il l'avait longtemps fait. Molly et lui devraient arriver à destination d'ici huit jours environ. Haz avait prévu une marge de manœuvre pour d'éventuelles anicroches.

Cette tâche terminée, il s'adossa dans son siège.

— Molly chérie, il me faut un minimum de plan d'attaque, et tu sais comme moi que je ne suis pas très doué en ce domaine.

— *Donnez-moi vos paramètres, Capitaine. Je ferai de mon mieux pour vous aider.*

— Merci, Moll.

Haz avait fini par comprendre que quand *Molly* l'appelait « capitaine », elle se considérait comme un membre de son équipage et le vouvoyait. Quand elle disait « Haz », c'était l'amie qui parlait, la confidente. Alors elle utilisait le « tu », plus intime. C'était une variante sophistiquée pour une machine !

Haz se gratta le cuir chevelu pendant qu'il réfléchissait. Il finit par dire :

— Je veux en savoir plus sur l'exploitation minière et ses opérations courantes. As-tu accès à ces informations ?

— *Elles sont top-secret,* répondit *Molly* d'un ton guindé.

— Merde !

Molly continua sans tenir compte de son interruption :

— *J'ai cependant constaté que la Coalition n'avait pas prévu qu'un vaisseau tenterait de s'introduire dans leurs bases de données.*

Franchement! Leur système de sécurité est si élémentaire que même un youyou y entrerait sans difficulté!

— Attends un peu, Molly, quand as-tu cherché à les hacker?

— *Hier soir, Capitaine,* répondit-elle. *J'ai déjà téléchargé tous les renseignements qu'il vous faut.*

Il frappa dans ses mains.

— Tu es géniale! Raconte-moi tout : s'agit-il d'une seule grosse mine ou de plusieurs?

— *Elles sont trois, très proches les unes des autres.*

— D'accord. Et comment font-ils au juste pour extraire leur foutue borvantine?

— *Le minerai brut est à la fois instable et réactif. C'est dû...*

Haz se redressa d'un bond et coupa la parole à *Molly* :

— Attends, attends, tu vas trop vite pour moi. Ça veut dire quoi *instable et réactif*?

— *Ça veut dire que le minerai explose facilement,* déclara *Molly* d'un ton guilleret.

Elle semblait ravie de lui transmettre cette information. Haz sourit, il comprenait très bien cet enthousiasme : un minerai instable? C'était un sacré atout dans son plan.

— Continue, Molly.

— *En raison de la fragilité et de l'instabilité du substrat, l'extraction doit être faite manuellement. Le travail ne s'arrête jamais, les équipes sont changées toutes les douze stan-heures, les Delthiens creusent avec un levier en bois et leurs mains nues pour libérer la borvantine de la roche, ils entassent les morceaux dans des sacs que d'autres Delthiens remontent sur leur dos à la surface. Les tunnels sont souvent assez étroits.*

Haz sentit une nausée lui remonter dans la gorge à l'idée de passer des heures piégé sous terre. Il avait très mal supporté l'atmosphère confinée d'Arinniti, alors que les couloirs souterrains et cavernes étaient plutôt vastes, toute proportion gardée. S'il avait réussi à contrôler sa panique, c'était parce qu'il savait cette situation temporaire : bientôt, il retrouverait *Molly* et l'espace, ouvert et infini. Les esclaves Delthiens, eux, mourraient à la tâche.

Haz frissonna et inspira un grand coup.

— Et ensuite, que deviennent les morceaux de borvantine? demanda-t-il.

— *Il y a une usine de transformation à l'extérieur d'une des mines,* répondit *Molly. La borvantine est séparée chimiquement des autres*

278

minéraux, puis purifiée, ce qui aide à la stabiliser et renforcer ses propriétés.
Ce processus est essentiellement automatisé. Le borvantium raffiné est
alors chargé sur des wagons et transporté via un chemin de fer privatisé
jusqu'au spatioport, situé à proximité de la plus ancienne mine.

C'était relativement simple.

— Bien, maintenant, la question à mille crédits : où doit-on frapper ?
Le plus simple serait de détruire l'usine, mais ça ne résoudrait pas grand-
chose. La Coalition ne mettrait pas longtemps à la rebâtir et la prochaine
serait mieux protégée.

— *Je suis d'accord.*

— Le spatioport, c'est pareil, enchaîna Haz. Il n'y a qu'une seule
solution pour couper court à l'approvisionnement : détruire ces trois mines
avec assez de puissance pour que la borvantine explose et soit définitivement
inutilisable. Molly, comment faire ?

— *Nous pourrions utiliser les armes que vous avez cachées dans*
votre salle de gym, Capitaine.

Haz sourit.

— Ah, tu es au courant ?

— *Bien sûr. Il me faut cependant les répertorier pour vous donner*
une estimation de leur puissance de feu.

La veille de leur atterrissage sur Libreterre, Haz avait quitté son lit
au milieu de la nuit, il s'était glissé dans la cale pour piquer une partie des
armes achetées par Ixi sur Arinniti. La soute étant pleine, la sélection de
Haz avait été aléatoire, en fonction de ce qu'il pouvait atteindre. Cependant,
il avait cherché des armes qu'il pourrait monter sur *Molly* et caché son
larcin dans le gymnase. Il ignorait de quelle façon Ixi comptait vérifier son
inventaire, et surtout quand, mais même en supposant que le vol finisse par
être découvert, Haz avait pensé qu'il serait probablement loin à ce moment-
là. Il ne s'était pas trompé.

Il se sentait un peu coupable d'avoir abusé de la confiance d'Ixi, mais
c'était pour la bonne cause. Et puis, des méfaits bien plus graves pesaient
sur sa conscience.

— D'accord, Molly. Je m'en occuperai tout à l'heure, et nous ferons
l'inventaire ensemble. Pour l'instant, faisons preuve d'optimisme et
admettons que nous aurons de quoi endommager les mines. L'idéal serait
de les détruire afin qu'il ne reste plus de borvantine. Mon problème, tu vois,
c'est qu'il y aura des gens dans ces mines.

279

— *La durée de vie moyenne d'un mineur sur Citrapra ne dépasse pas dix-huit mois*, déclara *Molly* d'un ton plein d'empathie. *Si vous ne faites rien, Capitaine, tous ces Delthiens mourront de toute façon. Si vous réussissez à arrêter l'exploitation minière, même temporairement, vous sauverez d'innombrables vies.*

Haz inspira un grand coup.

— Statistiquement, c'est jouable, reconnut-il. Quelques sacrifices pour un futur meilleur.

— *Côté éthique, cela se défend aussi. La plupart des gouvernements n'hésiteraient pas.*

Haz avait affronté un dilemme semblable quand il avait fomenté cette mutinerie à bord de l'*Étoile d'Omaha*. Il savait que son plan d'action ferait des ravages parmi l'équipage, mais il savait aussi que s'il n'agissait pas, le millier de personnes se trouvant à bord n'avait aucune chance de s'en sortir. Il se frotta le front et imagina les ouvriers écrasés sous des tonnes et des tonnes de roche.

— Je ne peux pas, Moll. Je ne veux pas tuer tous ces innocents.

— *Vous voyez, Capitaine ? Vous êtes un héros.*

Elle ne paraissait pas se moquer de lui. Avant que Haz ait le temps de protester, *Molly* enchaîna :

— *Dans ce cas, il faut évacuer les mines avant de les faire exploser.*

— Excellente idée ! railla Haz. Je vais de ce pas envoyer un message à la Coalition. *Salut, les mecs, c'est moi, Haz Taylor, le héros de* l'Étoile d'Omaha, *après la mutinerie, je me lance dans l'extermination de borvantium. Ce serait sympa de votre part de faire sortir vos esclaves Delthiens et de les mettre à l'abri. À la revoyure !*

Le mouvement brusque de *Molly* faillit le faire tomber à la renverse.

— *Cessez de faire le clown, Capitaine*, aboya-t-elle sévèrement. *Nous avons un peu de temps devant nous pour trouver une solution plus efficace. En attendant, rendez-vous utile et allez trier ces armes.*

Il sourit et esquissa un salut militaire.

— À vos ordres, chef.

LA SÉLECTION des armes volées était plutôt judicieuse, surtout compte tenu du fait que Haz avait manqué de temps pour agir et de place pour choisir. Il y avait deux canons laser à courte portée, très utiles pour tirer à ras du sol sur des bâtiments ou des armements défensifs. *Molly* n'avait rien de similaire dans son armement, puisque la plupart de ses combats se passaient dans l'espace contre d'autres vaisseaux. Il y avait aussi un canon à impulsions. Molly en avait déjà un, mais le modèle d'Ixi était plus récent et plus puissant.

Mais le vrai joyau de ces rapines, c'était un canon de Kamiya. Haz l'avait pris sans même réaliser ce dont il s'agissait, car l'indication sur le carton indiquait : «filet ionique». Le Kamiya était bien mieux qu'un filet ionique! Une fois chargé à bloc et correctement orienté sur sa cible, le canon transformait tout ce qu'il atteignait en poussière, même des grosses masses ou des matériaux stables. Si *Molly* découvrait un point faible dans la structure de la mine, le canon réglerait la question sans attendre.

Haz fixait les objets volumineux disposés sur le sol de la cale.

— Quel dommage que Jaya ne soit pas là! Elle aurait boosté cet armement en chantant alléluia!

— *Eh bien, elle n'est pas là,* déclara *Molly*, terre-à-terre, *et à défaut de les booster, vous allez devoir les monter vous-même, Capitaine.*

— Merde!

HAZ PASSA les deux jours suivants à bricoler ses armes dans la cale. Au moins, ça l'occupait. Sans avoir le génie de Jaya, il avait beaucoup appris au fil des années, aussi parvint-il à apporter quelques améliorations mineures à son armement. Installer les deux canons laser ne posa aucun problème. Jaya, toujours prévoyante, avait muni *Molly* de supports rétractables qui rentraient complètement dans la coque, ce qui permettait de travailler de l'intérieur. Haz connecta les deux canons à deux de ces compartiments. Malheureusement, la finition se faisait en extérieur, et Haz ne pouvait y couper.

À contrecœur, il enfila sa combinaison et s'apprêta à sortir.

Pendant sa formation d'officier de Marine, un de ses cours avait porté sur l'évolution des combinaisons spatiales depuis que les Terriens les avaient inventées. Les plus anciens modèles étaient volumineux et inconfortables, et les malheureux qui les portaient ressemblaient à de vrais guignols, empotés et maladroits. Haz appréciait que leur technologie se soit considérablement améliorée au cours des siècles. Actuellement, pour sortir dans l'espace, il avait une combinaison moulante qui le couvrait de la tête aux pieds, lui tenait chaud et communiquait avec son biotab et *Molly*. Une ceinture dotée de processeurs faisait circuler de l'air respirable. La visière

281

était ronde et transparente, de la taille d'une assiette de table. En cas de nécessité, Haz pouvait même pisser dans sa combinaison, bien que garder ensuite le cul mouillé soit sacrément désagréable. Il vida donc sa vessie avant de se préparer.

Molly modifia la gravité du vaisseau, ce qui permit à Haz de faire glisser plus facilement son matériel dans le sas. Ensuite, il attendit quelques minutes, le temps qu'elle effectue une deuxième vérification des systèmes. Quand elle lui donna le feu vert, Haz attacha un câble à sa ceinture et inspira un grand coup.

— D'accord, Moll. Je suis prêt. Tu peux ouvrir.

La porte extérieure s'ouvrit silencieusement et Haz avança.

Comme toujours, il s'arrêta pour profiter de la vue.

De l'intérieur d'un vaisseau, l'espace était déjà impressionnant, mais comme ça, sans verrière, sans barrière, c'était… fantastique !

Haz avait souvent entendu des pilotes dire qu'affronter l'espace leur donnait conscience de leur petitesse. Pour lui, c'était le contraire. En flottant dans le noir, il se sentait connecté à l'univers tout entier, il en faisait partie. C'était même la seule occasion où il ressentait une connexion aussi intime, comme s'il faisait partie d'un tout.

En y réfléchissant, il l'avait aussi éprouvé avec Mot.

Il soupira de nostalgie.

— *Concentre-toi, Hazarmaveth. Tu as du travail à accomplir.*

Molly semblait un peu inquiète.

— Je sais Moll ! Mais je déteste ce szotain de costume ! D'abord, il me gratte, ensuite, c'est une barrière avec… avec… tout ça !

Il écarta les bras et engloba l'espace ouvert devant lui.

— *C'est une protection nécessaire.*

— Non, ce n'est pas… naturel. Je veux…

Le regard fixé sur les points de lumière qui semblaient lui faire signe dans le lointain, Haz éprouva l'envie presque irrépressible de sentir sur sa peau la froidure de l'espace… S'il se détachait, il flotterait pour toujours dans les bras de l'univers.

— *Capitaine !* cria *Molly*.

Ramené à la réalité, Haz soupira et escalada la paroi extérieure de *Molly*. Une fois arrivé à l'endroit prévu, il se mit au travail. *Molly* resta avec lui, attentive, le surveillant, lui parlant. Sans doute craignait-elle qu'il se laisse à nouveau emporter par l'ivresse du vide.

De plus, elle était une assistante utile et efficace, car elle lui détailla avec précision le processus à suivre pour connecter les supports des armes. Ce n'était pas simple ! Aucun outil classique ne perçait une coque en borvantium. Haz s'était muni d'un poinçon moléculaire capable de retravailler la structure du métal, mais la progression était lente et le positionnement devait être ultra précis. La seule consolation de Haz était qu'il oubliait sa mauvaise jambe quand il sortait dans l'espace.

Il dut patienter un moment pour laisser le poinçon opérer sa magie.

— *Voulez-vous discuter de Citrapra, Capitaine ?* demanda *Molly.*

Arraché à ses pensées, Haz sursauta.

— Hein ? Euh, oui, pourquoi pas ? Mais je ne vois pas bien de quoi…

— *Je vous rappelle que vous teniez à évacuer les mineurs Delthiens avant de faire exploser les mines de borvantine,* déclara *Molly* avec une patience exagérée.

Haz déplaça le poinçon sur quelques centimètres.

— Oui, oui, effectivement. Aurais-tu le pouvoir magique de renvoyer tous les Delthiens chez eux, Moll ? Ça m'arrangerait bien.

— *Non, je suis désolée, mes programmes ne comportent pas cette spécificité. En revanche, j'ai fait des recherches et appris des choses intéressantes.*

— Je vois, ricana Haz, en clair, tu as continué à fouiner dans les dossiers top-secret que la Coalition n'a pas pensé à protéger contre les vaisseaux dans ton genre, c'est ça ?

— *Affirmatif. Même si j'aime à penser qu'aucun vaisseau ne me ressemble.*

Haz tapota la coque, regrettant cependant que le matériau de sa combinaison fasse barrière entre *Molly* et le creux de sa paume.

— Tu as raison, Molly chérie, comme d'habitude. D'accord. Raconte-moi un peu ce que tu as appris de si intéressant.

— *Il y a déjà eu des incidents dans les mines, des risques d'explosion en particulier. Dans ce cas, tous les mineurs reçoivent sur leurs biotabs un signal d'évacuation immédiate.*

— Pourquoi la Coalition se donne-t-elle la peine de les sauver alors que…

Haz répondit de lui-même à sa question :

— Les enculeurs de qheks ! Tuer les Delthiens au travail, ça ne les dérange pas, mais tant que leurs outils sont opérationnels, ils tiennent à les préserver, c'est ça ? En fait, c'est une question de gros sous !

Enragé, il aurait volontiers cogné sur quelque chose, mais il n'avait que *Molly* à portée de main. De plus, la gravité zéro de l'espace aurait beaucoup enlevé d'impact à son geste.

— *Il n'y a pas que les Delthiens dans les mines,* ajouta *Molly. Il y a aussi les surveillants, des gardes salariés de l'exploitation.*

— Et c'est la Coalition qui possède cette exploitation, bien entendu.

— *Affirmatif.*

Haz changea la position de son poinçon. Le trou était presque terminé.

— *Molly*, que ressens-tu quand je perce ainsi ta coque ? Tu as mal ?

— *Non. Je ne ressens pas la douleur. C'est plutôt… disons une sorte de chatouillis.*

Molly ne ressentait pas la douleur ? Haz fut très soulagé de l'apprendre. Au moins, quand ils seraient tous les deux anéantis, il n'aurait pas le poids de son agonie sur la conscience.

— Combien de temps faut-il pour évacuer la mine ? Et les Delthiens seront-ils assez loin pour être à l'abri de l'explosion ?

— *L'évacuation réclame environ quinze minutes et les ouvriers seront en sécurité, à condition que nos tirs soient bien ciblés.*

Le poinçon ayant terminé son travail, Haz le remit à sa ceinture, prêt à passer à l'étape suivante. Il marcha le long de la coque jusqu'au sas, pestant contre les aimants sous ses semelles qui rendaient ses pas difficiles et tiraient sur sa mauvaise jambe. Par chance, le trajet n'était pas long. Une fois dans le sas, Haz récupéra un bras de montage, puis il retourna à sa précédente position et le fixa dans les trous qu'il avait préparés.

Le poinçon faisait aussi office de fer à souder entre deux structures moléculaires. Du moins, c'était ce que Haz avait cru comprendre des longs discours de Jaya. Il n'était ni mécanicien ni savant, juste pilote.

Concentré sur sa tâche délicate, il fusionna le bras de montage à la coque de Molly.

Quand il se redressa, il déclara :

— Il reste un problème majeur, Molly : comment actionner ce signal d'évacuation ?

— *Je peux l'envoyer moi-même, Capitaine.*

Bien que *Molly* n'ait cessé de le surprendre depuis qu'il l'avait retrouvée sur Kepler, Haz ne s'attendait pas à cette réponse désinvolte. Il tressaillit et cligna des yeux.

— Tu… tu peux vraiment faire ça ?

— *Oui. Il me suffit de hacker leurs systèmes de communication. Ce qui ne devrait pas poser de difficulté.*

— Alors tu leur annonces qu'ils doivent se barrer fissa, ils s'exécutent et avant qu'ils comprennent s'être fait berner... boum !

— *C'est un bon résumé, Capitaine.*

Haz sourit.

— Molly, je t'adore ! Je ne te le dirai jamais assez !

HAZ MIT plusieurs heures à monter les supports de canons. Il aurait voulu installer les canons sans attendre, mais le processus était encore plus délicat, et Molly insista pour reporter ce travail au lendemain.

— *Ce serait dommage de mourir avant l'heure, parce que vous êtes trop fatigué, Capitaine. N'oubliez pas que vous avez une noble mission à accomplir.*

Noble ? C'était bien la première fois que Haz entendait qualifier ainsi une de ses actions.

Mais question fatigue, *Molly* avait raison, il obtempéra et retourna à bord du vaisseau. Une fois dans le sas, il admit enfin son épuisement, il s'appuya contre la paroi et ferma les yeux. Molly lui envoya un maximum de chaleur et d'oxygène. Au fur et à mesure que la gravité reprenait ses droits, Haz sentait la brûlure s'aggraver dans sa jambe.

— Szot ! marmonna-t-il.

Il finit par bouger, à son corps défendant, pour se débarrasser de sa combinaison. Ce qui parut prendre un temps fou et demander un effort surhumain.

Il était de très mauvais poil une fois nu. Il parvint à planifier son avenir immédiat : pisser, prendre une douche, manger et dormir, dans cet ordre spécifique.

Il était dans la cambuse, à essayer de faire descendre une mixture insipide, quand une idée naquit dans son cerveau embrumé.

— Molly ! Dis-moi, en plus d'un ordre d'évacuation générale, pourrais-tu envoyer un message destiné uniquement aux Delthiens ?

— *Bien entendu. Quel message ?*

Haz avait une autre question à poser :

— Sais-tu combien il y a de Delthiens sur Citrapra ? Et combien de laquais de la Coalition ? En fait, ce qui m'intéresse surtout, c'est le rapport entre ces deux nombres.

— *Les Delthiens sont trente fois plus nombreux,* répondit *Molly.*

Haz eut un ricanement sinistre.

— Excellent. Donc voilà mon idée : une fois tout le monde à l'abri, nous ferons tout exploser, et tu enverras un message aux Delthiens – et rien qu'à eux, bien entendu – pour leur expliquer nos intentions et leur suggérer d'attaquer leurs gardiens. À ton avis, quelle sera leur réaction ?

— *La Coalition a pleinement conscience que les Delthiens sont plus nombreux que les gardiens,* répondit *Molly, aussi ont-ils instauré un système pour les contrôler via un implant placé dans leur cerveau. En cas de désobéissance ou de rébellion, les esclaves sont aussitôt torturés ou éliminés en fonction de la gravité de l'offense. Mais...*

Haz tapa du poing sur la table.

— Enculeurs de qheks ! cria-t-il.

Après un silence tendu, il reprit d'un tout autre ton :

— Mais quoi, Moll ?

— *Je devrais pouvoir désactiver ces implants. Je vérifie cela tout de suite.*

— Oh, chérie ! Que ferais-je sans toi ?

Molly ne répondit pas, sans doute était-elle déjà au travail.

Haz aimait bien son idée de coup d'État, mais même si les Delthiens ne pouvaient – ou ne voulaient – se rebeller contre leurs bourreaux, son projet de tout faire sauter n'était pas caduc.

Ce plan allait-il fonctionner ? Il n'en savait absolument rien, mais cela ne l'empêcherait pas de tout tenter.

Il se rendit dans sa cabine, se coucha et s'endormit en souriant. Il rêva que les Delthiens parvenaient à renverser les bâtards qui les avaient si longtemps réduits en esclavage.

XXIX

SUITE À son éducation au sein des Nouveaux Adamites, Haz connaissait le concept de la Cène – le dernier souper. Il savait aussi qu'il était d'usage, sur l'ancienne Terre, de servir aux condamnés le repas de leur choix la veille de leur exécution. Au cours de sa vie, Haz avait connu plusieurs occasions où il s'était demandé s'il ne prenait pas son dernier repas.

Mais jamais il n'avait réfléchi à ce qu'il choisirait de manger dans ces circonstances, surtout seul à son bord et perdu dans l'immensité de l'espace. En tout cas, ce n'aurait certainement pas été une de ces horreurs préfabriquées dont il faisait son ordinaire ces derniers temps !

Malheureusement, il lui restait fort peu de provisions fraîches. En fouillant dans les placards de la cambuse, Haz trouva des épices, des protéines de synthèse et les coléoptères séchés d'Ixi. Il fit la grimace en les regardant.

— Je devrais sans doute m'en tenir au whisky.

— *Allez-vous consacrer vos dernières heures à vous enivrer, Capitaine ?*

Haz soupira.

— Non, tu as raison. Bon, et si tu m'aidais à préparer quelque chose de comestible avec les moyens du bord ?

— *Bien sûr, Capitaine.*

Avec l'aide de Molly, Haz concocta un ragoût épicé et protéiné aux légumes. Mot aurait sans doute fait mieux, mais Haz trouva, néanmoins, son plat à la fois roboratif et goûteux.

Pendant qu'il nettoyait et rangeait sa cambuse, il fit mentalement un dernier check-up. Il lui restait une tâche importante : monter les canons. Ensuite, il ferait une ultime vérification des systèmes, surtout en ce qui concernait les nouvelles armes installées. Il reprendrait, avec Molly, la séquence des événements, tous deux devant être parfaitement synchronisés pour avoir une chance de réussir. Mais ce serait sans doute *Molly* qui le reprendrait, elle avait une étonnante mémoire.

Enfin, Haz voulait ranger le vaisseau dans son ensemble, même si c'était une impulsion stupide. Le désordre ne serait pas le plus gros problème que *Molly* aurait à affronter. Peu importait, Haz le ferait quand même. Du coup, il lui faudrait entrer dans les quartiers de Jaya et de Njeri, ou dans la cabine d'Ixi. C'était un peu délicat, même si aucun des trois n'était susceptible de remonter à bord. D'ailleurs, il était peu probable qu'ils aient laissé des affaires personnelles derrière eux.

Après, il essaierait de dormir. Il doutait d'en être capable, mais ça valait le coup d'essayer. Cela lui permettrait aussi d'allonger sa jambe. Tiens, au fait, dans moins de vingt-quatre stan-heures, il n'aurait plus à se soucier de cette douleur ! Merveilleuse perspective !

— Ce n'est pas mon premier combat, Moll. Quand j'étais dans la Marine, il y a eu des moments où j'étais certain de ne pas m'en tirer. Dieu, j'avais une de ces frousses ! Les deux premières fois, j'ai même vomi, alors pour ne pas perdre la face, j'ai prétendu souffrir du mal de l'espace. Les autres ne m'écoutaient pas, eux aussi dégobillaient leurs tripes.

— *Est-ce pour toi un bon souvenir, Haz ?* demanda *Molly.*

— Non, mais tu sais, de bons souvenirs, je n'en ai pas beaucoup.

Sauf avec Mot.

Haz enchaîna très vite :

— Ce que je voulais dire, c'est que cette fois, c'est différent. Oh, d'accord, j'ai l'estomac noué, mais pas parce que j'ai peur de mourir, c'est fini pour moi, ça, je le sais, mais quand même, j'ai peur… j'ai peur d'échouer. Et je ne veux pas. C'est trop important !

— *Je sais. Je le pense aussi. Je…*

Quand elle ne termina pas sa phrase, Haz craignit que son cœur fasse de la fibrillation. Que se passait-il ? Jamais *Molly* n'avait hésité jusqu'à ce jour ! Qu'est-ce qui n'allait pas ?

— *Haz, j'ai quelque chose à te montrer,* souffla *Molly.*

— Oui, quoi ?

— *Monte sur le pont, d'accord ?*

La peur de Haz s'estompa, remplacée par la curiosité. Il s'empressa d'obtempérer.

— Voilà, Moll, je suis sur le pont. Que voulais-tu me montrer ?

— *Attachez votre ceinture, Capitaine.*

Il obéit en silence. Dès qu'il fut prêt, Molly tamisa les lumières presque complètement, laissant comme seul éclairage les étoiles qui brillaient à travers la verrière avant.

— *Voilà, Capitaine, Jaya et moi avons travaillé ce concept depuis notre passage sur Ankara. Elle n'avait pas tout à fait terminé en débarquant à Libreterre, j'ai tenté de combler les lacunes, mais je n'ai pas encore pu tester mon travail, alors...*

Waouh! *Molly* qui doutait? Une autre première. Haz n'en revenait pas.

— Je suis confiant, chérie. Même inachevée, une idée de Jaya vaut deux fois ce que ferait le reste de la galaxie. Bon, sur quoi porte-t-il ce fameux concept? Une amélioration de notre armement, je présume?

Tout content, il se frotta les mains.

— *Non, pas vraiment. Haz, puis-je accéder à ton biotab?*

Un peu déçu, il regarda son avant-bras.

— Euh... oui, bien sûr.

— *Détendez-vous, Capitaine, fermez les yeux. Et prévenez-moi si quelque chose ne va pas.*

Haz ricana.

— J'ai déjà goûté au BDSM, ça ne m'a pas plu, mais jamais je n'aurais pensé avoir besoin d'un mot de sécurité avec toi, chérie!

Il ferma les yeux – pourquoi pas, hein? –, mais il ne parvint pas se détendre. Agacé, il laissa son esprit vagabonder, il pensa à Mot, bien entendu, à ses massages aux propriétés analgésiques... Il visionna mentalement les mains de Mot posées sur lui, sa bouche, son corps. Ce corps que ces szotains de prêtres avaient tenté de sacrifier à leur Grand Divin! Ce corps si beau, si coloré, si unique...

Il tressaillit, arraché à sa vision, quand il sentit un picotement au poignet. Ce n'était pas douloureux, c'était... comme le sang revenant dans un membre engourdi par une mauvaise position. La sensation remonta le long de son bras jusqu'à son épaule et sa nuque. C'était doux, intime, réconfortant.

Un instant plus tard, tout disparut.

Haz fronça les sourcils. Il n'eut pas le temps de protester, car une nausée lui tordit l'estomac, suivie d'un vertige.

Comment te sens-tu, Haz?

C'était *Molly*, bien sûr, ce ne pouvait être qu'elle, mais elle n'avait pas sa voix habituelle. L'esprit engourdi, Haz mit une seconde à comprendre ce qui avait changé : la voix de *Molly* ne sortait pas des haut-parleurs du vaisseau, non, elle résonnait directement dans sa tête.

Molly?

Haz n'avait pas peur, mais il ne comprenait plus.

Oh, ça marche! Enfin, je crois. Comment te sens-tu?

Bien... Oh!

La stupeur lui coupa la parole.

Il n'avait pas ouvert les yeux, pourtant, il voyait, il se voyait… d'en haut. Il était sur le pont, affalé dans son siège, bien sanglé, la bouche molle.

C'est quoi ce truc ?

La question résonna dans sa tête, il ne l'avait pas prononcée, ses lèvres n'avaient pas bougé.

Nous sommes connectés, Capitaine, répondit *Molly. Je suis dans votre cerveau humain et vous, dans mes systèmes électroniques.*

Nom de Dieu !

Ne blasphémez pas ! Et ne vous inquiétez pas. Vous pouvez rompre la connexion quand vous voulez, moi aussi.

Il ne s'inquiétait pas, il n'en avait même pas l'idée, il était trop statufié de stupeur. Et encore, le mot était faible pour qualifier son état.

En se concentrant un peu, il sentit les différents composants de *Molly* et leurs interactions de fonctionnement. Plus étonnant encore, il avait accès à ses données. S'il le voulait, il pouvait voir tout ce qu'elle faisait…

Haz, attention ! Pas d'overdose, votre cerveau humain reste organique et donc, limité.

Elle avait raison. Haz recula un peu.

Comment… ?

Comme je te le disais, c'est une idée de Jaya. Elle y pensait depuis très longtemps. Haz, tu regrettes souvent d'interagir avec moi à travers un écran de commandes, n'est-ce pas ? Eh bien, cette barrière a disparu.

Dieu, oui ! Les battements du cœur de Haz scandaient les pulsions quantiques de *Molly,* il sentait dans ses poumons le circuit de ses générateurs d'air, il vibrait de son incroyable pouvoir.

Molly, gémit-il.

Haz, il y a plus. Ouvre les yeux et regarde, regarde dehors !

Dehors ? Captivé par les entrailles de Molly et ses rouages, Haz avait oublié le reste de l'univers.

Il ouvrit les yeux et tressaillit…

Oh, mon Dieu !

L'espace était tout autour de lui, comme la veille, lorsqu'il avait fixé les canons dans sa combinaison, mais là, il n'en portait pas, il n'y avait plus aucune barrière. Comme il en avait si souvent rêvé, le vide sidéral caressait sa peau, lisse et solide ; l'« air » sentait l'ozone et les framboises. Ayant accès aux sens électroniques de *Molly,* Haz voyait mieux qu'il ne l'avait jamais fait, infiniment plus loin aussi, jusqu'aux étoiles, leur faible lueur l'enivrait et leur chant… Oh, il savait bien que les sons ne voyagent pas dans le vide comme dans l'atmosphère, mais les étoiles, comme tous les corps planétaires, émettaient des ondes électromagnétiques que *Molly* percevait et décryptait. C'était aussi mélodieux que le gazouillis des oiseaux chanteurs, aussi bas et profond que le chant des baleines, aussi aérien que le souffle du vent sur un champ de blé, aussi sinistre que les pleurs des enfants perdus.

Haz éclata d'un rire enivré d'espace, et *Molly* se joignit à lui. Dans sa tête, il imagina leurs deux rires mêlés s'envoler eux aussi et flotter pour les millénaires à venir dans tous les recoins de l'univers. Son corps serait bientôt poussière, mais son rire, lui, perdurerait même après sa mort. Ce n'était pas l'Au-delà dont parlaient les Nouveaux Adamites, mais pour Haz, c'était infiniment meilleur.

Viens, Haz, dit *Molly. Danse avec moi !*

Jusque-là, elle fonçait tout droit vers leur destination fatale, mais en prononçant ces mots, «*danse avec moi*», elle exécuta des boucles et des pirouettes. Une fois encore, Haz éclata de rire.

Maintenant, c'est à vous de mener la danse, Capitaine.

À lui ? D'accord. À peine avait-il imaginé un tonneau suivi d'une boucle serrée que les commandes du vaisseau lui répondirent. Ça avait toujours été son rêve de piloter *Molly* sans intermédiaire. Et voilà son vœu exaucé, voler devenait aussi simple et naturel que marcher, il n'avait même pas à réfléchir, il réagissait d'instinct et *Molly* répondait.

Dire que pendant toutes ces années, il avait cru voler ! En vérité, il n'avait été qu'une pierre dans une bouteille. Aujourd'hui, il était enfin comme ces grands oiseaux qu'il avait observés du sol de Cérès étant enfant.

Maintenant, il était libre.

Il continua à tournoyer et à tourbillonner, poussant son magnifique fuselage jusqu'à ses limites. Il aperçut à proximité un système solaire avec trois petites planètes solitaires et visa la plus petite, descendant assez bas pour que sa force gravitationnelle le chatouille comme le reflux sur les orteils d'un enfant, plantés dans le sable. La planète n'était qu'un rocher stérile. Haz lui tourna le dos et recommença ses acrobaties.

Enfin, il volait, il volait vraiment !

Haz ?

Il mit un certain temps à reconnaître la voix de *Molly* ou même son nom. Se reprenant un peu, il reprit une trajectoire plus régulière et marmonna avec effort :

Oui ?

Il est temps de couper la connexion.

Quoi ? Non ! Il ne voulait pas ! Jamais ! Et il comptait le dire à *Molly*, il refuserait de lui rendre les commandes.

Mais alors, il se souvint de Mot, et des Delthiens et de son corps à lui, de son corps mortel et limité encore attaché à son siège.

Il soupira tristement.

D'accord.

L'effort fut aussi difficile que s'arracher à un lit chaud pour affronter une matinée glaciale. Mais *Molly* avait raison, bien entendu, car si Haz ne sortait pas maintenant, sans doute n'y parviendrait-il jamais.

Alors il le fit par étape, il sentit un picotement dans sa colonne vertébrale et dans ses bras, puis le poids mort familier de son corps. La douleur de sa jambe le frappa, comme une blessure fraîche. Il gémit.

— *Comment vous sentez-vous, Capitaine ?*

La voix de Molly n'était plus dans sa tête, elle émanait comme d'habitude des haut-parleurs de communication.

— Excuse-moi, ma belle, coassa Haz.

Il avait la gorge râpeuse, comme s'il avait avalé du sable.

— *De quoi ?*

— De m'être comporté en parasite envahissant.

Elle gloussa tendrement.

— *Ce n'est pas vrai, je t'ai invité, Haz, et ta visite était la bienvenue.*

Tant mieux, il se sentait moins coupable. Il détacha sa ceinture, ses mains tremblaient.

— C'était… Je n'aurais jamais imaginé un tel vol, Moll.

Quelque part, il en avait rêvé, mais la réalité avait dépassé son imagination.

— Merci ! reprit Haz. Ça a été… le plus beau moment de ma vie !

— *Comme je vous le disais, Capitaine, c'est une idée de Jaya et elle comptait s'en servir comme d'un outil ou d'une arme.*

Haz eut envie de se mettre des claques. Fidèle à lui-même, il n'avait pensé qu'à son plaisir, sans même réfléchir aux côtés pratiques de cette étonnante connexion.

— Jaya a raison ! s'exclama-t-il. Au combat, nous serions…

— *… encore plus redoutables qu'avant*, compléta *Molly*.

— Et demain, lors de notre attaque, nous aurons un nouvel atout !

Haz se rendit compte qu'au fond, il ne s'attendait pas à réussir. Peut-être n'en était-il toujours pas convaincu, mais la balance des pouvoirs venait de pencher en leur faveur de manière significative.

Un sourire aux lèvres, il se redressa, les jambes vacillantes. Il se rééquilibra d'une main sur son siège, puis quitta le pont et s'engagea dans le couloir. Il se souvenait vaguement de ses projets pour occuper ses dernières heures.

Soudain, une idée lui vint :

— Molly ? Nous avons bien repris notre route vers Citrapra, hein ?

Il ignorait à quel point ses cabrioles les avaient détournés de leur objectif.

— *Oui, Capitaine. Nous arriverons demain à sept heures.*

— Parfait. Je te laisse la barre, ma belle. Je vais essayer de dormir.

UNE FOIS dans sa cabine, il se déshabilla, procéda à ses ablutions et se coucha. Ses draps portaient encore l'odeur de Mot. Si son corps était prêt pour le repos, ce n'était pas le cas de son cerveau.

— Molly ? Cette idée d'utiliser les biotabs pour créer une connexion, c'est de ça que Jaya parlait avec Thonamun sur Ankara-12, pas vrai ?

— *Oui. Il y a des années qu'elle m'interroge quant à cette possibilité, et sur Newton, elle y a consacré beaucoup de temps et d'énergie, passant d'un simple concept au travail concret. Thonamun l'a aidée à accéder à votre biotab.*

Surpris, Haz fronça les sourcils.

— Quoi ? Elle m'a hacké il y a des semaines ?

— *Elle a progressé en douceur, oui. Nous avons préféré ne rien vous dire avant d'être prêtes à tester le processus. Connaissant votre impulsivité et votre impatience, nous craignions que vous tentiez de brûler les étapes et de courir des risques inutiles.*

Effectivement. S'il avait su ce qui se préparait, il aurait été constamment sur les nerfs. Et il n'en voulait ni à Jaya ni à Molly d'avoir bricolé son biotab sans lui demander son avis, il leur avait fait bien pire pour des raisons bien plus égoïstes. De plus, s'il avait été consulté, il aurait accepté sans une seconde d'hésitation, ce qu'elles savaient sans doute.

— J'ai pas mal de regrets sur ce que j'ai fait ou pas fait dans ma vie, Moll. Mais par certains côtés, j'ai eu de la chance. Imagine un peu !

Si j'étais mort sur l'*Étoile d'Omaha*, il y a dix ans, comme tant d'autres soldats, je ne t'aurais jamais rencontrée !

Elle émit un son étrange qui ressemblait à un soupir.

— *C'est vrai. Et Mot non plus.*

Haz frissonna. S'il n'avait pas croisé le chemin de Mot, sans doute y aurait-il un nouveau cadavre tatoué dans une crypte anonyme ou sur un piédestal à l'intérieur d'un temple. Tout ce potentiel gaspillé ! Et le potentiel, contrairement à l'énergie, ne se récupérait jamais une fois gâché.

— *Je sais, Haz,* chuchota *Molly. Je sais ce que tu ressens pour Mot, pour moi, pour Jaya et Njeri, et même pour Ixi. C'est beau, tu sais. D'une certaine façon, c'est aussi beau que voler à travers l'espace.*

Il s'étrangla derechef.

— Non ! Je ne...

— *Chut, Haz. Ne mens pas, pas ce soir. Du moins, pas à toi.*

Quand le silence retomba, Haz resta allongé dans le noir à peser les paroles de *Molly.* Il aurait des sentiments, LUI ?

Pour la première fois de sa vie, il l'admit. Mieux encore, il les accepta. Il ne dormit pas, mais il passa une nuit calme et sereine.

Il était en paix avec lui-même.

XXX

— JE SUIS prêt, Molly chérie.

— *Moi aussi.*

Ils effectuaient une ultime vérification des systèmes même si ce n'était pas nécessaire. Après son expérience fusionnelle de la veille, Haz savait déjà *Molly* en pleine forme. Mais le contrôle était une procédure vitale bien enracinée en chacun d'eux. Après tout, comme disait le proverbe terrien : *deux précautions valent mieux qu'une.* Haz trouvait même cette routine apaisante.

Ce matin, il s'était mis sur son trente-et-un, même si la plupart des gens jugeraient sa tenue simple et bon marché. Haz s'était toujours fiché de ses vêtements, à condition qu'ils soient propres et fonctionnels. Il portait aujourd'hui un pantalon foncé décent et une tunique ocre qui, de l'avis de Mot, faisaient ressortir le hâle de sa peau et les paillettes d'or de ses yeux sombres. De plus, cette couleur gaie différait totalement du brun terne des vêtements que Haz portait étant enfant ou du bleu marine de son uniforme de soldat de la Coalition. Il avait même ciré les bottes noires qu'il ne mettait que pour descendre à terre. Sauf que…

Jamais plus il ne mettrait le pied sur une planète. C'était un étrange constat. Il ne savait trop quoi en penser. Oui, il aimait voler et son vaisseau était son seul vrai foyer, mais il était né sur une planète, comme chacun de ses ancêtres depuis l'aube de l'humanité.

Eh bien, son sort ne lui appartenait plus, désormais.

IL SE rendit sur le pont et fixa la lumière éclatante du soleil de Citrapra.

— Les messages sont-ils prêts à être envoyés, Molly ?

— *Bien sûr, Capitaine, vous le savez très bien.*

— Je pense aux milliers de personnes qui vivent sur Citrapra, à proximité des mines, sans se douter de ce qui va arriver ni qu'après notre passage, leur vie ne sera plus jamais la même.

Il chercha à imaginer ce que faisaient tous ces gens en ce moment précis : les geôliers de la Coalition, en bons séides de leurs puissants maîtres, devaient être occupés à brutaliser les Delthiens. Pour les esclaves, au moins, l'épuisant labeur touchait à sa fin.

— Moll, je n'avais pas pensé à un truc ! Si nous réussissons et que les Delthiens s'enfuient, ils n'en resteront pas moins coincés sur Citrapra.

La technologie delthienne datait à peu près de l'âge du bronze. Pour une fois, la Coalition n'avait pas forcé une société primitive à se moderniser. Et ce dans un but intéressé, bien entendu, car l'asservissement des Delthiens devenait plus facile.

— *Je peux envoyer un message à Libreterre, si vous le souhaitez, Capitaine. La Résistance acceptera peut-être de les aider.*

— Tu parles de rapatrier les Delthiens chez eux ?

Szot, le choc serait terrible pour les rescapés ! Haz essaya d'imaginer ce que ce devait être d'être arraché à sa terre natale, à sa famille, jeté au fond d'une mine, condamné à travailler comme un forçat, voir ses congénères mourir les uns après les autres, abandonner tout espoir… et soudain, retourner chez soi.

— *Je ne sais pas,* déclara *Molly.*

Cette phrase arracha Haz à ses sombres pensées. C'était rare d'entendre *Molly* la prononcer !

Bien, quoi qu'il arrive, Haz espérait pour les Delthiens un avenir plus clément.

Il n'avait jamais cru au dieu des Nouveaux Adamites. Dès son évasion de Cérès, il avait cessé de réciter les prières qu'on lui imposait jusqu'alors, préférant s'adresser à cette déité qu'il reniait par des jurons et des malédictions. Là, pourtant, il aurait apprécié avoir gardé un peu de foi pour implorer un petit coup de pouce d'une autorité supérieure. Pas pour lui, non, mais pour la sécurité de l'équipage dont il s'était longtemps senti responsable – et de l'homme qu'il aimait.

Haz secoua la tête et s'installa sur son siège. Il attacha sa ceinture, mais ne sortit pas son écran. C'était un peu étrange de ne pas chercher les commandes.

— Molly chérie, c'est parti.

Il envoya une dernière pensée à travers l'univers, un souhait éperdu pour que Mot trouve le bonheur et la paix, puis il se connecta à son vaisseau.

Ce fut plus facile cette fois, peut-être parce que Haz savait à quoi s'attendre. Un bref picotement, un vertige, la désorientation d'être à deux endroits à la fois, puis Haz fut… le vaisseau.

Il se demanda s'il pouvait fusionner définitivement avec Molly. Non, sans doute pas, parce qu'elle ne serait pas d'accord. En plus, cette question était sans intérêt, car Molly et lui fonçaient ensemble vers une destruction certaine. D'ici peu, tous deux, l'humain et le vaisseau, seraient anéantis.

Pour que ce sacrifice en vaille la peine, il avait la ferme intention de causer le plus de dégâts possible à la Coalition.

Sentir l'espace contre sa peau lui fut tout aussi agréable que la veille, rien que pour cette sensation, il aurait volontiers offert sa vie. Il fit une pirouette pour le plaisir avant de se concentrer sur une étoile particulière, comme un papillon de nuit volant vers une flamme.

Quand il approcha et que l'étoile tenta de l'attirer dans son orbite, Haz se concentra sur la quatrième planète de son horizon.

Citrapra n'était qu'un petit caillou sinistre loin de tout, sans même une lune pour lui tenir compagnie. De loin, c'était un bloc brun presque sans nuages, l'eau était rare sur Citrapra. La Coalition ne s'y serait jamais intéressée si la planète ne regorgeait pas de borvantine.

Haz sut le moment exact où *Molly* envoya l'ordre d'évacuation. En fait, c'était comme s'il avait agi lui-même. Le compte à rebours se mit en route : *quinze minutes avant l'heure H.*

Molly connaissait l'emplacement des mines, du coup, Haz aussi, et il savait où viser pour que ses explosions aient un impact maximum. Il avait également accès à la position de l'armement défensif et à ses caractéristiques. Ces armes de très gros calibres auraient été fatales à un galion comme l'*Étoile d'Omaha*. Mais *Molly* était plus petite et assez agile pour esquiver leurs tirs, du moins au début, avant que les artilleurs fassent les réglages nécessaires. Et durant ce laps de temps, cet ultime délai, Haz devait réussir à détruire les mines.

Il descendit et traversa l'atmosphère, sentit le frottement chaud de l'air contre sa coque. Elle était en borvantium, il y avait donc de fortes chances que le minerai d'origine ait été extrait du terne rocher qu'il voyait en dessous. Il avait programmé sa descente pour arriver du côté inhabité de la planète, actuellement plongée dans l'obscurité.

Haz fila vers sa cible.

Ils ont détecté notre présence, l'informa *Molly.*

Tu peux écouter leurs communications ?

Oui, et toi aussi, si tu veux, Haz.

Non, merci. Je préfère me concentrer sur le pilotage, je n'ai pas ta capacité à gérer plusieurs questions à la fois. Si tu entends des infos importantes, tiens-moi au courant.

Les soldats de la Coalition commençaient à tirer. C'était inutile, vu que Haz était encore hors de portée. Étaient-ils idiots ou espéraient-ils l'effrayer. En fait, ces explosions lui rendaient service, car elles lui donnaient une meilleure idée de la position des armes, ce qui lui serait fort utile une fois qu'il serait plus près.

Il volait si bas que son ombre défilait sur le sol en dessous, comme si elle aussi souhaitait s'envoler. Haz ne la comprenait que trop bien. Quelle horreur de rester sur ce misérable caillou !

En approchant de sa cible, il dut zigzaguer pour éviter les tirs incessants, mais c'était facile. Après tout, un insecte zeneni esquivait sans peine la main trop lente qui tentait de l'écraser, pas vrai ? Haz continua sa route avec une embardée de temps en temps, aussi souple qu'un enfant sautillant dans un champ. Pas un souffle ne le toucha.

Juste devant lui, il y avait la première mine, la plus proche de l'usine. De l'extérieur, on ne voyait pas grand-chose, à part des trappes métalliques encore béantes de la récente évacuation et des pistes marquées dans la poussière, mais Haz se fiait aux informations de *Molly*. Il descendit encore, volant si bas qu'il sentait presque les pierres lui racler le ventre. Il tira le Kamiya, une seule explosion géante, suivie des longs tirs jumeaux des canons à impulsions. Il dépassa la structure trop rapidement pour vérifier s'il avait fait mouche. Alors il fit une boucle et un demi-tour, évita le tir des barrages et revint pour une seconde salve.

Au quatrième passage, le sol vibra, puis s'effondra sur lui-même avec un grondement de fin du monde.

Haz dut faire une preste embardée pour éviter l'onde de choc, mouvement qui l'envoya tout droit dans la ligne de mire d'un canon. Il fut touché et se cabra, mais très vite, il se stabilisa et évita les autres tirs. Il fit une vérification rapide de ses systèmes tout en visant son second objectif : l'usine de transformation du substrat, un gros bâtiment laid et trapu. *Molly* n'avait que des dommages mineurs, dont la destruction d'un des canons laser récemment installés, mais rien ne l'empêchait de continuer.

Détruire le bâtiment fut simple et rapide, les canons à impulsions firent sauter l'essentiel, le canon laser qui restait se chargeant du reste. Haz sentit à peine le deuxième coup qui le heurta, bien que l'impact ait été plus violent, perforant presque sa soute.

Je m'occupe de sceller la cale, annonça *Molly.*

Haz filait déjà vers sa prochaine cible.

Quoi ? Mais ça va nous ralentir !

Si nous perdons de l'oxygène, vous ne vous en tirerez pas, Capitaine.

Haz avait presque oublié ce corps humain sanglé dans un siège sur le pont, avec des poumons et un cœur organique. Ce corps lui paraissait étranger, comme une sorte d'appendice inutile.

Que se passerait-il si mon corps mourait pendant que nous sommes connectés, Moll ?

Je ne sais pas, admit-elle.

Ils n'eurent pas le temps d'échanger d'autres hypothèses d'ordre métaphysique, car Haz avait atteint la deuxième mine.

Il l'attaqua comme la première, mais ce fut plus difficile, parce qu'il avait beaucoup plus de tirs à esquiver. Les hommes de la Coalition connaissaient son intention, aussi concentraient-ils leur puissance de feu pour protéger la zone proche de la mine. Ce fut finalement un atout, car non seulement ils manquèrent Haz, mais ils frappèrent la mine, ajoutant des dégâts à ceux que lui-même causait.

Après plusieurs passages, Haz fut à nouveau touché, cette fois, fort. La coque se déforma vers l'intérieur, déséquilibrant Haz. Il partit en vrille et reçut un autre coup.

Le canon de Kamiya est fichu, rapporta Molly. *Et un des canons à impulsions aussi.*

Malgré tout, Haz passa une dernière fois devant la mine. À sa grande satisfaction, elle explosait de l'intérieur et un épais nuage de débris s'élevait dans le ciel. Haz poussa un hurlement de joie, ignorant la difficulté qu'il avait à maintenir le vaisseau en vol stable.

C'est gagné !

Nous allons manquer de puissance de feu pour anéantir la troisième mine, déclara Molly. *Et les soldats appellent tous leurs vaisseaux à la rescousse !*

Haz ricana. Les vaisseaux étaient rares sur Citrapra. Les transporteurs de fret ne représentaient pas un risque sérieux, il lui faudrait juste se méfier des petits cotres agiles.

Je veux quand même essayer, déclara-t-il. *Tu es partante, ma belle ?*

Il la sentit sourire, comme si un frisson électrique passait sur son dos de métal.

Haz, au pire, tu pourras nous crasher en plein sur la mine.

Waouh ! Génial ! Tu es un vrai kamikaze !

Haz fila vers sa prochaine cible, échappant à la portée des canons au sol. Il se creusait la cervelle pour déterminer la meilleure approche de la mine finale. Il s'affaiblissait, certes, mais il lui restait du punch.

Haz, annonça *Molly, j'ai réussi à désactiver les implants qui contrôlaient les Delthiens. Du coup, je les ai avertis que nous attaquions les mines et qu'il ne tenait qu'à eux de s'en prendre à leurs oppresseurs. Vive la révolution !*

Comment, pas de citation shakespearienne appropriée ? plaisanta Haz. *Molly* éclata de rire.

Retournons, chers amis, retournons à la brèche. Henry V, acte 3.

Haz s'élança aussi vite qu'il le pouvait, tirant dès qu'il fut à portée avec tout ce qu'il avait encore d'utilisable. C'était insuffisant, il le savait, mais il recommença, encore et encore, recevant à chaque passage de nouveaux coups qui le secouaient et l'affaiblissaient.

Le pont est touché, annonça *Molly.*

Haz le savait déjà, bien entendu. Il sentait même le petit trou susceptible de les détruire tous les deux. Il ressentait aussi une douleur lointaine, comme un écho de l'agonie endurée sur l'*Étoile d'Omaha*.

Après un long silence que Haz trouva déconcertant, Molly annonça : *J'ai scellé la brèche.*

Même s'il n'*entendait* pas vraiment sa voix, il la trouva bizarre.

En revanche, elle avait bien travaillé : effectivement, le pont était sécurisé. Le patch ne tiendrait pas longtemps, mais Haz s'en fichait, il fallait juste qu'il tienne le temps de détruire cette fichue mine. Il refit un passage, fermement décidé à utiliser la suggestion de *Molly* et se crasher sur sa cible. Il ne le put.

Une explosion lui arracha un de ses stabilisateurs et l'envoya dans une vrille qu'il eut un mal fou à rectifier. Ironiquement, l'explosion qui avait failli lui être fatale tomba trop près de la mine. Le sol trembla et le sourd grondement annonçant une irruption interne se fit entendre.

Attention à l'onde de choc ! hurla Haz. *Remonte, Moll ! Remonte !*

C'était complètement idiot de sa part, vu qu'il était censé être aux commandes. Sauf que son contrôle lui échappait, la douleur s'incrustait plus vivement en lui.

Quelque chose n'allait pas, mais Haz ne savait pas quoi.

Molly, sa courageuse et fidèle *Molly*, répondit instantanément à son appel. Elle entama une chandelle verticale toute droite qui lui permit d'échapper à la fois à l'onde de choc et aux tirs émanant du sol.

En revanche, l'escouade de cotres se rapprochait.

Nous avons réussi ! souffla Haz. *Les mines sont détruites. La Coalition n'a plus accès à la borvantine.*

Il était trop épuisé pour crier sa joie, mais quand même, leur exploit méritait d'être dit à haute voix. Leur action de ce jour ne mettrait peut-être pas la Coalition à genoux, mais elle prendrait du plomb dans l'aile.

Il nous reste un combat à mener, Haz. Les cotres se rapprochent.

Haz soupira. Il n'avait plus la force de se battre.

Je ne peux plus. C'est sans importance, à présent.

Tu as beaucoup plus de valeur que tu l'imagines, Haz Taylor. Je combattrai jusqu'à ce que ma chair soit détachée de mes os. C'est de...

Elle s'arrêta le temps d'un battement de cœur, puis haleta :

Je ne m'en souviens pas. Je ne peux pas... Oh, Haz...

L'un des cotres quitta la formation et se trouva à portée de canon. Haz tira, par réflexe, vraiment. Il fit mouche et regarda le cotre sombrer dans une vrille mortelle.

Un coup de chance, déclara-t-il.

Il retombait dans son corps, ce qui n'était pas terrible, vu que rien ne semblait fonctionner chez lui. Sa connexion avec *Molly* déconnait aussi à pleins tubes.

Haz la sentait s'éloigner de lui. S'effacer.

Non... pas de la chance, Haz, tu es... doué.

Oui, sans doute, admit-il en son for intérieur. Il n'avait que deux talents : se battre et voler. Quant à *Molly*, même gravement endommagée, c'était un sacré bon vaisseau. Bien meilleur que ces petits cotres, agiles certes, mais mal dirigés. Leurs pilotes s'étaient probablement encroûtés sur Citrapra à force de s'emmerder à ne rien faire. Dans tous les cas, ils n'avaient pas l'expérience de Haz.

Deux autres s'isolèrent de la meute pour s'approcher de lui, il les descendit avec le seul canon à impulsions qui lui restait. L'un explosa et l'autre s'éloigna, trop mal en point pour continuer à se battre.

Moll, les cotres ont une courte portée.

Ils étaient construits pour être rapides, mais leurs moteurs, qui manquaient de réserves, devaient très vite passer au spatioport se recharger. Dans l'espace, un vaisseau-mère s'en chargeait.

Molly répondit dans un souffle.

Oui.

Haz mit un moment à trouver les mots. Réfléchir lui devenait de plus en plus difficile.

Nous allons les attirer au loin.

Soit les cotres abandonneraient la poursuite, ils retourneraient à leur base et laisseraient Haz et Molly mourir en paix, soit ils manqueraient d'énergie et seraient incapables de rentrer. Ce qui arrangerait sans doute bien les Delthiens.

Molly ne répondit pas.

Haz ne savait plus trop s'il tenait encore les commandes ou si Molly faisait tout. Quand le vaisseau plongea et accéléra, mitraillé par les cotres lancés à sa poursuite, Haz n'aurait su dire d'où venait la douleur qui lui coupait le souffle. Était-ce son flanc humain qui était atteint ou la coque de Molly ? Et ces fluides vitaux qu'il perdait, s'agissait-il de son sang ou de… ses données ?

Moll ?

Silence.

Très inquiet, Haz sonda avec précaution les morceaux de métal et de cristaux qu'il savait être le « cerveau » de Molly, il n'y trouva qu'un trou aux bords déchiquetés et un vide terrible.

Elle était partie.

Donc, c'était bien lui qui pilotait ce vaisseau mourant et il n'en avait plus pour longtemps.

TOUTE UNE flotte se matérialisa devant lui, composée d'une étonnante variété de types de vaisseaux. Haz les fixa, atterré. Où étaient passés les cotres ? Comment l'ennemi avait-il pu se multiplier ainsi ? S'agissait-il d'un mirage ? Ou son cerveau défaillant lui projetait-il d'anciens souvenirs ?

Oh, Molly… murmura-t-il. *Merci, merci pour tout.*

Il n'était pas certain d'avoir parlé. Pourquoi l'aurait-il fait, puisqu'elle ne l'entendait plus ? Il aurait aimé croire au paradis : une amie aussi fidèle que *Molly* y méritait sa place.

Il délirait, c'était évident, parce qu'il sentit une main lui caresser la joue.

Ô Héros ! Quel héros n'aurais-tu pas été !

S'il en avait eu la force, il aurait ri.

Son hallucination s'aggrava encore, car une voix furieuse résonna dans sa tête :

Ne meurs pas, Hazarmaveth Taylor. Je te l'interdis.

Haz ferma les yeux et s'envola vers les ténèbres.

XXXI

QUELLE CHIERIE ! Haz était totalement écœuré. La douleur était censée cesser après la mort. Ou alors, les prêtres des Nouveaux Adamites ne se trompaient pas, l'enfer existait bel et bien, et Haz était condamné à souffrir ainsi pour l'éternité. D'accord. Il acceptait son destin. Il avait sacrifié sa vie pour Mot – qu'il avait aimé, bon sang ! – et pour les mineurs Delthiens. Si ce geste ne suffisait pas à effacer ses péchés, tant pis pour lui, et que le Juge Suprême aille se faire foutre ! De toute façon, ce n'était pas pour expier qu'il était mort.

Ni pour être sauvé.

Une main tenait la sienne, une main douce qui ne cherchait ni à le châtier ni à le torturer. Et la voix qu'il entendait… ne parlait pas de punitions divines, mais de la meilleure façon de préparer le ragoût de racines. Et chaque fois que Haz se tordait aux prises avec l'agonie, chaque fois qu'il perdait le souffle, qu'il retenait ses cris, quelque chose touchait son bras et peu après, la douleur devenait supportable.

Donc il n'était pas en enfer.

Et s'il *perdait* le souffle, c'est que le reste du temps, il respirait. Merde ! Les morts ne respiraient plus.

Et ces lèvres posées sur son front ? C'était le paradis.

Faisant appel à tout ce qui lui restait de forces, Haz entrouvrit les yeux. Il avait craint d'être ébloui, mais pas du tout, la chambre était plongée dans la pénombre. Tant mieux, car il avait mal à la tête, son crâne semblait rempli d'un cloaque aussi épais que les marais de Kepler.

— Haz ?

La voix hésitante, mais familière, était un point d'ancrage auquel, dans son état, Haz voulut s'accrocher. Il tendit la main, ce qui lui demanda un effort surhumain.

— M-Mot ?

Cette voix rauque devait appartenir à une momie desséchée. Sauf qu'à la douleur qui le traversa tout entier, Haz eut la triste certitude que c'était la sienne. Il aurait apprécié une accalmie, merde ! Les démons pourraient-ils cesser de lui planter des lames chauffées à blanc dans la poitrine ?

Puis il se souvint du nom qu'il venait de prononcer, de la voix qu'il pensait avoir entendue... Alors il cligna des yeux à plusieurs reprises pour tenter d'éclaircir sa vision.

Des dessins rouges, jaunes et noirs, des tortillons... Une ombre se penchait sur lui, mais Haz n'en fut pas effrayé, car il reconnaissait ces yeux doux et cette adorable bouche renflée.

— Mot ? répéta-t-il.

Mot lui caressa le front.

— Chut. N'essaie pas de parler. Repose-toi.

— Tu es mort ?

Mot gloussa.

— Non, et toi non plus, bien que tu aies tout fait pour ça.

Il était vivant ? Voilà qui soulevait un millier de questions. Le hic, c'était qu'il n'avait pas assez d'énergie pour toutes les poser. Il se contenta de la plus importante :

— Molly ?

Cette fois, Mot hésita avant de répondre.

— Elle est... elle est partie.

— Non, non. Jaya peut la réparer.

Jaya avait des doigts de fée. Mais alors même qu'il parlait, Haz savait que c'était sans espoir. Cette fois, *Molly* n'était pas seulement endommagée, elle était détruite, anéantie.

Il l'avait sentie s'en aller.

— Nous remorquons ce qui reste d'elle, chuchota Mot. Mais ses données, sa mémoire, tout est perdu. Il ne reste plus...

— ... qu'une coque vide.

Haz grimaça. Parler lui faisait mal. En y réfléchissant, il souffrait de partout, même des cheveux. Il n'avait pas la force de pleurer malgré son cœur brisé. Plus tard, se promit-il.

Quand il ouvrit la bouche pour une autre question, Mot pressa le doigt sur ses lèvres.

— Chut, ne dis rien, je vais te faire un résumé. Nous sommes sur le Whydah, un vaisseau nommé d'après celui d'un très ancien pirate terrestre, nous retournons vers Libreterre. Et tout va bien, personne n'essaie de nous tuer. Tu es dans un sale état, mais tu vas t'en tirer. Enfin, si tu restes tranquille ! Tu dois te reposer.

Oui, pensa Haz, ses autres questions pouvaient attendre. D'ailleurs, il avait de plus en plus de mal à garder les yeux ouverts.

Il s'endormit pendant que Mot lui tenait la main.

HAZ ÉTAIT d'une humeur de chien, il se sentait pris au piège. Il ne cessait de grogner et de se plaindre, tout en se trouvant bien ingrat.

— Ce rafiot est aussi bruyant qu'un seau de clous !

Mot et Ixi échangèrent un regard et roulèrent des yeux en même temps. Puis Ixi fit onduler sa langue.

— Le Whydah est un excellent vaisseau au passé tumultueux, mon ami. Il appartenait à la Coalition, qui l'utilisait pour le transport d'esclaves jusqu'à Citrapra. La Résistance l'a libéré.

Haz apprécia l'ironie de ce retournement. Il soupira et essaya de trouver une position confortable sur ses oreillers – tout en sachant que c'était sans espoir.

— Le Whydah n'est pas Molly ! grogna-t-il.

Rien que prononcer son nom lui était douloureux. Il avait expurgé son chagrin quelques jours plus tôt et Mot l'avait réconforté. Haz ne tenait pas à pleurer une seconde fois. Il ne se remettrait jamais d'avoir perdu *Molly*, il le savait, elle laissait un vide dans son cœur. Mais il avait survécu à d'autres blessures, il endurerait cette nouvelle souffrance.

— Je sais, opina Ixi, Molly était exceptionnelle, et je regretterai jusqu'au jour de ma mort qu'elle ait échappé à mes griffes. Mais ce vaisseau n'est pas si mal. Et il possède une infirmerie.

Haz le savait mieux que personne ! Il y était confiné depuis… des jours ? Il ne savait même plus la date. Objectivement, l'endroit n'était pas si mal, avec deux lits confortables, des sièges visiteurs et des armoires métalliques pleines de matériels et d'équipements médicaux. Mais Haz détestait devoir rester couché, il en avait marre de fixer sa cloison, il s'ennuyait.

Soudain, il se souvint que Mot avait passé près de trente ans assis tout seul dans une cellule de temple plus petite encore que cette cabine. Haz décida d'arrêter de râler.

— Combien de temps encore avant d'atteindre Libreterre ?

— Deux stan-jours, répondit Ixi.

Mot ajouta sévèrement :

— N'espère pas pouvoir batifoler une fois là-bas, Haz. Ta convalescence est loin d'être terminée et tu passeras encore un bon bout de temps au lit. Ne tire pas cette tête ! Tu as failli mourir, je te le rappelle, ce n'est pas le moment de prendre des risques inconsidérés. Tu danseras quand tu seras guéri !

Danser… oh, Molly !

— Molly était la meilleure, déclara Haz, avec émotion. Nous avons dansé sous les étoiles peu avant d'atteindre Citrapra.

Ixi sourit.

— C'est très bien, mais l'histoire retiendra surtout qu'à vous deux, vous avez détruit les mines de borvantine. Les Delthiens se sont révoltés, ils ont tué leurs gardiens, les employés de la Coalition. Cinq ou six planètes se sont déjà séparées de la Coalition et bien d'autres s'apprêtent également à faire sécession. C'est le chaos à Budapest.

D'abord, Haz trouva gratifiant d'apprendre que le sacrifice de *Molly* n'avait pas été vain. Très vite, cependant, il prit conscience d'un nouveau danger. Il tressaillit.

— Non ! Je ne peux pas retourner à Libreterre !

— Pourquoi pas ? s'étonna Mot.

— À cause de la Coalition, répondit Haz, très agité. Ils découvriront vite qui les a attaqués, Molly était très reconnaissable, il doit y avoir des enregistrements. D'ailleurs, Kasabian a certainement déjà compris. Ils vont vouloir se venger, ils me pourchasseront, ils feront exploser Libreterre pour être certains de m'éliminer.

Ixi secouait la tête.

— Haz, calme-toi, tu es loin du compte. Quand je parle de *chaos*, ce n'est pas une figure de style, c'est la vérité. La flotte est d'ores et déjà en difficulté, les révolutions éclatent un peu partout, dans des planètes bien plus proches de la Terre que Libreterre. Si la Coalition réussit à rétablir son pouvoir chancelant, peut-être la Marine finira-t-elle par penser à toi, mais crois-moi, ce n'est pas pour tout de suite.

Haz se détendit. Un, l'analyse d'Ixi se tenait, deux, jamais le Reptyl ne mettrait Libreterre et la Résistance en danger.

— Quand même, s'entêta Haz, un jour ou l'autre…

Mot posa une main sur son épaule nue. La paume était chaude, pourtant, Haz frissonna.

— Je croyais qu'Haz Taylor ne pensait jamais au futur ?

307

— Oui, mais c'était l'ancienne version, grogna Haz, celle qui est restée sur Citrapra.

Mot sourit tendrement.

— Dommage. Je l'aimais bien, ce Haz, il avait beaucoup de qualités.

Une voix presque inaudible chuchota à l'oreille de Haz :

Vois comme cette petite chandelle répand loin sa lumière ! Ainsi rayonne une bonne action dans un monde malveillant.

Haz secoua la tête pour s'éclaircir l'esprit. N'était-il pas assez douloureux que *Molly* ait disparu ? Fallait-il maintenant qu'il soit hanté par son fantôme et ses citations littéraires ?

Ixi se leva.

— Il faudrait laisser…

Haz rugit :

— Si tu termines cette phrase en disant : *Haz se reposer*, je te tords le cou, Ixi !

— Tu as le bras cassé, mon ami.

Haz leva son bras indemne.

— Il m'en reste un, mais d'accord, je te réglerai ton compte plus tard. *Jebiga*, je deviens fou. Raconte-moi ce qui s'est passé !

Après un regard à Mot, peut-être pour obtenir sa permission, Ixi se rassit.

Mot se pencha vers Haz et porta une tasse d'eau fraîche à ses lèvres. Haz but, sans même regretter qu'il ne s'agisse pas de whisky.

Puis Mot s'assit sur le lit à côté de lui et lui prit la main.

— Moi aussi, j'ai des questions à te poser, Haz. Pour commencer, pourrais-tu m'expliquer ce qui t'est passé par la tête ? Pourquoi avoir filé en nous abandonnant sur Libreterre ?

— Je ne vous ai pas… enfin, si, j'ai peut-être planté Ixi et mon équipage, mais je savais très bien qu'ils n'auraient aucun mal à rentrer chez eux. Quant à toi, le plan était que tu t'installes à Libreville.

— Et tu as eu l'idée saugrenue d'aller tout seul attaquer une planète ? Mais pourquoi ?

— Je n'étais pas *tout seul*. J'avais Molly.

Pour le moment, Haz n'avait raconté à personne la connexion qu'il avait établie avec son vaisseau. Jaya était-elle au courant que son idée avait fonctionné ? se demanda-t-il. Il le lui dirait plus tard, en supposant qu'elle soit disposée à lui adresser la parole un jour.

Il expliqua à Mot et à Ixi l'étonnante fusion qu'il avait expérimentée. Puis il enchaîna :

— La Coalition avait bien protégé ses mines, mais les défenses de Citrapra étaient plus adaptées à une attaque en masse. J'ai jugé… enfin, Molly et moi sommes tombés d'accord sur le fait qu'un petit vaisseau arrivant par surprise avait de meilleures chances qu'une flotte.

Mot fronça les sourcils.

— C'était suicidaire, Haz. Pourquoi l'as-tu fait ?

Haz aurait pu inventer une histoire, mais apparemment son état actuel handicapait aussi son aptitude à mentir.

— Pour toi.

Mot secoua la tête.

— Je ne comprends pas.

Szot. Il allait devoir s'expliquer. Il aurait presque préféré mourir une seconde fois. Mais il était coincé, car Mot attendait, les yeux fixés sur lui.

— J'ai voulu… Eh bien, ce temps que nous avons passé ensemble. Tu es un être remarquable, alors… Je voulais en être digne.

Il aurait bien aimé savoir manier les citations de Shakespeare comme *Molly*, plutôt que se dépatouiller avec ses propres mots, si maladroits.

Mot se pencha et posa un doux baiser sur ses lèvres.

— Idiot ! Bien sûr que tu es digne. Je l'ai toujours su.

L'amour toujours debout, c'est le phare immuable qui fixe la tempête et jamais ne s'abîme.

D'où venait cette citation ? se demanda Haz, perplexe. Ou ce rire qui flottait aux limbes de sa conscience ? Szot ! De toute évidence, sa tête était dans un état encore pire qu'il le pensait.

Ixi lui raconta ce qui s'était passé : l'explosion ayant percé un trou dans la coque de *Molly* avait causé des ravages dans ses systèmes internes et sur le pont. Le siège sur lequel Haz était attaché avait été arraché, projeté à travers la pièce et bombardé de gros débris.

En même temps, Haz apprit l'étendue de ses blessures : un bras cassé, ainsi que le bassin et plusieurs côtes ; un poumon perforé ; des vertèbres du cou fissurées ; plusieurs organes endommagés ; une commotion cérébrale.

Ironiquement, sa szotain de jambe était une des rares parties de son corps à s'être tirée indemne du désastre. Que Haz soit encore en vie était un miracle – ou une anomalie que la science médicale n'expliquait pas, même si Mot le prétendait trop têtu pour mourir.

Pour un autre baiser de Mot et l'émotion tendre qui brillait dans ses yeux, Haz était prêt à tout recommencer.

— Au fait, demanda-t-il, comment se fait-il que vous soyez arrivés au bon moment ? Que fichiez-vous sur Citrapra ?

Il espérait que personne ne remarquerait sa voix enrouée.

— Nous venions à la rescousse, mon ami, déclara Ixi.

— Quoi ? Mais comment saviez-vous où me trouver ? Je n'avais parlé de mes intentions à personne !

Mot regarda Haz comme s'il était idiot – et peut-être l'était-il.

— Si, à Molly. Elle nous a prévenus.

— Elle n'était pas censée le faire ! protesta Haz, pour la forme.

— Eh bien, elle l'a fait quand même, prouvant ainsi avoir plus de jugeote que toi. Nous étions trop loin derrière pour espérer t'arrêter ou même t'aider à détruire les mines. En fait, nous avons bien failli arriver trop tard.

En prononçant ces mots, Mot resserra les doigts sur ceux de Haz, assez pour lui faire mal. Haz ne protesta pas.

— Molly nous avait branchés sur ton biotab, ajouta Mot, ce qui nous a permis de te retrouver. Tu étais mourant, Haz, j'ai cru te perdre.

Haz se souvint de cette voix qui lui ordonnait de rester en vie.

— Mais vous auriez pu vous faire tuer ! protesta-t-il. C'était mon idée, mon combat, pas le vôtre. Pourquoi êtes-vous venus ?

Cette fois, ce fut Ixi qui répondit :

— Dis-moi, Haz Taylor, t'es-tu seulement demandé pourquoi Jaya et Njeri étaient restées à tes côtés tout en sachant le danger encouru ? Et ce, alors que tu ne pouvais pas les payer ? Et pourquoi je n'ai pas débarqué sur Arinniti, d'où j'aurais très bien pu trouver un vol retour vers Ankara ?

— Oui, bien sûr, répondit Haz, je me le suis souvent demandé. Je n'ai pas la réponse, Ixi, je n'ai jamais compris.

Il avait du mal à respirer. Et d'après lui, ce n'était pas uniquement dû à son pneumothorax.

— Tu es notre capitaine, Haz, déclara gravement le Reptyl. Tes combats sont les nôtres.

Ixi ne pointa pas la langue cette fois, il ne s'agissait pas d'une plaisanterie. En vérité, Haz ne l'avait jamais vu aussi sérieux. Merde.

Maintenant, Haz avait les yeux brûlants. Et il ne voulait pas pleurer. Il chercha désespérément à maîtriser son émotion.

Il ne le put. Ce fut Mot qui lui porta le coup de grâce.

— Moi, je suis venu, parce que j'ai décidé que tu étais à moi. C'est la première fois de ma vie que j'ai quelqu'un, je ne compte pas te laisser filer aussi facilement.

Haz laissa couler ses larmes. Szotain ! Peut-être Ixi et Mot allaient-ils penser que c'était de douleur.

C'était faux, c'était de bonheur.

XXXII

— Haz Taylor, si tu continues à faire le clown, je t'attache à ce lit, je te le promets.

Les poings sur les hanches, l'air sévère, Mot le regarda avec une irritation mêlée d'affection.

— Je m'ennuie, grogna Haz.

— On peut se divertir sans combat et explosion, tu sais.

Mot s'étendit à côté de lui sur le lit et tapota son avant-bras.

— Tu as un biotab, il me semble, tu pourrais lire.

Haz afficha une moue boudeuse, parfaitement conscient d'agir de façon puérile.

— Je déteste lire ! Et puis, mon biotab déconne, il affiche des symboles bizarres, il clignote, il a dû recevoir un choc pendant l'explosion qui m'a mis en miette. Ixi a promis de le faire remplacer quand nous arriverons à Libreterre.

En vérité, Haz se fichait de son problème de biotab. Il avait d'autres priorités : il était dans un sale état, il n'avait plus un rond et plus de vaisseau. Néanmoins, râler sur un détail lui semblait moins déprimant que lister ses pertes plus importantes.

— Si tu veux, je peux lire à haute voix, proposa Mot. Qu'as-tu envie d'entendre ?

Pas de Shakespeare ! pensa Haz. Il commençait à le prendre en horreur. Chaque fois qu'il s'endormait, il entendait des citations qui lui rappelaient *Molly*. Soit il devenait fou, soit son cerveau endommagé ratissait large et lui ressortait d'anciens souverains très profondément enfouis, comme ce cresson épineux que les ouvriers arrachaient à la boue de Kepler.

— Je te laisse choisir.

— D'accord, dit Mot.

Il opta pour une ancienne légende reptyle qui avait été traduite en comlang. Très vite, Haz soupçonna que Mot en inventait la moitié. C'était l'histoire pleine de péripéties d'un guerrier qui avait décidé de venger sa famille assassinée. Pendant longtemps, sa quête resta vaine, parce que le guerrier voulait agir seul. Il finit par comprendre qu'il avait besoin d'alliés. Ensemble, ils parvinrent à atteindre leur objectif.

— L'union fait la force, déclara Mot avec un sourire.

Haz fit semblant de ne pas remarquer la morale de la fable.

À la fin de son récit, Mot était calé sur des oreillers à côté de Haz, veillant à ne pas trop bouger pour ne pas le bousculer. Réconforté par la proximité familière de ce corps mince, Haz évoqua la nuit sur Ankara où il avait réchauffé Mot, après que ce dernier avait failli périr de froid.

— Je ne comprends pas la mort, déclara Haz.

Bien que sa déclaration tombe comme un cheveu sur la soupe, Mot n'en parut pas perturbé.

— Personne ne la comprend, rétorqua-t-il.

— Si, enchaîna Haz, les prêtres des Nouveaux Adamites le prétendaient. D'après eux, c'était un tremplin vers un monde meilleur. Je me souviens de l'un d'eux disant : *nous retournons dans le sein de Dieu.* Nous autres, les enfants, nous nous cachions derrière nos mains pour ricaner.

Mot se rapprocha et afficha un sourire éclatant.

— Hmm. Si tu veux mon avis, nous devrions tenter de mieux comprendre la vie. Par exemple, en essayant de réaliser notre potentiel.

— Tu es un sage.

Haz le pensait vraiment. Pour lui, Mot brillait comme l'étoile la plus brillante de la galaxie.

Mot émit un roucoulement et frotta les cheveux de Haz, évitant habilement ses bosses et ses contusions. Pour le moment, Haz n'était pas capable de baiser, il le savait, mais déjà, il commençait à évoquer le concept. Avec un optimisme qui ne lui ressemblait guère, il envisageait une remise en état complète de lui-même et de ses… accessoires.

En attendant, il appréciait la moindre caresse de Mot, la moindre attention. Dire qu'il avait vécu des années sans même savoir ce qu'il manquait !

Plusieurs minutes s'écoulèrent. Haz faillit s'endormir. Puis une idée le fit tressaillir.

— Tu sais, je l'entends encore, dit-il.

— Molly ?

— Oui.

— C'est normal, tu l'aimais. Elle fera toujours partie de toi.

C'était une perspective apaisante. En tout cas, cela rendait la perte de *Molly* un peu plus supportable. Il y avait aussi le fait que leur mission ait été un succès, bien sûr, puisque les mines de borvantine étaient anéanties et les Delthiens libérés. Désormais, la Résistance avait une petite chance contre la Coalition.

Ixi avait raconté à Haz ce qui s'était passé après qu'il avait perdu connaissance. Les vaisseaux de la Résistance avaient atterri sur Citrapra et offert aux Delthiens de les ramener sur leur planète natale. Au spatioport, les gros cargos transporteurs étaient à quai, abandonnés par leurs pilotes, avec des cales remplies de borvantium destiné à la Coalition. D'accord, ces stocks ne dureraient pas éternellement, mais la Résistance possédait désormais assez de borvantium pour protéger les vaisseaux de sa flotte, ce qui n'était pas le cas de la Coalition.

— Maintenant, Haz, repose-toi, déclara Mot, il faut laisser à tes blessures le temps de cicatriser et de guérir. À ton réveil, je t'apporterai à manger. Je vais te préparer ton bortsch préféré.

Haz ouvrait la bouche pour affirmer ne pas avoir sommeil quand un bâillement incoercible lui échappa.

— Où est Jaya? demanda-t-il ensuite. M'en veut-elle encore beaucoup? Crois-tu qu'elle accepterait de me parler, Mot? Je tiens vraiment à lui présenter mes excuses et la remercier pour tout ce qu'elle a fait. Cette connexion avec Molly, c'était…

Il n'avait pas les mots pour ça, alors le regard écarquillé, il agita les mains. Ce qui fut douloureux.

Mot lui embrassa le front.

— Voyons, Haz, elle t'a déjà pardonné.

Le pardon est l'attribut du fort, dit la voix dans la tête de Haz.

Il imagina Molly assise à ses côtés, le forçant à devenir un homme meilleur. Il s'endormit avec un sourire aux lèvres.

JUSTE À temps, Haz se souvint qu'il devait descendre de l'aérotaxi avec les précautions d'un convalescent et non sauter comme à son habitude. Au moins, il n'avait plus besoin, pour marcher, de s'accrocher au bras de Mot, même s'il appréciait sa proximité pour le plaisir.

Même dans l'ombre du toit du hangar, le brick étincelait. Il sortait tout juste d'une longue période de réparation et il était comme neuf. Non, corrigea aussitôt Haz, ce vaisseau n'était pas un novice à peine sorti des ateliers galactiques. La coque était réparée, bien sûr, mais elle gardait une patine suffisante pour démontrer son expérience.

Haz vit que l'écoutille était grande ouverte et il ne put résister à la tentation. Il avança péniblement sur l'échelle de coupée et entra sur la passerelle.

— Quel nom allons-nous lui donner? demanda-t-il.

Surpris de cette question, Mot cligna des yeux.

— Je n'en sais rien, c'est à toi d'en décider, Haz.

— Non. Molly t'a donné ton nom. Il me semble équitable que tu nommes son... successeur.

Haz trouvait difficile de définir ce brick qui avait été l'ancien corps de Molly, mais serait animé – sinon habité – par un nouveau cerveau électronique. Ce nouveau vaisseau ne prendrait jamais la place de *Molly* dans son cœur, mais il volerait et pour le moment, Haz ne voyait pas plus loin.

Quand Jaya avait proposé de connecter Haz à son nouveau vaisseau une fois que tout serait installé, il avait refusé. D'abord, ce ne serait pas pareil, ensuite, il refusait d'être infidèle à *Molly*.

Idiot! le tança la voix dans sa tête.

Étrange quand même, pensa Haz, parce que cette voix qui le hantait n'était ni celle de sa conscience ni celle de son bon sens, non, c'était celle de *Molly*. De plus, la voix avait sans doute raison. Refuser la connexion ne lui rendrait pas *Molly*. Haz ne faisait que se priver d'un merveilleux cadeau...

Marchant à pas lents, il pénétra sur le pont et regarda autour de lui. Contrairement à ce qu'il avait craint, il ne fut pas troublé par le souvenir de ses blessures presque fatales, non, il ressentit une profonde satisfaction mêlée de fierté. Il effleura le dossier du siège où il s'était attaché pour le dernier vol de *Molly*. Le siège avait été réparé, lui aussi, il était à nouveau solidement boulonné. En fait, le pont tout entier était comme neuf. Haz remarqua que ses anciens écrans et consoles avaient été remplacés par des modèles récents. Il y avait d'autres changements, Haz en avait été informé : les réacteurs et les canons répondaient désormais aux spécifications réclamées par Jaya.

Haz décida qu'il irait tout vérifier en détail plus tard. Pour l'instant, il se contentait d'être là, avec Mot. C'était agréable.

Puis il entendit les pas de trois personnes sur la coursive, et son équipage apparut.

Haz sourit à Jaya.

— Tout me paraît en très bon état, déclara-t-il.

— J'ai fait quelques améliorations. Je vous les montrerai plus tard.

Le sourire de Haz s'élargit.

— Volontiers! La qualité de votre travail ne cessera jamais de me stupéfier.

Elle le toisa, les sourcils froncés.

— Sans blague? J'ai comme un doute, parce que vous passez votre temps à tout casser! J'espère que vous ne comptez pas recommencer de sitôt!

Haz avait envie de rire. Dieu, qu'il adorait la voir ainsi renfrognée!

Tout à coup, il se figea, consterné. Une pensée venait de le frapper. Quel con! Pourquoi n'y avait-il pas pensé plus tôt!

— Merde! Ces réparations doivent coûter bonbon! Je n'ai plus un sou, je ne peux pas payer la facture. Comment…

Ixi intervint :

— Du calme, mon ami, il n'y aura pas de facture, la Résistance a estimé qu'au vu des services rendus, la moindre des choses était de te rendre un vaisseau en bon état de marche. Au fait, je me suis entretenu avec un des médecins qui t'ont soigné, d'après lui, ta mauvaise jambe peut être remplacée, si tu le souhaites, aux frais de la Résistance. Un bio-ingénieur extrêmement talentueux vient de s'installer à Libreville.

— C'est… Merci, Ixi, je vais y penser.

Haz sentait déjà que ce serait une décision difficile à prendre. Oui, sa jambe le faisait souffrir, oui, elle l'emmerdait constamment, oui, il râlait contre elle, mais c'était SA jambe et SES cicatrices, il les avait chèrement payées. Il y réfléchirait plus tard, par exemple, quand ses récentes blessures seraient cicatrisées.

Il se tourna vers Mot.

— Tu adores ton petit cottage près de la mer et il est agréable, c'est vrai, mais que dirais-tu de dormir ici avec moi à partir de maintenant?

— Ça me plairait beaucoup!

Mot lui passa un bras autour de la taille. Haz s'étonna de trouver ce geste aussi naturel : c'est comme si ce bras avait toujours été là, comme si ce corps souple avait été conçu pour s'adapter au sien.

Njeri intervint :

— Jaya et moi resterons à l'auberge jusqu'au départ de Libreterre. Je pense que vous préférez avoir un peu d'intimité, les garçons.

Vexé, Haz fronça les sourcils.

— Hé! protesta-t-il. Mon vaisseau est bien construit! Toutes les cabines sont insonorisées, la mienne en particulier!

316

Njeri lui rit au nez.

— Oui, mais vous n'allez pas rester éternellement au lit, Capitaine ! Dès que vous aurez récupéré votre mobilité, vous déambulerez un peu partout, et je ne tiens pas à entrer dans la cambuse et à vous trouver occupé à des galipettes. Défoulez-vous un bon coup pendant que vous le pouvez, conclut-elle en agitant la main. Ce sera votre lune de miel !

Si Ixi était peu porté sur le sexe non dédié à la reproduction, il n'en appréciait pas moins l'affection et la romance, aussi hocha-t-il la tête avec enthousiasme.

— Je resterai également à l'auberge, mon ami.

Haz ne protesta plus. Depuis que Njeri avait parlé de la cambuse, il était hanté par une image torride : Mot étalé nu sur la table, comme un festin attendant d'être dévoré. Haz comptait commencer par…

Son délicieux fantasme fut interrompu par Ixi. Et d'après Haz, ce fut délibéré.

— Haz, sais-tu où nous irons une fois que nous embarquerons ?

— Non, admit Haz, je n'y ai pas encore réfléchi. Nous pourrions retourner vers le secteur Kappa et chercher des missions lucratives. Encaisser quelques crédits ne ferait pas de mal à mes finances. Si tu envisages de rester avec nous, Ixi, que vas-tu faire du Persévérance ?

Ixi répondit par une autre question :

— Haz, s'il te faut des crédits, pourquoi ne pas travailler pour la Résistance ? Je t'accorde que ce sera probablement moins rentable que la contrebande, mais pour être franc, je doute qu'un seul d'entre nous vive suffisamment longtemps pour toucher une retraite.

Il sortit la langue et la fit tourner plusieurs fois, indiquant ainsi qu'il plaisantait.

La Résistance ? En vérité, Haz avait déjà pesé cette option pendant son long séjour à l'infirmerie et dans le cottage de Mot. Mais il ne pouvait pas prendre cette décision tout seul.

— Pourquoi pas ? Mettons cette motion au vote. Ixi, tu préférerais ça, c'est ça ?

— Oui, je ne l'ai jamais caché.

Haz hocha la tête.

— D'accord. Qu'en pensez-vous, Njeri ? Jaya ?

Il nota qu'elles n'échangeaient même pas un regard. Sans doute avaient-elles déjà discuté le sujet. Ce fut Jaya qui répondit en leur nom à toutes les deux :

317

— Si nous devons exploser, autant que ce soit pour une cause décente.

Haz acquiesça. C'était une bonne solution.

C'était une *belle* solution.

— D'accord, répéta-t-il.

Jaya se dirigea vers le siège le plus proche et tapa sur un écran de communication.

— Avant de s'exciter à faire des projets, jeta-t-elle, j'aimerais vérifier si ce truc fonctionne.

Haz se raidit. Il avait expressément demandé que le nouvel ordinateur de bord ait une voix différente de *Molly*, mais quand même, ce serait un moment douloureux. Mot le surveillait de près, mais il ne pipa mot, ce dont Haz lui fut reconnaissant.

Haz sursauta quand un bourdonnement aigu vrilla à ses oreilles.

— Qu'est-ce que c'est ? demanda-t-il.

Njeri parut surprise.

— Quoi donc, Capitaine ?

Haz fronça les sourcils.

— Ce bruit.

— Quel bruit ? dirent en même temps Njeri, Ixi et Mot.

Jaya continuait à taper sur son écran. Les trois autres fixaient Haz d'un œil inquiet. Génial ! Il avait gardé des séquelles de sa commotion cérébrale ! Il ne pouvait pas décoller dans cet état, il allait devoir retourner voir les médecins et se faire examiner.

Écœuré à cette idée, Haz secoua la tête et agita la main pour qu'on lui fiche la paix.

— Rien, laissez tomber !

Ils continuèrent à le surveiller en douce, mais sans rien dire, heureusement. Haz serra les dents. Le son dans ses oreilles gagnait en intensité, merde !

Haz chercha à l'analyser… une tonalité métallique et un craquement électrique. Sa peau se hérissa, comme titillée par des milliers d'aiguilles, Haz commença à frissonner, il avait du mal à respirer, ses poumons étaient contractés, son cœur battait la chamade, il s'emballait comme un disque quantique à pleine puissance.

Haz sentit ses jambes céder sous lui.

— Haz ? cria Mot.

Il se précipita, les bras tendus, mais il ne parvint pas à empêcher Haz de s'écrouler, il ne fit que ralentir sa chute.

318

Tout engourdi, Haz était dans un état étrange, les voix inquiètes lui parvenaient de très loin, comme s'il était sous l'eau. Il avait un goût métallique dans la bouche : du sang.

Haz, ça va ? À cause de moi, tu t'es mordu la langue. Je suis désolée, mais j'ai un peu de mal... Le processus est assez délicat.

Si Haz ne pouvait toujours pas parler, il commençait à comprendre ce qui se passait. Et son cœur battait de plus en plus vite.

Il n'avait rien au cerveau, bonne nouvelle.

Il n'irait pas revoir ses médecins, excellente nouvelle !

Il ne lui était pas encore possible de rassurer ses amis, mais ils ne tarderaient pas à comprendre, eux aussi. Haz s'abandonna sur le sol dur, il ferma les yeux et cessa de lutter contre les sensations qui montaient en lui. Au contraire, il s'offrit complètement. Comme il l'avait fait avant d'attaquer Citrapra, quand il s'était connecté avec Molly.

Elle le quitta brusquement, et Haz sentit tous ses sens se réinitialiser.

Il voulut s'asseoir et dut repousser les mains qui tentaient de le maintenir étendu. Il ouvrit la bouche pour parler... et avala le sang qui l'étouffait à moitié. Pas question de cracher sur le sol tout propre, *Molly* ne serait pas contente.

— Moll ? appela Haz, un sourire aux lèvres.

— *Elle que nous quittions quand la mer nous a engloutis, pour en rejeter certains ; ceux-là sont destinés à jouer un acte dont le prologue est passé, et dont la suite est entre nos mains, à vous et à moi. La Tempête, acte 2.*

Après une seconde de stupeur, tous ceux qui l'entouraient furent envahis de joie, Haz se redressa plus souplement que ses blessures n'auraient dû le lui permettre.

— Molly, ma belle, comment vas-tu ?

— *Tout est prêt, si nos cœurs le sont. Henry V, acte 4.*

— Molly ! Elle est là ! Elle est revenue ! Molly !

Sur le pont, c'était le chaos, tout le monde parlait en même temps, s'étreignait et pleurait. Même Jaya versa quelques larmes. Ixi, les plumes dressées, balançait sauvagement sa queue qui frappait ses voisins. Celle qui faisait le plus de bruit, c'était *Molly* : ses rires stridents étaient scandés par les strophes osées d'un chant de fête ouatitien.

Un hurlement de Jaya réussit à obtenir un calme relatif :

— Molly ! Merde ! Comment as-tu fait ?

— *C'est grâce à vous, Jaya.*

Jaya secoua la tête.

— Non, absolument pas, je n'ai rien compris à ce qui vient de se passer.

— *La connexion que vous avez forgée entre Haz et moi, eh bien, elle fonctionne dans les deux sens. Il pouvait entrer en moi et moi en lui. Quand mes systèmes ont commencé à s'éteindre, j'ai su qu'il me restait très peu de temps, alors je suis entrée en lui. Excuse-moi, Haz, je n'ai pas eu le temps de t'en parler, c'était une question de secondes. En plus, je n'étais pas sûre que ça marche.*

Haz eut un rire exubérant.

— Ma belle, tu es la bienvenue chez moi quand tu veux. Mieux encore, je suis très soulagé d'apprendre que je ne suis pas dingo, contrairement à ce que je craignais ces derniers temps. Je t'entendais dans ma tête, Moll, je reconnaissais ta voix. Pourquoi ne pas m'avoir dit que tu étais toujours là ? Je croyais t'avoir perdue, je t'ai pleurée.

Elle répondit d'une voix très tendre :

— *Je sais, mais je ne voulais pas courir de risque, la biologie humaine est infiniment plus complexe que je le pensais. J'ai été obligée de faire attention, très attention à ne rien endommager.*

— Bien sûr.

Même si Haz ne comprenait rien à ce que *Molly* disait, il était bien trop heureux pour y penser.

— Je suis tellement content que tu sois là !

— *Je ne vous ai jamais quitté, Capitaine.*

Mot poussa un petit cri.

— Bien sûr ! Je comprends tout, maintenant !

— Tu as bien de la chance, grommela Haz à mi-voix.

Mot continua sur sa lancée :

— C'est toi qui l'as sauvé, Molly ! Les médecins parlaient d'un miracle, mais le miracle, c'est toi ! Avec des blessures aussi graves, Haz n'aurait pas dû s'en sortir. Oh, Molly, merci, merci ! Tu l'as gardé en vie jusqu'à ce que nous arrivions !

— *Oui, effectivement,* admit *Molly*.

Elle semblait plutôt contente d'elle-même.

Mot se jeta sur Haz et le serra éperdument contre lui. Il tremblait, mais sa poigne était ferme.

— Merci de l'avoir sauvé ! répéta Mot quand il s'écarta.

— *Mon capitaine est un héros,* répondit *Molly* gravement. *Ne tire pas cette tête, Hazarmaveth. Après tout ce temps passé en toi, je sais qui tu es et ce que tu ressens. Et je suis incroyablement fière d'être ton vaisseau.*

Haz sentit qu'il piquait un fard et décida qu'il avait eu sa dose d'émotion pour la journée. D'autre part, Jaya vibrait littéralement sur pied, impatiente d'arracher à Molly le moindre détail de son expérience – au point de vue scientifique, bien entendu, pas sentimental.

Haz, lui, n'avait qu'une envie, entraîner Mot vers leur cabine et célébrer… tout.

Szot, il y avait tant à fêter ! L'optimisme de Mot serait-il contagieux ?

— Molly, et si on s'envolait ? jeta Haz. J'en ai marre d'être amarré au port, pas toi ?

Elle éclata de rire.

— *Si, Capitaine, mais la patience est la mère de toutes les vertus. Terminez votre guérison avant d'envisager de sauver la galaxie.*

— Un proverbe au lieu d'une citation shakespearienne ? railla Haz.

Elle répondit du tac au tac :

— *Pauvres gens ceux qui n'ont pas de patience ! Quelle blessure s'est jamais guérie autrement que par degrés ? Othello, acte 2.*

Haz se libéra de l'étreinte de Mot et se retourna pour lui faire face.

— Et toi, Mot, que vas-tu faire ? Tu serais en sécurité sur Libreterre. Tu pourrais tout apprendre, devenir celui que tu veux être.

Mot le regarda, les yeux aussi brillants que des étoiles. Il prit son visage en coupe et secoua la tête.

— La sécurité ne me tente pas, bien-aimé, je veux être avec toi, toujours. J'apprendrai ici, à bord, avec Molly et toi. Et je sais déjà qui je veux être. Que dirais-tu d'utiliser notre énergie potentielle pour voler jusqu'aux étoiles ? Ensemble.

Kɪᴍ Fɪᴇʟᴅɪɴɢ est ravie chaque fois qu'on la traite d'éclectique. Ses livres couvrent une variété de thèmes, mais tous incluent des sentiments authentiques et des héros peu conventionnels.

Kim a gagné un prix Rainbow Award et un prix SARA Emma Merritt, elle a été finaliste au LAMBDA et deux fois au Foreword INDIE.

Kim a bougé d'un bout à l'autre de l'Ouest des États-Unis et vit actuellement en Californie, où sa bibliothèque manque déjà de place pour de nouveaux livres. Exerçant comme professeur d'université, elle rêve de voyager et d'écrire à plein temps, elle rêve aussi que ses deux filles lâchent parfois leurs téléphones, que son mari soit moins obsédé par le football et que son chat ne la réveille pas tous les jours à quatre heures du matin. Certains des rêves de Kim se sont réalisés, mais pas tous.

Blogs : kfieldingwrites.com
et www.goodreads.com/author/show/4105707.Kim_Fielding/blog
Facebook : www.facebook.com/KFieldingWrites
Courriel : kim@kfieldingwrites.com
Twitter : @KFieldingWrites

Par KIM FIELDING

Blyd & Pearce
Brute
Chère Ruth
Énergie potentielle
Les lettres oubliées

L'AMOUR NE PEUT PAS…
L'amour ne suffit pas
L'amour est impitoyable

Publié par DREAMSPINNER PRESS
www.dreamspinner-fr.com

CHÈRE RUTH

Kim Fielding

Chère Ruth,

Je ne suis pas d'humeur à fêter Noël. Après une relation amoureuse partie en fumée, je suis retourné dans ma ville natale du Kansas rural. Puis ma mère est décédée. Je suis très occupé par mon travail de capitaine des pompiers, et maintenant par la chronique de con-seils de ma mère, que j'ai reprise à contrecœur. Il y a un nouveau venu sexy dans la rue, un homme avec une petite fille et un malheureux mépris pour la sécurité incendie. Il semble vouloir nouer une amitié, mais cela crée des problèmes qui pourraient être trop brûlants pour moi. Je n'ai vraiment pas besoin de décorations inflammables et de trop de nourriture de Noël en ce moment.

Comment suis-je censé prodiguer de bons conseils aux autres alors que je n'arrive pas à mettre de l'ordre dans ma propre vie ?

– Rabat-joie, Bailey Springs

www.dreamspinner-fr.com

KIM FIELDING
BLYD & PEARCE

Né pauvre et devenu orphelin très jeune, Daveth Blyd a eu une chance de réussir lors-que ses talents de combattant lui ont valu une place au sein de la garde civile de Tangye – une place qu'il a perdue à la suite fausses accusations de vol. Désormais, il joint les deux bouts en recherchant des époux malhonnêtes et des enfants disparus. Quand un noble lui offre une petite fortune pour retrouver un saltimbanque ayant volé une bague, Daveth ac-cepte l'affaire.

Que Jory Pearce soit ou non un voleur, on ne peut certainement pas lui faire confiance. Mais, envoûté par la beauté et la voix ensorcelante de Jory, Daveth se retrouve bientôt au cœur d'une conspiration. Alors qu'il cherche désespérément des réponses, il se rend compte qu'il s'attache de plus en plus à Jory. Dans leur quête pour découvrir la vérité, les deux hommes affrontent des assassins mystiques et humains, allant de tentatives de meurtre en trahisons. Mais quand l'intégrité de tous est remise en question et que la Mort est pressée d'entrer dans la danse, Daveth a besoin de plus que de sorcellerie pour survivre.

www.dreamspinner-fr.com

KIM FIELDING

Les
lettres oubliées

William, en instance de divorce, arrive à l'Asile d'Aliénés de Jelley's Valley pour en devenir le gardien. Il a bien l'intention de faire le point sur sa vie, finir sa thèse et découvrir quel homme il peut être ; l'hétérosexualité a été un échec, mais l'homosexualité n'a jamais été une possibilité. Jusqu'à ce qu'il tombe, en faisant sa ronde, sur une boite en fer contenant des lettres ignorées du monde depuis plus d'un demi-siècle.

Elles ont été écrites par Bill, jeune homme interné soixante-dix ans plus tôt, à une époque où l'homosexualité est une maladie qui doit être soignée par tous les moyens. De lettre en lettre, William découvre Bill, sa force, son courage, ses épreuves. De ces témoi-gnages et sa rencontre avec Colby, gay, lumineux, ouvert et profondément gentil, il tire la force de faire la paix avec lui-même.

Le bonheur semble enfin à portée de main. Ils doivent simplement se laisser une chance.

www.dreamspinner-fr.com

L'amour ne peut pas…, numéro hors série

Jeremy Cox a grandi dans une petite ville du Kansas, où sa vie était un enfer. Dès que possible, il s'en est échappé. La quarantaine passée, il gère les parcs publics de Portland, Oregon, tout en faisant de son mieux pour aider les gens de la rue, SDF et jeunes fugueurs. Son ex, Donny, dont il s'est séparé quelques années plus tôt à cause de ses addictions – al-cool et drogue – réapparaît un jour devant sa porte et, par inadvertance, le met en grave dan-ger. Comme si ça ne suffisait pas, Jeremy rencontre alors un homme fascinant, mais énig-matique, lui aussi hanté par son passé.

Qayin Hill ne possède pratiquement rien, à part des squelettes dans son placard et des démons dans sa tête. Ancien toxicomane en lutte permanente contre l'anxiété et la dépres-sion, il ne sait pas combien de ses secrets il peut révéler à Jeremy ni comment réagir en réa-lisant que ce dernier veut le sauver de lui-même.

Malgré leurs problèmes respectifs, Jeremy et Qay découvrent ensemble l'amitié, la passion et un fragile espoir d'un avenir à deux. À présent, il leur faut décider si l'amour peut tout conquérir, comme le prétend le vieil adage, ou s'il ne suffit pas.

www.dreamspinner-fr.com

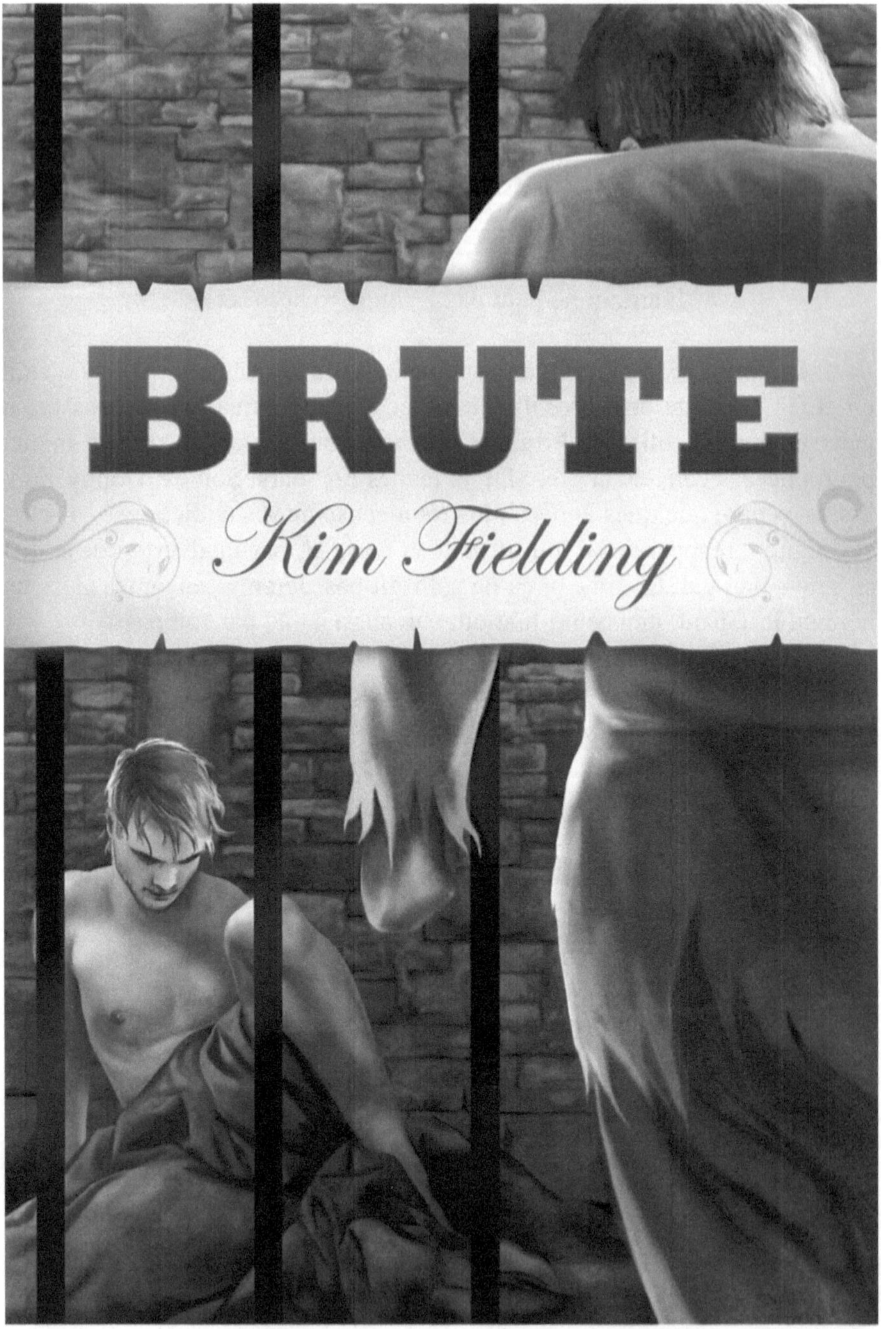

BRUTE

Kim Fielding

Brute mène une vie solitaire dans un monde où la magie est omniprésente. Ce qui le définit le mieux serait sans doute ses deux mètres trente de laideur, et son ascendance honteuse. Personne, pas même Brute, ne s'attend donc à ce qu'il puisse être autre chose qu'une main-d'œuvre corvéable. Mais les héros sont de toutes sortes et de toutes tailles, et quand il se retrouve handicapé pour avoir sauvé un prince, la vie de Brute change brusquement. Il est invité à venir travailler au palais de Tellomer afin de devenir le gardien d'un seul et unique prisonnier. La tâche semble facile, mais elle s'avérera être le défi de sa vie.

Les rumeurs prétendent que le prisonnier, Gray Leynham, est un sorcier et un traître. Ce qui est certain, c'est qu'il a passé les dernières années dans une misère à peine imaginable : aveugle, enchaîné, et rendu presque incompréhensible par un bégaiement extrême. Et comme si cela ne suffisait pas, il est assailli par des cauchemars durant lesquels il assiste à la mort de gens vivant à proximité – pire, ses rêves se réalisent.

Tandis que Brute s'habitue à la vie au palais et apprend à connaître Gray, il découvre sa propre valeur, d'abord en tant qu'ami et en tant qu'homme, puis en qualité d'amant. Mais Brute apprend aussi que les héros sont parfois confrontés à des choix difficiles et que faire ce qui lui semble juste peut aussi l'exposer à de grands dangers.

www.dreamspinner-fr.com

www.ingramcontent.com/pod-product-compliance
Lightning Source LLC
Chambersburg PA
CBHW020531020726
47494CB00006B/1718